La playa

Primera edición: marzo de 2018

Travessera de Gràcia, 47-49. 08021 Barcelona

Printed in Spain – Impreso en España

ISBN: 978-84-204-8714-4
Depósito legal: B-376-2018

Maquetación: Javier Barbado
Impreso en Romayà Valls
Capellades (Barcelona)

AL 8 7 1 4 4

Penguin
Random House
Grupo Editorial

Sara Cantador

La playa

ALFAGUARA

Para mis abuelos, José y Lola,
a los que siempre echaré de menos.

Para mis abuelos, José y Lola,
a los que siempre echaré de menos.

PRÓLOGO

Podría comenzar a narrar esta historia contando todo lo que me influyó y el giro tan sorprendente que dio mi vida desde los hechos que ocurrieron aquel lejano verano de 1988. Es algo imposible de negar, es cierto, puesto que todo lo sucedido en esos meses fue suficiente para cambiarme casi por completo. Me reencontré conmigo mismo de una forma en que jamás lo habría imaginado. Pero esto es solo una verdad a medias.

Muchas veces me descubrí a mí mismo pensando en cómo habría sido todo después si tan solo hubiera cambiado alguno de los acontecimientos. Y es que, aunque llegué a desear que así fuera, sabía que no tenía el poder para modificar ninguno de mis recuerdos.

Tampoco sería justo considerarme el protagonista de esta historia, cuando no había nada más lejos de la realidad. Le pesara a quien le pesara, la verdadera protagonista es otra persona. Una chica que creí conocer un día de ese verano en la playa, en ese precioso rincón de nuestro pequeño mundo donde el salitre se nos pegaba a la piel enrojecida por el sol. En ese instante, me miró con sus preciosos ojos verdes con una intensidad tal que parecía imposible que una persona tan menuda pudiera retenerla en su interior. Una mirada que transformó esa playa que conocía desde siempre, durante los escasos segundos que duró su contacto, volviendo mi vida del revés.

Qué ilusas e inocentes podemos llegar a ser las personas, que nos aferramos a cualquier esperanza, aun sabiendo que eso nos pueda consumir. Mi esperanza por aquel entonces era ella, Eloise, sus ojos, su pálida piel adornada con diminutas pecas y su cabello reluciendo bajo el sol de los atardeceres que compartimos, y que fueron el principal telón de fondo de aquel escenario, donde aprendimos tanto el uno del otro. Tan reluciente como la arena de la playa donde la vi por primera vez.

Todos cargamos con numerosos secretos y tormentos a la espalda, muchas veces de forma inconsciente. A pesar de ello, seguimos adelante e incluso esa carga parece aligerarse en determinados momentos. Aunque no sea así para todos. En algunas ocasiones, ese equipaje que debemos soportar se convierte en un lastre más pesado que nuestro propio cuerpo. Y nos impide avanzar con la ligereza que realmente deseamos. Eloise era de esas personas que, a pesar de su juventud, llevaba sobre su espalda un enorme saco repleto de oscuridad. Sin embargo, no se paraba nunca. Peleaba y salía a flote incluso cuando la carga era demasiado pesada, cuando la tristeza la abrazaba y amenazaba con hundirla hasta el fondo del mar, para no salir jamás. En todo momento, aunque nadie pudiera escuchar sus gritos, sus llantos o su llamada de socorro, ella pataleaba con todas sus fuerzas, se aferraba al mínimo atisbo de esperanza, cualquier pizca de ilusión o a una mano firme que la ayudara a salir.

Y desde el momento en que la conocí, en el instante justo en que sus ojos se quedaron clavados en los míos, supe que yo quería ser esa mano.

Siempre.

PRIMERA PARTE

CAPÍTULO 1
IAN

El vuelo Madrid-Las Palmas llegó con un retraso de casi una hora, pero, por lo que a mí respectaba, podría haberme quedado en la capital. No estaba seguro de querer enfrentarme de nuevo a todo lo que había dejado atrás, hacía ya casi un año.

Sabía que contaba con el apoyo de mis padres, los cuales siempre habían hecho grandes esfuerzos para que tanto mi hermana como yo tuviéramos la oportunidad de elegir dónde queríamos estudiar. Así que, en cuanto acabé la Selectividad y fui aceptado en la Universidad Complutense de Madrid, no lo pensé. Decidí entonces huir de la isla que me había visto nacer y crecer, quizá de una forma un tanto egoísta, puesto que lo único que tenía en mente entonces era dejar la vida rural que había conocido en el pueblo donde me crie.

Aunque no nos conocíamos todos (no era un pueblo tan pequeño), no era raro encontrarse con alguien que se parara a hablar conmigo al menos quince minutos porque era un familiar, vecino o compañero de clase. Era un pequeño defecto que encontraba a la vida rural y que había terminado por aburrirme. Sin embargo, el anonimato de la capital era otra cosa. Tenía un encanto para mí desconocido y perturbador, tanto que, durante el primer mes viviendo en la residencia de estudiantes, me giraba constantemente cuando salía a la calle, esperando que alguien se me acercara para contarme historias sobre su hijo, sobrino o qué comida prefería su perro. Me sentía francamente estúpido y continuamente tenía que hacer el esfuerzo por recordarme que aquel era otro ambiente, otro lugar y, por supuesto, que tenía otras historias. No fue difícil acostumbrarme cuando conseguí aceptar que mis horizontes se habían expandido. Lo único que había echado realmente en falta, al menos conscientemente, era la playa. Nada se comparaba con la sensación de la arena entre los pies, el olor a salitre y pescado del puerto. Sentir que no hacía nada, pero que no estaba perdiendo el tiempo si me quedaba horas sentado en la playa, mirando al horizonte y pensando en mis cosas.

Suspiré y un pequeño círculo de vapor empañó el cristal de la ventana. Pensé en lo rápido que había pasado aquel año y en que estaba deseando tomar otro avión de vuelta.

La mujer que estaba sentada a mi lado, y cuyo marido roncaba suavemente desde que habíamos despegado, en el asiento más cercano al pasillo, me miró con cariño, malinterpretando mi gesto.

—Falta poco para aterrizar. No te preocupes. —Sonrió, con los ojos iluminados. Asentí en silencio, devolviéndole una discreta sonrisa, y me giré hacia la ventana de nuevo.

Apenas me fijé en el resto de pasajeros, tan absorto como estaba en mis pensamientos. Pero cuando descendimos del avión, me inundaron mil recuerdos de la infancia, con aroma a mar y envueltos en la calma del mediodía. No solo memorias lejanas, también algunos detalles del año anterior, como cuando subí a una de estas máquinas voladoras por primera vez. Cuando dejé atrás mi pequeña y querida isla, mi universo durante dieciocho años, que de repente se me antojaba demasiado reducido. Asfixiante. Creo que hasta llegué a sentirme un poco mareado en ese instante. Un hondo suspiro me devolvió al presente, al momento en que aquella mujer daba un golpecito en el hombro de su marido, para que despertara, mientras todos los pasajeros se levantaban y tomaban su equipaje de mano. Con lentitud, intentando alargar aquel momento que se produciría de todas formas, entré en la pasarela de embarque que conectaba el avión con el aeropuerto, con la mochila al hombro. Listo para enfrentarme al reto que suponía volver a casa y abrumado ante la perspectiva de pasar un verano aburrido y sin mis amigos, que estaban dispersos por varios puntos del país.

Tardamos casi dos horas en recuperar nuestro equipaje, al que todos esperábamos entre resignados y molestos. La mujer de antes hablaba continuamente junto a su marido somnoliento, que hacía todo el esfuerzo del mundo por escucharla, pero cuyos ojos no podían evitar cerrarse de cansancio. Sonreí esta vez sin darme cuenta. La mujer pareció percatarse de ello y me saludó desde los asientos donde se encontraban, agitando la mano con energía. Le devolví el gesto.

Cuando por fin pude tener mi maleta en la mano, salí abrumado hacia la salida, siguiendo al resto de pasajeros. Habían coincidido un par de vuelos, así que el estrecho pasillo se encontraba abarrotado. Muchos hablaban emocionados, en sus ojos se apreciaban miradas ilusionadas y brillantes, y levantaban la vista, intentando encontrar a sus seres queridos entre todos los rostros que esperaban, pacientes, cerca de la salida. Hubo algunos gritos de alegría, abrazos eternos e incluso lágrimas. Parecía que algunas de esas personas llevaban más tiempo que yo fuera y estaban deseando regresar.

Sentí de pronto un nudo en el estómago, un pequeño atisbo de culpabilidad que intenté apaciguar. No quería volver, y sabía lo egoísta que era pensar aquello, cuando mis padres estaban deseando verme y pasar tiempo conmigo. Había hablado por teléfono con ellos con frecuencia y pensaba que eso era suficiente. Pero, aunque no me quedaba más remedio que regresar porque el primer curso de la carrera había finalizado, realmente quería sentir que lo hacía por ellos y por Naira. Así que, si bien estaba agobiado por la cantidad de gente que había a mi alrededor, estiré un poco el cuello y me sorprendí buscando a mis padres, con una ilusión renovada, mientras pensaba en ellos.

Creo que, si tuviera que pararme a hablar de mis padres, podría escribir una enciclopedia y aun así no me quedaría a gusto. Por aquel entonces, con las hormonas en ebullición constante y la acuciante necesidad de sentirme arropado por individuos con menos intereses que una piedra, los cuales decían ser amigos míos, no se me hubiera ocurrido reconocer en voz muy alta que mis padres eran lo más necesario en mi vida. Hubiese podido hacerlo, pero no me daba la gana. Los prejuicios y dilemas juveniles resultan cruciales para conocer, con la experiencia y templanza que solo da el paso de los años, quién ha podido madurar o no al alcanzar cierta edad. Y ojalá todos pudiéramos reconocer con dieciocho años lo que es verdaderamente importante en nuestras vidas. Lo sabemos, y no dejamos de escuchar una vocecilla en nuestro interior que se esfuerza en recordárnoslo también, pero nos guardamos esos pensamientos y sentimientos de cara a los demás. Por el miedo a la humillación, el fracaso o a no sentirnos integrados. Es una fase dura, que por fortuna termina pasando y quedando atrás. Pero no para todos. Hay quienes son incapaces de superar que tienen que vivir, soñar y pensar por y para sí mismos.

Pues bien, aunque aún por entonces decía con la boca pequeña que mis padres eran imprescindibles para mí, cuando los encontré ahí, de pie, buscando entre los rostros de los viajeros y familias mi propia cara, sentí que me inundaba una luz inmensa. Años después sigo guardando ese recuerdo como algo muy preciado, como una imagen animada que se mueve hasta que cruzo mi mirada con dos pares de ojos que me observan con alegría y añoranza, para regresar al instante en el que atravieso la puerta de salida. Reviviéndolo una y otra vez, recordando lo poco que tardaron en encontrarme entre el gentío y cómo corrieron hacia mí en cuanto lo hicieron.

Mi padre, de estatura media y algo rechoncho, fue el primero en estrecharme entre sus brazos. Su carácter emocional e impulsivo le hubiese impedido reaccionar de cualquier otra forma. Sin embargo, mi madre siempre fue más sutil, paciente y serena. Era curioso verlos juntos: generaban un contraste tan armonioso que no podía imaginar a dos personas más perfectas para compartir una vida. Así que cuando mi padre se apartó, algo reticente aún, mi madre se acercó despacio y me estrechó suavemente entre sus brazos.

—Bienvenido a casa otra vez, mi niño —dijo.

Suspiré, vaciando mis pulmones con la tensión que había sentido antes de aquel momento. Al volver a inhalar, me llegó el aroma que desprendía su cabello, un relajante contraste entre vainilla y miel que siempre asocié con ella. Jamás podría olvidarlo. La abracé más fuerte, prolongando el momento, sabiendo que ella, más que nadie, era capaz de entender al hacerlo todas mis dudas y el alivio que suponía volver a verlos. No sabía cómo lo había intuido, pero percibí una sonrisa arrugando sus rasgos y todo el amor con el que me sostenían sus brazos. Cuando nos separamos, mi padre nos volvió a atrapar entre los suyos, diciendo que nos esperaba una espectacular comida en casa que había preparado con Naira.

En ese momento no podía ser más feliz.

CAPÍTULO 2
ELOISE

Un ruido me sobresaltó y me sacó de mi duermevela. Llevaba despierta un rato, pero había sido incapaz de levantarme de la cama: mis huesos me pesaban al menos una tonelada cada uno, así que decidí quedarme un poco más escondida entre las sábanas. Tampoco tenía nada más que hacer, puesto que había comenzado las vacaciones hacía unos días y mis ganas de enfrentarme a la realidad eran mínimas. Pero aquel ruido me alertó, así que, haciendo un esfuerzo más grande del que podía, me desenredé de entre las sábanas y me vestí con unos vaqueros cortos y una blusa holgada. Bajé deprisa las escaleras, descalza y sin disimular mis pasos, hasta llegar a la planta principal. Me sentía extraña, sin saber el motivo. Desubicada y algo confusa, como si algo hubiera cambiado en el ambiente. Pero mi casa seguía siendo la misma. Además del sonido que me hubiera despertado, podía percibir el arrullo del campo que nos rodeaba a través de las ventanas abiertas, una calma inusitada y burlona que contrastaba con los latidos de mi corazón, aún acelerados a causa del sobresalto.

El pasillo estaba despejado, pero me llegó un murmullo desde la cocina, en la parte de atrás. Volví mi atención a aquel momento y, mientras olvidaba esa extraña sensación, me dirigí hacia el foco del ruido. Mi padre se encontraba agachado, buscando en un armario y revolviendo todos los utensilios de cocina. Un caos de cuencos, sartenes y platos se extendía por todo el suelo. Iba a dar un paso dentro de la habitación cuando vi los trocitos de cristal desparramados e inmediatamente supe qué era lo que me había despertado. Me quedé en el umbral de la puerta, cruzada de brazos, apoyé el hombro en el marco de madera y miré la espalda encorvada de mi padre, que cada vez buscaba con más entusiasmo.

—Como sigas así, vamos a tener que comer en las macetas sin flores que tenemos en el patio delantero.

Mi padre dio un respingo e intentó levantarse, golpeándose en la sien con el borde del armario. Después de murmurar y maldecir por lo bajo, pasándose la mano por la zona dolorida, se dio la vuelta y me miró con sorpresa.

—¿Tan mala pinta tengo? —inquirí.

—No... Pensaba que no estabas en casa. Quería preparar la comida. —Debió de apreciar el cambio de mi gesto a la extrañeza, porque añadió—: Son casi las dos de la tarde.

Fui incapaz de disimular la sorpresa que me provocó aquello.

—¿Otra vez te dormiste tarde? —preguntó mi padre en voz baja.

—No podía dormir.

Me miró con verdadera tristeza e hizo un gesto como si quisiera añadir algo más. Apenas tenía una pista de lo que me sucedía realmente; ya me había encargado yo de ocultárselo, porque no quería añadir más preocupaciones a su interminable lista. Pero hasta para él, ausente desde hacía tiempo, no pasaban desapercibidos mis desvelos. Llevaba meses arrastrando problemas de insomnio. Me costaba conciliar el sueño, por mucho esfuerzo que hiciera en dejar la mente en blanco.

—Eloise, si hay algo...

—Lo sé. No te preocupes. —Intenté sonreír, sin mucho éxito—. Me quedé escuchando música... hasta que se acabaron las pilas del walkman.

Su rostro pareció relajarse, aunque ambos sabíamos que era una verdad a medias. El insomnio no era consecuencia de que pasara las noches escuchando música; al contrario, lo hacía para poder relajarme, en un débil intento de arrastrarme hasta los brazos de Morfeo. No siempre lo conseguía con el éxito que esperaba.

—Quería ir hoy a comprar unas pilas nuevas —añadí.

Mi padre asintió, resignado, aún en cuclillas frente al armario abierto.

—¿Podrías ir después de que comamos juntos?

Aunque había perdido la mitad del día y eso lo odiaba, agradecí el esfuerzo que estaba haciendo. No siempre estaba receptivo ni era tan considerado; resultaba complicado sacarlo de su propia burbuja de desesperación y tristeza. Sentí cómo el malhumor se diluía dentro de mí, al pensar en lo mucho que le estaría costando aquello, aunque no lo pareciera.

—Voy a ponerme unas zapatillas y ahora vuelvo para preparar la comida. Ve recogiendo todo mientras tanto.

Me miró con sus ojos tristes y un poco ausentes, asintió y giró sobre sus talones.

No pude evitar suspirar ligeramente.

Sabía que no había sido el mismo desde el accidente, aunque yo era la menos indicada para reprocharle nada. Ninguno de los dos nos habíamos acostumbrado a nuestros silencios, porque ya nadie hablaba de lo que pensaba o sentía en aquella casa, que desde octubre estaba prácticamente vacía. No creía en el destino ni en ningún dios, pero, si alguno de los dos existiera, parecía que disfrutaba retorciendo nuestras vidas para dejarnos sin nada más que dos cuerpos que se consumían por dentro, de los que apenas quedaba ya una delicada carcasa, expuesta para romperse al mínimo roce. Incapaces de levantar la cabeza del suelo o de poner verdadero orden en sus vidas, tal y como mi padre intentaba hacer en la cocina en esos momentos.

Dejé a mi padre recogiendo el desastre mientras me ponía unas zapatillas de deporte algo viejas. El walkman me miraba desde el escritorio, lleno de papeles, cuadernos y mi máquina de escribir, una vieja Olivetti que había heredado de mi madre. Cuando volví a la cocina, me quedé de nuevo parada en el pasillo, haciendo caso omiso del nuevo ajetreo que estaba causando mi padre, mientras esa sensación de extrañeza volvía a apoderarse de mí. Era como si algo hubiera cambiado en el aire, que me confundía, pero que no podía identificar. Como en trance, anduve hacia la puerta principal, justo enfrente, salí al patio delantero y bajé los dos escalones que separaban el suelo de la puerta.

Ahí, a lo lejos, se extendía el pueblo de casitas blancas y edificios bajos que me había visto crecer. Desde mi casa podía verlo todo, pendiente abajo, hasta la bahía y el pequeño puerto, en ese instante inactivo.

El mar lanzaba destellos de luz, como si estuviera saludándome.

Me quedé ensimismada mirando en aquella dirección, atraída por ese sentimiento que no lograba identificar, una especie de añoranza que me provocó un escalofrío que recorrió mi espalda. La voz de mi padre hizo que regresara a la realidad del maltrecho patio de mi casa, lleno de macetas de las que solían rebosar los colores. Volví adentro.

CAPÍTULO 3
IAN

Cuando llegamos a nuestra casa, eran casi las dos de la tarde y, como me había prometido mi padre, Naira nos esperaba con la mesa preparada. En cuanto escuchó el ruido de la verja delantera, la cual creo que chirrió toda la vida a pesar de los esfuerzos de mis padres por arreglarla, salió disparada hacia mí.

Naira me quería con locura, era su modelo a seguir por mucho que yo no hiciera ni un esfuerzo al respecto. Me admiraba y creía que yo era la persona más lista del universo porque había conseguido ir a estudiar a la universidad en la Península. Lo que desconocía era que, en realidad, el mérito había sido de nuestros padres. Durante años se habían sacrificado y ahorrado todo lo posible para que sus hijos, si quisieran, pudiesen optar a la educación o los estudios que desearan. A pesar de ello, había conseguido una beca modesta que cubría una parte de los gastos universitarios y me había esforzado por mantenerla para el curso siguiente obteniendo buenas calificaciones. Pero no podía verme como esa persona con las ideas claras que mi hermana creía que era. Me sentía incapaz de explicárselo, porque aún veía la realidad con el filtro de la inocencia de una niña de nueve años, cuyo mundo se reducía a nuestro pequeño pueblo, mi familia y la vida en la costa.

Cuando Naira me estrechó entre sus brazos, más eufórica que nunca, todos estos pensamientos se disiparon y decidí que quería vivir aquel momento, ignorando el hilo de mis reflexiones y devolviéndole el abrazo con todo el amor que sentía por ella.

—¡Cuánto han tardado! Me moría de hambre —espetó a mis padres, al tiempo que se deshacía de nuestro abrazo. Me hizo gracia descubrir que, aunque yo fuera el principal responsable de la tardanza, culpara a nuestros padres.

—Tranquila, pequeña, no podemos hacer nada si el vuelo se retrasa —le contestó mi padre, revolviéndole el pelo, algo que Naira odiaba—. Además, ¿de verdad tenías tanta hambre? ¿O es que echabas de menos a Ian?

Bajo la piel morena de Naira, a la altura de sus adorables mofletes, empezaron a aparecer dos manchas coloradas. Frunció el ceño y estrechó los labios, enfadada. Por supuesto, nunca lo admitiría en voz alta.

—¡Por mí como si no hubiera vuelto en cinco años!

Sonó demasiado poco convincente y los tres nos echamos a reír sin parar, ganándonos una mirada de rabia de Naira, que se sonrojó aún más. Sin que me diera tiempo a reaccionar, me lanzó un pequeño puñetazo cariñoso en el brazo.

—¡Tranquila, pequeño tomate! Yo también me muero de hambre. —Empecé a hacerle cosquillas mientras se retorcía de risa y después todos nos dirigimos al patio de atrás.

Me encantaba comer en ese patio, especialmente en verano. Naira había dispuesto la mesa con bastante esmero, como si quisiera imitar la estética de un restaurante. Pero cada servilleta aparecía doblada siguiendo su propio esquema. En cualquier caso, agradecí el gesto y el esfuerzo, porque era consciente del cariño y la importancia con los que había cuidado cada uno de los detalles.

Comimos despacio mientras los tres escuchaban las anécdotas que ya les había narrado un poco por teléfono a lo largo del curso, pero a las cuales podía dedicar más tiempo ahora, haciendo incluso pequeñas interpretaciones (con voces y gestos incluidos) de todo lo que me había sucedido. Era curioso pensar que había estado fuera de casa apenas nueve meses, un periodo que había pasado demasiado rápido, casi sin dejarme tiempo a disfrutarlo. En realidad, sentía que mi experiencia estudiando fuera era más bien aburrida y poco interesante, pero me descubrí a mí mismo hablando de mis compañeros, profesores e incluso de alguna chica que había conocido con gran entusiasmo. Naira no dejaba de interrumpir y preguntarme constantemente, más emocionada que yo mismo por todo lo que estaba contando.

—Vale, pero tengo una pregunta superimportante.

—¿Cuál? —Aguanté la risa ante su rostro serio y meditabundo. Como si realmente estuviera desentrañando un problema que requiriera una gran concentración.

—¿Cómo has conseguido lavar tus calcetines?

Un silencio inundó la casa unos segundos y después todos estallamos en carcajadas.

—¡Lo digo en serio! En casa eres un poco inútil, y eso que están papá y mamá.

Qué amor de niña.

—Pues no me ha ido muy mal, ¿no? He vuelto de una pieza. —Le saqué la lengua.

Volvimos a gastarnos bromas, a hacernos burla y no paramos de reír en toda la comida.

Casi sin darnos cuenta, y después de haber devorado una deliciosa sandía, eran las cuatro de la tarde. Mi madre no tenía que volver a trabajar al colegio hasta el día siguiente, ya que sus alumnos tenían vacaciones y la jornada laboral de los profesores se reducía. Mi padre, en cambio, debía regresar al puerto para preparar la faena del día siguiente. Mi madre, Naira y yo nos quedamos en casa, y decidí aprovechar la tarde para acomodar la ropa en los armarios y cajones. Así pues, cogí el equipaje y subí a mi habitación.

Si volver a casa me había provocado una sensación de añoranza, de la cual no había sido consciente en esos largos meses que había pasado fuera, cuando abrí la puerta de mi cuarto sentí que me asfixiaba. Todo estaba tal cual lo había dejado, y la escasez de polvo en el escritorio y las estanterías evidenciaba que mi madre se había esmerado en que estuviera perfectamente preparado para mi vuelta. Sabía que había sido ella porque era de esas personas que pocas veces acompañaba sus acciones con palabras; lo hacía con detalles y cuidaba de todos sin decir absolutamente nada. Era algo que amaba de ella, porque sabía que velaba por nosotros sin tener la necesidad de expresarlo en voz alta continuamente. Nos quería en silencio, pero nunca dudábamos de eso.

Sin embargo, no fue ese detalle el que me oprimió el pecho y me dejó sin respiración. Aún hoy sigo sin explicarme qué sucedió aquel día, aquella mezcla de sentimientos que me provocó enfrentarme al que había sido mi espacio personal durante diecinueve años. Pero la realidad me había superado. Había vivido en una burbuja durante el curso escolar creyéndome un habitante más de la ciudad, sin dedicar demasiado tiempo a pensar y recordar de dónde venía. Mucho menos, de esas cuatro paredes pintadas en azul claro, con mis muebles de madera de roble y la colcha de cuadros que mi abuela había tejido para mí cuando cambié la cuna por la cama. Mis libros estaban colocados por orden alfabético en las estanterías, algún juguete que conservaba de pequeño asomaba por los rincones, un poco olvidados. Pero lo que más me impactó fue descubrir el montón de libretas de dibujo y mi colección de acuarelas y pinceles, todos depositados con cuidado y orden encima de la cómoda.

Había olvidado que amaba dibujar.

CAPÍTULO 4
ELOISE

Cuando regresé a la cocina, mi padre había arreglado parte del desastre, pero ni por asomo lo había solucionado por completo. Después de lanzar un suspiro de resignación, me agaché a su lado y en silencio empecé a recoger sartenes y tenedores, que iba distribuyendo en sus respectivos armarios. Él siguió arreglando el desorden sin decir nada, y de vez en cuando me lanzaba miradas con el rabillo del ojo y un gesto tan arrepentido que empezaba a ponerme de mal humor.

—Lo siento mucho, Eloise… Solo quería preparar la comida por una vez.

—No importa, papá. —Suspiré, intentando calmar mis nervios—. Ya acordamos que me ocuparía de la comida.

—No puedes encargarte de todo.

—Y aun así lo hago.

—Eloise, por favor…

—No quiero que se nos queme la casa. —Ese era un recuerdo que ambos compartíamos.

No lo dije en un tono demasiado duro, pero percibí el dolor en los ojos de mi padre. Ese dolor que era parte de nuestra rutina, una amenaza velada, una hoja afilada que tensaba cada vez más el delgado hilo que nos unía. Separándonos, creando entre nosotros un océano más amplio que el que veíamos desde nuestra casa.

Mi padre.

Ese hombre que siempre había sido para mí un modelo a seguir, mi pilar fundamental. La persona más lista y divertida del mundo. Incluso arrastrando el lastre del fallecimiento de mi madre, cuando yo apenas contaba con seis años de edad, era capaz de convertir los días en la aventura más divertida. Creo que Antoine y yo aprendimos más que cualquier otro niño gracias a los cuentos con moraleja que nos narraba y que a veces interpretábamos en pequeños teatrillos caseros, improvisando con sábanas y cualquier cosa que pudiéramos encontrar en casa, usándolo tanto de decorado como en la interpretación. Pero, desde lo que había sucedido con mi hermano, sencillamente había dejado de ser una persona con sueños e ilusión.

Igual que yo.

Éramos dos envolturas que se iban vaciando cada día.

Aunque luchara como podía por recuperar parte de nuestra vida, no lograba quitarme la sensación de perseguir algo imposible. Dolía pensar que nunca volveríamos a ser los mismos. Que ni mi madre ni Antoine volverían a sonreír con nosotros. Pero era bastante cabezota, así que me esforzaba por sacar adelante mis estudios, dedicarme a algunas tareas caseras que para mi padre suponían demasiado esfuerzo e intentar desarrollar la paciencia con él.

—Sabes que aquello fue sin querer —me dijo con tristeza—. No quería estropear la comida y mucho menos asustarte.

—Lo sé, papá. —Lo miré sin saber bien qué decir—. En serio, prefiero ser yo quien se ocupe de preparar la comida, no te preocupes.

—Déjame ayudarte, al menos hoy.

Un poco a regañadientes, accedí y, una vez que la cocina había quedado algo más decente, nos pusimos manos a la obra. Dejé que preparara la pasta, aunque fui yo la que encendió la cocina y puso el agua a hervir. Procurando que se acercara lo mínimo posible al fuego, conseguimos preparar unos macarrones con salsa de tomate bastante ricos y comimos en silencio en la mesa de la cocina.

Echaba en falta comer fuera, en el patio, como solíamos hacer. Era el propio Antoine el que nos animaba siempre a ello, hasta que lo tomamos por costumbre. Haber seguido utilizando aquella parte de la casa sin él habría resultado un insulto. Aunque también era la imposibilidad de enfrentarnos a la realidad lo que nos hacía recluirnos en el interior de las asfixiantes paredes de aquella casa. Llevábamos meses sin preocuparnos por salir, así que se había ido deteriorando poco a poco. Era curioso pensar en lo rápido que la arena y las malas hierbas reclamaban su territorio, ensuciando y resquebrajando los baldosines del suelo.

Sin embargo, no era la única estancia desatendida. En general, la casa presentaba un gran halo de abandono, lo que me hacía temer que pudiera pasar algo grave en algún momento. Hasta aquel día, no habíamos sufrido averías en las tuberías o el tendido eléctrico, pero la pintura se resquebrajaba y se caía a ronchones de la fachada, algunas contraventanas estaban a punto de descolgarse y las macetas eran cuencos vacíos que contenían restos de plantas secas.

Ninguno de los dos teníamos la energía necesaria para mantener el que había sido nuestro hogar, que se deterioraba a pasos agigantados, como si en silencio nos recriminara nuestra falta de atención y cuidados. Aun así, alguna vez había convencido a mi padre para que cogiera su antigua caja de herramientas y entre los dos habíamos puesto algo de orden en todo ese desastre, sin mucho éxito. Por eso me extrañaba siempre que, por iniciativa propia, intentara hacer algo por su cuenta, como cocinar. Era como si las emociones se movieran incómodas en su interior, oscilando y temblando, creando altibajos que lo dejaban agotado.

Aquel día comimos despacio, en silencio y sin mirarnos. El ruido de los cubiertos era lo único que rompía la calma. Ni una anécdota. Ni una pregunta por los nuevos grupos de música que había descubierto. Ninguna broma sobre lo fea que era mi blusa, como solía escuchar antes en boca de mi padre y de Antoine. Los cambios en nuestras expresiones se limitaban al movimiento mecánico de tomar la pasta en el tenedor, llevarla a la boca, masticar y vuelta a empezar.

Miré a mi padre, como en cada comida, esperando algo nuevo, pero él acabó de comer, cogió los platos y los llevó hasta el fregadero. Los limpió despacio y salió de la cocina. Y yo me quedé ahí sentada, como una idiota, preguntándome si alguna vez acabaría todo aquello.

CAPÍTULO 5
IAN

Los botes de acuarelas estaban guardados en un cesto, encima de la paleta de colores en pastilla, junto a un vaso de cristal lleno de pinceles limpios. Y mis cuadernos de dibujo se apilaban de mayor a menor tamaño. Mi madre había dispuesto todo de forma meticulosa, buscando un orden lógico, con el fin de que encontrara lo que quisiese con facilidad. Era consciente de que no tenía nada que ver con cómo lo habría dejado yo en septiembre, puesto que mi concepto de orden se basaba en dejar los cuadernos sobre la mesa, según los iba usando, por lo que los que estaban abajo solían ser también los más antiguos. Aunque aquella nueva torre, pulcra y ordenada, no tuviera ya ningún sentido para mí, sabía que mi madre lo había hecho con buena intención.

Era consciente de que ella no sabía nada de la decisión que había tomado antes de irme a Madrid, cuando supe que no quería volver a pintar. Sentía que aquello era incompatible con la nueva vida a la que tenía que enfrentarme. La que ansiaba descubrir. Pero, por alguna razón, quizá por el hipnotismo que la gran ciudad me había causado, había olvidado por completo que todo aquel material de dibujo seguía ahí. Esperando a que volviera, como habían hecho mis propios padres en el aeropuerto. Recordé lo duro que había sido darle vueltas al asunto, todas aquellas horas que pasé intentando tomar la decisión que creía que era más adecuada.

Pero, por algún motivo, no tuve la fuerza necesaria para tirar todas las libretas y acabar con cualquier rastro de un Ian pasado que, supuestamente, no tenía cabida en mi futuro.

De repente me enfadé muchísimo, sin saber bien por qué. Cogí la pila de cuadernos y usé mi silla para llegar a lo alto del armario, donde dejaría todo aquello por el momento. No quería saber nada más de pintar y me recriminé a mí mismo que estuviera repitiendo los mismos errores, mostrando el mismo tipo de debilidad. Pero me convencí de que en aquel momento era distinto, que en realidad no esperaba encontrar todo eso ahí. La sorpresa me había bloqueado, así que me dije que lo único que estaba haciendo era dejar todo aquel asunto para más adelante, cuando acabara de instalarme de nuevo en mi propio hogar.

Tomé un montón de papeles, intentando subirlos, pero calculé mal mis movimientos y todos cayeron, algunos incluso me golpearon en la cabeza, desperdigándose al tocar el suelo. Mi enfado y mi frustración fueron en aumento, así que, rojo de ira y con las lágrimas a punto de escapar de mis ojos, me senté en el suelo dispuesto a coger cada cuaderno y romperlo en mil pedazos. Escuché unos golpecitos tímidos en la puerta.

—Ian, ¿estás bien? —La voz de Naira sonaba preocupada.

—Todo bien, enana. Se me han caído unos libros.

—¡Menudo torpe!

Cuando su risa se desvaneció por el pasillo, cogí el cuaderno más pequeño entre mis manos. No lo recordaba, así que cuando lo abrí por la primera página no sabía lo que iba a encontrar. Ni estaba preparado para ello. Con una caligrafía un poco tosca y unos renglones inclinados hacia arriba, yo mismo a los ocho años había escrito:

Este cuaderno pertenece a Ian, de ocho años de edad. Por favor, devuélvanlo si lo encuentran, que es un regalo muy especial de mamá y no quiero perderlo. ¡Tengo que practicar si quiero pintar de mayor y ser el mejor!

Pueden traerlo a mi casa, la de la fachada blanca y las ventanas de color verde oscuro que está cerca del puerto, pero tampoco muy cerca, que si no huele a pescado todo el rato.

¡Gracias!

Ahí me quedé unos minutos, luchando contra las lágrimas, cargadas con la nostalgia, la impotencia y la amargura que me producía pensar que alguna vez había tenido semejante sueño. Un sueño que ya había abandonado.

Durante años me había dedicado a practicar sin parar, buscando inspiración en lo que me rodeaba: mi cuarto, mis juguetes, Naira y mis padres, el parque donde solía ir con mis amigos y el colegio. También intentaba crear mis propias obras de naturaleza muerta y de naturaleza en general cuando salía al campo. Pero, sin duda, lo que más aparecía en todos esos dibujos era el mar. Atardeceres y amaneceres, representaciones de la bahía y los barcos de los pescadores a lo lejos, los acantilados, la cueva, la playa... El sentimiento de nostalgia me golpeó con fuerzas renovadas, dejándome anclado al suelo y sosteniendo el cuaderno con fuerza entre las manos. Siempre había amado el mar, pero no era consciente de cuánto lo hacía.

El resto de las libretas eran similares, aunque fui capaz de percibir los avances y las mejoras en mi técnica. Mis bocetos eran cada vez más precisos y realistas, mientras que las láminas que había decidido llenar de color presentaban tonos más intensos a medida que me fijaba en los cuadernos más recientes.

Me detuve en uno de los últimos dibujos que había realizado el verano anterior. No supe por qué había captado mi atención esa imagen, pero recordaba aquel día bastante bien. Aún debatía conmigo mismo sobre qué hacer con todo aquello. Había pasado unos días duros, nervioso y expectante, porque pronto partiría hacia la universidad. Esa tarde, que firmé el 24 de agosto, decidí tomar mi cuaderno y dar un paseo por la playa. Realicé un par de bocetos inacabados en las páginas anteriores, también firmados con la misma fecha, pero el que me llamó la atención fue el único que había llegado a inundar de color. Parecía una imagen idílica, una tarde en la playa con la cueva de fondo. Varias figuras chapoteaban en el agua, hacían castillos de arena o leían tumbadas en la arena. Pero me llamaron la atención dos personas que, sin duda, habían captado mi interés aquel día. Dos jóvenes altos, con el pelo anaranjado, caminaban por la arena, cada uno con una bicicleta a su lado. El cabello de ella caía en ondas hasta su cintura y él la miraba con una sonrisa en el rostro. Lo había reconocido como uno de los amigos de Gael, que tenía un par de años más que yo y que era mi vecino y amigo desde que podía recordar. No logré ver el rostro de su acompañante, pero quise creer que también sonreía.

Cerré el cuaderno de golpe. Aquella escena me trajo recuerdos de la calma y la serenidad que había sentido mientras lo dibujaba, con el calor del sol en la nuca, y después rememoré cuando mezclé los colores en mi habitación.

Pensé entonces en todos aquellos años que había pasado alimentando aquella ilusión infantil de dedicarme a dibujar y crear durante toda mi vida. Pero unas semanas antes de volar al que sería mi nuevo hogar durante unos años, había decidido que esa parte de mí ya no tendría cabida en mi futuro. Que no podría destacar. Que no podría seguir dedicando tanto esfuerzo a algo que quizá no podría asegurarme un sueldo. En ese instante, en el que no quería volver a enfrentarme a toda aquella vorágine de sentimientos, el impacto que había provocado encontrarme con ese pedacito de mí, aún intacto, esperándome, hizo que varias voces interiores chocaran y gritaran a la vez en mi interior. Voces que no paraban de repetir que solo me había puesto excusas. Que era un cobarde por no perseguir un sueño, a pesar de que pudiera resultar infantil.

Más confuso que nunca, hice un nuevo montón con todas las libretas, las dejé en un rincón de la habitación y salí sin preocuparme por cómo quedaban. Con mis pensamientos enredados los unos con los otros.

Todo era caos.

CAPÍTULO 6
ELOISE

Cuando salí aquella tarde, solo tenía claro que quería comprar unas nuevas pilas para mi walkman. Por entonces podía prescindir de cualquier cosa, excepto de mi familia, mi música y el mar. Puesto que lo primero me lo estaban arrebatando sin piedad, pensaba que solo me quedaban dos refugios seguros en aquella isla, a pesar de los malos recuerdos. Y no pensaba renunciar a ellos.

Tomé mi bicicleta, de un color anaranjado desvaído y que a menudo me ganaba las burlas de otros, que no dejaban escapar la oportunidad de resaltar cómo hacía juego con mi pelo. Había escogido ese color hacía años porque Antoine se había decantado por una bicicleta morada, algo oscura, y me había convencido porque a menudo decía que, si íbamos los dos juntos, podríamos representar un atardecer. Y, por supuesto, haría juego con mi pelo. Siempre añadía esto último entre risas, solía subirse rápidamente a su propia bicicleta antes de terminar la frase y pedaleaba con fuerza, retándome a perseguirlo. Entonces, iba tras él calle abajo, moviendo mis piernas con toda la potencia que era capaz de transmitirle a los pedales, burlándonos el uno del otro y riendo hasta quedarnos sin aire.

Decidí bajar por una de las calles principales, pasando velozmente al lado de rostros que me miraban con curiosidad. Parecía que a aquellas personas les gustaba que hubiera familias destrozadas sobre las que poder hablar. Muchos me conocían solo de vista, otros habían tenido buena relación con mis padres. Eran relaciones ahora marchitas. Los miraba con recelo, intuyendo en sus ojos un lamento oculto por la pobre chica medio francesa.

El centro del pueblo bullía con cierta intensidad. Los que ya empezaban a disfrutar del tiempo libre salían a dar una vuelta, abarrotando las terrazas de los bares. También comenzaban a llegar aquellas personas que solo venían a pasar el fin de semana para reunirse con sus familiares.

Cercana a la plaza del ayuntamiento, había una calle pequeña que conectaba otras dos principales, y ahí era donde Luis había establecido su negocio. Una tienda que hacía las veces de ferretería y local multiusos, donde se podía encontrar casi de todo. Tenía un encanto especial, había sobrevivido durante años y seguía siendo el referente para muchos de nosotros, a pesar de la creciente competencia. Además, nadie era capaz de atender a la clientela como Luis, un hombre bonachón y risueño que siempre nos había ayudado mucho a mi padre y a mí.

También estaba Gael. Era su hijo mayor y el mejor amigo de Antoine. Los dos se habían conocido en el colegio y después empezaron juntos la carrera de Historia en Las Palmas. Eran tres años mayores que yo, pero a menudo parecía que nos intercambiábamos los papeles, especialmente cuando estaban juntos y no paraban de bombardearme con sus bromas.

Dejé la bicicleta apoyada en la fachada y entré. La puerta emitió un quejido sordo, que me dio la bienvenida al interior del local, oscuro y fresco, cuyo aire se movía gracias a un ventilador de un horrible color marrón situado cerca de la entrada. Al instante, el propio Luis emergió de la trastienda, se atrincheró tras el mostrador de formica y sonrió sinceramente en cuanto me vio.

—¡Mi pequeña francesa! Ya te echaba de menos por aquí, no sé cómo he podido superar estos días de bochorno sin esas pecas.

—Seguro que tienes clientes más interesantes. —Reí en respuesta. Era fascinante cómo el buen humor de este hombre lograba iluminar el día. Había echado de menos bajar al pueblo solo por eso.

—Pero nadie gasta las pecas como tú, no al menos en esta isla. ¡De eso puedes estar segura!

Los dos nos echamos a reír. Su risa era totalmente contagiosa y sincera, con la mandíbula abierta y los ojos entrecerrados, era capaz de animar hasta a las piedras. Poco a poco fue calmándose y sé que evitó preguntar lo que yo no quería responder. A veces subía hasta nuestra casa cuando el negocio se lo permitía. Era la forma que tenía de cuidarnos a mi padre y a mí. Nos visitaba a menudo, procurando que estuviera todo en orden, hacía compañía a mi padre y a veces nos traía comida o nos invitaba a su propia casa.

—Siento no haberlos visitado esta semana, Eloise. Tuve unos problemas con unos pedidos que me han tenido muy ocupado estos días.

Negué con la cabeza, sin palabras. A fin de cuentas, no tenía por qué ayudarnos como lo hacía y yo no podía exigirle nada. Debió de percibir algún matiz de la vergüenza que notaba subir por mi cuello, porque añadió:

—¡No pongas esa cara! Sabes de sobra que lo hago encantado. Además, queríamos invitarlos a comer el sábado que viene, si les apetece.

—De acuerdo… Se lo preguntaré a mi padre y te llamamos con lo que sea.

—¡Me parece perfecto! Imagino que has venido a por más baterías para tu cacharro de música, ¿no es cierto? —Me guiñó un ojo.

—¡Qué bien me conoces! Pues sí, se me acabaron justo ayer…

—Madre mía, francesita, si es que las gastas que da gusto —empezó a murmurar mientras buscaba en los estantes que había a su espalda, hasta que encontró el modelo y tipo que siempre compraba—. Aquí tienes, espero que estas te duren algo más.

Cogí el paquetito emocionada: tenía muchísimas ganas de volver a encender mi amado walkman y perderme en su música. Estaba abriendo la mochila para coger el dinero cuando Luis me detuvo con un gesto.

—Esta vez invito yo, Eloise. No me las tienes que pagar.

—¡Pero, Luis!

—Tómatelo como un regalo, en serio. Si fuera tu padre, te regañaría por gastarte todo el dinero en pilas.

Luis me miró con cariño y yo me quedé quieta en el sitio, sin saber siquiera qué hacer o qué cara estaba poniendo en realidad. Es cierto que nunca había demostrado sentir lástima por nosotros, pero sentía que había malinterpretado el gesto. Decidí dejarlo como estaba y aceptarlo, un poco a regañadientes. El hombre me sonrió de nuevo, con su optimismo y alegría naturales.

—Muchísimas gracias, Luis.

—No hay que darlas —me contestó riendo—. Ahora vete a dar una vuelta con esa bicicleta tuya, ¡el mar está hoy precioso!

—¿Y cuándo no? —Reí mientras guardaba las pilas en mi mochila y me volvía hacia la puerta.

—También tienes razón, francesita. ¡Ah! Y si ves al pesado de Gael, dale un tirón de orejas de mi parte y dile que venga, que necesito ayuda.

—¡Lo haré encantada!

Salí riendo del establecimiento, diciendo adiós con la mano. Un par de minutos después, pedaleaba con ganas y entusiasmo, con mi música, por fin, en los oídos, camino de la pastelería de Conrado. Otra de las tareas que debía hacer aquel día y para la cual había tardado en reunir fuerzas.

Llevaba toda la semana posponiendo ese momento. Había tomado una decisión y tenía que hablar con él.

Aunque tuve que cruzar la mayor parte del pueblo cuesta arriba, llegué a una carretera pequeña que, a pesar de la altura y el vértigo que producía, tenía unas vistas espectaculares. Tuve que parar y bajarme de la bicicleta para ver todo lo que se extendía a mis pies. Un cuadro a veces idílico, que no me cansaría de mirar. Algo que me devolvía la paz, aunque lo enturbiaran los recuerdos de Antoine más especialmente que cualquier otro rincón de aquel pueblo olvidado hasta por los turistas.

Bajo mis pies y algo separado del acantilado se veía el pequeño puerto, donde tantas personas se afanaban desde primera hora de la madrugada. Hacia el este se extendía la playa, lisa e imperturbable, con pequeños cúmulos de rocas esparcidos aquí y allá, y que aumentaban hasta acercarse a otro acantilado, donde se encontraba la cueva. Verla me inundaba de tristeza. Sentía como si la oscuridad que escondía su fondo pudiera salir y envolverme, abrazándome en la desesperación. No tenía fuerzas para ahogarme en ella en ese instante, y con un esfuerzo sobrehumano devolví mi mirada a la playa y me fijé en los diminutos cuerpos que descansaban en la arena, se bañaban y chapoteaban sin aparentes preocupaciones. Los envidiaba enormemente.

Volví a coger mi bicicleta y seguí pedaleando.

CAPÍTULO 7
IAN

Vivíamos cerca del puerto, así que tardé poco en llegar. Mi padre solía llevarme allí de pequeño a menudo, e incluso en días tranquilos o en los que no se esperaba mucha pesca me dejaba acompañarlo. Cuando fui algo más mayor, me di cuenta de que debía de causar más molestia que otra cosa, porque siempre estaba en medio del barco. Pero era feliz con el movimiento de aquellos barquitos, con mi chaleco puesto, y sintiéndome como un pirata surcando los siete mares. Siempre que encontraba un instante de tranquilidad, sacaba mis cuadernos y lápices, me sentaba en un rincón de la cubierta y dibujaba. Guardaba los colores en mi mente, empapándome de sus tonalidades y sombras, para después mezclarlos tranquilamente sentado en el patio de nuestra casa.

Todos aquellos recuerdos eran de momentos que habían sucedido tiempo atrás y muchos comenzaban a desdibujarse en mi memoria. Con el paso de los años había dejado de acompañar a mi padre, sustituyéndolo por mis amigos o los estudios. No sabía cómo había ocurrido exactamente, pero en algún momento decidí que era demasiado mayor para navegar con él y jugar a los piratas. Ya solo cruzaba el puerto de paso. Era inevitable que, en esos años, uno de los escenarios más importantes de mi infancia hubiera cambiado enormemente. Muchas personas habían renovado sus embarcaciones, sustituyendo los equipos de pesca por otros más modernos.

Lo único que parecía inalterable era el bullicio que flotaba en el ambiente. De una forma extraña convivían la tranquilidad del mar, el sonido del agua y las voces de los trabajadores, entre los que, siempre recordaría, había una camaradería envidiable.

Dejé atrás el puerto y comencé a caminar por el que años después se convertiría en un paseo marítimo. El ajetreo del puerto empezaba a quedar lejos, sustituido por una brisa cálida que traía las voces del mar y de los niños que se divertían en la arena en ese momento. Y volví a sentirme en casa, por millonésima vez ese día desde que había bajado del avión.

Paseé despacio, ignorando los coches y alguna bicicleta que pasaron cerca, sin ser capaz de despegar la mirada de la playa. Iba como ensimismado, recordando mi infancia y los dibujos; mi mente giraba a toda velocidad, como un torbellino. Por eso no me enteré cuando el verdadero huracán chocó conmigo y me tiró al suelo, golpeándome el trasero contra los baldosines del paseo. La risa de Gael lo inundó todo.

—¡Será posible! ¡Lo que estoy viendo ahora!

—Joder, Gael. Qué susto. —Lo aparté de un empujón, molesto.

—Maldito mocoso, ¡anda que me llamas para decir que has vuelto! —dijo entre risas, mientras estiraba su brazo hacia mí para sostenerme mientras me levantaba, aún algo aturdido.

—Lo habría hecho si pudiera haber adivinado que ocurriría esto. —Intenté aguantar la risa hasta que me encontré con los enormes y expresivos ojos castaños de mi amigo.

Los dos estallamos en nuevas carcajadas y me abrazó efusivamente, dándome algunas palmadas amistosas.

Me había criado con Gael y su familia, que vivían justo en la casa de enfrente. Tanto él como sus hermanos y sus padres eran personas cordiales y amistosas, que no dudaban en ayudar a quien lo necesitase.

No obstante, siempre había visto a Gael como alguien más especial. Era calidez y verano. No había persona en el mundo que pudiera sentirse a disgusto a su lado, estaba completamente seguro. Trataba igual de bien a todas las personas que se cruzaban en su camino, no tenía problemas para ponerse a hablar con un desconocido en la guagua. Siempre llevaba el pelo castaño y ondulado muy revuelto, como si no supiera que peinarse estuviera permitido (y recomendado) y, aunque en general era un desastre para las fechas, todos sabíamos que podíamos contar con él.

—Me he enterado por tu madre, que me la he encontrado al salir de casa. En serio, ¡aquí el desastre soy yo! Te tenía por una persona responsable. Qué decepción —dijo, adoptando un tono desengañado muy fingido.

—Si hubiera sabido que te ofenderías tanto… —Sonreí, burlón—. En realidad, solo llevo aquí unas horas. Aunque se me han hecho eternas.

—Lo dices como si no tuvieras ganas de volver.

—La verdad —titubeé— es que lo he dudado.

—¿Cómo? ¿De verdad que no echabas de menos todo esto? —En aquel momento estaba verdaderamente sorprendido, mientras que con un brazo rodeaba mis hombros y con el otro hacía un gesto abarcando toda la playa, como un padre orgulloso que le estuviera señalando a su hijo las tierras que heredaría—. ¿De verdad que no echabas de menos a tu familia? O… ¿no me echabas de menos? ¿A mí?

—A ti no te he echado en falta ni un poquito —dije, rojo de risa.

—Ah, claro, por eso no tardaste en llamarme llorando el primer día que llegaste a esa gran ciudad, ¿verdad?

Ahí tenía toda la razón. Los primeros días estaba tan asustado y agobiado que lo llamaba para desahogarme, ya que no quería preocupar a mis padres. Sabía que no me lo estaba reprochando, como también era consciente de que él había respondido a esas llamadas con una preocupación sincera.

—Mira, vamos a hacer una cosa. Quítate esas apestosas zapatillas, que seguro que huelen a pie muerto de pijo madrileño, y ven conmigo.

Le hice caso, bromeando entre dientes.

—Mis pies muy pijos no son, precisamente.

De hecho, seguían siendo los pies de un isleño que no era consciente de hasta qué punto había echado de menos su hogar.

—Aunque reconozco que a rosas tampoco huelen… —Se echó a reír mientras me quitaba las zapatillas y los calcetines.

—Ni que lo jures. Vamos, te echo una carrera.

Me dio un golpecito en la nuca y empezamos a correr con todas nuestras fuerzas. Por supuesto, sus piernas largas y delgadas le permitían dar unas zancadas enormes, así que terminó ganando.

Al llegar al borde del mar, dejó sus zapatillas en la arena sin mirar dónde caían y salpicando a dos niños que estaban tumbados en sus flotadores naranjas. Se quejaron, indignados, y le dedicaron miradas asesinas, pero Gael siguió avanzando, salpicando más agua a su alrededor. Llegué a su lado casi sin aliento.

—Podrías… haberme… avisado… de esa… dichosa carr…, de esa carrera… —Sentía que me estallaban los pulmones.

—¡Ja! Ha sido divertido, mocoso. ¡Hay que darle alegría a la vida!

Le miré muy serio, hasta que dejó de reírse, algo preocupado. Entonces me agaché y empecé a salpicarle agua también.

—Conque hay que darle alegría, ¡pues toma!

Al final acabamos enzarzados en una batalla campal, empujándonos el uno al otro, para consternación de aquellos niños que terminaron por salir a la arena, llamando a sus madres.

Después de un rato de risas, salimos empapados y nos sentamos en la arena. Éramos conscientes de que llegaríamos a casa hechos un desastre, pero en aquel momento no nos importaba absolutamente nada.

—Tengo que reconocer que había echado muchísimo de menos todo esto, Gael. No sabía cuánto —confesé en voz alta.

Mi amigo me miró con cierta gravedad, asintió como si entendiera perfectamente de lo que hablaba. Después, volvió la vista hacia el horizonte, algo más serio.

—Es lo que tiene esta maldita isla. No eres consciente de lo mucho que se convierte en tu hogar, ni de lo capaz que es de hacerte sentir en paz… Incluso aunque ella misma te arrebate a las personas que quieres.

Sabía que hablaba de su mejor amigo, al que había perdido hacía un año. Jamás había visto a Gael tan triste como en aquella época.

—Y eso es lo que la hace mágica, mocoso. Resulta contradictorio, pero es así. —Se giró hacia mí, con una emoción en la cara que no supe identificar—. No me imagino en ningún otro lugar como estoy ahora aquí.

Iba a responderle cuando algo detrás de mí captó su atención. Se levantó de un salto, recuperando su sonrisa y gesto habituales, levantando una gran cantidad de arena que me cayó directamente encima. Me agité un poco, intentando quitarme la arena de encima como pude, sorprendido y algo molesto.

—Maldita sea, me ha caído arena en los ojos, ten más cuidado…

Pero mi amigo no me escuchaba. Ya estaba levantando los dos brazos, agitándolos en el aire (y, en consecuencia, echándome más arena encima), gritando con alegría.

—¡Eloise! ¡Hola, hola!

Sacudiendo la cabeza para quitarme la arena que continuaba cayendo sobre mí, giré la cara para descubrir a la responsable del cambio de comportamiento de Gael.

Y entonces la vi.

CAPÍTULO 8
ELOISE

Cuando llegué a la pastelería de Conrado, no me extrañó encontrar el local lleno hasta la bandera. Sus pasteles, panes y café eran famosos en el pueblo y los alrededores, de donde también acudían curiosos y clientes habituales a menudo, con el único fin de degustar sus recetas, las cuales, según él, eran algo así como una herencia familiar. A pesar de que el negocio funcionaba fabulosamente, no quería aumentar su flota, como decían por allí. Era curioso ver la reacción de su dueño cuando alguien mencionaba el tema. Conrado rechazaba continuamente la idea, gruñendo y haciendo aspavientos. Algunos le habían sugerido que simplemente trasladara el negocio a un local más grande, donde pudiera servir más cafés y atender a un mayor número de mesas. Pero nadie conseguía convencerlo. Se conformaba con su pequeño local, con molduras de madera en un tono verde apagado, bastante anticuado. En realidad, todo el establecimiento parecía pertenecer a otra época, con un par de rótulos hechos a mano en los cristales, en una caligrafía que parecía sacada de una película en blanco y negro; y con sus estanterías y mostradores de madera pintada de color crema, que exhibían orgullosamente unas delicias que alimentaban con solo mirarlas.

Algunas personas disfrutaban de sus cafés, sentadas en las sillas de hierro de la entrada y en el interior del propio local.

Los únicos elementos que parecían devolverme al presente en aquella pastelería con aires de cafetería eran la caja registradora, que, por supuesto, era más actual que un modelo de principios de siglo, y dos ventiladores pequeños, uno en cada esquina a ambos lados de la puerta.

Y, por supuesto, también estaban los otros ayudantes de Conrado: un chico y una chica que eran mayores que yo y que llevaban trabajando allí un tiempo. Observé sus rostros serios e iracundos, los cuales me hicieron pensar que no estaban ahí por voluntad propia. No los conocía, y, en ausencia de nombres con los que referirme a ellos, en mi cabeza eran algo así como Serio y Tristeza. Durante todo el tiempo en que los vi, me había hecho a la idea de que era inútil saludarlos, así que esquivé a los clientes que hacían cola frente al mostrador y pasé directamente a la puerta que había detrás, la cual conectaba con el obrador. Tristeza me miró con cierta suficiencia al pasar, pero hice como si no me hubiera dado cuenta.

Encontré a Conrado silbando una melodía, que no reconocí, e introduciendo una bandeja llena de galletas en uno de los hornos.

Me detuve unos segundos deleitándome en el olor de las almendras, el caramelo y el azúcar que emanaban de aquella bandeja. Conrado pareció darse cuenta de mi presencia, se dio la vuelta despacio y sin dejar de silbar. En cuanto me reconoció, sonrió como si le hubiera contado un chiste, limpió sus manos en el delantal y extendió una hacia mí.

—Vaya, vaya. Mira lo que me he encontrado por aquí; una nueva ayudante, imagino. —No dejó de sonreír ni por un momento e imaginé que ya sabía qué venía a decirle. Lo que no entendía es cómo pudo adivinar antes que yo cuál sería mi respuesta.

Hacía unos días, cuando me había propuesto trabajar ese verano en su negocio, hasta que retomara los estudios en septiembre, no tenía muy claro que quisiera aceptarlo. Sin embargo, al final fueron las circunstancias las que decidieron, ya que nos venía bien el dinero. Tampoco tenía muy claro qué iba a ser de mí después del verano y necesitaba salir de casa, así que encontrar un trabajo me pareció una buena idea. Habíamos acordado que me acercaría a la pastelería para aceptar o rechazar la oferta.

—Y usted va a tener que confesarme la fuente de sus poderes de adivinación.

El hombre se rio con una sonora carcajada, echándose hacia atrás y apoyando las manos en su barriga llena de harina. Después hizo como que se retiraba una lágrima del ojo.

—Las mejores cosas las enseña la vejez, jovencita. Pero me alegra estar en lo cierto, es un pequeño placer que me vas a tener que conceder. —Le miré con cierto escepticismo, sin saber si solo era un viejo loco o actuaba como tal—. Nos vamos a llevar bien tú y yo. Aunque antes de eso me gustaría recordarte que odio que me traten de usted, y más si te vas a unir a la plantilla.

—No hay problema en eso. Entonces, ¿puedo empezar ya?

—¡No corras tanto! Aunque hoy hay mucho trabajo, no te lo voy a negar, prefiero que vengas desde primera hora, para coger el ritmo. Aprovecha tus últimos días de vacaciones y el lunes te espero aquí a las seis en punto, ¿de acuerdo?

—Aquí estaré entonces —respondí a su sonrisa.

—¡Ven con ganas de trabajar!

Me despedí de Conrado, quien dejó de prestarme atención enseguida y volvió a su tarea de silbar mientras preparaba una nueva remesa de galletas. Sonreí para mis adentros y salí del obrador. Serio y Tristeza seguían atendiendo a los clientes, sin reflejar emoción alguna. Pensé que tendría que empezar a mostrarme algo más amable con ellos... Pero eso podría esperar al lunes, por supuesto. Así que salí de la pastelería sin pararme a mirar en su dirección.

***

No me apetecía regresar a casa tan pronto, por lo que decidí dar una vuelta por la playa. Encendí mi walkman, coloqué los auriculares en mis oídos y monté en mi bicicleta. Los acordes de Dire Straits marcaron el ritmo con el que pedaleé todo el camino, un trayecto cuesta abajo desde la pastelería de Conrado hasta el puerto. Descubrí con cierto regocijo que la playa estaba algo más vacía que antes y, exceptuando un par de personas que se bañaban en el agua, el resto se encontraban descansando en sus toallas cerca de la orilla.

Después de pedalear un rato más, decidí dejar la bicicleta encadenada a una farola, me descalcé y bajé los pocos escalones que separaban el paseo de la propia playa. Anduve hacia el mar, sin prestar nada de atención a lo que sucedía a mi alrededor.

Tenía la mirada fija en los reflejos dorados que el atardecer provocaba en la superficie del agua, que se movían con el vaivén de las olas, creando un caleidoscopio de luces, colores y sombras que siempre lograba hipnotizarme. Sabía que aquel océano frío y salado era responsable de la muerte de Antoine, pero no podía odiar ni temer algo tan hermoso. Se había llevado a mi hermano, pero era cierto que también me lo había devuelto.

Nunca podría volver a escuchar la risa de Antoine, que era mi música favorita, ni sentir sus manos revolviéndome el pelo para hacerme rabiar. Y todo era culpa de esas aguas que odiaba y amaba sin remedio.

Sentía que a menudo se reavivaban la ira, la impotencia y la desesperación de ser consciente de que no recuperaría a mi hermano. Que se había ido para siempre. Pero también me invadían un amor y una fascinación inmensos, porque entendía que su fuerza estaba por encima de todos nosotros. Nos regalaba atardeceres para enmarcar que yo misma fotografiaría si tuviera una cámara, o dibujaría si supiera cómo plasmar tanta belleza y magia en un papel, sin insultar a la naturaleza. Y, por supuesto, me regalaba a mí, y a nadie más que a mí, miles de recuerdos felices con Antoine y mi padre en esa playa, bajo distintos soles y diferentes veranos, pero todos maravillosos. Esas escenas acudían a mi memoria con un insólito realismo, como jamás habría de recordar nada más. Sentía que, de alguna manera, era la forma que aquella playa tenía de pedirme disculpas por lo ocurrido. Y yo la dejaba hacer.

Con todos esos pensamientos dando vueltas en mi cabeza, dejé mis zapatillas en la arena, me senté y rodeé mis piernas con los brazos. Me quedé absorta, mirando hacia el horizonte, mientras las canciones se sucedían en mis oídos.

Justo cuando acababa la primera cara de la cinta, escuché una voz muy familiar que gritaba mi nombre. Salí de mi ensimismamiento, como si hubiera despertado de un sueño, y me giré en dirección a la voz. Gael me saludaba emocionado, como de costumbre, así que no pude más que devolverle el gesto. Como vi que empezaba a levantarse para dirigirse a mí, lo imité, moviendo ligeramente la mano, pero dedicándole una sonrisa sincera: tenía ganas de verlo. No estaba demasiado lejos y pude comprobar que estaba empapado y lleno de arena. Su pelo revuelto y sus mejillas ligeramente quemadas por el sol evidenciaban que llevaba un buen rato en la playa. Pero no fue hasta unos segundos después de que se levantara, cuando se giró para hablar con alguien, cuando me di cuenta de que no estaba solo.

En ese instante lo vi.

CAPÍTULO 9
IAN

Me quedé como ensimismado. Aturdido.

Eloise parecía hecha de fuego. El cabello caía ondulado y desordenado a la altura de sus hombros y tenía un tono naranja algo desvaído, del que los rayos del sol parecían extraer chispas y luz. Como si ardiera. Como si no tuviera muy claro qué color adoptar exactamente. Se mecía ligeramente con la brisa de aquel día, que llevaba algunos mechones directos a su cara, aunque no parecían molestarla en absoluto. Sus auriculares negros enmarcaban un rostro alargado y pálido, en el que destacaba una mirada de curiosidad y determinación.

Yo me quedé quieto mirándola como si no supiera hacer otra cosa.

—Voy a hablar un rato con ella, ¿vienes? —«Gracias, Gael, por devolverme a la tierra», pensé.

Asentí sin mucho convencimiento con una cara de bobo que se negaba a abandonarme y los dos empezamos a andar hacia Eloise.

Su nombre resonaba en mi mente, haciendo eco y evocando algún tipo de recuerdo. El nombre me resultaba familiar, pero no lo ubicaba.

Eloise.

Sonaba extraño y, a medida que nos acercábamos a ella, parecía querer asomar alguna imagen, una idea o cualquier cosa que me ayudara a ubicar ese nombre y a esa chica. Estábamos ya a su altura. Casi tenía algo... Un diminuto destello que quiso dar un poco de luz a mi memoria, pero nunca adiviné de qué se trataba. En ese momento escuché una vocecilla que venía del paseo y que me llamaba como si le fuera la vida en ello. Todos nos giramos, sobresaltados, para ver a mi hermana pequeña corriendo directa hacia mí.

Cuando Naira llegó a nuestro lado, estaba casi sin aliento.

—¡Ian! —gritaba mientras boqueaba para conseguir todo el aire posible.

—Tranquila, enana, que te vas a ahogar. ¿Qué pasa? —le preguntó mi amigo, mientras nos miraba a los dos preocupado.

—Es que... me ha... dicho... mamá... —empezó a decir mi hermana, hasta que respiró profundamente, tragó saliva y pareció recuperarse un poco, para después continuar hablando atropelladamente—: Que vengas ya a casa porque los tíos y los abuelos están a punto de llegar y vamos a preparar una cena para todos en el patio.

—¡Relájate! No te he entendido nada —respondí riéndome.

Mientras Naira repetía sus palabras más despacio, Eloise fue acercándose a nosotros, sin que yo reparara en ello.

—Lo siento, Gael, no voy a poder quedarme —dije mientras me giraba.

Me sorprendió encontrar a Eloise tan cerca. Sus ojos verdes nos escrutaban con atención y curiosidad, aunque se había retirado los auriculares de las orejas, que ahora descansaban alrededor de su pálido cuello. Tenía todos los sentidos puestos sobre nosotros. Algo sobrecogido por su mirada, me despedí con un quedo «adiós» y eché a andar tras Naira, con mis zapatillas en la mano.

—Qué horror, estás hecho un asco, Ian. La abuela se va a enfadar mucho contigo cuando te vea así. Yo que tú me daría una ducha cuando llegues y me cambiaba de ropa. Y más te vale que no dejes rastros de arena por la casa...

Dejé de escuchar a mi hermana, cuya vocecilla aguda parecía tener preparada una perorata infinita acerca de mi estado (sobre el cual, por cierto, tenía razón: estaba hecho un desastre), la bronca que me caería al llegar a casa y lo engorrosa que era la arena de playa. No pude quitarme la sensación de que la mirada de Eloise seguía clavada en mi espalda y, sin ser capaz de frenarme a mí mismo, en cuanto llegué al paseo y terminé de calzarme, decidí girarme para comprobarlo. Me decepcionó encontrarla hablando tranquilamente con Gael, las dos figuras recortándose contra el horizonte, como si se conocieran desde siempre, y ninguno me prestaba la menor atención. Volví a darme la vuelta y me encontré con Naira, mirándome con el ceño fruncido.

—No me hacías ni caso, ¿verdad?

—Claro que sí. —Parpadeé confuso.

—Eres lo peor.

Lo dijo como si contrastara un hecho inevitable y tomó mi mano con fuerza. Comenzó a tirar de mí, arrastrándome, directa hacia nuestra casa. No volví a girarme, pero la sensación de que unos ojos verdes no dejaban de observarme no llegó a abandonarme.

CAPÍTULO 10
ELOISE

Me quedé parada en el sitio. Sorprendida.

El chico tenía la piel morena, pero parecía natural, no como consecuencia de haberse pasado horas tomando el sol. Su pelo oscuro se veía hecho un desastre: revuelto, empapado y lleno de arena, al igual que el de Gael, algo que le otorgaba un aire infantil. Lo que me llamó la atención fue sin duda su expresión. No tenía unas facciones especialmente atractivas, pero su rostro emanaba una tranquilidad que me hizo pensar en una tarde despejada y sin nubes, con un mar relajado meciéndose suavemente.

Se llamaba Ian.

O al menos eso gritaba la niña pequeña que corría hacia él como una loca.

Cuando lo tuve más cerca, pude comprobar que mi primera impresión era cierta. Lo miré con curiosidad, hasta que un destello, una pequeña pista, se abrió paso en mi mente y lo reconoció. Sonreí para mis adentros, cuando las imágenes de un verano ya lejano se sucedieron descoloridas y diluidas entre mis recuerdos.

Se despidió entre dientes y echó a andar tras la niña, sin prestarnos más atención.

Gael se giró entonces hacia mí, sin abandonar la perenne sonrisa de su rostro.

—¡Francesita! Qué alegría verte. Podrías haberme llamado y hubiera estado impecable para ti, no con estas pintas.

—Anda, y yo que pensaba que estabas a punto de ir a una fiesta o algo así, con un atuendo tan… ¿hippy?

—Mira que eres mala, espero que no lo remates con algún recado de mi padre. —Me miró escéptico, a lo que respondí con una sonrisa maliciosa.

—Pues sí...

—No lo digas. Por favor, no lo dig…

—Tu padre necesita ayuda en la tienda.

Mi amigo fingió desmayarse y medio caerse en la arena, y los dos estallamos en carcajadas. Mientras hablábamos, no podía evitar mirar a Ian de vez en cuando, hasta que la niña tomó su mano y empezó a tirar de él en lo que me pareció un gesto bastante entrañable. Gael, por supuesto, se percató de la dirección de mi mirada.

—Es mi amigo Ian.

—¿De qué lo conoces?

—Es mi vecino, nos hemos criado prácticamente juntos. —Me miró extrañado—. ¿No lo conoces tú? Tiene tu edad, más o menos.

—Sí —dije despacio—. O eso creo.

—No te entiendo.

—Me ha recordado mucho a un niño con el que solía jugar en la playa algunos veranos… —Me encogí de hombros, algo confusa, intentando recrear algunas de esas imágenes que el encuentro con Ian me había producido—. No sé cómo se llamaba, pero tampoco estoy segura de que sea él.

—Estoy seguro de que lo recordarías, porque es todo un personaje. —Gael rio con ganas, echando la cabeza hacia atrás—. Y Naira no se parece en nada a él, menudo carácter tiene esa enana.

—¿Son hermanos? —inquirí, curiosa.

—Por supuesto, aunque, como te digo, no lo parecen. —Sonrió unos segundos más y después su rostro mudó a una expresión más seria—. ¿Qué tal estás hoy, Eloise?

—Bien... —Esquivé su mirada y decidí desviar la conversación—. Estoy motivada. Voy a trabajar en la pastelería de Conrado.

—¿En serio? —Su sorpresa era genuina—. ¡Me alegro! Con lo que siempre te ha gustado la repostería...

Sonreí ante su comentario. Ese era otro de los motivos que me habían decidido a aceptar la oferta del que era ya mi nuevo jefe. Lo único que no me había atrevido a confesar a mi padre. Desde que era pequeña, había desarrollado interés por la repostería. No sabía si era algo circunstancial o pasajero, así que decidí que no perdía nada por intentar trabajar en ello y comprobar hasta dónde realmente llegaba mi afición.

—También necesitamos el dinero. —Me encogí de hombros, como si no fuera importante, pero me arrepentí en cuanto vi la expresión de Gael.

—Sabes que siempre pueden...

—Gael, no. Por favor. —Lo miré con intensidad—. Ya nos ayudan lo suficiente. Y yo quiero trabajar. No hay nada más que hablar.

—Y tampoco quieres pasar más tiempo allí dentro, ¿verdad? —La sencillez de sus palabras me dejó clavada en el sitio—. En casa, me refiero.

—No...

Gael me abrazó con dulzura.

—Tranquila. No imagino lo que debe de ser. —Me acarició el pelo suavemente y se apartó, algo brusco, mirándome con su típica seriedad fingida, que siempre intentaba restar importancia a los temas más serios—. Solo te pido que cumplas tu misión como es debido y que me traigas todas las galletas de caramelo que sobren. Eres mi única esperanza.

Reí ante su ocurrencia y él me imitó.

Dejamos de girar en torno a los fantasmas que nos atormentaban y la conversación cambió a temas más ligeros. Gael aprovechó para seguir burlándose de mí un poco más.

Fui testigo de cómo nuestras sombras se iban alargando cada vez más. Poco a poco, los reflejos dorados que destellaban sobre la superficie del mar variaron del naranja a una tonalidad lila y, por último, se tornaron azul añil. Entonces decidí despedirme de él y regresar a casa, a mi prisión particular, con la sensación de que había pasado una eternidad desde que salí, aunque solo habían transcurrido unas horas.

CAPÍTULO 11
IAN

Estaba tumbado en la cama con los brazos y piernas extendidos, como si me hubiera caído allí mismo, con el pelo limpio y mi ropa seca puesta. Mi madre me había regañado ligeramente al verme llegar a casa hecho un desastre y no aceptó ningún tipo de réplica o explicación; me mandó directamente a la ducha. Mis familiares no tardaron en llegar y pronto nos reunimos todos en el patio trasero, cenando y hablando en voz alta. Mis primos me preguntaban continuamente por la moda o los gustos de los jóvenes de Madrid, y los mayores indagaban sobre mis estudios, si tenía novia y me recomendaban que tuviera cuidado con las fiestas universitarias. Aunque tuviera que lidiar con ese tipo de conversaciones, me alegraba pasar tiempo con mi familia y agradecí estar entretenido, al menos hasta que todos se marcharon y tuve que ayudar a mis padres a recoger y limpiar los platos de la cena. Después de haber subido a mi cuarto, Eloise irrumpió de nuevo en mi cabeza de forma tan silenciosa e inesperada que no tuve capacidad de reacción. Pasé la noche pensando en ella, a pesar de los esfuerzos que realizaba por alejarla de mi cabeza. Volvía a sentir su mirada curiosa sobre mí, al tiempo que evocaba las llamas que parecían escapar de su cabello al mecerse suavemente con la brisa marina de la tarde.

Cuando pensaba en aquel breve encuentro, parecía que una idea quisiera abrirse paso en mi mente. Estaba seguro de que debía de haberme cruzado con ella en algún momento, aunque no la recordara exactamente como la había visto aquella tarde. Me pregunté por qué no conseguía ubicarla si ambos conocíamos a Gael. Y por qué él no me habría hablado nunca de ella. O, lo que era más probable, sí lo había hecho y yo lo olvidé con el tiempo.

Sin darme cuenta, la espiral de pensamientos y recuerdos de aquel día tan intenso y lleno de emociones fue reduciendo su velocidad. Poco a poco se convirtió en un amasijo de ideas, sentimientos e imágenes cada vez más mezclados, difusos y vagos, que fueron perdiendo cualquier sentido lógico o coherencia, pero que me arrullaron hasta que finalmente caí rendido en un sueño plácido.

En ese breve instante que conecta la realidad con la inconsciencia, creí reconocer el sonido del mar de fondo, como el susurro de una canción de cuna.

***

No sé qué fue lo que me despertó a la mañana siguiente, pero, cuando recuperé la consciencia, reparé en que había descansado más que nunca. Por suerte no me había despertado en toda la noche. Ni siquiera recordaba haber soñado nada, así que sentía una apacible calma de la que no quería despedirme tan pronto.

Escuché unas voces que subían del salón y decidí desperezarme y bajar a desayunar con mis padres, aunque me encontré con que habían salido. Me aprovisioné de una taza enorme con Cola Cao y unas galletas, y salí al patio.

—¡Ya te has despertado! —Naira apareció a mi espalda, salté sobre la silla, casi derramando todo el contenido de mi taza—. Pero qué susto te he dado…

La contemplé sin decir nada, entornando los ojos. Ella se me quedó mirando un rato, con aquella sonrisa que nunca desaparecía de su rostro. Tembló ligeramente en cuanto vio las galletas.

—¿Dónde están papá y mamá? —pregunté, llevándome una de las galletas a la boca.

—Han salido a dar un paseo… —Se quedó embelesada, con toda su atención puesta en los dulces—. Volverán antes de comer.

—Qué raro que no hayas ido con ellos.

Naira se encogió de hombros, sin dejar de mirarme. Se resistía a pedirme una de esas galletas que tanto le gustaban y que a menudo comprábamos en la pastelería de Conrado. De pronto, pareció acordarse de algo. Su rostro se iluminó.

—¡Queda una semana para mi cumple!

—¿Vas a dejar ya de ser una enana?

—Nunca lo he sido, tonto —replicó, sacándome la lengua—. Espero que me regales algo bonito.

Añadió lo último con un tono mordaz que me sorprendió en ella, como si me echara en cara que mis regalos no fueran lo suficientemente buenos.

—Solo si te portas bien de aquí a una semana —dije, tomando una galleta y colocándola delante de su pequeña nariz—. Y… si dejas de ser tan golosa.

Bizqueó un poco para mirarla atentamente y me la arrebató rápidamente. Se levantó de la silla y yo fui detrás de ella. Comencé a hacerle cosquillas mientras su risa inundaba el patio.

Al final le di todas las galletas que pensaba comerme.

Un rato después, decidí que podría comprobar si Gael estaba en casa. Mis padres no habían regresado aún, pero pensé que no pasaría nada si dejaba a Naira sola unos minutos. Al fin y al cabo, solo iba a la casa de enfrente.

Crucé la calle con decisión, pero me detuve delante de la puerta. En la vivienda de al lado, un hombre mayor me miraba con severidad desde su propia entrada, con la llave en la mano. Me acordaba de él y su mujer, unos extranjeros que habían decidido cambiar de residencia cuando se jubilaron hacía unos pocos años, según me contaron mis padres. No sabía en qué país habían vivido, pero apenas hablaban español. Gael a menudo bromeaba con lo inquietantes que resultaban, callados y fríos, aunque rectificaba siempre diciendo que eran buenas personas.

Me encogí un poco y llamé al timbre. El hombre entró en su propia casa al mismo tiempo. Al instante apareció Aurora, la madre de Gael, que me saludó con un efusivo abrazo.

—¡Cuánto has crecido! Estás guapísimo —me dijo, radiante.

—Gracias, Aurora, eres muy amable.

—Solamente digo la verdad. ¿Vienes a comer?

—No, buscaba a Gael. —Estiré un poco el cuello, mirando hacia el interior de la casa—. Será solo un rato.

—No está en casa, mi niño —contestó cariñosamente—. Ha salido temprano esta mañana con su padre a organizar unas cosas del almacén. Me dijo que después había quedado en Las Palmas con una amiga para comer.

—¿Sabes cuándo va a volver?

—Siendo Gael, la verdad es que ni idea. —Sonrió con resignación.

Me despedí de ella con cierta decepción y volví a casa.

Al final pasé el resto del día entretenido, ayudando a mis padres con algunas tareas y a Naira con sus cuadernillos de verano, que no había tocado el día anterior. No dejó de quejarse ni un momento de que los domingos eran su día de descanso, pero conseguí que la tarea le resultase más divertida poniendo caras raras, dándole más pistas de las que necesitaba para resolver los problemas de matemáticas y torturándola con cosquillas cuando se quedaba mirando a la nada. Vi a Gael regresar a casa con su padre y sus hermanos, para volver a salir apenas dos minutos después, coger el coche de su padre y acelerar calle abajo. Mi pequeño interrogatorio tendría que esperar.

Por la tarde volví a mi cuarto con intención de leer, escuchar algo de música o… simplemente hacer algo. Hasta que vi el material de dibujo.

Hacía un año no habría dudado en coger esos pinceles y cuadernos que entonces me abrumaban y amenazaban desde el rincón, tal y como los había dejado el día anterior. Me quedé un rato de pie, mirándolos e intentando descifrar cómo me sentía.

Me acerqué y revolví los papeles como si buscara algo cuando lo que en realidad quería encontrar era a mí mismo. En aquel momento no lo sabía, por supuesto, y solo me dejaba guiar por el magnetismo que las libretas ejercían sobre mí una vez más.

Pasé un rato recolocando las libretas, cambiando los pinceles de sitio o guardando las acuarelas en algún cajón. ¿Por qué no podía simplemente cogerlo todo y tirarlo a la basura?

Resignado y enojado a partes iguales, tomé un cuaderno al azar. Sonreí cuando recordé que lo había estrenado emocionado casi cuatro años atrás, después de que me regalaran nuevas acuarelas por mi cumpleaños. Pasé las páginas sin prestar mucha atención a los detalles, únicamente dejándome inundar por los colores y las líneas suaves del lápiz que aún podían verse en algunas figuras. Hasta que una de ellas me llamó la atención. Parpadeé cuando comprendí por qué.

En muchas de las ilustraciones era apenas un borrón de fondo, una persona que parecía estar de paso, camuflada entre otros rostros y siluetas. Pasé las páginas rápidamente, pero aquella cabellera anaranjada era inconfundible.

Tomé otra libreta que, por las fechas que se veían escritas en ella, debía de haber comenzado a inundar de bocetos con doce años. Había utilizado otros materiales y el color no era exactamente igual, pero se mostraban perfectamente los matices de su cabello, que parecía más corto. En ese cuaderno no era solo ruido de fondo. A veces también era la protagonista.

Eloise aparecía en casi todos mis dibujos.

Un boceto de unos ojos muy realistas, enmarcados por líneas inacabadas que intentaban representar una nariz, y miles de pecas dispersas bajo ellos, me miraban escrutadores desde el papel. Detecté algunos fallos que pasé por alto cuando lo dibujé, aunque supuse que mi objetivo principal era recalcar su color, en el que había puesto gran esmero. Y ni siquiera recordaba haber hecho ese dibujo, como otros tantos.

¿Conocía a Eloise y la había olvidado?

Intenté esforzarme en hacer memoria, en rescatar recuerdos de mi infancia. Y de pronto ahí estaba. La imagen de esos ojos verdes que me habían hechizado, porque ya los había visto de cerca. Una niña pequeña y pálida, con el pelo muy corto a la altura de su barbilla y el flequillo recto, aunque siempre estaba despeinada.

Un verano lleno de paseos por la playa, de juegos en la arena y flotadores de colores brillantes. Pero nunca supe cómo se llamaba aquella niña que tiraba de mí cuando me quedaba quieto, con los pies en la orilla, quejándome de lo fría que estaba el agua.

—Solo tienes que meterte hasta la cintura y nadar un poco —decía, resignada.

—Pero es que tengo los pies congelados.

—Y te vas a quedar sin ellos como no te muevas.

Después chapoteaba a mi lado, empapándome, y empezaba a nadar. No me quedaba más remedio que seguirla.

Así que era eso. Esa diminuta chispa que se había encendido en mi mente al verla. Pero como pasó con las aventuras piratas que protagonizaba cuando salía al mar en el barco de mi padre, también sucedió lo mismo con Eloise.

Sentía como si un muro de cristal translúcido nos hubiera separado aquellos años. Era capaz de distinguirla al otro lado, pero no de reconocerla. Con el paso del tiempo, hasta había olvidado su amistad infantil, convirtiéndose en aquel ruido de fondo que continuaba representando en mis dibujos. Hasta que su silueta se había desdibujado, emborronado y casi desaparecido de mi mente.

Eloise había golpeado aquel cristal con un golpe seco cuando nos reencontramos el día anterior, como diciéndome que estaba ahí. Que nunca se había ido. Que yo era el único culpable de aquel distanciamiento.

Estaba seguro de que ella no habría tardado en reconocerme.

***

Los días siguientes pasaron como una flecha.

Aunque no hubiera querido regresar, era una tontería negar la nostalgia que me había inundado al pisar el aeropuerto. Aquella semana sentí que deseaba, inconscientemente, recuperar el tiempo perdido con mi familia y me volqué con ellos. Estuve ayudando a mis padres con varias tareas, entre las que se encontraba ir a la tienda de Luis para que me proporcionara tornillos y un par de herramientas: mi padre no abandonaría la lucha contra la verja rebelde.

Pasé mucho tiempo con Naira, que agradecía mi compañía con sonrisas de oreja a oreja. A menudo me encontraba pensando en Eloise, mientras recuperaba retazos de recuerdos de nuestra infancia.

—Mamá, ¿de pequeño tenía una amiga que se llamaba Eloise? —pregunté un día.

—Sí, a veces nos la encontrábamos en la playa. —Sonrió burlona—. Te retaba continuamente a hacer castillos de arena. ¿No te acuerdas?

—¿Era tu novia de pequeño? —Rio Naira. Mi padre chocó la palma de la mano con ella.

—La verdad es que no... —contesté, distraído e ignorando sus burlas, mientras movía unos guisantes con mi tenedor—. El otro día la vi en la playa, pero no la recordé hasta unos días más tarde.

—Bueno, no se puede decir que fueran inseparables. —Mi madre se encogió de hombros, moviendo un par de mechones de cabello oscuro—. Y solo la veíamos en verano, que yo recuerde. Hasta que empezaste a tener otros planes... Como estar más tiempo con tus amigos y menos con tu padre.

El aludido me miró, tratando de disimular lo dolido que se había sentido.

—¿Y qué tal está? —siguió diciendo mi madre.

—Bien, supongo. —No sabía a qué se refería—. Solo la vi un momento.

—Pobre niña, lo ha pasado fatal...

—¿Y eso?

—Cuando era pequeña, perdió a su madre. Marion. Trabajaba conmigo en el colegio, aunque teníamos grupos distintos a nuestro cargo. Y luego lo del accidente...

Pero no añadió nada más, porque mi abuela llamó por teléfono en ese momento y mi madre se levantó para responder.

Tampoco tuve suerte con Gael, al que apenas vi de pasada en un par de ocasiones. El resto del tiempo lo pasó yendo y viniendo de Las Palmas, levantándose muy temprano para ayudar a su padre con algún recado en la tienda o simplemente desapareciendo.

Por fin, llegó el viernes y el esperado fin de semana.

Lo primero que hice fue cruzar la calle e ir a buscar a Gael, pero de nuevo no lo encontré. No quería regresar a casa y, sin ninguna pista de qué era lo que quería hacer en realidad, opté por ir a la playa a dar un paseo.

Así que allí me dirigí, con las manos en los bolsillos y una vorágine de pensamientos revolviendo mi mente. Eloise, Gael, las vacaciones, mi carrera, mis padres… Todo se mezclaba a una velocidad de vértigo, arañando cada rincón de mi mente y arrasando mis sentimientos, que se confundían unos con otros.

Cuando llegué al paseo marítimo, estaba tan mareado que me costó identificar el incesante e intenso sonido del mar. Se abrió paso poco a poco por mi cabeza, dejando un rastro de luz y calma donde antes había caos. Decidí dejarle hacer, alejar todos aquellos pensamientos que me asfixiaban y concentrarme en lo que tenía delante. En el efecto que todo lo que tenía ante mí era capaz de provocar.

Mi querida playa.

Era un bálsamo, un padre o una madre que sabía consolarme cuando más lo necesitaba. Me abrazaba, lo quisiera yo o no, y me mecía suavemente hasta conseguir calmar mi preocupación, mi miedo o mi tristeza. Me embargaba con su olor a salitre, que parecía impregnar cada poro y cada fibra de mi ser.

Un aroma que iba y venía mecido por un viento que me hacía olvidar mis pies y pensar en un lugar donde no pasara el tiempo. Un tiempo que solo parecía existir para el vaivén de las olas o la oscilación de las mareas, o el reflejo del sol y la luna sobre la superficie del agua. Jugando con sus colores, creando luces y sombras, y que me hacía pensar que podría suceder algo mágico de un momento a otro.

Era raro estar allí solo, con las manos en los bolsillos, sin escuchar las bromas de Gael ni garabatear en mis cuadernos de dibujo.

Las risas de los niños que jugaban por ahí y sus chapoteos eran la única constante, ecos de veranos pasados donde mi única preocupación era construir castillos más consistentes con la arena húmeda, ante la insistencia de una Eloise en miniatura. Pero todas esas voces, ese barullo de fondo, se fueron apagando hasta que solo existió el mar, la arena fresca y el cosquilleo del sol sobre la piel.

Anduve un buen rato completamente absorto. La arena fina se había ido transformando en arena más gruesa, habían ido apareciendo rocas dispersas, primero más pequeñas y cada vez más grandes, y la imponente cueva que coronaba el extremo oriental de la playa estaba más cerca. Decidí entonces sentarme en una de esas rocas, siempre secas en la parte superior porque ni la marea llegaba a humedecerlas.

Mientras miraba al horizonte, los pensamientos más obstinados también empezaron a diluirse. A medida que pasaban los minutos, la playa fue vaciándose y las risas disminuyeron su intensidad y parecieron dispersarse. El color del cielo fue pasando del azul a los tonos morados y naranjas, propios del atardecer, y mi estado de ánimo iba mejorando, dejándose llevar como sincronizado con dicha transformación.

Sentía la presencia inmensa de la cueva, cuyas sombras se hacían oscuras, y las rocas se endurecían y volvían más amenazantes. Mirando en su dirección, me encontré con algo que, de alguna forma, no encajaba del todo en aquel lugar. Un destello de color naranja que parecía haberse escapado de ese cielo ardiente que contemplaba hacía solo unos segundos. Y cuando me fijé detenidamente, no pude creerme lo que veía. Una figura esbelta, apoyada en unas rocas como en las que yo me encontraba, con los ojos cerrados y una expresión de serenidad y calma en el rostro.

No pude evitar quedarme mirándola. Su cabeza parecía mecerse suavemente, de un lado a otro, al compás de los acordes que escapaban de los auriculares que llevaba. La luz del atardecer iluminaba su rostro pálido, destacando las pecas que lo adornaban y que casi podía contar desde donde me encontraba. Su cabello se movía ligeramente, llevado por la misma brisa suave que me traía el olor del mar. El eco de su nombre resonando en mi cabeza me trasladó por un momento a mis cuadernos, a los vagos recuerdos que aún conservaba de nuestra amistad. A la sensación de su mirada en la mía.

Y, de repente, todo se detuvo alrededor.

Eloise abrió los ojos suavemente, como despertando de un sueño, y se quedó ensimismada, como si se perdiera en el horizonte. Fui testigo de cómo su rostro se contrajo al volver a la realidad y, con el ceño fruncido y los labios apretados, parecía maldecir aquel escenario que yo amaba tanto.

No pude apartar la mirada. No sabía qué podría estar recorriendo su mente cuando giró el rostro hacia la cueva, elevando ligeramente la cabeza. Se quedó así quieta, unos segundos, y volvió a dirigir su atención al frente, sin relajar aquella expresión. De nuevo, cerró los ojos, inspiró profundamente y los abrió otra vez. Por algún motivo, sentí que estaba presenciando algún tipo de ritual. Algo en sus movimientos, en la aparente serenidad que intentaba transmitir, me decía que no era la primera vez que miraba el mar con esa expresión tan difícil de interpretar.

En ese momento debió de percibir de soslayo que yo miraba en su dirección. Casi no tuve tiempo para fingir que estaba muy concentrado en los cordones de mis zapatillas cuando se giró, ágil, para observarme a mí.

Intenté que de verdad pareciera que mi posición era natural y nada forzada, que jamás la había mirado. Pero fue imposible disimular.

Y, de todas formas, estaba deseando que me viera.

CAPÍTULO 12
ELOISE

No sabía si el chico pensaba que no me iba a dar cuenta de que me estaba mirando. Tampoco supe qué cara puse en ese momento, pero no olvidaré la suya, que rápidamente se tornó de un rojo intenso. Intenté no reírme, porque era consciente de que estaba pasando mucha vergüenza.

Ian.

Me parecía un nombre curioso y extraño, pero no lo había olvidado desde que nos encontráramos en la playa hacía una semana. Evoqué su expresión relajada y tranquila, serena, que había conseguido captar mi atención. Aunque en ese instante la sensación pareció diluirse, escapando entre los rayos de sol que incidían sobre su rostro. Parecía más preocupado por fingir que no estaba haciendo nada, cuando ambos sabíamos que no era así. O al menos eso había sentido yo. De repente, me sentí vanidosa y egocéntrica, no tenía motivos para pensar que alguien se había fijado en mí de ninguna forma.

Menuda tonta.

Tenía el entrecejo fruncido y se mordía el labio inferior, bastante turbado y tenso. Quizá pensó que yo pasaría de largo, haciendo como si no me hubiera dado cuenta. O precisamente estaba deseando que no me hubiese percatado de nada. No estaba acostumbrada a que nadie que no fuera Antoine o Gael me prestara nunca mucha atención en realidad, así que era posible que, en otras circunstancias, hubiera actuado precisamente así.

Sin embargo, en aquel momento todo era distinto.

Ian me despertaba una curiosidad genuina y extraña, alimentada por la idea de que realmente fuera aquel niño que jugaba conmigo en la playa. Quizá no fuera el mismo tipo de persona que conservaba en mi memoria: un niño de cara redonda y expresión risueña, que transmitía confianza y que se fiaba demasiado de los demás. Tampoco reconocí en esta nueva versión de Ian ningún patrón, nada que me recordara a cualquier persona que hubiera conocido antes. Era como si en él viera algo distinto, una luz o una sombra, un matiz discreto y escondido, como cuando se contempla una imagen con algún defecto oculto. Era capaz de identificar que algo no cuadraba, pero tardaba un rato en descubrir qué era exactamente. Esa era la sensación que me transmitía aquel chico, que parecía estar desentrañando los secretos del universo ocultos entre los cordones de sus zapatillas.

Quise conocer a ese Ian, fuera el niño de mis recuerdos o no. Porque quería identificar qué era lo que había en esa imagen que no encajaba, pero que atraía mi atención.

Puede que también fueran la desesperanza, la necesidad de conocer gente nueva o algún amigo que pudiera hacerme olvidar mis problemas.

Y era amigo de Gael. Podría dudar de muchas cosas, pero él precisamente era estricto escogiendo sus amistades.

Sonreí para mis adentros y suspiré. Sin darme cuenta de lo que hacía, había bajado de un salto de la roca en la que estaba sentada. Algo de arena se introdujo en mis zapatillas, así que decidí quitármelas. Enseguida comprobé que había sido una buena decisión: poder sentir la arena fresca entre los pies era una sensación incomparable.

Apagué el walkman y coloqué los auriculares alrededor de mi cuello. Sentí la oscura y poderosa presencia de la cueva, el mar chocando contra las rocas del acantilado, haciendo eco de su fuerza en su interior. Decidí ignorarla y, con la oscuridad del recuerdo a mis espaldas, avancé hacia donde se encontraba Ian.

A medida que me acercaba, fui testigo de cómo el color aceitunado de su piel iba mudando hacia una tonalidad colorada, cada vez más intensa.

—¿Hoy Gael te ha dejado tirado a ti también? —pregunté, intentando sonar despreocupada.

Levantó la cabeza y dirigió sus profundas y oscuras pupilas directamente hacia las mías. Eso me dejó algo sorprendida y turbada, pero me gustó.

—En realidad… —titubeó un poco y tosió ligeramente, aclarándose la garganta—. En realidad, no había quedado con él, aunque esperaba encontrarlo aquí.

No apartó la mirada ni un solo instante, aunque era evidente que se moría de vergüenza. Fue un gesto que admiré.

—No me sorprende. Gael es así. Va a su ritmo por completo.

—Suenas molesta.

¿Por qué diría aquello?

—Sé que es así.

—¿Pero? —Por supuesto, había un «pero», lo que no entendía es cómo él había sido capaz de interpretarlo.

—Eres su amigo, debes de conocerlo. ¿No?

—Sí. Por eso añadiría que, si realmente lo necesitas a tu lado, él solito se las apaña para aparecer de la nada y ayudarte, aunque no le hayas llamado.

—Tienes toda la razón. —Sonrió. El color de sus mejillas se había diluido notablemente y se le notaba más relajado.

Ambos nos quedamos unos segundos ahí, sin decir nada. Podía parecer absurdo, pero no resultaba desagradable. Le devolví la sonrisa y después me giré hacia el mar. Noté movimiento e imaginé a Ian bajando torpemente de la roca, andando unos pasos y situándose a mi lado, también mirando en la misma dirección.

Cuando le observé con el rabillo del ojo, vi que se giraba hacia mí.

—¿Vienes aquí a menudo? —me dijo.

Me sorprendió su pregunta, como si realmente estuviera interesado en saber algo sobre mí, como si le hubiera causado algún tipo de impresión.

—Sí, vengo aquí normalmente. Siempre que puedo.

—A mí me ha parecido que odias el mar.

—No podría hacerlo… —Volví a desviar el rostro hacia el horizonte—. ¿Y tú? ¿Lo odias?

—Tampoco podría —contestó sin dejar de sonreír—. Lo he echado de menos.

—¿Cómo?

—Muchísimo. He estado estudiando fuera este curso. Volver ha sido más… reparador de lo que hubiera pensado nunca.

Lo miré con una curiosidad renovada. Estaba siendo sincero, se le notaba en el rostro, la sonrisa honesta y el brillo de sus ojos, que me miraban directamente, sin titubear, a pesar de que el tono bajo en la voz tuviera indicios de timidez.

Debí de quedarme mirándolo más intensamente de lo que pretendía, porque el color volvió a teñir sus mejillas.

—Supongo que es el efecto normal de esta playa —le dije, devolviéndole, una vez más, una sonrisa igual de sincera—. Soy Eloise, por cierto.

—Y yo Ian —respondió, dándome la mano. Un saludo curioso.

—Eso imaginé por cómo gritaba esa niña tan graciosa que te buscaba el otro día.

—Es mi hermana pequeña, no hay persona que se emocione más fácilmente con cualquier cosa que ella.

Reí suavemente y él conmigo.

—¿Y de qué conoces a Gael?

—Es mi vecino, lo conozco de toda la vida.

—Entiendo.

—Es imposible llevarse mal con una persona que solo sabe hacerte reír y ver siempre el lado positivo a todo lo que te ocurra, hasta cuando está presente en el momento en el que aprendes a montar en bicicleta sin rueditas y no dejas de caerte y arañarte contra el asfalto. —Reí suavemente ante su comentario—. ¿Y tú?

—Sé lo que es eso —respondí—. Yo también lo conozco desde siempre y creo que no ha habido ni un momento de mi vida en el que haya sentido que me hubiera fallado o algo así. Siempre he podido contar con él para cualquier cosa.

Me fijé de nuevo en él, que no dejaba de mirarme con curiosidad. Se había vuelto a relajar un poco y guardaba sus manos en los bolsillos de sus vaqueros gastados. Su cabello oscuro se movía y revolvía, dándole un toque de inocencia.

—Y ese es Gael, sin duda —dijo, sonriendo, aunque debió de acordarse de algo de pronto, porque abrió mucho los ojos y, algo turbado y tímido, se dirigió de nuevo a mí—. Perdona, no sé si te estoy entreteniendo.

—Tranquilo, está bien. Aunque debería irme ya.

Eché a andar con él a mi lado. Noté que se revolvía algo incómodo y le miré inquisitiva.

—¿Quieres que te acompañe?

—Oh… —No era eso lo que esperaba—. No, para nada. No te preocupes.

—No es ninguna molestia, de verdad.

—En serio, no te preocupes. Vivo algo lejos y, de todas formas, voy en bicicleta.

—¿La has dejado por aquí cerca?

—Sí, al lado del paseo.

—Te acompaño hasta ella entonces.

Seguimos caminando por la playa, donde ya casi no quedaba nadie.

Nuestros pasos acompasados estaban marcados por el sonido del plástico de los auriculares contra mis clavículas. Nuestros pies arrastraban y movían la arena, que se colaba entre los dedos desnudos haciéndome cosquillas. El atardecer parecía haberse detenido, como si hubiera estado pendiente de nuestra conversación, y hubiera retomado lo que estaba haciendo después. Ian iba a mi lado, silencioso y relajado. No me sentía incómoda, más bien al contrario, me gustaba la compañía de ese tímido chico y el silencio tranquilo que se respiraba entre los dos, como un abrazo cálido.

Casi sin darnos cuenta habíamos llegado al punto del paseo donde había dejado mi bicicleta. Ian esperó hasta que abrí el candado que la mantenía segura y atada a una farola, mirándome con curiosidad. Cuando acabé, le contemplé sonriendo, con verdadera franqueza.

—Gracias por acompañarme.

—De nada. Ya nos veremos.

Asentí y coloqué los auriculares en mis oídos. Cuando Ian empezaba a marcharse, pulsé el botón de play y los suaves acordes de una canción pop inundaron mis sentidos. No la reconocí enseguida, pero tampoco me importó.

Empecé a pedalear cuesta arriba, con la intensidad que me había otorgado reconocer a Ian como el niño de mis recuerdos.

Intenté ignorar la negrura de la cueva, que parecía ceñirse sobre mí, mientras evocaba esos veranos llenos de luz, calor y castillos de arena que siempre destrozábamos antes de volver a casa.

CAPÍTULO 13
IAN

El encuentro con Eloise había sido breve, pero había sido suficiente para convencerme de que era la misma persona que aparecía en mis dibujos. Sus ojos eran exactamente como los había pintado tiempo atrás. Aquella melena, más corta que la que lucía la Eloise de mis últimos bocetos, seguía atrapando los rayos de sol. Como si quisiera capturar el atardecer en las ondas suaves que acariciaban sus hombros desnudos.

Me había sorprendido el aparente interés que había mostrado. ¿Me recordaba ella también? No podía saberlo y quizá no tendría mejor oportunidad para preguntárselo. Seguramente tenía una vida más interesante que la mía, novio y mil amigas atolondradas con las que pasar el tiempo. Nuestro encuentro había sido casual.

Aquella noche me costó conciliar el sueño, pero finalmente conseguí quedarme dormido y al día siguiente sentí que realmente había descansado y recuperado parte de la energía que me faltaba. Fue agradable además ver que no hacía un calor sofocante desde primera hora de la mañana, así que volví a atrincherarme en el patio de atrás con mi desayuno habitual, esta vez sin la vigilancia de Naira. Hasta que llegó Gael, irrumpiendo como un huracán.

—¡Eh, canijo! ¿Quieres que te traiga el periódico? Pareces un jubilado tomando el sol —dijo mientras me espachurraba entre sus brazos.

—Un jubilado puede que no lo sea, pero sí una persona que se va a atragantar como no me sueltes...

—Pero qué delicado te ha vuelto la atmósfera de Madrid, tío. Necesitas más aire cargado de sal, que no te reconozco. —Mi amigo cogió un puñado de galletas y se sentó, repantigándose en la silla que tenía delante.

—Eres increíble.

—Lo sé. —Sonrió con suficiencia mientras se metía una galleta en la boca, sin ceremonias.

—Llevo días buscándote y apareces en el momento de mayor tranquilidad.

—Eres un pesado. Me lo ha contado mi madre. ¿Qué te pasa que no dejas de perseguirme?

—¡Como si fuera fácil encontrarte! —Su sonrisa burlona y su ceja levantada estaban causando el efecto deseado: no podía parar de reír—. Eres lo peor, ¿lo sabías?

—De hecho, soy lo mejor de lo peor, chaval... Dime, ¿qué te pasa estos días? Ya en serio, mi padre también te vio y me dijo que estabas algo despistado. Aunque, por otro lado, le contesté que era normal, porque no puedes negarme que lo raro es verte con los pies en la tierra, pequeño artista.

Le lancé una servilleta a la cara, que recogió del suelo rojo de la risa.

No podía negar que eso último me había dolido un poco. Gael no sabía nada de que hubiera dejado de dibujar y en ese instante no encontré las palabras adecuadas para explicárselo. Era consciente de que en algún momento debía confesárselo, pero no entonces. No quería que notase mis dudas, así que tomé otra galleta, la empapé en la leche y me la llevé a la boca, masticando despacio y sin dejar de mirar mi taza, como si esta fuera lo más interesante que había visto jamás.

—Nada… Ya te contaré. Me apetecía que saliéramos por ahí y hablar contigo. ¿Tienes planes hoy?

—Pues vienen a comer unos invitados, pero por la tarde estoy libre como un pájaro. ¡Vengo a buscarte!

—Genial —dije sonriendo, mientras me metía en la boca otra galleta empapada en leche y masticaba haciendo ruido adrede, porque sabía que lo odiaba.

—Tan delicadito para algunas cosas y tan asqueroso para otras.

—Tú no puedes hablar precisamente.

—Estás muy respondón. Voy a tener que ir a Madrid a ver qué les enseñan allí. —Soltó una de sus carcajadas contagiosas, echando la cabeza hacia atrás y arrugando mucho la cara.

—Anda, cállate. Soy el mismo de siempre. —No podía parar de reír tampoco.

—¿Sí? Pues a ver si me haces uno de tus dibujos *de siempre*, que los he echado de menos este año. ¿Has cogido los pinceles últimamente?

No había formulado la pregunta con segundas intenciones, pero no pude evitar tensarme, como si quisiera descifrar algún significado oculto. No creía que hubiera sido tan perspicaz como para darse cuenta de que no había dibujado en toda la semana. Apenas nos habíamos visto, así que su comentario solo podía ser inocente.

Sentí una sombra que oscurecía mi rostro, a lo que Gael respondió frunciendo el ceño. Fue algo casi imperceptible, pero suficiente para que pudiera apreciar el cambio en su actitud risueña.

—¿Ocurre algo, Ian?

Había bajado mucho la voz, invitando a la confidencia.

—No, no te preocupes. Pensaba en que podría aprovechar que salimos y comprar un regalo a mi hermana. Su cumpleaños es el lunes y me había olvidado de buscar alguna cosa.

Gael relajó un poco su expresión, pero noté que seguía mirándome con atención. De alguna forma sabía que me había guardado algo, pero lo respetó y me siguió la corriente.

—Perfecto. Encontraremos algo bonito para esa renacuaja. —Me guiñó el ojo—. Supongo que tu hermana es cáncer, ¿no?

—¿Qué? ¿Ahora te interesan los horóscopos, el destino y esas cosas místicas? —No podía parar de reír. Me lo podría haber imaginado de otra persona, pero no de Gael, alguien que jamás pensaba que su destino y su vida estuvieran en manos de nadie más que en las suyas.

—¡No! ¡Por favor! ¿Por quién me tomas? Parece mentira que no me conozcas. —Puso los ojos en blanco en un gesto muy característico—. Pero Andrea está como loca con esos temas y me pregunta continuamente que si quiero que me lea las cartas y pueda ver mi futuro. Menudas tonterías. El caso es que no para de hablar de los horóscopos y ya casi me los he aprendido yo. Bueno, pregúntale a Naira, creo que ella es víctima también de esta obsesión suya. Cada vez que viene a casa, le cuenta y le lee mil cosas que ve por ahí en libros y revistas. Nos tiene locos a todos.

—Ya veo… No creo que a Naira le interesen mucho, aunque le dé curiosidad. De hecho, dice que quiere ser o científica o dibujante. No lo tiene muy claro.

—¡Ja! Como si fueran la misma cosa, qué graciosa es. Pues nada, tú anímala a lo segundo, que sabes más de eso que nadie.

Me dio un golpe en la espalda, atento a mi expresión, aunque no comentó nada cuando percibió el estupor con que me volví hacia él.

—Bueno, lo dicho. ¡Nos vemos esta tarde!

No me dio tiempo ni a levantarme cuando él se fue, tan rápido como había venido, y yo me quedé ahí, mirando las galletas que se habían hundido en el fondo de la taza.

***

Gael vino puntual a buscarme, con su misma energía de siempre. Juntos, caminamos calle abajo y nos dirigimos hacia el centro del pueblo. Después de pensarlo mucho, encontré el regalo perfecto para Naira: un set de papelería completo, con lápices para colorear y dibujar, un bloc de dibujo sencillo y gomas de borrar, afiladores de lápices y alguna tontería más que estaba seguro que le iba a encantar. La dependienta que nos atendió lo envolvió todo en un papel plateado brillante, como si fuera una especie de bombón enorme, y cerró el paquete con un lazo de color azul eléctrico. También me convenció para añadirle una postal pequeñita con unas flores en la portada, en cuyo interior escribí unas palabras de felicitación. Creo que se emocionó en exceso cuando le comenté que era un regalo para mi hermana pequeña.

Como no me apetecía ir dando vueltas con aquel paquete enorme en las manos, y tampoco quería que Naira lo viera hasta el lunes, Gael se ofreció a guardarlo en su casa. Después, tuvimos tiempo de dar una vuelta solos.

—Mi padre últimamente está más pesado con la tienda… Cree que, como ahora estoy de vacaciones, puede condenarme.

—¿Cómo llevas la universidad? —pregunté—. ¿No tenías exámenes en septiembre?

—Alguno tengo, gracias por recordármelo. —Puso los ojos en blanco—. Pero voy bien, mi amiga Yaiza me está ayudando con algunos apuntes que me faltan. Estoy deseando acabar. ¿Y tú qué? ¿Cómo es la vida universitaria en Madrid?

—Pues frenética, como todo. Es imposible aburrirse y me he pasado el curso conociendo a amigos de amigos. —Sonreí para mis adentros—. Mi amigo Víctor, por ejemplo, solo pensaba en enseñarme locales donde salir por la noche.

—Ya, seguro que eso debe de ser horrible —contestó con una mueca burlona.

No paramos de hablar en todo el camino y, cuando llegamos al puerto, Gael me detuvo en un muelle prácticamente vacío y finalmente se decidió a preguntarme sobre la pintura.

—Ian... ¿Te preocupa algo? Sé que ya no dibujas como lo hacías antes.

Me quedé mirando a lo lejos, simulando que algo había captado mi atención, sin saber qué decir. A mi lado, Gael suspiró y se revolvió.

—Mira, por lo general me da igual lo que hagan o digan los demás, ¿vale? Pero entre esos «los demás» no está precisamente uno de mis mejores amigos. Y me sentiría fatal si no pudiera ayudarte. No podría permitirme que otra de las personas que más me importa sufriera... O que le ocurriera algo malo.

Algo en su tono hizo que me volviera. Percibí una preocupación real en su mirada y quizá cierta ansiedad. Medité sobre sus palabras. Gael tenía un amigo, más bien un hermano casi, que falleció el año anterior. Era el chico de la bicicleta. No pude apoyarlo cuando sucedió, puesto que yo llevaba ya casi un mes en Madrid. Escucharlo todo por teléfono fue horrible, nunca me había sentido tan impotente, incapaz de hacer nada. De vez en cuando hablábamos del tema, hasta que poco a poco fue reponiéndose y recuperando su atención en otras cosas. No había mencionado el asunto en aquellos días, suponía que porque aún le dolía acordarse de él. Pero había algo más en esas palabras.

—Gael, lo que sucedió no fue culpa tuya. Y, por favor, no te sientas mal por mí. Es una tontería que ya se me pasará. De verdad.

—No puede ser una tontería si se trata del dibujo. Ian, esas acuarelas y tú son uno. Creo que jamás he visto a alguien tan seguro en algo que hiciera.

—Pues las cosas cambian y la gente madura.

No podía evitar mostrar el dolor que sus palabras me estaban causando. De alguna manera, escuchárselo decir a alguien que sabía que me conocía tan bien me dolía y me hacía sentir que de verdad me estaba traicionando a mí mismo. Pero ya había tomado mi decisión y sentía que no podía echarme atrás.

—Estoy estudiando una carrera que mis padres están pagando con esfuerzo y ayuda. No puedo simplemente darles la espalda y dedicarme a algo que no tenga futuro.

—Algo con lo que te sientes bien y que forma parte de ti, por cierto.

—Puede que ya no sea así.

—O puede que seas un cabezota sin remedio. No puedes negarlo, canijo. Miéntete todo lo que quieras.

Suspiró impaciente y yo me callé. No quería discutir más. Estaba enfadado, confuso, y de repente me sentía agotado.

—Además, no era de eso de lo que quería hablar contigo. Esa decisión ya la he tomado.

—Ah, ¿sí? ¿Y de qué querías hablarme? —Su ceja arqueada, lejos de producirme las risas de esa mañana, empezaba a ponerme nervioso. De nuevo, decidí ignorarlo, respirar hondo y mirar hacia un pequeño barquito de recreo que veía a lo lejos.

—Quería preguntarte... por Eloise. Tu amiga.

En ese momento, su cara cambió por completo. Qué fácil era desviar la conversación con él. Pero creo que agradeció el giro que le di, porque sabía que en ese instante no estaba muy dispuesto a dejarme convencer por él y sus opiniones acerca de mi vida, aunque las tuviera en consideración.

—¡Anda! No me digas... ¿Te gusta? —Rio, poniendo cara de bobo y pestañeando mucho—. ¿Quieres que te la presente?

—Resulta que ya la conozco. —Percibí la confusión en su cara—. Ayer me encontré con ella en la playa y estuvimos hablando. Fue muy agradable.

—¡Ja! Eloise es mucha chica para un canijo como tú, créeme. Pero no se me ocurre una persona mejor con la que pueda estar ella. Y si me dan el consentimiento, podría hacer de Celestina entre los dos.

—Deja de brincar a mi alrededor, te estás emocionando demasiado. —Volví a suspirar, un poco contrariado.

—¿Huelo mal? Porque alguien por aquí no deja de resoplar. —Entornó los ojos y se cruzó de brazos, mirándome con su ceja alzada de nuevo.

—Y a ti parece que te hayan cogido esa ceja con un alfiler a la frente. Deja de levantarla. Eloise no me interesa de esa forma, pero me pareció alguien curioso y a quien me gustaría conocer. No sé explicarlo.

La sonrisita de medio lado de mi amigo, sus ojos brillantes y su leve asentimiento me decían que no se creía ni una palabra.

Yo estaba seguro de que era así. Pero estaba deseando hablar con Eloise de nuevo. Al cabo de unos segundos de silencio, que los dos pasamos sumidos en nuestros propios pensamientos, Gael empezó a hablar, para mi sorpresa.

—En realidad, creo que te entiendo. Hay gente que tiene... No sé cómo decirlo. Una especie de magnetismo. Es lo mismo que le sucedía a Antoine. Por supuesto, ellos no son conscientes del efecto que ejercen en los demás, es evidente, pero resultan hipnotizantes.

—Lo echas mucho de menos, ¿verdad?

—¿A Antoine? Sí. —Suspiró profundamente, sin dejar de mirar al frente. Seguí su mirada y descubrí unas nubes en forma de cúmulo que empezaban a aparecer en el cielo—. Era mi mejor amigo.

Me quedé mirándolo, intentando descifrar algo que parecía escaparse. Aun sabiendo cómo se había sentido después de lo ocurrido, siempre había tenido la sensación de que no me lo había contado todo, como, por ejemplo, los detalles de lo sucedido. Nunca quise presionarlo, pero esperaba que, si alguna vez me narraba la historia completa, sería capaz de comprender a mi amigo.

—¿Algún día me lo contarás todo? —Me sorprendió mi propia voz y al rato me regañé a mí mismo por haber sido tan directo. Pero Gael no parecía enfadado, simplemente sonrió con suavidad y giró el rostro hacia mí.

—Sí, claro. Espero hacerlo pronto.

Al rato Gael había vuelto a ser él mismo y, mientras el sol comenzaba a descender en el horizonte, regresamos a casa, dejando un rastro de risas y bromas y olvidando por un momento nuestras dudas y secretos.

***

El lunes celebramos el cumpleaños de mi hermana, a la que le encantó mi regalo. No imaginaba cómo un detalle tan sencillo podría hacerle tanta ilusión, pero así era ella. Agradecía más que yo hubiera dado a entender que no me iba a olvidar de su cumpleaños que el regalo en sí. En aquella ocasión fui por primera vez consciente de ello y una emoción desconocida me inundó. Desde entonces no he olvidado ninguno de sus cumpleaños y siempre he intentado pasarlos con ella de algún modo.

Pero aquel 11 de julio decidí que quería dedicarle otro detalle, así que antes de la hora de la comida recorrí más de medio pueblo hasta mi objetivo: la pastelería de Conrado.

Los dulces de Conrado eran el producto estrella del pueblo. Él mismo resultaba emblemático a su manera. Pocos podían escapar a sus sutiles bromas y su característica sonrisa. Yo era especialmente sensible a todo aquello, porque me costaba distinguir si estaba bromeando o burlándose de mí.

Sin embargo, amaba aquel lugar que parecía haber permanecido inalterable desde otra época. Era acogedor, olía a delicias que me moría por probar y con las que Naira siempre se relamía, con los ojos brillantes y la mirada perdida en los mostradores llenos de pastelitos, panes y otros dulces.

Cuando empujé la puerta de madera, pintada de un color verde pastel apagado, el móvil de metal dorado que tenía colgado tintineó anunciando mi llegada.

Conrado se afanaba por atender a un grupo de tres señoras mayores, entre las que reconocí a una vecina de mis abuelos, que vivían en el pueblo de al lado.

—Vaya, Conrado, usted sí que sabe hablar, incluso con esa voz tan peculiar que tiene. Estoy segura de que era todo un donjuán de joven, ¿verdad? —decía la más alta de las tres, que llevaba el pelo corto y rizado teñido de un color cobrizo.

—Bueno, no puedo negar que tuviera cierto éxito entonces, mi querida Rosa. —Conrado reía, mientras terminaba de anudar la cuerda que mantenía sujeto el paquete lleno de pasteles que le tendía en ese momento—. Pero mi corazón solo ha pertenecido a dos mujeres en toda mi vida, y una es mi preciosa Clara.

—¡Qué romántico! —Suspiró la vecina de mis abuelos.

—Espero que algún día nos hable de esa otra mujer, a Clara ya la conocemos. —Sonrió con picardía la del medio, que había permanecido muy callada y serena.

—¡Oh, no se preocupen! Serán las primeras en saber todos los detalles si algún día decido hablar de ello.

Conrado dio el cambio a las mujeres, que se fueron riendo y hablando sin parar; el móvil de la puerta se balanceó fuertemente, sus piezas de metal chocaron con energía las unas con las otras. Cuando el tintineo se redujo a un ligero roce, a un sonido como de campanitas, y la puerta se cerró con estruendo, Conrado me miró, reparando por primera vez en mi presencia. Suspiró, sacudió la cabeza de un lado a otro y su sonrisa de medio lado afloró en su rostro, resaltando las arrugas alrededor de sus ojos.

—Estas señoras me matarán un día. No pueden vivir sin el cotilleo.

Iba a responderle cuando la puerta de detrás del mostrador, la que comunicaba con el obrador, se abrió de repente. Entre las cortinas de madera apareció un rostro que no esperaba encontrar allí precisamente.

Eloise reparó en mi presencia casi al mismo tiempo, aunque ella parecía sorprendida. Supongo que trabajar en un lugar que era un punto de encuentro para los habitantes de toda la zona la había preparado para encontrarse con cualquiera. No obstante, me miró despacio, parpadeando, y me saludó con naturalidad.

—Hola, Ian. —Levanté la mano en respuesta y la agité un poco. Ridículo.

De nuevo me pilló desprevenido y me quedé parado en el sitio. Más aún, al notar la mirada escrutadora de Conrado, el cual, imaginaba yo, tendría una expresión divertida en el rostro.

Eloise enarcó las cejas, algo molesta, y se giró hacia el propietario del local.

—¿Puedes venir en cuanto tengas un momento, por favor? Algo ha pasado con las galletas que habíamos metido en el horno.

—Sí, claro. Atiende entonces a este chaval mientras arreglo el estropicio que hayan provocado. Está claro que no se les puede dejar solos.

Eloise puso los ojos en blanco y avanzó hacia el mostrador. Conrado suspiró, divertido. Apartó las cortinas y desapareció en el interior del obrador, que desde mi posición se veía completamente a oscuras. Eloise me miró escrutadora detrás de su fortaleza de madera pintada, como si fuera la dueña de aquel lugar.

—Hola, Eloise. Perdona, no esperaba encontrarte aquí...

—Y con esta ridícula red en la cabeza, ¿verdad? —Sonrió con malicia, retándome a que hiciera algún comentario al respecto.

Lo cierto es que tenía un aspecto algo desaliñado, pero para nada desagradable. Llevaba el cabello recogido en una especie de moño, a media altura, y toda la cabeza envuelta en una red blanca con un elástico que rodeaba el borde del pelo. Un delantal de la pastelería, a todas luces grande para su esbelta figura, le cubría todo el cuerpo, aunque podía ver las mangas de la camisa estampada que llevaba. Tenía manchas de harina y azúcar hasta en los pómulos y algunos mechones rebeldes de su cabello se escapaban de la redecilla.

—No, encontrarte en general, con red o sin ella.

—Era broma, tranquilo. Dime, ¿qué querías?

Mientras le iba dando indicaciones de los dulces que pensaba que le iban a gustar a mi hermana, además de mis favoritos y de los de mis padres, Eloise fue andando de un lado al otro del mostrador y los estantes que había detrás de ella, guardando todo en un par de bandejas de cartón que después envolvió meticulosamente en el típico papel amarillo limón de la pastelería, con lazo incluido.

—Madre mía, ¿te los vas a comer todos tú solo? —dijo mientras ingresaba en la caja registradora el dinero que le había dado y preparaba el cambio.

—No, claro. Es el cumpleaños de Naira y pensé que le gustaría celebrarlo con dulces.

—Felicítala de mi parte.

—Lo haré, no lo dudes. —La miré brevemente—. Bueno, que pases buen día.

—Igualmente, Ian.

Ambos sonreímos ligeramente. Nos llegaban las voces del obrador, amortiguadas por la puerta entornada y los ruidos del lugar. Entonces, cuando ya estaba de espaldas con un brazo haciendo equilibrios para sostener las bandejas llenas de dulces y la otra mano en el pomo de la puerta, escuché la voz de Eloise.

—Hasta la próxima.

Me giré sorprendido y asentí con la cabeza. Un brillo extraño llegó a los ojos de Eloise, y con una sonrisa tonta en los labios salí del local, con las campanitas resonando en mis oídos.

CAPÍTULO 14
ELOISE

No esperaba encontrarme con Ian aquel lunes, un día que estaba resultando más bien anodino y monótono. Pero cuando Conrado me relevó en el mostrador y yo regresé al obrador, para continuar trabajando con mis compañeros, estaba ciertamente entusiasmada. Me sentía un poco más ligera, agradecida por la distracción.

El día siguiente se me hizo insoportablemente largo. Paloma, la otra trabajadora de la pastelería, la chica de la mueca perenne a la que había apodado como Tristeza, se había mostrado quisquillosa con todas mis tareas. Aprovechaba el mínimo error para recriminarme mi falta de experiencia.

—Esa masa lleva demasiada harina. Vuelve a empezar.

Le daba la espalda y repetía la tarea, intentando contener un resoplido. Martín, el chico serio, me miraba en silencio, ignorándonos a ambas.

—No has untado el molde con mantequilla. Hay que tirar este bizcocho.

Y así sucesivamente.

Por supuesto, procuraba que Conrado no estuviera delante cuando lanzaba sus comentarios, pero ni siquiera pudo esquivar su capacidad de estar al tanto de todo lo que sucedía entre las paredes de su negocio.

—Paloma, ya basta. —Fruncía el ceño, erguía la espalda y desaparecía todo rastro de aquel carismático hombre—. Su nueva compañera está aprendiendo. Solo deseo que le den directrices. Si no quieres que las cosas salgan mal, encárgate de hacerlo bien desde el principio.

La chica callaba y apenas acertaba a moverse del sitio. Después, Conrado le encargaba atender a los clientes o cualquier otra tarea lejos de mí y ella se marchaba iracunda.

A pesar de todo, debía reconocer que me gustaba el trabajo muchísimo. Siempre había sentido curiosidad por la repostería y conocerla más de cerca estaba de alguna forma ilusionándome. No me importaba atender a los clientes, preparar pedidos y encargos y, en general, estar en la parte visible del negocio, pero de lo que disfrutaba enormemente era de todas mis tareas en el obrador. Resultaban más pesadas y engorrosas, y raro era el día que no acababa embadurnada en harina de la cabeza a los pies. Sin embargo, me apasionaba ver cómo las masas que moldeábamos, los ingredientes que mezclábamos y los montoncitos de cereales que introducíamos en el horno se transformaban en dulces y panes que hacían felices a otros. Como, por ejemplo, a la hermana de Ian.

Volví a sonreír sin querer y a centrarme en las magdalenas que sacaba en ese momento del horno, una de las últimas remesas de aquel día.

A las cuatro menos cinco había dejado todo recogido y listo para seguir trabajando al día siguiente, a primera hora.

—Tienes ganas de salir, ¿eh? —Conrado me miró inquisitivo, con su típica sonrisa pícara dibujada a medias en su rostro.

—Hoy no me toca atender el mostrador por la tarde.

—Lo sé, y has trabajado mucho. No te preocupes. ¿Han dejado todo preparado?

—Sí. No van a faltar bollos y azúcar.

Me quité el delantal blanco y la ridícula red, soltando mi pelo atrapado entre gomas elásticas y horquillas.

Cuando crucé la puerta del obrador, Conrado se despidió de mí y me guiñó un ojo, como si supiera algo que lo divertía enormemente.

Una ligera brisa movió mi cabello y me giré inconscientemente hacia el mar, que asomaba tímidamente al final de la calle, tras unos tejados bajos. Pensé que estaría bien dar una vuelta por la playa para despejarme, aunque antes debía regresar a la tienda de Luis. Así que tomé mi bicicleta y comencé a pedalear calle abajo, sin prisa.

En un cruce, una silueta salió repentinamente por una calle estrecha a mi izquierda. Giré el manillar con rapidez, frenando y apoyando los pies en el asfalto. Miré preocupada a mi alrededor y me encontré con el rostro de Ian, algo más pálido de lo que recordaba.

—¿Estás bien? —Mi voz sonó un poco más aguda de lo normal.

—Sí… Perdona, casi te caes de la bici —contestó, realmente preocupado—. Estaba pensando en mis cosas y ni te vi.

—¿Pero no te he hecho nada?

—No, estoy perfecto. —Sonrió, recuperando el color. Sus ojos brillaron un poco—. ¿Adónde ibas?

—Quería dar un paseo por la playa… Pero antes tengo que comprar una cosa.

—¿Dónde?

—En la tienda de Luis.

—Te acompaño.

—No hace falta. —Tardé dos segundos en responder, que no le pasaron desapercibidos.

—Bueno, si no te molesta.

—No…

Nos quedamos de pie unos segundos, hasta que finalmente bajé de mi bicicleta, invitándole a caminar.

El trayecto hacia el centro del pueblo fue extraño. Apenas intercambiamos unos cuantos comentarios y en general todo el camino estuvo envuelto en un silencio apacible y relajante. Los únicos contactos con la realidad eran el gracioso sonido de las suelas de goma de las zapatillas de Ian y el roce de mis vaqueros al caminar.

Cuando llegamos al establecimiento, Luis nos recibió con su habitual desparpajo.

—¡Francesita! Ya te echaba de menos. Anda, vienes acompañada por el artista. —Alcé una mirada de duda genuina. ¿Ian era artista?

Luis siempre ponía motes cariñosos a los clientes, haciendo referencia a su profesión, rasgos, peculiaridades o aficiones. Lo hacía de manera agradable y amable, queriendo resaltar lo bueno de cada uno de nosotros. Estaba segura de que no había llamado a Ian «artista» de casualidad y quería saber a qué se refería.

—Bueno, ya será menos... —Vi el malestar en el gesto de Ian, en cómo bajaba la mirada y sonreía como disculpándose por algo, al tiempo que se rascaba el cuello levemente, sin prestar mucha atención a lo que hacía. Lo observé intrigada, pero, cuando se volvió hacia mí, disimulé y me dirigí de nuevo a Luis.

—Si nos vemos todas las semanas, creo que no tienes clienta más fiel que yo. —Sonreí, mirando a Ian de soslayo. Pude comprobar que relajaba los hombros mientras me dirigía una mirada de agradecimiento—. Quiero lo de siempre.

—Un día vas a tener que venir a por un nuevo walkman directamente, lo vas a freír.

No pudimos evitarlo: Ian y yo nos contagiamos de su felicidad y reímos a su vez, algo más tímidos.

Luis se empezó a reír con esa carcajada suya tan sincera y cálida, como si fuera un padre al que su hijo le hubiera contado una anécdota en la hora de la cena. A veces pensaba que todo sería más fácil si tuviera un padre como Luis, o una familia normal como la que tenían él y Gael, sus hijos pequeños y su mujer. Pero aquellos pensamientos nunca me enturbiaban el ánimo lo suficiente en su presencia, simplemente disfrutaba de su felicidad y de lo fácil que era estar ahí.

En cuanto Luis me dio las pilas que había pedido, mi nuevo compañero y yo salimos del establecimiento. Sin pensarlo demasiado, ambos empezamos a andar hacia el puerto. No sabría decir quién dirigió la marcha esa vez, pero sentía como si nos pusiéramos de acuerdo a cada paso, como si inconscientemente habláramos entre nosotros, sin palabras, para decidir cuándo girar o a qué ritmo avanzar.

Poco a poco la conversación fue haciéndose más distendida. Hablamos un poco de lo que habíamos hecho aquel día e Ian me contó lo contenta que se había puesto Naira al ver los pasteles.

—Se puso como loca: se le encendieron las mejillas y no paraba de hablar con voz chillona.

Envidiaba aquello; no me hubiera importado tener una hermana pequeña.

—Me alegro mucho —respondí con sinceridad.

—Gracias. —Rio—. También le llamó la atención que la dependienta tuviera el cabello anaranjado. Y ahora no deja de preguntarme acerca de cuándo volveremos a la pastelería. Quiere conocerte.

—Parece que no le falta energía. Debe de ser agotadora.

—La verdad es que me da miedo, estoy seguro de que seguirá insistiéndome todos los días, sin falta.

—¿No se rinde fácilmente?

—Nunca. Es algo que admiro de ella.

Me sorprendió notar un cambio en su voz, una leve vacilación que hizo que no acabara la frase con la entonación adecuada. Sin querer ser maleducada, intenté dejarlo pasar y hacer como si no hubiera notado nada, pero no pude evitar fruncir el ceño. Justo cuando me decidí a hablar, él me interrumpió.

—Me gustaría aprender cómo lo hace, si te soy sincero.

Tardé en responder, meditando sobre lo que había dicho. Era evidente que quería añadir algo más, pero por algún motivo no estaba preparado para hacerlo. En ese momento llegamos a un muelle vacío. Ian se quedó de pie, con las manos en los bolsillos de sus pantalones, y yo me senté sin dudar en el borde, con las piernas dobladas y los brazos apoyados en el suelo, detrás de mi espalda. Algo dubitativo, también él decidió sentarse, a escasos centímetros a mi lado.

—¿Quieres aprender a no rendirte?

—Algo así.

Su respuesta enigmática me dio a entender que, por el momento, no iba a dar más detalles. Aunque quería conocerlos, no me sentía cómoda indagando y preguntando más de la cuenta. Cuando sintiera que debía hacerlo, si esa situación llegaba algún día, entonces estaría ahí para escucharlo.

—A veces intentamos las cosas más de lo que pensamos, Ian.

—¿Eso crees? —Dudé un momento ante su expresión ensombrecida.

—Sí. Es solo que simplemente llega un punto en el que la presión, las expectativas de los demás o las propias nos asfixian y sentimos que no podemos más. Pero eso no desmerece el esfuerzo que ya hemos hecho.

—Ya... Pero ¿y si sientes que no has hecho lo suficiente? Que si realmente hay algo que queremos lograr deberíamos esforzarnos y trabajar más duro...

Cuántas veces me había formulado esas cuestiones a mí misma… Sentía que había hecho todo lo posible por animar a mi padre y no perder, de alguna forma, el sentimiento de que aún seguíamos siendo una familia. Pero continuamente me martirizaba sopesar la opción de que me engañaba a mí misma, que en realidad había hecho lo mínimo y de que aún podía mejorar. Sin embargo, todo se desvanecía en cuanto llegaba a casa, con cada nuevo desconchón en la madera de las contraventanas, que se habían vuelto de un azul desvaído y agrio, como el carácter de los que aún vivíamos dentro. También cuando veía que mi padre no iba a hacer más esfuerzos, cuando creía que quizá no le importaba ya nada, ni cómo acabaran las cosas entre nosotros, a pesar de que era lo único que le quedaba. Y todo eso me asfixiaba y alteraba, introduciéndome en una espiral en la que giraba y giraba sin ver nunca la luz ni poder echar el freno.

Pero ahí estaba, intentando animar a Ian con mis palabras, aunque no fuera capaz ni de ayudarme a mí misma.

—A lo mejor no es el momento aún de volver sobre ello. Quizá todos necesitamos una vía de escape, hacer algo distinto para dejar de pensar en esos temas, aunque sea por poco tiempo.

Se quedó pensativo, con la cabeza inclinada y los pies balanceándose sobre el agua.

Tenía la sensación de que mis palabras habían tenido algún tipo de impacto en su mente y yo mientras tanto seguía preguntándome de dónde habían salido. ¿Era eso lo que intentaba hacer con el trabajo que había conseguido en el local de Conrado y con mis esfuerzos de lograr una nueva amistad? Me sentía mareada y confusa. No sabía que guardaba esas ideas dentro de mí hasta que las había mencionado en voz alta.

Suspiró profundamente, levantó la mirada y se giró hacia mí. Fui testigo de cómo una sonrisa se dibujaba en sus labios y llegaba a sus ojos, que se iluminaron de pronto y me miraron con agradecimiento. La suave brisa de la tarde revolvió su pelo, ya de por sí despeinado y caótico, y de repente sentí que, de alguna forma, era probable que las cosas fueran así.

—Es posible.

Su respuesta estaba cargada de confianza. Con ella me había dicho que, aunque tenía que meditarlo más despacio, había llegado más o menos a la misma conclusión que yo. Aunque no supiéramos muy bien todavía lo que significaba.

Y ya no volví a dudar de que aquel Ian era el mismo niño que me seguía al mar, hacía ya mucho tiempo.

CAPÍTULO 15
IAN

No dejé de pensar en cada una de las palabras que me había dedicado Eloise. Sentí que, de alguna forma, me entendía de un modo que no acertaba a comprender del todo. Había percibido un matiz de tristeza en su voz e intuí que quizá también estuviera pasando por un proceso similar.

Nuestra breve conversación en el puerto me hizo pensar y no pude evitar quedarme meditabundo el resto del camino de vuelta. En cuanto bajó el sol sobre el horizonte, justo en el instante en el que el cielo se tornaba de oro y fuego, decidimos que era ya el momento de volver a casa.

Cuando llegamos al lugar donde había dejado su bicicleta, volví a ser testigo de su carismático ritual: cómo retiraba la cadena, colocaba los auriculares encima de su cabeza y acomodaba el walkman dentro de una desvencijada mochila de cuero que llevaba a la espalda. Antes de darle al botón de play, sin embargo, me sonrió ligeramente para despedirse.

—¿Nos vemos pronto? —preguntó despreocupadamente.

—Por supuesto.

No dudé ni un momento en que quería volver a verla. Al menos, ya sabía dos lugares donde podría encontrarla. Ella pareció conforme con la respuesta, a la que respondió a su vez con un leve asentimiento de cabeza. Finalmente encendió su música y desapareció subiendo por la empinada calle.

El único indicio de que seguía aún cerca era el sonido metálico de la cadena, que poco a poco fue desvaneciéndose en el aire.

***

Al día siguiente mis padres parecían estar algo más desahogados con el trabajo. Era consciente de que en unas semanas tendrían vacaciones y más tiempo libre, lo que significaba que iban a querer hacer muchas actividades e incluso pasar unos días en el pueblo de mis abuelos. Aproveché también para relajarme un poco en mi cuarto, poniendo orden en un montón de apuntes apilados, libros y recuerdos. Sentía que necesitaba quitarme de encima todo aquello que realmente no iba a necesitar. A media tarde estaba aburrido y sudoroso, y por un momento pensé que lo ideal hubiera sido acompañar la tarea con algo de música de fondo. La próxima vez que me encontrara con Eloise le pediría alguna recomendación.

El recuerdo de Eloise trajo consigo también el eco de nuestra conversación en el puerto. No pude evitar mirar mi torre de libretas amontonadas en un rincón, casi oculto por completo entre el armario y la pared.

¿Realmente me había rendido del todo con mis sueños, o simplemente necesitaba un tiempo para meditar con tranquilidad sobre qué quería hacer?

Aunque aquel verano sentía que estaba bastante distraído, yendo de un lado a otro y ayudando siempre que podía, no sabía si lo hacía porque quisiera echar una mano a mis padres, o porque en realidad no quería enfrentarme a lo que me preocupaba.

Después de aquel encuentro con el dibujo en los primeros días de vacaciones, había dejado a un lado todos los pensamientos que dirigía, sin querer, a lo que siempre había sido mi pasión. Y, sin embargo, no podía evitar sentirme dolido cuando alguien sacaba el tema en la conversación. Al principio pensaba que me disgustaban los comentarios de los demás. Creía que no tenían tacto, que no respetaban mi decisión de acabar con esa parte de mí.

Una decisión, por otro lado, que no había confesado realmente a nadie. Pero sus expectativas sobre ello, que me vieran como el mismo de siempre, me asfixiaban y me hacían dudar de mí. Era consciente de que no lo hacían con ningún tipo de mala intención, sino todo lo contrario, así que toda esa presión solo era producida por mis propias dudas e inseguridades. Era el causante del problema y me sentía completamente decepcionado conmigo mismo.

Suspiré profundamente, con cierto hastío, mientras me rascaba el cuello sin darme cuenta otra vez. Tenía que quitarme esa costumbre o al final me saldría un sarpullido de verdad por arañarme tanto. De repente, entró mi madre en la habitación.

—Ian, ¿no nos escuchabas llamarte?

—No, perdona, ¿qué querían?

—Nada, hablábamos de que sería divertido que mañana fuéramos los cuatro al cine de verano. Hace mucho que no planeamos nada juntos. —Se sentó a mi lado, en la cama. Esperaba que no se diera cuenta de mis inquietudes.

—De acuerdo, me parece bien.

—Genial, ¡a ver si nos ponemos de acuerdo con la película!

Sonreí y asentí, estaba deseando que decidiera mirar hacia otro lado. Aunque por lo general aceptaba mis decisiones si le daba una explicación o le hablaba de los motivos que me hubieran llevado a tomarlas, a veces también sentía la necesidad de indagar cuando se preocupaba de verdad.

—Cariño… —Miró el montón de libretas y contrajo levemente el rostro, mudando a una expresión más severa, mientras se volvía hacia la cómoda donde descansaban las acuarelas y los pinceles—. No los has vuelto a tocar desde que llegaste, ¿verdad?

En realidad, sabía que si se lo estaba ocultando era solo porque ella me dejaba. Mis padres en general eran muy perspicaces, pero sabían darnos espacio para meditar y librar nuestras propias batallas internas, si bien siempre terminábamos por acudir a ellos en busca de ayuda, consejo o simplemente por desahogarnos y hablar del tema. A mi padre le costaba algo más, pero terminaba cediendo y haciendo caso a mi madre, que tenía un carácter más reflexivo.

—De hecho, ¿has dibujado o pintado algo en Madrid? —Mi expresión y mi postura contestaron en lugar de hacerlo mi boca. Suspiró y me pasó un brazo por los hombros—. Sabíamos que algo raro te pasaba.

—¿En serio?

—Sí. No sacaste el tema de la pintura ni una sola vez desde las Navidades, y antes simplemente repetías algo que ya habías dicho antes en algún momento. ¿Ya no te gusta dibujar?

—Sí..., pero no. No lo sé. No quiero, pero a la vez no hay nada que desee más.

—No te agobies, hay momentos en los que necesitamos simplemente parar y sincerarnos con nosotros mismos. Lo que conlleva que al final debemos tomar algún tipo de decisión, nos guste o no. Y en cada una de las posibilidades no nos queda más remedio que renunciar a algo, por mínimo que parezca. Son acciones y siempre tienen consecuencias.

Su peculiar abrazo se hizo más firme y me acercó un poco hacia ella. Pude oler con más claridad su perfume a vainilla y miel, aromas que me tranquilizaban y que siempre me transportaban a aquella casa y a mi madre.

—No obstante, el tiempo que cada cual necesita para tomar esas decisiones es distinto, como también lo es según sea el problema en cuestión. —Me miró con dulzura y sonrió—. Piensa que siempre vas a tener personas a tu alrededor que lo hagan más llevadero, aunque la última palabra solo puede ser tuya. Y no olvides que, hagas lo que hagas, tienes que ser honesto contigo mismo.

—Gracias, mamá.

Acarició mis hombros suavemente y se levantó.

—Aunque si me permites un comentario, solo puedo decirte que dibujas maravillosamente y que todos sabemos que lo amas.

Sonreí agradecido y retomé lo que estaba haciendo, una vez que ella cerró la puerta a sus espaldas.

***

El sábado siguiente decidí acercarme hasta la pastelería de Conrado por la mañana, pero no encontré allí a Eloise. Su jefe, en cambio, me despachó con una sonrisa socarrona escondida debajo de su espesa barba blanca y sus ojos azules resplandecieron con picardía.

—Ya que estás aquí, chico, ¿no te apetece llevarte una barra de pan? —Enarcó las cejas de manera que me hicieron pensar que aquel hombre, de joven, podría haber tenido a todas las chicas locas por él.

—No, muchas gracias… Solo venía a por esto. —Alcé el paquete que acababa de preparar, del que me llegaba un dulce olor a canela.

—Están recién horneadas, calientes y tienen una miga esponjosa…

Accedí a regañadientes y terminó encasquetándome unas magdalenas que quitaban el hipo, según sus palabras. Aprovechando mi titubeo, me había cogido por sorpresa y se había salido con la suya.

Decidí regresar a casa a dejarlo, ya que no tenía mucha intención de dar vueltas por ahí con ese delicioso olor, y para evitar que se quedara demasiado frío. Cuando estaba entrando por la puerta, me giré y vi a Eloise acompañada de un hombre que caminaba a unos pasos de distancia a su lado.

Me impactó ver la actitud del hombre, de mediana estatura y pelo oscuro y liso, que empezaba a canear. Llevaba una barba descuidada de varios días y caminaba cabizbajo y ausente. Eloise no tenía mejor aspecto, me sorprendió constatar que parecía una chica muy distinta a la que había conocido, tan confiada y segura en apariencia. También caminaba abstraída, con la música resonando en sus oídos, sin prestar atención a nada de lo que sucedía a su alrededor. Nos separaban unos cuantos metros y parecía que no me había visto.

La extraña pareja llegó a la puerta de la casa de Gael y a los pocos segundos abrió su madre, quien los abrazó con cariño, cerrando la puerta enseguida. Tampoco me vio. Quien sí pareció percatarse fue el vecino de Gael, aquel hombre tan frío que me miró con desconfianza a través de la calle. Dejé caer la cortina, para observar cómo, a los pocos segundos, decidía ignorarme y retomar su tarea de barrer la entrada de su casa. Me alejé de la ventana para reunirme con mis padres, aún inquieto por la mirada de aquel hombre.

Pasé toda la comida dudando en ir o no a casa de Gael. Me moría de vergüenza al pensar en presentarme allí como si nada. No tenía ninguna excusa para visitar a mi amigo y Eloise podía deducir que la había visto llegar.

Naira no se separó de mí en todo el día, pero se hartó de que no le hiciera mucho caso.

—¿Qué te pasa, Ian? Estás empanado.

—Nada, es que estoy aburrido.

—Ya... Y no dejas de mirar por la ventana. ¿Es esa chica que ha pasado antes?

—¿Quién?

—No seas tonto. Sé que la has visto. ¿Es la misma de la panadería?

—¿Cómo lo sabes?

—Por el pelo, bobo.

Siguió parloteando, aunque yo no la hiciera mucho caso.

—Déjame en paz ya, ¿quieres?

Naira me miró, abriendo mucho los ojos. Me percaté de la dureza de mi tono y la brusquedad de mis palabras. Iba a formular una disculpa cuando me lanzó un cojín a la cara y se largó con los puños cerrados, agitando los brazos con energía. Escuché sus pasos firmes por la escalera, seguidos por un portazo.

Me reprendí mentalmente por mi actitud y a punto estuve de ir tras ella para disculparme, cuando vi las figuras de Eloise y de aquel hombre alejándose calle abajo, por donde habían venido.

—Espero que tengas una explicación para el enfado de Naira —me reprendió mi padre, cuando me preparaba para salir—. Está muy disgustada contigo.

—Papá, tengo que salir. Luego me disculpo con ella.

Salí atropelladamente hacia la puerta, mientras mi padre seguía murmurando a mis espaldas, y eché a caminar en la dirección que había tomado Eloise... Me di cuenta de que la había perdido, pero sentía que quizá la encontraría en la playa. Allí me dirigí y, repitiendo mi ritual del sábado anterior, caminé hasta la zona más oriental, donde se encontraba la cueva.

Eloise estaba sentada en su roca, con las piernas cruzadas, la espalda recta y los ojos cerrados en una expresión de calma. Los auriculares descansaban sobre sus clavículas, lo que me llamó la atención. La brisa mecía su cabello, lo llevaba suelto sobre los hombros, acariciando la piel que su camiseta de tirantes dejaba al descubierto.

No pude evitar quedarme ahí quieto, mirándola, intentando imaginar lo que pasaba por su mente, pero ya entonces debí de darme cuenta de que era imposible ponerse en la piel de Eloise o seguir su torrente de emociones. Así que, procurando hacer el menor ruido posible, me situé a su lado, de pie en la arena. Me giré hacia el mar, como hacía ella, con el eco del oleaje y el viento silbando en el interior de la cueva a mi derecha. El sonido llegaba algo atenuado por la distancia, pero me encogí inconscientemente al percatarme de su presencia. El sol aún estaba alto, el cielo, azul claro, con algunas nubes algodonosas dispersas. Y la superficie del agua destellaba como si fuera un mosaico de millones de cristales y diamantes, que se movían y cambiaban movidos por la corriente.

Después de unos pocos minutos, sentí que Eloise se movía y, cuando levanté la mirada hacia ella, comprobé que me observaba atentamente con esos ojos verdes y profundos.

Sonreí. Sus ojos se iluminaron y su cabello ardió con más intensidad.

—Hola otra vez —dijo.

—¿Hoy no escuchas música?

—No. —No paraba de sonreír—. Hoy la única música que quiero escuchar es la del mar.

Aquel 16 de julio se quedó grabado en mi memoria para siempre. Aunque no fuera un día destacado especialmente por nada, sentí que había encontrado algo, sin saber muy bien qué era.

Eloise y yo pasamos la tarde hablando, pero no como habíamos hecho unos días antes. Entonces la conversación fluyó más despreocupada y yo confirmé mis impresiones sobre ella, sobre su determinación y confianza. Sin embargo, descubrí también una especie de oscuridad que impregnaba sus palabras, que enturbiaba su mirada, aunque no me atreví a indagar sobre ella.

—¿Qué tipo de música escuchas?

—De todo, la verdad. —Un matiz pasional coloreó su voz—. Especialmente rock. Me encanta. Puedo pasarme días enteros prácticamente escuchando música sin parar. Aunque al final me sale caro. Tengo que ir continuamente a la tienda de Luis a buscar más baterías.

—¿Y no has pensado en escucharla con otro aparato?

—También tengo un viejo tocadiscos que era de mi madre —respondió despacio—. Y algunos vinilos. Gracias a ellos, comencé a interesarme por la música en realidad. Creo que por eso precisamente es una de las cosas más importantes de mi vida ahora.

—Debe de ser maravilloso tener algo tan especial.

—Pero no puedo llevarlos conmigo todo el tiempo.

Se encogió de hombros y el mar volvió a captar toda su atención. Al cabo de unos segundos de silencio, me decidí a hablar.

—Madrid puede ser increíble por muchos motivos. Pero nada es comparable con ver esto a diario.

Asintió sin mirarme, como si ella pensara exactamente lo mismo.

Hablamos de muchas más cosas, aunque ambos esquivamos temas importantes con los que nos queríamos sincerar mutuamente. Estábamos relajados, queríamos conocernos más y necesitábamos esa amistad. No me había sincerado con ella del todo, abriéndole las puertas a mis miedos e inseguridades para que pudiera acceder a ellos, como Eloise tampoco me dejó acceder a los suyos. Y, sin embargo, no creía que nunca me hubiera desahogado tanto hablando, sintiéndome tan cómodo, como aquellas horas que pasamos sentados en la arena húmeda, mientras notábamos cómo subía la marea y el camino que llevaba a la cueva iba desapareciendo.

Cómo de repente el mar nos acariciaba los dedos de los pies.

Cómo la brisa nos traía sal y arena, que se enredaba en nuestro pelo y nos cubría la piel.

Cómo el eco de las preocupaciones se diluía ahí mismo, delante de nosotros, en esas aguas de cristal que nos mecían con su movimiento.

Hablamos de todo y de nada, y ya entonces empecé a sentir que solo quería compartir todo con Eloise. Siempre.

CAPÍTULO 16
ELOISE

Los días que siguieron fueron como una especie de sueño. Una bruma confeccionada con la magia del verano que me envolvía y me engañaba, anestesiándome para después recibir el dolor de la realidad con mayor intensidad.

Me había sentido muy bien después de haber hablado con Ian aquel sábado. De alguna forma, habíamos encontrado un punto en común y ambos nos pudimos sincerar, incluso nos expusimos, dando algo más de nosotros. No pude evitar mencionar a Antoine y a mi madre, pero no di más detalles, y él, aunque notaba que no terminaban de encajar las piezas de mi historia, me había dejado hacer. Además, tenía la sensación de que el propio Ian no me estaba contando todo, de que a menudo esquivaba a propósito el punto principal de aquella conversación, que yo intuía que tenía que ver con lo que habíamos hablado en el muelle. Pero tampoco quise presionarlo y romper aquella atmósfera que íbamos confeccionando sin darnos cuenta, en la que ambos nos encontrábamos cómodos.

Volvimos a vernos el domingo y el lunes, y también varios días de aquella semana. No quedábamos a ninguna hora, pero sabíamos encontrarnos. En un par de ocasiones lo vi deambulando cerca de la pastelería de Conrado, seguramente temeroso de los comentarios que este pudiera hacerle (me constaba que ya se había ganado algunos) y otras veces fui yo la que se acercó a casa de Gael con alguna excusa.

Teníamos el descaro de disimular. Hacíamos como que nos sorprendía encontrarnos el uno con el otro, aunque podíamos sentir la necesidad de cruzarnos por la calle, de vernos o intercambiar miradas. Sonreíamos, nos saludábamos algo tímidamente, y todo volvía a la normalidad. Después empezábamos a caminar juntos y yo me fijaba en los pasos desgarbados de Ian marcados por las suelas de plástico de sus aparentemente inseparables zapatillas.

Nunca parecía que tuviéramos algún rumbo concreto, pero al final llegábamos a uno de nuestros acuerdos no hablados para acabar andando por el paseo. A menudo íbamos a la playa o nos sentábamos en el borde de nuestro muelle, el número 41, que siempre estaba vacío.

Hablábamos y hablábamos. Sobre el mar o el pueblo, sobre sus gentes, sobre Madrid y sobre qué lugares queríamos ver en el mundo. O de si eran mejores las magdalenas o los panecillos blandos y dulzones de la pastelería, que a veces llevaba para acompañar aquellas conversaciones. Estas eran fáciles, distendidas, y me acostumbré demasiado a ellas. A la dulce y tranquila voz de Ian, contándome cómo intentaron colar en la residencia de estudiantes un cachorro que habían encontrado en la calle.

A menudo me encontraba como hechizada por su voz, que me arrullaba y me calmaba. Esa voz a la que no podía echar porque durante unas horas hacía que me olvidara de ciertas cosas.

Y yo deseaba hablarle de mis padres y de Antoine. De mi casa blanca con ventanas azules, de las macetas secas de las ventanas. Del aire irrespirable de aquel lugar.

Pero me sentía incapaz.

—Antes solía venir a pasear por la playa con mi hermano —comenté en cierto momento—. Caminábamos despacio por el paseo, con nuestras bicicletas a los lados. Nos fijábamos mucho en qué hacían las personas que estaban en la playa e inventábamos historias sobre ellos. Pero con la universidad... Bueno, supongo que ambos crecimos y él tenía planes más interesantes.

—Pero no tendría por qué olvidarse de ti. Siempre pueden intentar recuperar esas cosas o buscar nuevas aficiones juntos.

Yo no respondía ni sacaba a Ian de su error. Supuse que pensaría que hablaba en pasado porque no eran más que recuerdos. A veces parecía intuir que algo no iba bien. Percibía su confusión y sus ganas de preguntar, pero sencillamente no podía decir nada más.

A pesar de todo, esas tardes me transportaron a una dimensión paralela, donde podía ser Eloise. Una chica de dieciocho años que solo quería disfrutar de su último verano antes de un futuro incierto que ni siquiera acertaba a imaginar. Una chica que pudiera disfrutar de sus amigos, su familia y las comidas al aire libre en el patio de una casa que no se cayera a pedazos. Como lo hacía su vida.

Solo podía ser esa Eloise, algo más despreocupada y menos confusa, cuando estaba con Ian, y me dejaba envolver por la magia de esos momentos que, en mi memoria, siempre estuvieron marcados por el salitre y los atardeceres dorados que nos hacían cosquillas en la piel.

Pero cuando Ian se separaba de mí, o esperaba hasta que desenganchara mi bicicleta y conectara la música, la otra Eloise impregnaba cada uno de mis poros, circulando a través de mis venas con desesperación, y envolvía mi ánimo en un manto pesado que quitaba el color a todo lo que me rodeaba. Entonces me enfadaba conmigo misma por haberme sentido tan feliz tan solo unas horas antes.

La situación no mejoraba cuando llegaba a casa. Mi padre, aquel hombre fuerte y valiente que siempre había sido un ejemplo a seguir, languidecía en el sillón, mirando la televisión sin ver nada en realidad. A veces parecía activo, como si estuviera realizando alguna tarea más o menos importante, o incluso intentaba preparar la cena. Pero sus esfuerzos eran poco o nada fructuosos, y, a pesar de ello, era yo la que al final tenía que acabar lo que fuera que hubiese empezado.

Subía las escaleras y pasaba de largo, intentando no mirar la puerta cerrada de aquel cuarto vacío. Era incapaz de enfrentarme a los recuerdos que me abrumaban cada vez que intentaba entrar. Solo lo había conseguido en un par de ocasiones desde la tormenta que partió nuestras vidas como un rayo despiadado, ansioso por incendiar cualquier rastro de felicidad.

Después, me daba una ducha fría y me encerraba en mi cuarto. Si estaba especialmente enfadada, encendía el tocadiscos y ponía la música a todo volumen. Pero si me sentía más optimista o relajada, optaba por algún grupo más tranquilo y dejaba que la música inundara la habitación únicamente, no el barrio entero. Entonces me ponía a leer o aprovechaba para escribir en mis libretas.

Esa era otra de mis pasiones: escribir. Desde diarios hasta historias inventadas, muchas de ellas fruto de noches de insomnio donde la tristeza me despertaba con la garganta seca y el rostro húmedo. A veces eran textos desesperados, otras eran más reflexivos y en alguna que otra ocasión me permitía el lujo de sentirme algo optimista. También tenía una libreta especial donde apuntaba recetas. Por aquel entonces la llenaba a menudo, pues tomaba nota mental de algunas de las que preparaba en la pastelería. Por supuesto, Conrado se guardaba parte de aquellas recetas y él mismo se encargaba de darle el toque de gracia a sus creaciones, de manera que ninguno de sus trabajadores conociéramos nunca la realización de los productos por completo, como si fueran un enorme secreto. No obstante, me hacía una idea de cuáles eran sus trucos, así que también dejaba constancia de mis teorías en aquel recetario improvisado.

Había otros días, sin embargo, en los que solo podía escuchar los discos de Antoine o de mamá, y en esos momentos me envolvían acordes más tristes que poco tenían que ver con la música. Entonces tomaba los álbumes de fotos del altillo de mi armario o las cajas llenas de fotografías y postales. Bebía de los recuerdos, intentaba evocar la risa de mi hermano cuando hacía algún chiste sobre mí, que a menudo mi padre secundaba para después regañarlo y volver la broma en su contra. Quería recordar las caricias de mi madre y su olor tan especial, sin éxito. Y a pesar de ello echaba a ambos de menos por igual. Lloraba y temblaba, y, cuando me sentía ebria de aquella nostalgia y desesperanza, me envolvía entre las sábanas, esperando que la aguja del tocadiscos no tuviera más acordes que arrancar de aquellos vinilos viejos.

En cualquier caso, me dormía con la brisa nocturna rozando levemente mi rostro mientras me susurraba deseos de buenas noches, promesas que pocas veces veía cumplidas.

Pero en aquellos días de verano en los que empezaba a conocer a Ian también comencé a añadir a mis rutinas el recuerdo de las conversaciones que manteníamos. No hacían desaparecer la tristeza, pero al menos conseguían diluirla en cierta medida. Y llegué a pensar que no necesitaba nada más.

Mi padre notaba que algo estaba cambiando y que volvía a horas distintas de las que solía regresar a casa, pero, como siempre, sus esfuerzos por preocuparse de algo que no fuera su propia añoranza no dieron mucho resultado.

—Últimamente te veo más relajada… —dijo un domingo—. ¿Tienes nuevos amigos?

No esperaba que se hubiera percatado de nada y su pregunta me pilló desprevenida. Pero dejé que sus palabras flotaran en el aire, entre los dos, dilatando mi respuesta.

—Algo así. He conocido a un chico muy agradable. Se llama Ian.

—¿Y el trabajo? ¿Qué tal el trabajo?

—En la pastelería estoy a gusto. Me siento cómoda trabajando.

—Ah, sí... La pastelería. —Le miré con cautela—. ¿Cómo está ese desvergonzado de Conrado?

—Sigue siendo el de siempre, la verdad. Pero es un jefe agradable y paciente. Nos trata bien.

Mi padre se quedó callado, me miró un rato y siguió dando sorbitos a su café.

Quise hablarle de Ian, de lo que agradecía pasar tiempo con él y de cómo me ayudaban sus conversaciones. Abrí la boca, intentando encontrar las palabras que dieran forma a esos pensamientos. Sin embargo, su actitud derrotada, como dejaban ver sus hombros caídos y su mirada ausente, era especialmente palpable. Verlo así fue suficiente para que todas ellas murieran entre mis dientes, dejándome un regusto amargo.

Miré mi tostada, mordisqueada en el plato, y el café que se empezaba a enfriar en la taza. De repente, había perdido el apetito.

CAPÍTULO 17
IAN

—Mira lo que he encontrado, cariño.

Mi madre me tendía una lámina que había dibujado siendo yo muy pequeño. Recordaba que el boceto lo había hecho con un lápiz al que tenía mucho cariño, el cual perdí un día que decidí ir al puerto a dibujar. Los colores de las acuarelas apenas aparecían mezclados, pero puse un especial cuidado en elegirlos, marcar las sombras y no salirme de las líneas que había trazado previamente. Sin embargo, la imagen era ficticia. En ella se me había ocurrido dibujar a mis padres de jóvenes, copiando la indumentaria que había visto en algunas de las antiguas fotografías que guardaban. Se encontraban sentados en un banco de madera, con el puerto de fondo, lleno de barcos y barquitas. Se miraban y sonreían bajo un cielo azul claro con unos jirones de nube dispersos. En su conjunto, era una imagen sencilla, pero cuidada y llena de amor.

—Nos lo regalaste cuando tenías diez u once años. Siempre me ha parecido precioso.

En ese momento apareció mi padre en la puerta del salón, una sonrisa se dibujó en su rostro al ver el dibujo.

—¡Oh! Me encanta ese. —Se acercó a mi madre y le puso una mano por la espalda. Ella lo miró y su expresión se relajó aún más—. Te pasaste una semana haciéndolo.

Sentía sus miradas sobre mí, así que me forcé a sonreír y levanté la vista hacia ellos.

—Es cierto, pusiste mucho cuidado en que los colores quedaran bien.

—Y lo conseguiste, mi niño. ¡Eres un artista!

Mi padre me abrazó cariñoso y empezó a hablar con mi madre, a narrarle anécdotas y recuerdos que iban pasando por su mente. Le contaba algunas de mis ocurrencias de la época en que me llevaba al puerto o me iba con él y sus compañeros de faena en el barco, cuando tenían menos trabajo y no podía entorpecerlos tanto. Cómo me quedaba sentado muy quieto, con mi cuaderno y mis lápices entre las manos. Mi madre me miraba con una expresión cariñosa pero cauta. Sonreía ligeramente y participaba de las risas que dejaba escapar mi padre. A veces se dirigía a mí, a lo que respondía con monosílabos o ideas vagas, aunque él no se diera cuenta.

—Todos lo felicitaban por sus dibujos, me acuerdo —siguió contando mi padre—. Algunos incluso le pidieron ser modelo para que él los dibujara.

—Menos mal que se empeñaba en pintar cosas más bonitas que unos pescadores como los que conocemos. —Rio mi madre.

Quería escapar de ahí, dejar de escuchar a mi padre relatando con alegría y totalmente ajeno a mi conflicto interno cómo le preguntaba por los secretos del mar, para que esos dibujos fueran más realistas.

Quería que parara.

Pero yo seguía ahí, sin acertar a mover ni un solo dedo. Su monólogo se iba convirtiendo en un tornado que me envolvía. Sus palabras me rozaban y arañaban, chocando contra el muro de piedra que había construido inconscientemente a mi alrededor, al menos para todo lo referente a ese tema. Pero me hacían daño, me abrían cicatrices. Recordaba cada anécdota, cada recuerdo que mencionaba y que se enredaba en esas palabras pronunciadas sin mala intención, pero que se colaban en mí y me quitaban el aire.

No se había dado cuenta de nada, para variar. Y no iba a ver lo que sucedía hasta que se lo dijera a la cara. Pero me daba miedo defraudarlo, disgustarlo o que pensara que su hijo se rendía con facilidad ante las cosas. Así que seguí callado. Sin embargo, a cada segundo que pasaba me sentía más mareado, más confuso y enfadado…

Quería que lo dejara ya.

Me levanté algo bruscamente, lo que hizo que ambos se sorprendieran. Los ojos castaños de mi madre me preguntaban en silencio si necesitaba algo. Querían leerme y comprenderme, pero no le dejé hacer. Aparté la mirada.

—Acabo de recordar que había quedado con Gael.

Y salí del salón acompañado únicamente por mis dudas y contradicciones. El dibujo se quedó encima de la mesa.

***

Cuando llegué a la playa aquella tarde, no encontré a Eloise sentada en su roca, sino en uno de los bancos de piedra de aquel paseo que estaba solo medio construido aún.

Me esperaba.

—Eres un poco tardón, ¿sabes? Llevo más de media hora aquí esperándote.

—Y tú eres una quisquillosa. No te pases de lista, que no habíamos quedado a ninguna hora —respondí algo vacilante. ¿Habíamos quedado a alguna hora en realidad? No tenía ni idea.

Una risa suave y cristalina se escapó de entre sus finos labios.

—Has dudado por un momento.

Puse los ojos en blanco y me senté a su lado. Entonces me di cuenta de que, aunque se había alegrado al verme, su posición era más tensa y preocupada que de costumbre. Una cinta de Bon Jovi estaba colocada en el interior de su walkman, que descansaba en el banco entre los dos.

—¿Todo bien, Eloise? —La miré preocupado. Quería que compartiera conmigo sus tormentas, que me explicara qué eran esas sombras que cruzaban su mirada a veces, por qué siempre hablaba de su familia en pasado.

—No he descansado bien hoy y hace mucho calor.

—¿Qué tiene de malo el calor?

—Me molesta.

Era una amenaza velada al tiempo que una mueca aparecía en su rostro. Frunció los labios y su pelo se movió ligeramente.

—Tengo la sensación de que te molestan muchas cosas.

—No te haces una idea de cuántas...

—Dime algún ejemplo.

—Los Ian metomentodo y preguntones. ¿Te vale?

Su tono burlón y su gesto infantil y triunfante me hicieron reír. Tomé el walkman entre mis manos, desenchufando los auriculares, y me alejé a saltitos del banco.

—¿Te ha poseído el espíritu de Gael, o cómo va esto?

—Retira lo que has dicho y te devuelvo tu… «pequeño».

No podía creer lo que estaba haciendo. ¿Era cosa mía o estaba tonteando?

—No pienso retirarlo. —Se cruzó de brazos y se sentó aún más recta. Pero me miró de reojo.

—Pues yo no pienso devolvértelo.

Di vueltas al aparato en mis manos y pude comprobar que estaba muy gastado. Sin duda, debía de usarlo continuamente, como me había dicho. Así, casi sin mirarla, me giré y empecé a andar en dirección a mi casa.

Noté que Eloise se quedaba quieta, posiblemente dudando, pero no me detuve. A los pocos segundos escuché unas pisadas quedas detrás de mí.

—¡Eh! Deja de hacer el tonto y devuélvemelo.

—¿Perdona? ¿Me hablas a mí? —Nos habíamos detenido, a pocos metros de distancia el uno del otro.

—En serio, Ian, no tiene gracia. —Se cruzó de brazos y entornó los ojos. Sus pecas se arrugaron—. Estás siendo infantil.

—¿Yo? ¿Infantil?

Puso los ojos en blanco, suspiró y se volvió. Realmente estaba molesta y eso me dejó confuso. Así que la seguí.

—¿Te has enfadado? Vamos…

Vi el peligro cuando ya era demasiado tarde. Al llegar a mi lado, Eloise sonrió de medio lado y, rápida como nadie, cogió el walkman de entre mis manos. Salió corriendo y riéndose.

—¡Eh! ¿Pero qué…?

—¡Yo también sé bromear, señor preguntón!

Su risa flotaba a su alrededor, entre los dos, dulcificada por la suave y cálida brisa de aquel día. Corrí con ella.

—Tú lo que eres es una listilla…

A su lado, intentaba arrebatarle el aparato de las manos, repitiendo que retirara lo que había dicho. Ella lo alejaba de mí con agilidad y gracia, me esquivaba sin perder el ritmo. Y continuamos así unos minutos hasta que estuvimos muy cerca de la cueva, donde empezamos a hablar por primera vez. Los dos nos sentamos, agotados, en otro banco de piedra, riendo e intentando tomar aire.

—Toma, anda. ¿Quieres probarlo?

Cogí el walkman, al que Eloise había conectado los auriculares. Me los coloqué y ella pulsó el play. Los acordes de *Blackbird* comenzaron a sonar.

—Increíble, ¿te gustan The Beatles?

—La duda ofende.

Sonreí y dejé que la música inundara mis oídos.

En ese instante, sentí que habíamos cambiado los papeles y, por una vez, tuve la certeza de que había logrado sentirme como lo hacía Eloise. Desde luego era increíble vibrar al ritmo de aquella melodía, que me aislaba del mundo y me llevaba a una dimensión donde solo existíamos la playa y yo. Una melodía que acallaba cualquier otra voz excepto la mía, que no dejaba de repetirme que estaba donde debía estar. A ratos, el aroma a lavanda de Eloise llegaba hasta mí, mezclado con el del salitre, lo único que me recordaba que ella seguía allí. A mi lado.

Entonces comprendí por qué no podía desprenderse de aquel aparato negro y pesado.

Las últimas notas de la canción resonaron unos instantes en mi mente, a pesar de que ya había retirado los auriculares. Eloise me miró, y juraría que lo hizo de una forma distinta. Sus ojos brillaban, sus labios estaban contraídos en un gesto que no supe identificar. Y yo me perdí en sus pupilas verdes, que entonces me parecieron más tristes que nunca.

—Me ha encantado.

—Me alegro. —Sonrió ligeramente.

—Siempre lo llevas contigo, ¿verdad?

—Siempre que puedo.

—Lo entiendo. Ahora lo entiendo.

—Es especial también. El walkman, quiero decir. —Agachó la cabeza para mirarlo, mientras retorcía el cable de los auriculares para que no se enredaran.

—¿Por qué?

—Fue un regalo de mi hermano, por mi cumpleaños.

—¿Cuándo es tu cumpleaños?

Pregunté casi como por resorte. Caí en la cuenta de que no sabía ese detalle, como muchos otros tan básicos como cuál era su color favorito o qué prefería para comer. Aquellos días que habíamos pasado juntos habíamos hablado de muchas cosas, pero descubrí con cierta tristeza que me había dado pocos detalles sobre sí misma.

—El 11 de mayo. ¿El tuyo?

—El 25 de febrero —respondí.

Asintió y se quedó callada.

—Estás muy unida a tu hermano, ¿no?

—¿Tú no lo estás con Naira? —Noté cómo se tensaba de repente.

—Sí… Pero creo que es distinto.

—¿Por qué iba a serlo?

—Porque ella es más pequeña, así que en muchos aspectos aún se nota la diferencia de edad.

—En eso tienes razón.

—¿Cómo se llama tu hermano?

—Antoine.

—Tienen nombres muy raros… ¿Por eso te llama Luis «la francesita»?

—Claro. Mi madre era francesa.

Me quedé callado, de pronto, recordando un detalle que me había dicho mi madre hacía unos días: otra profesora del colegio, que había fallecido hacía años.

—Lo siento mucho…

—No te preocupes, Ian. He aprendido a crecer sin madre. —Se encogió de hombros—. Aunque a veces siento que me hace falta de alguna forma.

—¿Puedo preguntar…?

—Sí. Estaba enferma. Yo tenía seis años cuando sucedió.

No podía imaginar cómo habría sido para ella darse cuenta con esa edad de que su madre no volvería. Cómo seguramente nadie hubiese tenido valor suficiente para explicárselo bien entonces, aunque al final no le quedara más remedio que comprenderlo. No podía ponerme en su lugar, jamás sabría lo que sería sentir la tristeza y la soledad que seguramente ella habría experimentado en muchos aspectos de su vida desde esa edad. Pero ahí estaba, una Eloise de fuego y lavanda, con la espalda recta y más entera que nadie que hubiera conocido.

No tenía nada que decir, pero siguiendo un impulso la abracé. Se quedó quieta, algo tensa, sorprendida aún por mi arrebato. Pero no me apartó. A los pocos segundos, noté que se movía y respondía a mi abrazo. Suspiró profundamente, como si se hubiera quitado un peso de encima. Nos quedamos un rato así, sintiendo el paso de los minutos a nuestro alrededor, aunque no podían tocarnos. Habíamos entrado en un espacio paralelo, como al que me había llevado su música, y esta vez solo existía aquel abrazo.

CAPÍTULO 18
ELOISE

No le había dicho a Ian toda la verdad, pero me liberé de parte de la presión que sentía en el pecho. Por primera vez, fui capaz de dejar traslucir algo que realmente me dolía, de contarle una verdad completa, aunque no hubiera podido encontrar las palabras para expresar lo mucho que echaba de menos a mi madre.

Hablar de Antoine era algo distinto. Ni siquiera podía pronunciar su nombre en voz alta, al menos sin romperme en mil pedazos como un plato de porcelana delicada. Si lo mentaba, las vocales arañaban mi garganta, las consonantes la quemaban. Y todo su nombre me maltrataba el alma cuando conseguía ensamblar las sílabas.

No era fácil reunir el valor para hacerlo.

Entonces no pude describir la sensación de aquel abrazo, pero con ese contacto supe que, si algún día necesitaba quemarme y resquebrajarme, soltarlo todo y abandonarme a lo que pudiera suceder después, Ian estaría ahí, dispuesto y firme para ayudarme.

Al abrir la puerta de entrada de mi casa, solo la oscuridad pareció dispuesta a recibirme. Era espesa y emanaba de las ventanas, acompañada de una quietud a la que me había acostumbrado. En la sala escuché unos ronquidos suaves y descubrí que mi padre se había quedado dormido en el sofá. Un vaso vacío y una caja de pastillas descansaban en la mesita. El agotamiento que me había invadido al entrar me instaba a subir las escaleras y meterme entre las sábanas sin cambiarme. Los ojos se me cerraban sin que pudiera hacer nada por evitarlo, los brazos y las piernas se me habían vuelto de plomo. Pero ver a mi padre ahí, durmiendo por fin gracias a los somníferos que lo ayudaban a caer en un sueño profundo, casi infantil, que le daba un aspecto aún más vulnerable del que solía tener, me detuvo. Al menos, comprobé con curiosidad, había desaparecido la tristeza de su rostro en ese momento de relajación. Suspiré, tomé una manta ligera y lo cubrí con ella. Después subí pesadamente los escalones hasta mi cuarto.

Me detuve frente a la puerta de Antoine.

No sabía si mi padre había sido capaz de entrar allí en algún momento, pero yo solo había podido hacerlo en un par de ocasiones en aquellos meses. En ambos casos me había sentido como una intrusa, como si no tuviera derecho a irrumpir en la calma de aquel espacio. Pero solo había salido con las manos vacías una vez.

Pensé entonces en la libreta que guardaba en mi propia habitación. Un cuaderno que descubrí en una de mis excursiones. Había sido totalmente casual, pero me sorprendió encontrar en él un diario escrito a mano por Antoine. Si ya me había sentido mal al entrar, llevarme aquel objeto en un arrebato fue suficiente como para que no volviera a pasar a través del marco de la puerta.

Aunque no quería fisgar en la intimidad de mi hermano, tampoco quería devolverlo, así que lo escondí en un cajón de mi escritorio, sin saber qué más podría hacer con él.

Posé una mano temblorosa en el picaporte y empujé suavemente la puerta, que se quejó, emitiendo un ruido. Me quedé quieta, esperando no haber molestado a mi padre. Suspiré aliviada al percibir sus suaves ronquidos, que me llegaban amortiguados. Me decidí a entrar, pero no había dado ni dos pasos en su interior cuando volví a sentir toda esa culpabilidad caer sobre mí. Como si estuviera haciendo algo no permitido. Como si aún me costara aceptar que nadie volvería a hacer suyo ese espacio como lo había hecho Antoine.

Cerré despacio y me dirigí a mi habitación, y para mi sorpresa aquella noche dormí como nunca lo había hecho en meses.

***

Al día siguiente tenía que madrugar mucho para ir a trabajar, y a pesar de que era todavía de noche, cuando empecé a pedalear cuesta abajo hacia la pastelería, notaba cierta emoción vibrando bajo mi piel. Me sorprendió descubrir que había descansado y que estaba bastante entusiasmada aquel día.

El cierre estaba echado hasta la mitad y se adivinaba una luz ligera que provenía del interior del local. No esperaba encontrarme a Paloma en el obrador, en vez de Conrado, que solía llegar el primero.

—Buenos días —saludé sin ganas, fingiendo educación.

Recibí un gruñido por toda respuesta.

—Ya puedes ir mezclando esos ingredientes, son para magdalenas. —Señaló hacia un rincón de la encimera—. Pero comprueba antes la lista.

—¿Y qué haces tú? —Creo que levanté una ceja, intentando contener la energía que empezaba a recorrerme el cuerpo y que nada tenía que ver con la ligereza que sentía unos momentos antes.

—Voy a preparar la masa del pan.

Ni siquiera se volvió para hablarme, pero su tono era más cortante y frío que de costumbre. Intenté relajarme un poco, mientras me ponía el delantal y me recogía el pelo en una trenza rápida.

—No has tenido un buen fin de semana, ¿eh?

—Nadie te ha preguntado.

La ignoré y me puse a trabajar. Al poco rato llegó Martín, se puso su delantal en silencio, comprobó la lista que siempre nos preparaba Conrado y empezó a moverse por ahí. Trabajamos los tres en silencio, cada uno sumido en sus pensamientos y actividades, y al cabo de unas pocas horas habíamos avanzado bastante. La primera remesa de barras de pan estaba lista para ser exhibida en sus cestos, detrás del mostrador. Estaba colocándolas cuando llegó Conrado.

—Vaya, ¿hoy empiezas tú en el mostrador?

—Buenos días a ti también, Conrado. Y no, pero no aguantaba más ahí dentro.

El hombre se echó hacia atrás y empezó a reír, arrugando mucho la cara.

—Dales un voto de confianza, mujer. No seas tan dura.

—No quiero retirar el que te he dado a ti. —Rio con más ganas aún ante mi comentario.

—Ay, Eloise. Tus comentarios me dan la vida.

Siguió riéndose, mientras se limpiaba una lágrima que se le había escapado y entraba al obrador. Sin duda, era un hombre peculiar, aunque resultaba agradable trabajar con él. Era organizado y metódico, y eso me gustaba. Hacía que todo estuviera en orden, nos ayudaba a ser eficientes y a optimizar el tiempo y los recursos. También era una persona creativa y capaz de sacar partido de cualquier situación, se amoldaba a las circunstancias y nos transmitía esa energía y actitud continuamente. Algún día nos habíamos quedado sin un ingrediente para los dulces, un aromatizante o un condimento, por ejemplo, y si bien nosotros nos quedábamos bloqueados sin saber qué hacer a continuación, Conrado aprovechaba la situación para probar nuevas combinaciones, mejorar las que consideraba o sencillamente buscaba algún sustituto para que no se notara tanto la diferencia. Si algún cliente preguntaba, solía responder que simplemente estaba haciendo un experimento social y comprobando cómo influía el ligero cambio del producto en cada persona. O les engañaba y les vendía algo distinto. O sin más daba explicaciones sobre lo que había sucedido.

En cualquier caso, sabía qué decir y todos se iban tan contentos.

Conrado me producía admiración y me agotaba a partes iguales, pero había comprobado que en las escasas semanas que llevaba trabajando allí realmente había empezado a plantearme la posibilidad de dedicarme a la repostería de forma profesional. Era algo que quería haberle planteado a mi padre, para que me diera su opinión o su aprobación e, incluso, algunos consejos o indicaciones. Pero sabía que aquella información solo me pertenecía a mí. De momento debía guardarla bajo llave.

Estaba sumida en mis pensamientos, sin darme cuenta de que doña Tristeza (o Paloma) me estaba hablando. Cuando volví en mí y me concentré en su expresión airada, me enfadé mucho.

—¿Qué?

—Te llevo hablando un buen rato y estás como empanada. ¿No eres capaz de concentrarte en algo tan simple como el horno, o qué?

—¿De qué hablas?

—¿Cómo que de qué hablo? ¡Míralo por ti misma! —Me indicó con un gesto que mirara hacia el horno.

Observé con horror cómo se habían quemado los panecillos que había puesto en la bandeja unos minutos antes y que un espeso humo empezaba a inundar todo su interior, intentando escapar por las rendijas de la puerta. Había estado tan absorta en mis propias preocupaciones que ni siquiera había programado el temporizador para que me avisara después del tiempo de horneado. Tampoco había estado atenta porque simplemente lo había olvidado. En cuanto fui consciente de lo que había provocado, tomé unas manoplas y abrí el horno precipitadamente. Tomé la bandeja entre mis manos y la saqué deprisa. El humo nos envolvió a las dos y Paloma tosió exageradamente.

—Qué torpe eres. ¿Te has dado tú también un golpe con las rocas?

Estaba intentando poner orden, tirando los panecillos a la basura y dejando la bandeja en un rincón donde no pudiera molestar, cuando sus palabras hicieron que me volviera como un resorte.

—¿Perdona? ¿Estás insinuando algo?

—Nada. Parece que tu hermano supo hacerlo mejor que tú.

—No vayas por ahí… —Aferré las manoplas con fuerza. No iba a tolerar esas acusaciones, y menos si salían de ella. ¿Qué le pasaba?

—¿No? Vamos, ¿me vas a negar lo que hizo?

—Él no se suicidó.

—Ya, claro. ¿Y qué fue?

—Un accidente. —De repente notaba la cinta del delantal como una soga alrededor de mi cuello.

—¿Eso crees? Porque hay que ser muy torpe o muy estúpido para acabar así. Y tu hermano era ambas cosas.

Reprimí las ganas de lanzarle uno de los panecillos quemados a su enorme y puntiaguda nariz. Quería que retirase cada una de sus palabras, que nacían de un odio del que yo no tenía constancia y que me sorprendió. Siempre había creído que su aversión era hacia mí, no hacia Antoine.

En lugar de eso, me quedé quieta, temblando. Las lágrimas se agolpaban detrás de mis ojos, peleándose por salir. No quería darles el gusto de que escapasen. Ni a ellas, ni a Paloma. Pero no podía estar ahí durante más tiempo.

En la fracción de segundo que había transcurrido desde su última acusación, noté una presencia en la puerta del obrador.

Conrado nos miraba, serio e intransigente, posiblemente evaluando cada una de nuestras palabras. No sabía cuánto había escuchado, pero sentí una vergüenza inexplicable que, unida a la rabia y el odio que ya había alimentado Paloma, me hundieron y confundieron.

No lo pensé ni pude evitarlo. Salí corriendo.

Atravesé la puerta del obrador, pasando al lado de Conrado como una exhalación y dejando atrás a todos los clientes que aguardaban su turno. Sentí sus miradas puestas en mí, escuché ciertos comentarios de sorpresa e indignación por mi carrera, pero no me detuve. Noté cómo alguien me llamaba desde el interior del local.

No supe que era Gael hasta que llegué a un parque verde y cálido que había cerca del colegio donde había trabajado mi madre, en la otra punta del pueblo.

Me agaché, apoyando las manos en las rodillas, sudando acalorada y casi sin oxígeno. Él se agachó frente a mí y, cuando vio mi expresión, me rodeó con sus brazos. Sentí su calidez y sus gestos confusos, que intentaban transmitirme seguridad.

—Tranquila, francesita. Todo está bien —me susurró con su voz, acariciando mi pelo—. Sea lo que sea, está bien. No llores.

Quería contestarle que se confundía, que simplemente era el sudor. No fui capaz de articular más que un sonido sordo que ni yo misma sabía lo que significaba y me di cuenta de que efectivamente eran las lágrimas las que humedecían mi rostro. Un hipido ridículo me subió por la garganta.

Me dejé mecer en sus brazos, imaginando por un momento que eran los de Antoine. Más de una vez había tenido que consolarme de ese modo, cuando era pequeña y me caía. Nuestra madre ya no estaba y nuestro padre trabajaba, así que él hacía de padre y madre para mí. Yo también tuve que consolarlo alguna vez, y hacía muchos años, cuando mis brazos no eran capaces de rodearle por completo, debíamos de tener una apariencia hasta cómica.

Poco a poco fui calmándome y recuperando la consciencia sobre dónde me encontraba y qué había sucedido. Me separé de Gael, sin ser capaz de mirarlo a los ojos, y descubrí que aún tenía las manoplas fuertemente agarradas en las manos y el delantal con el logo de la pastelería: una «K» escrita en letra capital, llena de florituras y adornos, como si Conrado la hubiera tomado de algún manuscrito medieval. Gael me sostuvo por los brazos y me hizo levantar la vista poco a poco.

—¿Estás mejor?

—Sí… Perdona. —Asentí limpiándome la cara con el dorso de la mano.

—No tienes que disculparte por nada. Solo debe hacerlo quien tenga la culpa de que te hayas puesto así.

—Me he agobiado, ¿vale?

—No, no ha sido eso. ¿Qué ha pasado?

—Lo que tú digas, Gael. ¿Dejas que me vaya? —Intenté que me viera enfadada, pero no debió de surtir mucho efecto.

Mi amigo me ayudó a incorporarme, un poco torpe.

—Ah, no, amiga. Me quedo lo que haga falta hasta que me cuentes todo.

Lo miré entornando los ojos. Me respondió enseñándome la lengua. Nos quedamos en silencio, mientras yo me calmaba poco a poco. Después, nos sentamos en dos columpios balanceándonos suavemente, uno al lado del otro.

—He oído que alguien mencionaba a Antoine —dijo Gael de pronto.

Me quedé lívida, porque no había pensado que pudieran escucharnos desde el local. Pero Conrado había entrado a ver qué sucedía…

—Tranquila —volvió a interrumpirme mi amigo, como si adivinara mis pensamientos—. No se entendía bien de qué hablaban, pero se escucharon palabras sueltas. Al final el viejo fue a ver qué sucedía. Se le veía preocupado.

Me quedé mirando al suelo. De repente, los granos de arena que tenía entre mis pies resultaban muy interesantes.

—Es esa horrible chica de la pastelería.

—La he visto a veces atender a los clientes. No es horrible esa niña, es peor.

—¿La conoces?

—Un poco.

—¿Y Antoine?

—Es difícil de explicar. Creo que tuvieron algo en el instituto, durante el bachillerato. —Frunció el ceño, intentando recordar—. Se llamaba… ¿Paqui? O algo así. No lo recuerdo.

—Paloma. —Me eché a reír. Claro que se acordaba, pero quería aligerar la conversación. Se lo agradecí.

—¡Eso! Madre mía, francesita. Vas a tener que dejarme un poco de cerebro un día de estos.

—Deja de sonreír como un tonto, anda. ¿Cómo es que yo no lo sabía?

—Ni idea. —Se encogió de hombros—. Tu querido hermanito era muy reservado para sus cosas. Yo la conocía solo de vista.

—¿Y qué pasó?

—¿Sinceramente? Ni idea. A tu hermano las ideas le duraban poco en la cabeza, siempre pensaba en cambiar y todo eso.

Asentí. Así era mi hermano, no podía quedarse quieto ni un momento. Había veces que incluso a mí me había desesperado, cuando lo veía corretear por la casa de un lado a otro moviendo las cosas de sitio, o emocionado por algún nuevo proyecto que tuviera en mente.

—El caso es que él se agobió o no sé qué pasó, así que cortó con ella. No se lo tomó muy bien, ya ves. Aunque tampoco es que ella fuera una joya.

—¿Me estás diciendo que, por esa tontería, se comporta como una bruja?

—No creo que sea solo por eso. Hay algo más... Pero tampoco sé muy bien de qué va la historia, la verdad.

—Por favor, Gael, déjate de misterios y de suspense.

—Vale, vale. A ver si encima voy a cobrar yo ahora. —Hizo un gesto con la boca, como si se burlara de mí—. El caso es que Paloma es una persona muy (cuando digo «muy» no lo digo por exagerar) pero muy competitiva. Así que cuando ambos entraron en la misma facultad... Te puedes imaginar.

—¡No! Por favor, ¿quieres contarlo todo de una vez?

—En serio, nunca te había visto tan nerviosa, francesita.

—No estoy nerviosa.

—Lo que tú digas.

Le tiré una manopla, que esquivó ágilmente. Se retorcía de la risa, aunque yo me mantuve en mi sitio.

—En serio, simplemente lo odiaba porque era mejor que ella. Y más engreído también.

—Mi hermano no era así.

—Tenía sus días.

Enarqué una ceja, intentando adivinar en qué pensaba. No me dio tiempo a preguntarle; tomó la manopla y se la puso en la mano, haciendo movimientos como si tuviera una marioneta y emitiendo pequeños sollozos que resultaron más bien cómicos.

—Pero cómo puedes tratar así a tu supermajísimo amigo Gael. Con lo bueno que es él... —Su voz chillona consiguió mis burlas. Pero al final logró lo que pretendía y sonreí.

—Eres un demonio.

—Y a pesar de eso me quieres, ¿verdad? —Me reí, esta vez con ganas—. Aunque me da la impresión de que ahora quieres más a Ian.

Acompañó sus palabras de un puchero infantil y yo no acerté a responder.

—Los he visto salir juntos mucho últimamente.

—Sí, nos vemos a menudo. —Miré la manopla que me tendía en ese momento.

—Me parece genial. Seguro que ya te habrás dado cuenta de ello, pero Ian es muy buen chico.

Asentí en silencio. Era un chico sencillo, que lograba transmitirme tranquilidad cuando no sabía encontrarla de otra forma. Tenía mi música y la playa, por supuesto, y seguía apreciando esos ratos que podía pasar a solas con mis pensamientos. O con la ausencia de ellos. Pero también agradecía la presencia constante y relajada de Ian. Sentía que él era algo similar a la marea, con sus ciclos, pero que siempre subía y bajaba con exactitud. Nadie dudaba de que el camino que llegaba a la cueva desaparecía durante medio día, durante todo el año, porque nadie dudaba de que el mar seguía sus procesos.

Con Ian me pasaba algo parecido. Era esa seguridad la que sentía con aquel chico que creía conocer. Quizá por eso me gustaba y asustaba tanto, a partes iguales. Me parecía inaudito que una persona hubiera logrado demostrarme tanto en tan poco tiempo.

—Lo conozco desde que éramos pequeños, siempre hemos sido vecinos. Solo tiene un problema, y es que se valora poco.

—¿Por qué lo dices? —Me di cuenta de que todavía llevaba puesto el delantal de la pastelería y decidí quitármelo.

—Lleva una temporada rara. Por ejemplo, él siempre ha amado dibujar, por encima de todo.

—No me había dicho nada...

—¿No? Bueno, no me extraña. Como te digo, no parece él la mayor parte de las veces.

—¿En qué sentido?

—En el sentido de que todos sabemos que ya no dibuja y él no deja de ponerse excusas. —Seguimos balanceándonos unos segundos más en silencio. Yo me quedé quieta, con el delantal doblado y las manoplas encima de mi regazo—. Pero hacía unos dibujos preciosos.

Pensé que era algo que me cuadraba mucho con Ian. Me parecía el tipo de actividad que alguien como él sería capaz de hacer mejor que nadie. No sabía cómo serían esos dibujos, pero estaba deseando verlos.

Me entraron muchas ganas de quedar enseguida con Ian y preguntarle por el tema, pero una parte de mí me decía que sería bastante complicado que se abriera conmigo en ese sentido.

—¿Y a ti qué te parece?

—¿Qué? —Salí de mi ensimismamiento como un resorte.

—Ian, qué va a ser.

—Ah. Pues… creo que tienes razón. No sé muy bien por qué, pero transmite confianza.

—Totalmente de acuerdo. Aunque, ¡oye!, tengo la sensación de que me están destronando del puesto de «mejor amigo». —Se llevó la mano al pecho en un gesto extremadamente teatral.

—En realidad, nunca estuviste en ese puesto.

—La herida está empezando a sangrar, francesita.

—Siempre fue de Antoine. —No era la respuesta que esperaba, y mi tono serio y triste lo dejó sin palabras—. Era mi hermano, quería contar con él para todo.

En esta ocasión fue Gael quien se quedó meditabundo. La añoranza y la soledad que habían expulsado mis palabras quedaron danzando entre los dos. Una mínima parte de todo aquel vacío que sentía desde hacía casi un año. Quise creer que Gael entendía mi silencio, que comprendía mejor que nadie lo que me producía mencionar el nombre de mi hermano, el dolor y la devastación que dejaba a su paso por mi interior, y que me envolvía en una atmósfera oscura y densa. Una atmósfera a la que muchos no se atrevían a entrar, se excusaban y se iban. Porque... ¿quién querría saber lo que era sentir eso?

Nadie absolutamente.

Excepto personas como Ian y Gael.

Aunque Ian no me preguntara ni quisiera indagar en el tema, me transmitía respeto, sus gestos, palabras o acciones demostraban que no me quería presionar. Pero él seguía ahí de todos modos. Yo me daba cuenta de eso y se lo agradecía inmensamente. Sabía que algún día debería explicarle, hacerle partícipe y conocedor de mis sentimientos, pero más porque quería y lo necesitaba que porque me sintiera en deuda con él.

Gael también estaba ahí siempre, pero habíamos llegado a un pacto no escrito por el que ambos nos comprometimos a no sacar ese tema. Nos lastimaba y rompía en tantos pedazos cada vez que estuvimos un par de meses sin hablar o vernos.

Al principio, cuando todo sucedió, no quería creerlo. Me decía continuamente que no podía haber pasado, que eso no podría haberme ocurrido a mí o a mi padre. Me hacía creer, con ingenua ilusión, que Antoine llegaría a casa y subiría las escaleras como un tornado, como siempre hacía, y después irrumpiría en mi cuarto para hacerme rabiar con sus bromas. O para ayudarme con los deberes. O para darme envidia con los grupos nuevos que estaba descubriendo y de los que conseguía comprar todas sus cintas o vinilos. Pero el que llegaba a casa era Gael, con sus ojeras, tan profundas y oscuras como las que veía a diario en el rostro de mi padre. Porque yo no quería mirarme al espejo. Y entonces él nos preguntaba si necesitábamos algo, miraba hacia arriba cuando notaba que bajaba las escaleras con precaución. Porque siempre esperaba que vinieran los dos juntos, riéndose y dándose codazos, o simplemente hablando relajadamente.

Y de repente solo estaba Gael, de pie, con los hombros hundidos y mirándome con esos ojos suplicantes, llenos de disculpas que no podía mencionar y una tristeza inmensa. Cuando me percataba de que sus pupilas oscuras, casi negras, brillaban nada más que por la humedad que comenzaba a inundarlas, toda la realidad caía a plomo sobre mí.

No, no podía ser.

Antoine no llegaría después. Ni estaba ya en casa y, por eso, su amigo llegaba solo, a buscarle, como cuando se iban a jugar al baloncesto.

Pero yo quería creer que sí.

Después de varios intentos, los dos fingimos que estábamos muy ocupados con nuestras cosas. Yo, con el último año de instituto, para prepararme la Selectividad. Dejando que mi vida, mi padre y mi hogar se destruyeran sin que yo hiciera nada por evitarlo.

Por eso, si había alguien que realmente supiera por lo que estaba pasando, era él.

—Yo también quería contar con él para todo —dijo al cabo de unos instantes de silencio.

—No nos dejaron.

—No. Pero pienso que podría haber hecho algo más por él, joder. —Sentía su rabia y su odio hacia nada en particular, vibrando bajo su piel y sus ojos—. Era mi mejor amigo.

—Lo sé. Eran el mejor equipo posible, créeme.

—Yo siempre he sido más precavido, miedoso… Aunque no lo parezca, era él quien me contagiaba la energía, quien me daba el empujoncito que necesitaba para hacer algunas cosas.

—Pero era muy cabezota.

—Demasiado, francesita. No sabes cuánto. Pero aprendí mucho de él, de ese entusiasmo que parecía sobrarle. Para Antoine no había barreras de ningún tipo. Creo que jamás conoceré a una persona igual de fascinante. Porque él no se daba cuenta, pero con su actitud… —Paró un momento, reteniendo las lágrimas y parpadeando fuertemente. Yo le puse una mano en la espalda, suavemente, para darle ánimos—. Con su actitud, de alguna forma, conseguía hechizarnos a todos. Todos le seguían, todos querían ser sus amigos o participar de sus planes.

—Te confieso que en casa era igual. Al final, no sé cómo lo hacía, pero me hechizaba también a mí y conseguía que fuera yo quien pusiera la mesa.

Noté cómo se relajaba bajo mi mano, al tiempo que emitía una carcajada rota y ronca, casi de alivio. Pero lo entendía perfectamente, comprendía el vacío y la soledad que habían quedado cuando se fue. Que aún permanecían.

—Incluso creo que… —Calló de pronto y me miró con sorpresa—. Mierda, supongo que no tendría que decirle esto a su hermana pequeña.

—Tan pequeña que puede tirarte de ese columpio como sigas dejando las historias a medias.

Me respondió poniendo los ojos en blanco y siguió hablando.

—Es difícil de confesar en voz alta, pero… llegué a pensar que lo quería. De otra forma.

Eso sí que no lo esperaba. Me quedé quieta en el sitio, sin saber qué decir o cómo responderle. Más por la sorpresa y el desconcierto que por su confesión en sí. Pero Gael malinterpretó mi gesto y se echó instintivamente hacia atrás, intentando alejarse de mí a pesar del poco espacio que quedaba entre los columpios.

—Lo siento. No debería habértelo dicho. No se lo había confesado a nadie. No tenía con quién...

—Tranquilo —lo interrumpí—. No pasa nada. Es solo que no es lo que esperaba, la verdad.

—¿Crees que es tan horrible?

—¿El qué? ¿Querer a alguien?

—Querer a otro chico. Nunca me había sucedido y no sabía qué pensar de aquello. Entre mis dudas y que estábamos algo más distanciados justo antes del accidente...

Ahora comprendía mejor todo. Entendía por qué había notado que se veían menos, que hacían menos planes juntos. Creía que habrían discutido o que cada uno estaba con sus líos de chicas, pero no esperaba nada de esto. También entendía por qué Gael me miraba con esa súplica y esa culpabilidad pintados en la cara, en sus ojos, en el ceño fruncido que empezaba a dejarle una arruga en la frente. Me entristecía comprobar que hasta el espíritu siempre animado de Gael también podía arrugarse y romperse.

—Da vergüenza ajena, ¿verdad? —sugirió con un hilo de voz y los ojos desenfocados, sin fijarse en ningún punto concreto.

No quería mirarme. No quería que mi actitud le defraudase No quería que lo juzgara. Y por no mirarme precisamente no se daba cuenta de lo que sucedía, de que yo no quería hacerlo tampoco. Y no lo hacía. Que sus palabras me habían conmovido, que ahora era yo la que se lamentaba por no haberlo apoyado más en otros momentos, cuando siempre lo había considerado un amigo. Noté un pequeño río húmedo bajando por mi mejilla.

—No creo que querer a alguien pueda ser jamás algo de lo que avergonzarse. Sea quien sea esa persona, o quien lo ama, por los motivos que sean.

Se giró bruscamente, con las lágrimas cayendo ya sin freno por su moreno rostro. Me sonrió de corazón y me abrazó. No dijo nada más, pero tampoco hizo falta.

Al poco rato se separó de mí, se secó la humedad de la cara con mi manopla y se levantó del columpio.

—A ver, francesita. Que me entretienes siempre y se ha hecho tarde. Creo que vas a tener que dar explicaciones a tu jefe.

Volvía a ser Gael.

CAPÍTULO 19
IAN

Llevaba un par de días sin ver a Eloise y tenía que reconocer que echaba de menos hablar con ella. En esos días tampoco me había decidido con nada y seguía ignorando, con una especie de presión en el pecho, mis pinceles. No me había dado el lujo de pensar en ellos. Mis padres me miraban cautelosos, quizá porque sentían cierta tensión al darse cuenta de mi indiferencia deliberada, aunque torpe, sobre el tema. Apenas mencionaban algo relacionado con ello, cuando les hablaba tranquilamente y desviaba la conversación a algo que resultara menos engorroso para todos.

Naira estuvo especialmente cariñosa esos días también y, aunque a veces su presencia me llegaba a agobiar, en general agradecía su compañía.

Aquel miércoles estaba ayudando a mi padre a arreglar la puerta de entrada, cuando Gael salió de casa. Eran ya pasadas las seis de la tarde y me sorprendió verlo por allí. En cuanto me vio, me saludó haciendo aspavientos y se acercó a nosotros.

—¡Hola, Bertrán! ¡Hola, Ian! —Me miró de forma elocuente; quería hablar conmigo.

—Hombre, tú por aquí. No se te ve el pelo. —Mi padre le dio un abrazo rápido y cariñoso.

—Uno, que está siempre ocupado.

—Claro, ocupado yendo de acá para allá, con sus amigos y sin ayudar a sus padres —le riñó, aunque con cierta dulzura—. Lo que eres es un pícaro.

—¡Yo ayudo mucho! A quienes hay que poner firmes es a mis hermanos.

—Con esos ya tendré unas palabras también, no te preocupes. Bueno, Ian, les dejo a lo suyo. Pero hoy tenemos que terminar esto.

—Sí, papá. Hablo un momento con Gael y vuelvo.

Mi padre se giró y retomó lo que estaba haciendo. Empezó a cantar y silbar suavemente alguna canción de hacía veinte años. Gael me cogió del codo y me apartó un poco. Empezamos a escuchar los golpeteos de las herramientas de metal.

—¿Has visto a Eloise estos días?

—No… —respondí cauteloso, no sabía interpretar la pregunta y el tono de mi amigo—. ¿Por qué?

—Me crucé con ella el otro día. No estaba muy bien. Quizá le vendría bien hablar contigo. —Me guiñó el ojo.

—Tampoco somos tan amigos.

—Ya, claro. Que nos conocemos, Ian.

—¿Y por qué no hablas tú con ella?

—Ya lo he hecho. —Suspiró, como recordando algo—. Pero creo sinceramente que le vendría bien verte.

Me giré para mirar a mi padre, que estaba ahí agachado. Conociéndolo, estaría intentando no escuchar, aunque no pudiera evitarlo. Estaba seguro de que después me haría algunas preguntas.

—Bueno, luego me pasaré por la pastelería —dije al volverme hacia Gael.

—Bien. —Sonrió—. Eso le gustará.

—¿Adónde vas tú ahora?

—Ni que fueras mi madre. —Su risa contagiosa inundó la calle, después miró su reloj de pulsera—. He quedado con unos amigos, solo eso. ¡Y ya voy tarde! ¡Adiós!

Casi ni me dio tiempo a despedirlo de lo rápido que salió corriendo. Mi padre levantó el brazo y después me miró.

—Vamos, nos queda poco y así te puedes ir antes.

Estuvo un rato callado, mientras yo me acercaba y me disponía a pasarle unos tornillos que tenía que cambiar. En silencio, los dos trabajábamos sin mirarnos, pero no volvió a silbar.

—¿Quién era esa Eloise de la que hablaba Gael?

Allá iba. No podía dejar pasar la oportunidad de preguntar. Sabía que, si mi padre no indagaba, no conocía la realidad o la verdad, pasaría horas dándole vueltas y vueltas en la cabeza pensando en mil cosas. Era peor para él, porque a menudo se preocupaba en exceso por cosas sin importancia.

—Ah… —Puse los ojos en blanco—. Es que no puede estar callado.

—Ya lo conoces. Si no es por él, no me entero de la mitad de las cosas que les ocurren. Entonces, cuéntame. ¿Quién es?

—Es una chica que conocí hace unas semanas. Resulta que es amiga de Gael de toda la vida.

—¿Y se han estado viendo?

—Sí. Es… agradable estar con ella. Me cae muy bien.

—Me alegro, mi niño. —Sonrió con dulzura—. Es bueno conocer gente nueva y hacer amigos. Creo que te vendrá bien.

—Yo también lo creo, la verdad. Este verano todo pintaba bastante mal. —Un destello de dolor cruzó su mirada—. No, no me refiero a Madrid. Quería volver, en serio. Para verlos, los echaba de menos a los tres. También tenía ganas de ver a Gael y su familia, el pueblo, la playa, el mar…

—Siempre lo has amado. El mar.

—Sí. Y ha sido gracias a ti.

—En parte. El mar se hace querer él solito. Lo único que tenemos que hacer los demás es dejarnos llevar.

Sonreí. A veces olvidaba lo sabio, sencillo y dulce que podía ser mi padre. Pero yo lo decía en serio. Si había logrado amar el mar, era realmente por él y todas las veces que me había dejado acompañarlo al puerto cuando tenía faena, e incluso montaba en su barquito con sus compañeros.

—Pero, por otro lado —continué—, sabía que mis amigos no estarían por aquí. Entre los que están fuera, los que se van de vacaciones o con sus abuelos todo el verano... Sabía que esta vez no contaría con ellos.

Se quedó callado, mirando el martillo entre sus manos. Podía ver el debate que se estaba generando en su interior. Quería decirme algo. Cuando consiguió encontrar las palabras para decirme lo que le recorría por dentro, su voz sonó cauta y un poco aguda.

—¿Y había algún motivo más?

—No. —Una respuesta contundente, seca, para dejar zanjado el tema y que no preguntara más al respecto. Él lo captó enseguida y volvió a desviar la conversación, con un suspiro de resignación.

—Y esa tal Eloise, ¿es del pueblo?

—Sí. Pero creo que estudió en un colegio de otro pueblo donde estudiaban en español y francés.

—¿Y eso?

—Es medio francesa.

—Qué curioso... —Frunció el ceño mientras miraba hacia la calle que bajaba—. Hace algo así como un año falleció un chico del pueblo. Me suena que también era francés. ¿Eran familia?

—Lo dudo —le dije, pero la pregunta quedó revoloteando a mi alrededor, como si me recordara algo, pero no supiera el qué—. Creo que te refieres al amigo de Gael.

—Sí, sí. Ese muchacho, el mismo. A veces lo veíamos por aquí. Y estoy seguro de que era francés.

—¿Lo veíamos? —Y entonces recordé a un chico, de la edad de mi amigo, pero más alto, un poco desgarbado e inquieto también. Tenía el pelo un poco largo y de un color anaranjado bastante peculiar. Como el del chico de mi dibujo. Como el de Eloise.

No podía ser. ¿El amigo de Gael y el hermano de Eloise eran el mismo chico? ¿Por eso Eloise hablaba casi siempre en pasado? Si era así, me sentía la persona más estúpida del planeta.

En cuanto terminamos, me despedí de mi padre y salí corriendo hacia la pastelería.

***

Una pareja tomaba café y un par de magdalenas en una de las pocas mesas que había fuera del local. Seguía sin entender por qué Conrado se negaba a expandir su negocio, porque tenía muchísimo éxito. Estaba seguro de que, si ampliaba la cafetería, sería la ruina para otros locales similares que había cerca. No me solían gustar los bares-cafetería de entonces, espacios pequeños cubiertos de azulejos oscuros, sillas de metal y mesas de formica. Lugares donde tan pronto te servían un café como unas riquísimas patatas fritas. El local de Conrado destilaba buen gusto y tranquilidad, resultaba acogedor, luminoso, sus colores eran suaves y relajantes y las mesas de hierro del exterior lucían un color tan verde como el mar intenso. Parecía un lugar que se había escapado de otra época, de otro siglo casi, pero tenía un encanto que muchos otros solo podían soñar.

Cuando entré, el móvil dorado que colgaba encima de la puerta tintineó. Apenas tuve que esperar a que atendieran a un par de personas cuando el propio Conrado, al que siempre parecía encontrar al otro lado del mostrador, me vio y sonrió con picardía.

—Mira a quién tenemos aquí. ¿Qué quieres, muchacho?

—Venía buscando a Eloise.

—Ah, entiendo. —Su sonrisa se ensanchó en el rostro—. Hace un ratito que se fue. De hecho, no tardaremos en cerrar.

Debió de ver la decepción en mi cara porque enseguida añadió:

—Intenta buscarla en su casa, o quizá haya ido a la playa.

—Eso haré. Gracias, Conrado.

—No hay de qué. —Me guiñó el ojo—. Cuídamela mucho.

—Eso intento. —Me sorprendió su comentario, que no tenía ningún tono burlón ni intención de hacer algún chiste—. Espero que por aquí me la estén cuidando también, por cierto.

—Vaya, pero si hay carácter en ese cuerpecito enclenque.

—Bastante —dije, mientras una risotada escapó de su garganta—. Que usted es un viejo demonio, eso lo sabemos todos.

Conrado no acertaba a reírse más, incluso unas lágrimas escaparon de sus ojos.

—Tienes más razón que un santo. Pero descuida, aquí Eloise está bien. Solo quería advertirte de que es una chica muy especial. Todos deberíamos cuidarla.

—En realidad, creo que ella sabe cuidarse más bien sola.

—Es imposible dudarlo.

Aunque se quedó callado, parecía dubitativo. Al cabo de unos segundos volvió a hablar en voz baja y serena, como si me confiara algún secreto.

—Pero incluso las personas más fuertes, como ella, necesitan saber que hay alguien dispuesto a ayudarlas si lo necesitan. —Su sonrisa se volvió más triste—. Eso lo sé bien.

Me quedé mirándolo, intentando descifrar sus palabras y lo que se escapaba entre ellas. No supe qué era, pero me daba la impresión de que él mejor que nadie era capaz de entender por lo que había pasado Eloise. Su rostro no me sonreía como antes, con la alegría de estar disfrutando de la situación. En ese instante, su sonrisa estaba ensombrecida por algo que no supe reconocer, posiblemente nostalgia. Lo miré asombrado, pues era la primera vez que veía algo así en Conrado, y más aturdido que nunca me despedí y salí de la pastelería, donde ya no quedaban clientes.

***

Pensé en pasar antes por el puerto, pero imaginé que Eloise no habría ido sola. Así que comencé a andar, como hacía otras tantas tardes aquel verano, en dirección a la cueva. Cuando me estaba acercando, me quité las zapatillas y empecé a caminar por la arena, que se ondulaba y deformaba con mis pisadas, haciéndome cosquillas entre los dedos.

Eloise estaba sentada en su querida roca, escribiendo algo en una libreta sin anillas, muy concentrada y con sus auriculares en los oídos. Imaginé las melodías de Tracy Chapman resonando en ellos, transmitiéndole una tranquilidad que ella parecía lejos de sentir.

Me situé a su lado, despacio, sintiéndome como un intruso entrando en un lugar al que no ha sido invitado. No quería romper ese momento de quietud, ni incomodarla. Ella seguía escribiendo con su bolígrafo negro, sin haberse movido ni un milímetro. Me quedé ahí, mirando al mar, llenándome de la tranquilidad de la situación y dejando que la brisa me acariciara las mejillas y me revolviera el pelo. Al cabo de unos instantes, dudaba de que realmente me hubiera visto. Iba a girarme para saludar o decirle algo, cuando escuché su voz.

—¿Esta playa tiene nombre?

Ni siquiera se había girado, pero ya sabía que estaba allí, a su lado. Su piel brillaba bajo el sol.

—¿La Playa? Así, con mayúsculas y todo, no creas.

—Eres un poco tonto a veces, ¿lo sabías? —Me miró de reojo, con una sonrisa asomando a sus labios finos y claros. Reí entre dientes.

—Nunca me lo había preguntado, pero como no hay más playas cerca, solo acantilados y rocas, creo que nadie se ha molestado nunca en buscarle nombre.

—Pues es una pena.

—¿Cómo la llamarías tú si pudieras?

Meditó en la pregunta unos segundos, hasta que sus ojos verdes brillaron de una forma triste y mágica a la vez.

—No lo sé…

—¿Qué significa para ti?

—¿La playa? —preguntó y yo asentí.

—Para mí significa todo. Esta playa, este océano… Me lo han dado y quitado todo. —Se quedó callada, con el horizonte extendido frente a ella—. Es mi vida.

Nos quedamos así sin decir nada, pensando en sus palabras, las cuales aún flotaban entre los dos, para después empezar a diluirse con el bramido de las olas. Decidí sentarme a su lado. Un conocido y ligero aroma a lavanda me dio la bienvenida.

—No sabía lo de tu hermano… Bueno, sí. Lo que no sabía era que era tu hermano, solo el amigo de Gael y no lo conocía —solté atropelladamente y suspiré—. Lo siento mucho también.

Eloise se movió muy cerca, inquieta. Sacudió la cabeza.

—No te preocupes. —Había derrota en su voz y comprendí que se sentía aliviada—. Me di cuenta de ello y quería contártelo. Pero no encontré las fuerzas, supongo.

—Siento haber sido tan torpe, Eloise. —La miré.

—Tranquilo. Es mejor así. Al menos te has acercado a mí por algo que no fuera la pena o la lástima.

—¿La gente hace eso contigo?

—¿Crees que no? Pobrecita, la niña que perdió a su dulce madre siendo tan pequeña y después a su hermano. Qué desgracia. —Su voz aguda, lejos de ridiculizar los comentarios de los demás, estaba cargada de una gran amargura.

—Es difícil saber qué decir en esas situaciones. Nadie sabe bien cómo comportarse, todo el mundo se siente torpe, y tampoco se quiere mencionar algo que incomode a quien está sufriendo. Pero no debe de ser nada fácil estar al otro lado tampoco.

—Entonces es mejor no decir nada. Y más aún cuando hay tantas especulaciones sobre lo que sucedió.

—¿Puedo preguntar…?

—Sí. —Suspiró—. Aunque nadie lo sabe en realidad. Su cuerpo apareció maltrecho entre las rocas, en la entrada de la cueva una semana después de que desapareciera. Fueron unos días terribles. No sabíamos nada de él y empezamos a temer lo peor. Cuando llegó la policía a casa para darnos la noticia, yo… no podía…

No quise que siguiera hablando, sufría al recordar todo aquello. La miraba impotente.

—Todos pensamos, incluida la policía, que había sido un accidente. El día que desapareció se desató una gran tormenta por la noche…

—Sí, recuerdo que mis padres me lo contaron. Se asustaron muchísimo. Hubo hasta inundaciones.

—Y cortes en el teléfono y la electricidad.

—Debió de ser horrible.

—No te lo imaginas. Fueron días de caos y Antoine había desaparecido. Cuando lo encontraron, la explicación más lógica era que había sufrido un accidente, que la tormenta lo había desubicado o arrastrado hasta los acantilados. Como nadie sabía dónde estaba, eran todo conjeturas. —Se encogió de hombros, con una expresión entre resignada y abatida. Era una historia que tendría que haber escuchado muchas veces y, conociéndola como lo hacía, seguro que también se lo habría repetido ella misma hasta la saciedad, para acabar de convencerse de que eso era lo que había ocurrido.

Horrible, era sencillamente horrible. No imaginaba por lo que habría pasado. Esos días de angustia y desesperación sin saber qué podía haber ocurrido. Las lágrimas asomaron a los ojos de mi amiga, que se las secó en un gesto algo brusco.

Ciertos sentimientos de culpa y arrepentimiento empezaron a cosquillearme en los dedos, a alterar mi mente con la idea de que por mi culpa había hecho llorar a Eloise. Caí en la cuenta de que parecía relajada y tranquila, posiblemente ni estaba pensando en su hermano cuando llegué y, sin embargo, mis palabras habían logrado que esos sentimientos afloraran en ella. Pude percibir su rabia, la tensión en su espalda y el esfuerzo que estaba haciendo para retener las lágrimas.

Le tomé la mano y la acaricié suavemente, sin mirarla. Sin embargo, sentía sus ojos fijos en el gesto. Cuando alcé la mirada, sus mejillas estaban húmedas, a pesar de que siguiera luchando contra el llanto. Solo podía estar ahí si ella lo necesitaba.

—Si tienes que llorar…, hazlo, no te preocupes. No me imagino por lo que has pasado. Si yo fuera tú, creo que lo haría todos los días.

Ella negó con la cabeza, su cabello moviéndose a un lado y otro, brillando con las últimas horas de aquel día que se escapaba entre nosotros. Pero las lágrimas empezaron a salir a borbotones esta vez. La rodeé con mis brazos y la sostuve con firmeza, dejando que soltara toda esa tristeza y esa rabia que la hacían temblar. El dolor escapaba con cada gota húmeda que salía de esos ojos brillantes tan verdes que comenzaban a hincharse. Sentí la calidez de su cuerpo, que era mucho más resistente que la roca en la que nos sentábamos.

Me quedé quieto, dejando que se calmara poco a poco, al tiempo que se iba vaciando de aquel sufrimiento. Sabía que no iba a desaparecer, pero quería pensar que necesitaba aquello, que necesitaba dejarlo ir de alguna forma. Y sabía también que entonces, además del cariño, la curiosidad y esa fascinación que Eloise había provocado en mí, también admiraba su fortaleza. Una fortaleza que había mantenido todo aquel tiempo, resistiendo el oleaje, el viento y el sol durante días. Pero sin perder un ápice de su entereza.

Esa era la esencia de Eloise.

CAPÍTULO 20
ELOISE

No sé cuánto tiempo estuve ahí, encogida sobre mí misma, dejando que Ian me acunara entre sus brazos. Pero lo necesitaba.

Hacía meses que no lloraba, que no me vaciaba, expulsando a borbotones todo ese dolor. Y aunque cada lágrima me arañaba el rostro al caer, con el nombre de Antoine escrito en ellas, en mi interior solo quedaba cierta tranquilidad y calma.

Jamás había hablado tan claramente con alguien acerca de lo que sucedió. Aunque intenté iniciar una conversación similar muchas veces con mi padre, dejé de hacerlo al ver que se negaba a ello y lo sumía en una oscuridad aún mayor. Con Gael, sencillamente, las cosas habían sido de otro modo.

Cuando logré recomponerme un poco, aun sintiendo los ojos rojos e hinchados, Ian me contempló con su mirada oscura y brillante. No había lástima en él, sino una intensidad acuciante, que interpreté como ganas de ayudar de alguna forma. Al ver que empezaba a calmarme, sonrió y me tomó la mano con suavidad. Si bien notaba cierta rigidez en su gesto, me preguntó:

—¿Mejor?

Asentí, incorporándome despacio y sintiéndome más ligera que en mucho tiempo. Su mano descansaba aún sobre la mía y puse la otra encima, dándole un ligero apretón.

—Gracias.

—No tienes que darlas. —Su sonrisa brillaba con los últimos rayos de sol—. Siempre que necesites algo, lo que sea, puedes llamarme.

—Lo haré. Aunque aún…, aún me cuesta hablar de Antoine.

—No te fuerces, pero tampoco te lo quedes todo dentro.

—¿Tú estuviste con Gael cuando sucedió?

—No, y me lamento mucho por ello —respondió apesadumbrado—. Ya llevaba unas semanas viviendo en Madrid. Había estado tan inmerso en mi nueva y emocionante vida en la ciudad que olvidé llamarlo muchas veces. Un día recibí una llamada de mis padres, contándome lo sucedido y lo revuelto que estaba el pueblo entero. Luego, llamé a Gael. Estaba destrozado y casi no podía hablar, así que le intenté reconfortar un poco. Unos días después volví a hablar con él, me contó a duras penas lo sucedido con más detalles de los que me habían dado mis padres. Después de eso, de vez en cuando intentaba sacarle el tema, más que nada por si quería desahogarse, pero tampoco quería forzarlo a hablar, si no tenía fuerzas para ello.

Hizo una pausa y respiró resignado, a lo que respondí con otro ligero apretón de manos, que seguían unidas.

—Poco a poco, el Gael de siempre iba volviendo. Imaginaba que podía contar más con sus amigos de aquí o su familia. Que quizá yo me hubiera vuelto más prescindible para él. Pero no le culpaba porque, a fin de cuentas, no había estado ahí cuando me necesitaba. Yo me sentía fatal por haberme desentendido y por haberme ido tan lejos.

—Pero no podías hacer nada, Ian. —Su arrepentimiento era sincero y me conmovió que alguien a quien consideraba tan apacible albergara ese tipo de resentimiento hacia sí mismo—. No podías saber que algo así sucedería, y mucho menos frenar tu propia vida por ello. Estabas en Madrid, empezando a disfrutar de tu carrera universitaria y es normal que no te preocupara nada más.

—Lo sé, y sé también que Gael nunca me guardó rencor y lo entendía. Lo hablamos hace unos meses. Me dijo algo muy parecido.

—¿Entonces?

—Es solo que a veces siento que me hubiese gustado hacer las cosas de otro modo.

Me quedé unos segundos reflexionando sobre sus palabras, comprendiendo ese sentimiento y, en cierto modo, compadeciéndome de mí misma. ¿Cuántas veces había pensado en aquello? ¿Cuántas veces me había arrepentido de la frialdad con la que trataba a mi padre, sin intentar arreglarlo nunca? Me excusaba pensando que no solo era culpa mía, que él también debía aprender e intentar dar el paso, esforzarse de alguna forma por su hija. Un esfuerzo que a veces creía que no existía.

Ian debió de intuir que algo pasaba por mi mente, porque acarició mi mejilla, mirándome con cierta preocupación. Su contacto me transmitió calidez y un ligero cosquilleo que no me abandonó en todo el día.

***

Aquella tarde llegué a casa pasadas las nueve de la noche. Esperaba preparar unos sándwiches para mi padre y para mí, y meterme en mi cuarto escuchando las cintas de Antoine. Pero no había ni rastro de la quietud que solía rodear nuestra casa cuando llegué.

La puerta estaba abierta y unos cuantos vecinos se agolpaban en la entrada al patio delantero. Un coche de policía con las luces encendidas y una ambulancia se encontraban aparcados enfrente.

Me abrí paso entre algunos de los curiosos, con los nervios y el terror agolpándose en cada una de mis células y mi corazón latiendo desbocadamente, sin parar de correr hacia el interior de mi casa. Pasé al lado de un policía sin verlo y entre otros vecinos que estaban en el pasillo o agolpados en nuestro salón. Sus caras consternadas me inquietaban, mis piernas temblaban sin parar.

Hard times go.

Los Scorpions tronaban en mis oídos, aportando una atmósfera irreal, mientras sentía que mi mundo volvía a derrumbarse a cámara lenta alrededor.

Y entonces vi a mi padre sentado en un sillón, con una manta sobre los hombros, los codos apoyados en las rodillas y la cabeza entre las manos. Unos espasmos sacudían su cuerpo.

As soon as the good times roll.

Me quité los auriculares de los oídos con desesperación, los cables se enredaron en mi cuello y entre mis dedos cuando quise apartar el aparato, que lancé sin mirar encima de otro de los sofás. Me arrodillé delante, aunque no pareció percatarse. Lo miré con cautela, dudé y finalmente lo abracé, aún con el miedo palpitando bajo la piel.

El policía y un par de vecinos que estaban a su lado, ayudándolo, me miraron preocupados.

—Perdone, ¿es usted su hija? —Asentí con cautela, mirando de reojo a un par de vecinos. El policía debió de entender enseguida.

—Márchense, por favor —se dirigió hacia ellos—. Agradecemos enormemente su ayuda.

Noté movimiento a mi alrededor y me relajé al escuchar el sonido de la puerta al cerrarse, seguido de los pasos del policía. Miré a mi padre, con las lágrimas a punto de escapar de mis ojos.

—¿Qué ha sucedido? —pregunté en un susurro—. Papá, ¿qué ha pasado?

En ese momento mi padre pareció verme por primera vez, abrió mucho los ojos y se echó a llorar, dejando que lo abrazara.

—Su padre ha sufrido un ataque de ansiedad —contestó uno de los sanitarios, a los que casi no había prestado atención—. Los vecinos dieron el aviso.

Miré a mi padre, preocupada.

—Lo siento, mi niña… No sé qué pasó. —Su voz derrotada me partió el alma.

Negué con la cabeza, sin saber ni poder decir nada. Uno de los sanitarios me separó de él, llamándome con un gesto. Acaricié el brazo de mi padre y me levanté para seguirlo hasta un rincón más alejado del salón.

—¿Le pasa a menudo? ¿Tiene algún tipo de enfermedad?

—No… —dudé—. ¿Es grave?

—No, solo debe descansar bien esta noche —me dijo con suavidad—. No obstante, sería muy útil que hiciera ejercicios de respiración, por si le vuelve a suceder. Y en ese caso debería acudir al médico de cabecera.

—¿Va a ponerse así más veces?

—No tiene por qué, y esperamos que no se repitan estos episodios. Solamente quería darle unas indicaciones, para que sepan cómo actuar si vuelve a suceder.

Asentí y le di las gracias, para después volver al lado de mi padre. A los pocos segundos, todas las personas abandonaron el salón y salieron de casa, y nos quedamos solos mi padre y yo de nuevo.

Escuché entonces un leve zumbido, mi padre siguió la dirección de mi mirada y se percató, como yo, de que me había dejado el walkman encendido.

—Siento tanto esto, Eloise. Siento muchísimo que tengas que vivir en una familia como la nuestra. Nunca quisimos esto para Antoine y para ti…

No había apartado la mirada del aparato.

Coloqué la manta sobre sus hombros de nuevo, haciendo que girara el rostro hacia mí. Parecía haber envejecido en apenas unos minutos.

—Voy a preparar algo de cenar. Después tómate las pastillas y descansa esta noche, papá.

—Lo siento mucho, Eloise.

—No tienes que seguir disculpándote. No ha sido tu culpa.

Intenté sonreír, aunque mis movimientos estaban cargados de una rigidez que dolía. Aun así, me levanté con esfuerzo y me dirigí a la cocina.

Sentía el miedo retorciendo mis arterias y mis músculos, alimentado por un pequeño y poderoso pensamiento que impedía que el aire llegara a mis pulmones. ¿Y si perdía a mi padre también? No podía permitirlo. Y sabía que tampoco lo soportaría.

Empecé a buscar en la nevera y de repente sentí que se acercaba y se quedaba quieto detrás de mí. Al volverme, el dolor en sus ojos me abofeteó de la misma forma que había hecho cuando nos enteramos de lo de Antoine. La misma tristeza que habría empañado su mirada hacía doce años.

—Papá, no te levantes.

—No quiero cenar, me gustaría ir a dormir…

Iba a replicar, pero se volvió y subió a su cuarto, cerrando la puerta con cuidado.

Cuando subí unos minutos después, con un sándwich medio deshecho, mi padre estaba acostado, aunque su respiración me confirmó que aún no se había dormido.

Dejé la comida, un vaso de agua fresca y una pastilla para dormir en la mesilla.

—Te quiero, papá.

***

Por supuesto, al día siguiente éramos la comidilla del pueblo. Cuchicheos, comentarios y miradas me llegaban de todos los rincones cuando salí a la calle a hacer algunos recados que me había pedido Conrado. Él fue el único que no me trató de una forma diferente y, cuando se percató de lo que sucedía, decidió dejarme trabajar el resto del día en el obrador. Se lo agradecí en silencio y no salí en ningún momento. A fin de cuentas, disfrutaba más allí que atendiendo a los clientes.

Pero mis compañeros de trabajo no dejaron pasar la oportunidad de lanzarme continuamente esas miradas ponzoñosas. Intenté ignorarlos, más preocupada por el estado de mi padre que por ellos. Me había ido angustiada de casa, aunque seguía durmiendo cuando me marché. Llamé a casa desde el teléfono del obrador, en mi pausa de la comida. Suspiré aliviada cuando descolgó al otro lado de la línea.

—¿Papá? Soy yo.

—Eloise, ¿ha pasado algo?

—No, solo quería saber cómo estabas.

—Estoy bien, he descansado mucho —susurró—. Gracias.

—Te he dejado otro bocadillo en la nevera. Lo siento, no me ha dado tiempo a nada más.

—Tranquila —me dijo y yo percibí que se relajaba un poco—. Está bien así. Ha venido Luis a verme.

—¿En serio?

—Sí. Se ha ido hace unos minutos. Hemos estado hablando y nos ha traído algo de comida también.

Sonreí, un poco menos intranquila. Luis era demasiado bueno.

Estuvimos hablando unos minutos y al colgar había recuperado la energía para trabajar. Pero después de la comida, cuando más concentrada me encontraba, agitando una crema para montar unos dulces, sentí la mirada de Paloma sobre mí.

—¿Qué? —le espeté, mirándola con desconfianza. Desde que me dijera aquellas cosas sobre mi hermano unos días antes, había hecho el mayor esfuerzo posible por ignorarla. Pero su mirada burlona y su sonrisa de medio lado, que lucía en ese momento, me ponían de los nervios.

—Nada. Solo te vigilo. Como hay que hacer con ciertas especies.

—Quizá deberías ir al zoo. O, mejor, mirarte al espejo. ¿Lo haces mucho últimamente?

—Al menos mi familia no está loca. *Francesita.*

Cogí parte de la masa con las manos, dispuesta a borrarle la sonrisita de la cara. Un mechón de pelo se me escapó del recogido y la red.

—Alto ahí, Paloma. Fuera de aquí. —La voz de Conrado nos descolocó a ambas—. Y tú, Eloise, suelta eso. Es para los clientes.

Obedecí sin rechistar, intentando calmarme.

—Está loca, no sé por qué sigues dejando que trabaje aquí.

—¿Quién eres tú para decirme qué trabajadores debo mantener en mi pastelería? —Conrado se cruzó de brazos, adoptando una posición firme—. Y he dicho que te largues de aquí.

—Pero mañana…

—Mañana no volverás a trabajar en este local, Paloma. Ni ningún otro día. La clave de esto es que somos un equipo y debemos colaborar entre todos. Algo que tú no estás cumpliendo.

Paloma se quitó el delantal y la red del pelo con rabia, mientras su cabello negro cayó en ondas sobre su espalda. Roja de ira, se marchó airada del obrador y dio un portazo, provocando que los cristalitos del móvil chocaran con fuerza.

—Solo la mantenía porque es la nieta de un buen amigo. —El hombre se encogió de hombros y sonrió burlón, eliminando todo rastro de la severidad que antes había mostrado.

Cuando el móvil de la entrada volvió a sonar, anunciando la llegada de un nuevo cliente, salió del obrador silbando.

***

Había pasado unos días demasiado intensos y me apetecía mucho estar un rato a solas con mi música, así que regresé a mi lugar favorito en la playa, como solía hacer.

Siempre que me sentaba cerca de aquella cueva sentía su presencia acechando. Las rocas en su entrada me hacían pensar a menudo cómo había acabado Antoine entre ellas, aunque apartaba rápido esos pensamientos y me centraba en lo realmente hermosa que era, en que Antoine admiraba ese lugar, el cual siempre fue mágico para él. O eso me decía, al menos.

No conseguí relajarme mucho rato. No dejaba de pensar en lo sucedido en la pastelería, en Conrado y en mi padre. Temía dejarlo solo durante mucho tiempo cada día y ya había pasado demasiadas horas trabajando.

Medité sobre su crisis y qué podría haberle provocado aquello. Me sentía culpable por no haber estado con él en esos momentos y, sobre todo, también me creía responsable y causante de ese nerviosismo.

No dejé de darle vueltas al tema durante todo el tiempo que estuve ahí, intentando relajarme y ordenar mis pensamientos sin éxito. Así que, cansada de la preocupación y de estar sola, me levanté y me fui. Lo que no esperaba era encontrarme con Ian y Gael juntos, sentados en la terraza de un bar cercano. Observé a Ian, de espaldas a mí, hablando tranquilamente con una botella de Seven Up al lado.

—¡Eh, francesita! ¿Te quedas con nosotros un rato? —Gael me saludó alegremente en cuanto me vio. Ian se quedó callado y se dio la vuelta despacio. Sonrió y le respondí de la misma forma.

—Debería irme a casa, chicos. Con mi padre. —La mirada de mi amigo se ensombreció un poco. Seguramente también habría escuchado todos los chismorreos aquel día.

—¿Está mejor?

—Terminó por dormirse, estaba agotado.

—Siento mucho lo que sucedió, Eloise —me dijo Ian, algo turbado.

—No te preocupes… Lo que peor llevo son los murmullos y lo que dicen los demás. Cuando no tienen ni idea de nada.

Los dos me miraron y, finalmente, Gael volvió a invitarme a sentarme con ellos. Sentía que debía irme a casa, aunque fuera pronto aún, pero también necesitaba acallar todos aquellos pensamientos que me llevaban rondando durante el día. Aquel torbellino de sentimientos e ideas que ni el océano había conseguido calmar. Al final accedí, me acomodé en la silla que había entre los dos y pedí una Coca-Cola, que burbujeó al verterla en el vaso.

—Me quedo un rato. Pero solo un poco —me apresuré a añadir ante la maliciosa mirada de Gael después de haberse salido con la suya.

—Lo que digas, francesita. —Gael me guiñó el ojo y, después, en un tono más molesto y para retomar la conversación añadió—: No les hagas ni caso, son unos ignorantes.

—Es un poco difícil, sobre todo si te llegan los comentarios hasta en el trabajo.

—¿Cómo?

Les conté lo sucedido aquel día, las palabras de Paloma, de nuevo hirientes, y la reacción y posterior decisión de Conrado.

—Menudo viejo loco es ese Conrado. Pero hace bien. ¿De verdad alguien mantendría en su propio negocio a algún trabajador que solo provocara malos rollos? Además, estaría ya harto de ella de todos modos. —Gael se encogió de hombros, dio un trago a su cerveza y se repantigó aún más en la silla—. Tú no te sientas mal por ella. Se lo ha buscado solita.

—Puede que tengas razón.

—La tiene —apuntó Ian. Un gesto complaciente se dibujó en el rostro de Gael.

—Son terribles. Los dos.

—Y tú te estás volviendo muy blanda.

Medité sobre las palabras de Gael, cuya mirada notaba puesta sobre mí. Volvía a tener razón. En otro momento o en otras circunstancias habría afrontado todo aquello con más entereza. Pero me sentía cansada, harta de ser la fuerte y de resistir por los demás. Quizá era eso lo que me preocupaba realmente. Cómo había dejado de esforzarme por todos, empezando por mi padre y terminando por mí misma.

Los miré a ambos, pendientes de mí y disimulando. Caí en la cuenta de que parecían algo serios y meditabundos cuando los había visto, así que les pregunté.

—¿De qué hablaban antes de que yo llegara?

—De nada…

—De tu hermano. —La respuesta de Ian fue contundente, mientras mantenía sus pupilas fijas en las mías.

—Ian, por favor. ¿Qué hemos hablado antes?

—No tiene ningún sentido hacer como si nada. —Gael le lanzó una mirada furibunda, se sentó más recto en la silla y su actitud despreocupada desapareció por completo.

—Chicos, no se preocupen. En estos días he conseguido hablar de él… Me hizo sentir algo mejor. —Nunca había sido tan sincera. Conseguir hablar, llorar incluso, mencionar a mi hermano, aunque su nombre siguiera quemando mi garganta, había sido dar un gran paso.

—Por todo lo que hablan de él, siento que me hubiera gustado conocerlo —dijo Ian de pronto.

—Se hubiesen caído bien, aunque seguramente le hubieras desesperado un poco por ser tan tranquilo. —Gael se rio con ganas, algo más relajado.

—Y te hubiera arrastrado con él de un lado a otro. No paraba quieto —añadí yo.

—Estaba loco de remate.

Y así, sin quererlo, lo que iba a ser tomar algo fresco y rápido con ellos se convirtió en una hora de conversación, recordando a Antoine y sus manías, algunas locuras que había cometido y que nunca me había contado, para no preocuparme, pero que Gael me confesó entonces. Cómo pasaban algunos fines de semana, ellos y sus otros amigos de siempre, recorriendo la isla en dos destartalados coches y buscando sitios curiosos y pueblos poco accesibles, como el nuestro. Cómo se quedaron una noche parados en mitad de un camino de tierra, sin gasolina.

Me alivió darme cuenta de que podía hablar de mi hermano con más ligereza. De que recordarlo así ayudaba, aunque aún sintiera un vacío tan grande dentro de mí que seguía amenazándome con devorarme.

—Lo malo de Antoine era que se obsesionaba mucho con todo. —«Era». Hablábamos en pasado. Seguíamos recordándole. Las palabras de Gael se clavaron en mí con cierta dureza. Una cosa era hablar de sus anécdotas, como yo podía estar recordando las mías. Pero hablar de él en tiempo pasado fue suficiente para hacerme regresar a la realidad y disipar esa atmósfera distendida y agradable que habíamos mantenido durante toda la conversación—. Como ocurrió con aquel maldito trabajo de la facultad.

—¿Qué trabajo?

—¿No te acuerdas?

—No. No me dijo nada.

—Pues... qué raro. —Gael frunció el entrecejo y miró su jarra, ya vacía, mientras daba vueltas a algo en su cabeza—. Estuvo completamente absorbido por eso los últimos meses antes del... Antes del accidente.

—Sé que estaba ocupado con la carrera, pero no imaginé que fuera para tanto.

—Pues tendrías que haberlo visto. Todos sabíamos que era cabezota y testarudo, y también que no paraba hasta que conseguía algo que se le había metido entre ceja y ceja. Pero aquello era demasiado. Casi no nos veía.

—¿Pero de qué era el trabajo? —Ian parecía más interesado que yo incluso.

—No lo sé muy bien porque no coincidíamos en todas las clases. Creo que era algo de un reportaje o algún tipo de investigación. Bueno, nos contó que hasta había pedido una especie de prórroga al profesor para poder entregarlo más tarde.

—¿Y eso tenía algo de malo?

—No, para nada. Todos admirábamos cómo se dedicaba a los estudios, la verdad. Muchas veces no salía los fines de semana para estudiar. —Eso sí que lo recordaba—. Pero con aquel trabajo cambió mucho. Estaba ausente, absorbido por completo con lo que estuviera investigando. Pasaba horas en la biblioteca estudiando y se distanció de casi todos sus amigos. Incluso de Yaiza.

—¿Quién es Yaiza? —preguntó Ian, confuso.

—Una amiga de Gael y de mi hermano. Se conocieron en la universidad, en el primer curso.

—Sí. A Antoine le gustaba. —Percibí el tono triste de Gael y no me pasó desapercibido el modo en que miró sus manos—. Y creo que él a ella también. No lo hablamos nunca. El caso es que nosotros dos fuimos los únicos que seguimos haciendo esfuerzos por verlo y por distraerlo... Pero no tuvimos mucho éxito. Los dos últimos meses consiguió apartarnos del todo a ambos. Yo me enfadé muchísimo con él, dejé de verlo y de llamarlo. Aunque Yaiza seguía esforzándose como podía y me insistía para que hablara con él y arregláramos las cosas. Era incapaz. Me dolía mucho la actitud de Antoine.

¿De verdad había sucedido todo eso? No había notado nada en Antoine excepto que estaba algo más gruñón. En casa se comportaba como siempre, pasaba horas en su habitación solo, escuchando música, leyendo o estudiando. Pero no me había llamado la atención porque él, a pesar de ser una persona sociable a la que le encantaba estar de aquí para allá, cuando se encontraba en casa, sabía estar a solas con sus cosas.

—Por eso —continuó Gael—, me sentía tan culpable. Es como si de alguna manera hubiera abandonado a mi amigo.

—Él no lo vería así, y lo sabes. Por lo que me cuentas, si fue él quien los apartó a ustedes, era el único responsable de la situación.

Ian nos miraba a los dos, con una expresión de preocupación.

—Tampoco puedes cargar con eso, Gael. Nadie sabía lo que iba a suceder —le dijo suavemente.

—Sí, pero es inevitable. —Tomé la mano de Gael y me sonrió tristemente.

Como si nos hubiéramos puesto de acuerdo, Gael pidió la cuenta al tiempo que Ian y yo nos preparábamos para levantarnos. Cuando pagamos la consumición, nos levantamos en silencio y nos alejamos un poco del bar.

—Anda, te acompañamos a casa, francesita.

—No hace falta.

—No hay negociación en este asunto.

Me tomó del brazo e Ian me miró negando con la cabeza. No había nada que hacer.

Caí en la cuenta de que Ian no había visto aún mi casa, o lo que quedaba de ella. Me avergoncé como una niña pequeña, ya que me daba miedo imaginar qué podría pensar al verla. Sin saber cómo evitar la situación, me quedé tensa y no pronuncié palabra en todo el camino.

Cuando quisimos darnos cuenta, estábamos delante de la entrada. Mi bicicleta se veía apoyada en la fachada, debajo de la ventana del salón.

—¿Es tu casa? —preguntó Ian, mientras echaba un vistazo a las ventanas superiores con una expresión que no supe identificar.

—Sí, sí. Vamos a reformarla pronto. —Mi voz sonó ronca y Gael me miró extrañado. Los ojos y el rostro de Ian eran imposibles de leer—. Bueno, gracias por acompañarme, chicos. Nos vemos.

En cuanto nos despedimos, abrí la puerta y entré corriendo.

No encontré a mi padre en la planta baja, así que subí, preguntándome dónde podría estar. Al pasar por delante de la habitación de Antoine y su puerta cerrada por completo, me invadió una pesadumbre inquietante. Recordé lo que había dicho Gael. Me dolió pensar que no sabía nada de mi hermano, o no supe darme cuenta de lo que le preocupaba durante los últimos meses de su vida. Y quería conocerlo mejor.

Mi padre se encontraba en su cuarto, doblando algo de ropa. Tenía el cabello húmedo y un rostro sereno y descansado. Sonrió al verme. Le devolví el gesto, sintiendo que un enorme peso se escurría de mis hombros.

Era una promesa muda.

CAPÍTULO 21
IAN

—¿Ahí vive Eloise?

—Por enésima vez, pesado, sí.

Me volví antes de girar en la siguiente calle, antes de que el minúsculo mundo que constituía esa casita destartalada desapareciese. Me parecía increíble que nadie hubiera querido hacerse cargo de los arreglos que a todas luces necesitaba.

—Mira, no puedes juzgarla ni a ella ni a su padre. Bastante han tenido con lo que les ha caído encima.

—No estoy insinuando nada... Me parece extraño que, por ejemplo, su padre no se haya encargado de esas cosas. Solo eso.

—La situación con su padre es más complicada. —Gael metió las manos en los bolsillos, caminando a mi lado cabizbajo—. Hace un par de meses lo echaron del trabajo.

—¿En serio?

—Sí. Siguió trabajando incluso después de lo de Antoine. Pero sentía una depresión tan grande que llegó un punto en el que ni rendía en el trabajo, ni dormía, ni comía. Se estaba poniendo enfermo. Al parecer, el médico le dio la baja y estuvo así unos meses, se supone que recuperándose. Un día le llegó una carta de la empresa para la que trabajaba. Estaba despedido.

Una tragedia más para la familia. No imaginaba cómo alguien sería capaz de dar así la espalda a un empleado que necesitaba ese dinero.

—No es que hubiera hecho muchos progresos, pero estaba decidido a volver a trabajar por Eloise.

—Debió de ser horrible. ¿Y cómo sabes todo esto?

—Porque nuestros padres son amigos. Hemos intentado ayudarlos en todo lo posible. A veces vienen a comer a casa, porque al menos así se despejan y podemos cuidarlos de otro modo. Pero no podemos ayudar en todo.

Entendí por qué había visto a Eloise y su padre en casa de Gael algunos sábados. Sentí entonces que también quería ser de ayuda, aunque tampoco se me ocurría cómo. Mi amigo no añadió ninguna palabra más en todo el camino hasta que llegamos a nuestra calle, donde nos paramos en la mitad de la acera.

—Siento no haber estado ahí cuando sucedió lo de Antoine —dije con un hilo de voz.

—Ya lo hemos hablado, no tienes de qué preocuparte. —Me miró con una sonrisa triste pero calmada—. Si yo hubiera ido a Madrid, también habría estado más ocupado en disfrutar de la vida de la gran ciudad.

—Aun así…

—Déjalo ya, Ian. Ahora tienes cosas más importantes de las que preocuparte. ¿Has pensado algo que hacer con tu pintura?

Lo había olvidado por completo. Me tenía tan pendiente todo el asunto de Eloise y de Antoine, y los días pasaban tan rápido, que mi atención se había desviado por completo. Recordé entonces una de las primeras conversaciones que tuvimos Eloise y yo, en el muelle 41, y me di cuenta de toda la razón que albergaban sus palabras. Pero no quería hablar del tema en ese momento.

—No he pensado nada aún sobre eso —respondí, algo airado.

—Tranquilo.

—¿Pero por qué te preocupa tanto?

—No es que hayas dejado de dibujar o pintar, sino que has abandonado una parte importante de ti. Eres mi amigo y temo que te conviertas en algo que no quieres ser. Solo eso.

—¿Quieres ayudarme a mí solamente porque no pudiste hacerlo con Antoine? —dije, pero me arrepentí de mis palabras en el mismo instante en que salieron de mi boca. ¿Qué me sucedía aquellos días?

Gael me miró, más triste y decepcionado que nunca. Se volvió sobre sí mismo y echó a andar hacia su casa, arrastrando los pies y sin añadir nada. Corrí tras él y conseguí cogerlo del brazo.

—¡Espera! Gael, perdona... No quería decir eso.

—Pero lo has dicho. Has sido demasiado sincero.

—No era mi intención...

—Déjalo estar y déjame también a mí. Ha sido genial hablar de Antoine, desahogarme con algunos sentimientos que me rondaban desde hacía tiempo, sincerarme con Eloise. Pero me has recordado uno de los motivos por los que no lo había hecho antes. No me interesa que me echen cosas en cara o me juzguen. Me voy a casa.

Solo acerté a quedarme quieto, viendo cómo mi amigo se iba y me dejaba ahí solo.

Ya en mi habitación, después de cenar con mis padres rápidamente, me tumbé en mi cama mirando al techo. Había herido a Gael. ¿Y de verdad alguna vez había dudado de que se preocupara por mí? ¿Iba a seguir reaccionando así cada vez que alguien mencionara el dibujo y me animara con ello? Era consciente de que no lo hacían con mala intención, y menos aún Gael. Quizá el problema era mío solamente. Tal vez yo mismo no me perdonaba el hecho de haber abandonado una parte de mí que significaba tanto, que me llenaba de tal manera como lo hacía dibujar.

Gael había sufrido mucho por todo lo ocurrido. Sabía que no me había contado ni la mitad de lo que había sentido con la pérdida de su mejor amigo. Aunque no entendía el alcance de todo ello, ni del sentimiento de culpabilidad que había arrastrado desde entonces. Y, a pesar de todo, el que se había ofendido por un comentario sin ningún tipo de maldad había sido yo.

Era un egoísta.

Jamás podría ponerme en la piel de Gael o de Eloise, ni sentir ni una mínima parte de todo lo que habrían sufrido por Antoine. Eran dos personas que rara vez mostraban sus sentimientos, no imaginaba lo que podrían haber sufrido por dentro. Pensé que realmente me hubiese gustado conocer a ese chico, al que ahora solo podía imaginar a través de sus recuerdos y anécdotas. Era curioso ver cómo Antoine cambiaba ligeramente en función de quién hablara de él. Di muchas vueltas también a todo lo que había contado Gael, a la obsesión de su amigo, y divagué sobre cómo habría sido para el propio Antoine todo aquello.

Poco a poco, mis pensamientos fueron aislándome del mundo y empezaron a dar vueltas más y más despacio alrededor de mi mente.

Al día siguiente acudí tarde a la playa, pero supuse que a Eloise le habría surgido algo, porque también acababa de llegar. Me la encontré andando hacia la cueva, con la música en sus oídos y la mirada completamente ausente, como si todas las personas que había en ese instante disfrutando de su día libre no existieran. Llevaba el pelo fino recogido en una coleta de la que escapaban muchos mechones, los cuales ondulaban con la brisa de la tarde. Sostenía sus zapatillas blancas en las manos.

Me quedé quieto mirándola, sin poder evitarlo, y dejé que las siluetas que se movían a nuestro alrededor no interceptaran aquel momento. Verla así, con el mar a su izquierda y la cueva de fondo, mientras se dirigía hacia ella, hizo que me entraran unas ganas inmensas de dibujar un boceto. Un boceto que después llenaría de rojos, amarillos y naranjas danzando en su pelo y su piel, en un atardecer mágico.

Salí de mi ensimismamiento y corrí tras ella.

—¡Eloise! —llamé varias veces, hasta que se paró, retiró los auriculares de sus oídos y se volvió hacia mí, con cierta sorpresa.

—Ian. —Sonrió—. Iba a ver si te encontraba.

—Yo también. Parece que nos hemos puesto de acuerdo en venir a la misma hora. ¿Qué escuchabas?

—ABBA. —Apagó el walkman y retorció el cable de los auriculares a su alrededor.

Seguimos andando, no hacía falta que dijéramos dónde queríamos ir. Eloise miraba continuamente hacia la playa, con el recuerdo de Antoine más vivo que nunca. Noté que estaba algo inquieta, como si quisiera hablar de algo.

—¿Te preocupa lo que dijo Gael el otro día?

—¿A qué te refieres?

—Lo de tu hermano. El trabajo de la universidad, su obsesión…

—Un poco. Me hizo pensar que no conocía tanto a mi hermano, que quizá no me confiaba tantas cosas. Había muchos detalles que se me escapaban. —Paró unos segundos, decidiendo si continuar o no—. Es posible que, si hubiera sabido qué le preocupaba, hubiera podido ayudarlo un poco también.

La miré consternado, deseando con todas mis fuerzas encontrar algo con lo que ayudarla. Habíamos dejado nuestras habituales rocas atrás y estábamos más cerca que nunca de la cueva. Nos quedamos ahí, mirando su entrada oscura y sin fondo, mientras nuestras sombras se alargaban y mezclaban con el mar.

—Y él seguro que lo sabía —le dije—. Si no te contó nada es porque no querría preocuparte.

—¿Cómo puedes estar seguro de eso? No lo conocías.

—Es cierto, pero puedo hacerme a la idea de qué tipo de persona era por todo lo que me han contado de él. Y no creo que alguien como Antoine quisiera hacerlo.

—Pero consiguió alarmar a sus amigos. —Frunció el ceño.

—Porque todos necesitamos confiar algunas cosas a otras personas. Es más fácil abrirse a un amigo que a alguien de la familia, por ejemplo. A mí me pasa.

Meditó un rato sobre mis palabras, claramente sumida en unos pensamientos que no tenía mucha intención de compartir conmigo. Pero no me importó. Nos sentamos en la arena y disfrutamos del momento de tranquilidad, mientras yo seguía dándole vueltas al dibujo que tantas ganas tenía de empezar.

—Puede que tengas razón. Aunque me gustaría conocer qué pasaba por su mente antes de lo que ocurrió.

—Pero ya no puedes saber eso, Eloise. Si él no te lo contó…

De nuevo, esa inquietud.

—Tengo algo que le pertenecía y que podría ayudarme a comprenderlo mejor.

—¿Qué es?

—Un diario. —La miré sorprendido—. Antes de que digas nada… No quiero irrumpir en su intimidad. Pero necesito saber qué pensaba, qué sentía o por qué estaba tan obsesionado con el dichoso trabajo antes de que todo sucediera.

—Supongo que es normal. ¿Dónde lo has encontrado?

Suspiró hastiada, en un gesto donde el enfado y la resignación se mezclaban, y sus ojos verdes brillaban con intensidad.

—Lo encontré hace meses, de casualidad. Había entrado en su cuarto solo una vez antes. No me sentía con fuerzas. Pero decidí que podría superarlo, enfrentarme a su espacio, incluso si él ya no lo llenaba... —Me miró de refilón y siguió hablando—: Tenía un montón de cuadernos llenos de apuntes, pero este me llamó la atención. Lo cogí y descubrí que era su diario. No sé qué pensé en ese momento, pero me pareció una buena idea sacarlo de allí.

—¿Has leído algo?

—No he podido.

Sus dudas e inseguridades se reflejaban entre sus diminutas pecas, por la manera en que fruncía el entrecejo y evitaba mirarme directamente. Pero sabía que necesitaba conocer la verdad. Puse la mano en su hombro y se giró hacia mí, al tiempo que más mechones de pelo se escapaban de su recogido.

—Inténtalo. No quieres cotillear, ni inmiscuirte, ni siquiera juzgar a Antoine. Se trata de tu hermano, solo quieres entenderlo. Podrías quedarte con la duda siempre, es cierto, pero quizá lo que necesitas ahora es resolver todas esas preguntas que están aquí dando vueltas. Casi las puedo tocar. —Empecé a hacer aspavientos, como si hubiera una mosca revoloteando a nuestro alrededor.

—Menudo tonto. —Sonrió tristemente, apartando mi mano y apoyándola en la arena—. Pero tienes razón. Solo quiero aclararme y entender qué le sucedía.

—Entonces, lee. Si crees que en algún momento te encuentras con algo demasiado privado, sáltalo.

—Gracias, Ian.

—¿Por qué?

—Por haberme dado tanto valor estas semanas. —Tomó mi mano entre las suyas y la acarició suavemente. Un leve cosquilleo, una emoción que no supe identificar, se inició con ese contacto y recorrió mi cuerpo.

—Yo no te he dado ningún valor. Solamente te he recordado que lo tienes.

Su sonrisa fue suficiente para iluminar lo poco que quedaba de día.

—¿Y tú? ¿Dónde está el tuyo?

—¿Para qué?

—Para volver a dibujar.

—¿Quién…?

—Gael. —Claro, quién si no iba a decírselo—. No sabía que dibujaras, pero me ha dicho que lo hacías de miedo.

—Es un exagerado.

—¿Y por qué lo dejaste?

—¿De verdad quieres saberlo?

Asintió, esta vez con una expresión más relajada. Me miraba intensamente, con sus ojos verdes fijos en los míos, sin soltar mi mano. Decidí que quería contárselo todo. Necesitaba ser sincero conmigo mismo para no repetir lo que había sucedido con Gael el día anterior, pero también por mí. Desahogarme y abrirme con ella como la propia Eloise había hecho conmigo. Me había confesado sus inquietudes y sus miedos, aunque aún me quedaran cosas por descubrir. Intuía que no había sido fácil y se lo debía.

Así que le hablé de lo mucho que amaba dibujar y pintar con acuarelas, de mis libretas llenas ya de polvo en mi cuarto, del mar y el puerto, y también de mi inspiración. De que no me consideraba tan bueno y de que debía centrarme en mi carrera.

—Creo que eres un poco tonto.

—Me lo dices mucho.

—No, es en serio. No sabes lo que es no tener nada claro tu futuro, o pensar que no mereces pensar en ello. —Iba a añadir algo, pero me interrumpió con un gesto de su mano—. En cambio, tú sabes que quieres seguir estudiando, y eso es genial. Pero también amas dibujar, y es maravilloso también. ¿Por qué no puedes compaginar y mantener las dos cosas?

¿Realmente podía ser así de fácil?

De pronto, se levantó de su sitio, dejando una marca en la arena donde había estado sentada. Se acercó a la cueva, buscando algo entre las rocas. Cuando pensó que tenía lo que necesitaba, se acercó satisfecha. Debió de ver el interrogante en mi cara al ver que tenía una caracola, casi tan grande como la palma de su mano, entre sus delgados y pálidos dedos.

—Toma —dijo y luego me tendió la caracola—. Puede que no seas capaz de volver a pintar una lámina ahora, pero márcate un reto. Intenta pintarla con el material que quieras.

—Pero es absurdo. No creo ni que pueda mantener el color.

—Da igual. Inténtalo. Mezcla los colores que más te agraden, aunque no sean armoniosos o no peguen, o cualquier cosa que piensen los artistas cuando estén eligiendo la paleta de colores. Dale la vuelta al asunto. Cámbialo, pero sigue pintando.

La vi ahí de pie, delante de mí, tan emocionada y satisfecha que no pude decir que no. Tampoco creo que tuviera otra opción. Sus ojos brillaban con fiereza y determinación, retándome a dar una respuesta negativa a su ofrecimiento. No iba a poder ganar esa batalla y Eloise lo sabía. ¿Conocía también el fuego que contenía siempre su mirada? ¿Sabía que era ese fuego el que la estaba salvando y haciendo más valiente?

Tomé la caracola entre mis manos, húmeda y fría al tacto. Eloise sonrió, con ese tipo de sonrisas picaronas, de demonio viejo, que había visto en Conrado.

Nos quedamos allí hasta bien entrada la noche, hablando de todo y de nada. La marea estaba bajando, revelando el camino que llegaba hasta la cueva. Su presencia resultaba más inquietante entonces, después de saber lo que me habían contado de Antoine. Pero no dejamos que ni la cueva, ni la caracola, ni ninguna de nuestras preocupaciones nos estropearan ese momento. Todo se alejaba con la marea, dejando más distancia entre nosotros y el océano extendido frente a los dos.

Aunque la temperatura había descendido, nos negamos a marcharnos y aguantamos todo lo que nos fue posible. Pero llegó el momento que estábamos aplazando, cuando no pudimos más y decidimos separarnos en el paseo. De nuevo observé el ritual de Eloise mientras quitaba la cadena de la bicicleta, se ajustaba el walkman en la cinturilla del pantalón vaquero corto que llevaba y luego se acomodaba en el sillín.

—Gracias por lo de esta tarde, Ian.

—Yo te quería dar las gracias por este verano, en realidad. Aunque me has traído pocas magdalenas de contrabando de la pastelería.

—Conrado las tiene contadas. —Sonrió.

—No me cabe duda.

Nos miramos un rato. Intenté retener esa imagen en mi mente, el pelo de Eloise finalmente suelto a la altura de sus hombros, por encima de la camisa blanca que llevaba aquel día. Sus ojos claros, las pecas que no se veían y sus típicos auriculares negros en los oídos.

—Avísame cuando lo leas y, si necesitas hablar de algo, llámame o ven a verme. Lo que necesites, de verdad.

—Lo haré.

—Y espero que encuentres lo que buscas.

Tomé su mano y le di un pequeño apretón amistoso. Estaba tan ensimismado en el gesto, sintiendo esa emoción de nuevo recorriendo mi espalda, que no me había percatado de lo cerca que estábamos el uno del otro. Levanté la vista, los ojos de Eloise abiertos de par en par me decían que se había dado cuenta también. Se apartó suavemente, me dijo «adiós» y encendió el walkman.

Vi cómo pedaleaba calle arriba, con su corta melena ondeando al son de su propia música. Mi piel vibraba de emoción y anhelo.

CAPÍTULO 22
ELOISE

El diario de Antoine esperaba frente a mí. Era una libreta negra sin anillas bastante insulsa, como las que usaba para mis propios textos, pero que resultaba muy intimidante al mismo tiempo.

No podía dejar de pensar en todo lo que nos había contado Gael, y la necesidad de saber y eliminar aquellas dudas que me abrumaban era suficiente para que me decidiera a leer las palabras de mi hermano. Sin embargo, seguía sintiéndome fatal al pensar que, de algún modo, estaría inmiscuyéndome en su intimidad.

Recordé aquella ocasión en la que entré en su cuarto, hacía varios meses, dispuesta a reconciliarme con el silencio y la ausencia de Antoine, más patentes en aquella estancia que en ninguna otra. El picaporte había girado con un crujido y un olor a cerrado, a polvo y a recuerdo me inundó. Había dado un par de pasos temerosos, procurando no hacer ruido para que mi padre no me descubriera.

La habitación se encontraba tal cual la había dejado mi hermano: la cama estaba hecha, con la colcha un poco arrugada, y los apuntes de la universidad se amontonaban en su escritorio, al lado de su máquina de escribir portátil. En las dos baldas de la pared, justo encima de su mesa, había muchísimos libros, cuadernos y álbumes de música. Se amontonaban en horizontal y vertical, como si hubiera ido llenando los huecos como podía. Sonreí con tristeza al encontrar su ejemplar de *Fahrenheit 451*, uno de sus libros favoritos. Había intentado convencerme de que lo leyera en muchas ocasiones. Debí hacerle caso.

Un cubo de Rubik descansaba encima de un montón en el que se mezclaban libros y libretas. Debajo de todo ello, había un cuaderno sin anillas. Recordé que me había llamado especialmente la atención porque daba la impresión de que lo hubiera puesto ahí con prisas, empujándolo un poco más que los demás, para que no se viera tan a simple vista. Lo había tomado en mis manos para después salir de la habitación, pero no me había atrevido a leerlo en todo aquel tiempo.

El marcador de tela estaba colocado casi al final de la libreta, señalando la que debería haber sido su próxima página escrita. Pero estaba en blanco. La entrada anterior era del 21 de octubre de 1987 y después, nada.

No pude leer, tomé el cuaderno y salí de ahí sin tocar nada más.

Pero aquella noche no logré dormir.

Habían pasado meses desde que encontré el diario, el que tenía frente a mí. Siguiendo el consejo de Ian, me salté todas las entradas anteriores a la primavera de 1987. Gael había comentado que fueron los últimos meses, así que busqué a partir de ahí. Efectivamente, había sido en mayo cuando Antoine mencionaba el trabajo por primera vez.

No le di más importancia y seguí leyendo, saltándome párrafos enteros, donde narraba cosas demasiado personales que no debían interesarme. A menudo, solo hablaba de las clases, de Yaiza y Gael, mencionando esporádicamente alguno de sus otros amigos, pero casi no hacía referencia a aquel controvertido trabajo. ¿Me habría mentido Gael?

No tardé en darme cuenta de que no había sido así.

Lunes 4 de mayo, 1987

Hoy ha sido un día terrible. Yaiza sigue teniendo una fiebre altísima, estaba agotada y casi no podía hablar por teléfono. Espero que se recupere pronto, está perdiéndose muchísimas clases. No me importa ir cada dos o tres días a su casa para pasarle los apuntes fotocopiados, o llamarla por teléfono para contarle las novedades más importantes, pero no es lo mismo que estar en clase. Hoy, por ejemplo, en clase de Historia Contemporánea, el profesor ha estado bromeando con lo mal que se nos daría explicar algo de la materia. Después de un debate interesante, ha decidido mandarnos como trabajo un reportaje de investigación, aunque no muy extenso, sobre algún tema interesante que haya ocurrido en el último siglo. Estoy seguro de que a Yaiza le hubiera encantado participar en el debate y se habría enfrentado a más de uno y de una con esa energía que a veces no sé de dónde la saca con lo pequeña que es. ¡Me da miedo! Le ha encantado el trabajo, pero dudo que pueda redactarlo y entregarlo a tiempo si sigue así de enferma. Yo aún estoy pensando en qué tema puedo investigar, así que iré a la biblioteca de la facultad a buscar información, a ver si encuentro algo interesante.

Jueves 18 de junio, 1987

Quedan menos de dos semanas para entregar el maldito trabajo de Historia y aún no sabía de qué narices hablar en el reportaje. Me estaba empezando a agobiar y ya estaba pensando en copiar algún trabajo interesante de otro autor, cambiarlo un poco y entregarlo como fuera. No me sentiría muy bien haciéndolo, pero era la primera vez que estaba tan bloqueado. Pero esto cambió el martes, cuando fui a la bibliote-

ca para acompañar a Yaiza, que necesitaba documentarse para su propio reportaje. Va un poco ajustada con las fechas, o eso dice, pero es increíble lo pronto que ha remontado pese a que faltara tanto a clase. Le mentí y le dije que yo había acabado el mío prácticamente, pero que me quedaba darle unos retoques. Se fue tan feliz al rincón de la biblioteca donde esperaba encontrar más materiales interesantes y yo decidí darme otra vuelta por la hemeroteca.

Y encontré lo que necesitaba.

Era una noticia de hacía unos años, un juicio después de una guerra, personas de varios bandos implicadas en el supuesto delito, pruebas y secretos que salían a la luz después de llevar mucho tiempo escondidos a ojos de todos. Era perfecta.

Copié datos importantes, fotocopié la noticia y busqué varios periódicos más.

Estuve inmerso durante horas, hasta que Yaiza me encontró y tuve que confesarle lo que había ocurrido con el trabajo. ¡Menuda bronca me echó la tía!

No he podido regresar a la biblioteca estos dos días, pero mañana vuelvo sin falta.

No dejé de preguntarme qué habría encontrado, qué sería aquella noticia. Ojeé las siguientes entradas, pero no vi ningún dato a simple vista que pudiera darme más pistas del asunto. Miré el reloj y eran más de las tres de la madrugada; se suponía que me despertaba en dos horas para ir a trabajar. Tenía los ojos rojos de leer, la cabeza me zumbaba de emoción y nervios, y había llegado tarde por haber estado con Ian. Decidí que debía descansar, aunque fuera un poco, y en cuanto la almohada rozó mi cara, caí rendida, con el diario aún entre mis manos.

***

Mentiría si dijera que aquel lunes trabajé bien en la pastelería. Conrado no dejó de regañarme ni un momento y, de nuevo, me envió al obrador la mayor parte de la jornada. No por salvarme de los comentarios malintencionados de la gente, sino porque no paraba de tropezarme con mis propios pies. Preparar magdalenas y panes, manejando el horno y los utensilios de cocina metálicos, no ayudó mucho.

—Mira, Eloise, no puedo permitir que vengas a trabajar así. Estás agotada. —Fui a replicar, pero me hizo callar con un gesto severo—. No quiero excusas. Me da igual si estuviste de fiesta anoche…

—Estuve leyendo algo importante.

—Deberías haber dormido para venir hoy con energía a trabajar. Vete a casa y vuelve el sábado para recuperar lo que no has hecho hoy. —Me miró y añadió rápidamente—: Sin peros.

Me fui gruñendo por lo bajo, mientras Martín me miraba con indiferencia. Al menos él no se burlaba de mí como lo había hecho Paloma. Dejé el delantal y mi red del pelo en mi percha, y me fui a casa, como me había ordenado Conrado. Ni siquiera tenía fuerzas para pedalear y ni me acordé de encender el walkman. Cuando llegué, mi padre estaba en el patio trasero, sentado a la sombra, leyendo algún libro. Me sorprendió. Hacía un año que no le veía leer por gusto y mucho menos en aquel rincón de la casa.

Mi primer impulso fue acercarme a él y preguntarle. ¿Estaba intentando mejorar de alguna forma? Pero decidí que no podía verme, porque entonces se extrañaría de que no estuviera en la pastelería. O era posible que no, que no le importara en absoluto. En su estado, cualquiera de las dos opciones era válida.

Así que me alejé despacio y subí los escalones en silencio, me tumbé en mi cama y dejé que el sueño me abrazara. Creo que soñé con Antoine, con las palabras de su diario vivas en mi mente. Recordé su rostro, difuminado, su voz alegre y siempre alta, transmitiendo la energía que lo caracterizaba y que nunca parecía agotarse. No recuerdo qué decía, dónde estábamos o qué hacíamos, pero cuando me desperté, dos horas más tarde, decidí seguir leyendo aquel diario.

Me salté la comida, aunque tuve que bajar a por unas galletas en un momento dado. Seguí leyendo, empapándome de las palabras de mi hermano. Fui testigo de cómo el interés y la curiosidad por esa misteriosa noticia iban transformándolo y obsesionándolo. No daba detalles, no especificaba nunca de qué se trataba. Pero a través de lo que había escrito supe identificar que Gael solo me había dicho la verdad. Que mi hermano se había distanciado de todos sus amigos, de sus profesores. Incluso de mí, comprendí con cierta tristeza. Aunque en casa no parecía que las cosas hubieran cambiado, sus palabras decían lo contrario.

El reportaje se había convertido en su único objetivo. Confesaba que, como no iba a poder llegar a la fecha de entrega, habló con el profesor para que le dejara entregarlo en septiembre. Este accedió a regañadientes, después de reprenderlo.

Miércoles 1 de julio, 1987

Mujica no quería dejarme más plazo para entregar el reportaje. No entendía lo importante y crucial que era que siguiera investigando. Pero en cuanto le expliqué cuál era el tema, las personas que involucraba y el mensaje que podía extraer de todo ello… Es simplemente brutal. Ha comprendido que posiblemente esto vaya a ser algo más gordo que un simple trabajo de universidad, aunque tengo la sensación de que me ha creído a medias. No he querido darle más detalles para que no se apropie de la investigación, porque es demasiado importante.

Me doy miedo a mí mismo. Nunca me había sentido así con nada. Estoy deseando desentrañar todo, sacar a la luz lo sucedido y denunciar al cabrón en torno al cual gira todo esto. Es un asesino, un ladrón y un mentiroso. Y lo peor, como he descubierto hoy mismo, es que vive en esta isla. Está aquí, cerca de nosotros. Podría trabajar en la misma facultad, ser cualquier vecino o familiar de algún amigo mío. Tengo que investigar eso, todos los apellidos, los familiares extranjeros... Hay mucho trabajo por delante.

Yaiza y Gael se están empezando a preocupar. Hace días que no veo a Yaiza, ni salgo a comer con ella, porque en la facultad como solo la mayor parte de las veces y, cuando la busco, nuestros horarios no coinciden. Carlos y Gonzalo me ignoran la mayor parte del tiempo, porque, según ellos, he dejado de ser el de antes. Pues que les jodan. Papá me ha dicho hoy que me ve más delgado y me ha preguntado que si me preocupa algo. Le he dicho que tendré que estudiar todo el verano para entregar unos trabajos en septiembre y se ha mosqueado conmigo. Eloise se ha burlado de mí un rato, pero creo que ha comprendido, por cómo la he mirado, que no resulta gracioso. Tengo que disculparme con ella mañana sin falta.

Y sí, recordaba su disculpa. Me compró unos pastelitos en la pastelería de Conrado porque sabía que me encantaban los dulces. Fue el único al que le conté lo que me interesaba la repostería como futuro profesional. Me dijo que algún día haría dulces más ricos que esos, mientras encendía el tocadiscos y ponía su música de fondo. Me negué a aceptar su disculpa por orgullo, aunque me duró poco tiempo y terminó ganando él. Era imposible que nadie se resistiera a su encanto innato. Y, sin embargo, había conseguido perderlo fuera de aquella casa.

Seguí leyendo, cada vez más inmersa en sus palabras. Todo lo que Gael nos había contado cuadraba perfectamente con lo que había vivido mi hermano. Fui dejándome llevar por esos trazos movidos por una obsesión enfermiza, que me llegaba a través del papel y que me estaba levantando un dolor de cabeza horrible.

En un momento dado, la puerta de mi habitación se abrió de golpe.

—Eloise. —Mi padre me miró desde el umbral, preocupado. No dije nada y me quedé mirándolo, intentando ubicarme y salir de aquella atmósfera de irrealidad en la que me había sumido con la lectura del diario—. ¿Cuándo has llegado?

—Hace un rato.

—No te he oído.

—Perdona, olvidé avisarte.

—¿Estás bien? —Se acercó cauteloso, como si tuviera miedo de que me rompiera—. Pareces a punto de…

De llorar. Lo notaba.

—No es nada. Estoy bien.

—¿Qué lees? —Su mirada se posó en el diario, abierto entre mis manos, que estaba ahora encima de mis rodillas.

—Nada, unos apuntes que me he encontrado.

Me miró escéptico, pero no cuestionó mi respuesta. Parecía dispuesto a marcharse, estaba cerrando la puerta cuando pareció recordar algo y la abrió de nuevo. Abrió la boca para añadir algo más, supuse, pero jamás escuché lo que quería decirme. Se lo pensó mejor y, sacudiendo la cabeza, volvió a cerrar la puerta. A los pocos segundos escuché el eco de sus pisadas por el pasillo, que se perdieron escaleras abajo. No pude evitar sentir que realmente quería haberme dicho algo importante.

Decidí que podría hablar con él más adelante, pero antes quería saber qué más tenía que contarme Antoine.

No estaba preparada para encontrarme lo que leí.

CAPÍTULO 23
IAN

Me estaba quedando literalmente dormido viendo la televisión con Naira, que había insistido en ver un documental de cetáceos que emitían ese día, cuando llamaron a la puerta.

Me levanté de golpe, completamente desubicado tras comprobar la hora en el reloj del salón. Las doce y media. ¿Quién podría llamar tan tarde un lunes por la noche? Supuse que era Gael, que había decidido dejarme hablar con él y disculparme, después de haberlo estado buscando y llamando todo el día.

Naira me miró algo alarmada, con sus ojitos oscuros cargados de cansancio. Mi padre dijo algo desde la cocina.

—¡Ya voy yo, papá, no te preocupes!

Fui al recibidor y abrí la puerta. Una silueta menuda y con el cabello alborotado se recortaba frente a la luz de las farolas. Tardé un rato en darme cuenta de que era Eloise. Iba a saludarla, todavía algo sorprendido, cuando me fijé en su expresión desencajada, sus ojos rojos e hinchados, el rostro húmedo. Respiraba entrecortadamente, como si hubiera corrido con todas sus fuerzas.

—Eloise, ¿qué ha pasado? —Ella sujetaba una libreta con fuerza, cuya cubierta parecía tener marcas, como si le hubiera clavado las uñas.

—Antoine… No fue un accidente. Lo mataron. Por un secreto.

Sus piernas temblaron y se doblaron, cayó a plomo.

SEGUNDA PARTE

CAPÍTULO 1
ELOISE

Cuando cerré el diario, sentí que el mundo se abría bajo mis pies. Antoine no había muerto en un accidente, como habían dicho las autoridades. No sé qué había descubierto, qué secreto quería desvelar, pero había muerto por eso. Por un maldito trabajo de universidad.

No recuerdo ni cómo conseguí levantarme de la cama, ponerme las sandalias y salir corriendo de casa, bajando por las calles de un pueblo prácticamente desierto. Creí escuchar a alguien gritar mi nombre detrás de mí, pero no conseguí recordarlo bien. Fui consciente de que pasé al lado de la pastelería de Conrado, que estaba totalmente cerrada y a oscuras. Algunas siluetas y caras distorsionadas se sucedían a toda velocidad a mi alrededor y, aunque escuché sus comentarios reprobatorios cuando pasé tan rápido a su lado, no pude saber de quién se trataba.

El olor a salitre se hacía más intenso. Sabía en algún lugar lejano de mi mente que me acercaba al puerto, pero mis sentidos estaban congelados.

Seguí corriendo, cruzando calles y girando aquí y allá. Con un frenesí y una energía que me dolían.

Cuando llegué frente a la puerta marrón de la casa de Ian, me detuve, tomé algo de aliento y llamé al timbre. Cuando él abrió, me miró asustado y sorprendido, como si no esperara que estuviera allí. ¿Qué hora sería? Sus ojos se posaron en mis manos y fui consciente de que no había soltado el diario en ningún momento.

Sentía la cabeza a punto de estallar, la cara húmeda, y me colían las piernas. No sé qué le dije, si es que conseguí tomar el aire suficiente para decir algo. Pero todo lo que había leído quemaba cada parte de mi ser, estaba mareada y desubicada, con el estómago revuelto.

La calle giraba a mi alrededor, muy rápido. Cada vez a más velocidad. Ya no podía ver a Ian, aunque sentí sus brazos sosteniéndome y su voz pronunciando mi nombre, lejana. El eco de su preocupación me conmovió, pero no podía hacer nada por llegar hasta él.

Solamente había una palabra que sentía claramente en mi piel, que escuchaba sin distorsiones y que hacía que las heridas sangraran más que nunca.

Antoine.

Después, solo recuerdo oscuridad.

Miércoles 21 de octubre, 1987

Pensaba que ya lo tenía todo, pero no era así. La persona que buscaba me contó su historia hace días, debería haber escrito ya el reportaje para entregárselo a Mujica, pero no he sido capaz. Me falta algo. Hay más delitos y más secretos. Se ha empeñado en decirme que algunos no le pertenecen, pero es solo que no tiene el valor de confesarlos. No sé qué pensar.

Quiero conocer la verdad para redactar el reportaje y quizá después mandarlo a la prensa. Era necesario que alguien hablara claro y revelara los trapos sucios de esta gente.

Ayer recibí una llamada de alguien importante y nos hemos citado el viernes. Entonces podré escribir el reportaje.

CAPÍTULO 2
IAN

Reaccioné más rápido de lo que me creía capaz.

Cuando las piernas de Eloise se doblaron y empezó a caer, me acerqué rápidamente para sostenerla con mis brazos. Mis propias piernas cedieron al intentar sostener su peso, pero logré mantenernos en pie. El diario de Antoine, que había agarrado con fuerza entre sus manos, cayó al suelo con un golpe sordo. A los pocos segundos escuché las rápidas pisadas de Naira en el pasillo.

—¡Ian! ¿Qué sucede?

Se paró de golpe detrás de mí y me giré para mirarla. Ahogó un grito de sorpresa y se llevó las manos a la boca, asustada.

—¿Qué le pasa?

—No te preocupes, se ha desmayado. —No dejaba de mirarla, atónita—. Déjame pasar, voy a llevarla al salón.

Naira se apartó obediente, pero mis padres llegaron en ese instante. Ambos me dirigieron miradas confusas y preocupadas, y me ayudaron a llevar a Eloise hasta el salón. Después de tumbarla en un sillón, mi madre empezó a abanicarla con una revista y mi padre apareció con un vaso de agua. Naira se acercó a mí con el diario, que me ofreció en silencio, sin dejar de mirar a Eloise con preocupación.

A los pocos segundos, mi amiga abrió los ojos confusa. Cuando vio a mi madre, a la que no reconoció, intentó levantarse bruscamente.

—Tranquila, tranquila… —susurraba mi madre mientras intentaba que se volviera a tumbar. Me miró de soslayo y yo me acerqué a ellas—. Soy la madre de Ian.

Al seguir la mirada de mi madre y reconocerme, Eloise pareció tranquilizarse un poco más. Me senté en el suelo a su lado, mientras ella se incorporaba lentamente.

—Toma, mi niña, bebe un poco. —En cuanto mi padre le acercó el vaso, empezó a beber con cierta ansiedad.

—Despacio, bruta, que te va a sentar mal —bromeé cauteloso. Eloise me miró con cierto desdén, pero me hizo caso. Después apoyó la cabeza en el respaldo.

—¿Te encuentras mejor? —Eloise asintió con la cabeza, pero cerró los ojos.

—Voy a prepararte algo con un poco de azúcar, ¿de acuerdo? —preguntó mi madre—. Bertrán, ayúdame, por favor. Y Naira, no molestes.

Mis padres salieron de la habitación y me senté al lado de mi amiga. Naira nos observaba todavía preocupada desde el suelo, donde se había sentado.

—No sé qué sucedió…

—Tranquila. Parecías asfixiada, ¿viniste corriendo? —Ella asintió—. Estarías sin aire al llegar aquí. Bebe un poco más, por favor.

—Ian, mi hermano no tuvo un accidente. Recibió una llamada de alguien, un par de días antes de desaparecer.

—¿De quién?

—No lo sé. Pero no creo que sea casualidad.

Me quedé mirándola un rato. No quería pensar que estuviera mintiendo, en las pocas semanas que habían pasado desde que nos conocimos tenía la impresión de que Eloise era de esas personas que simplemente no necesitaban mentir para conseguir algo. Pero la veía tan pálida, ojerosa y alicaída que tampoco consideraba que ese fuera un buen momento para hablar.

—Vale, vamos a hacer una cosa —dije y ella me miró con atención—. No lo pienses más por hoy…

—Es mi hermano.

—Lo sé. Pero mira cómo estás. —Sus manos temblaban aún mientras sostenían el vaso—. Ya has tenido suficientes emociones hoy. Descansa y recupera fuerzas, mañana hablamos todo lo que quieras y me explicas tranquilamente qué has descubierto.

Asintió despacio, pero no parecía realmente convencida.

—No me imagino cómo debes de estar sintiéndote, Eloise. Pero pareces un fantasma con esa cara tan pálida. Estás agotada.

Iba a replicar algo cuando mi madre apareció con una taza templada de leche con Cola Cao y unas galletas.

—Toma, cariño. Te sentará bien. Este era el remedio más eficaz con Ian cuando era un niño y tenía que relajarse para dormir.

—Mamá, por favor. —Eloise me miró divertida, mientras tomaba la comida que le ofrecía mi madre.

—Tranquilo, es solo una broma. Aun así, verás como te sienta bien y te ayuda a reponerte un poco. ¿Te quedas aquí a dormir? Pareces agotada.

—Muchas gracias…

—Victoria.

—Muchas gracias, Victoria. No hace falta, estoy bien. Me tomo esto y me vuelvo a casa.

—¿Vives muy lejos?

—Un poco apartada, sí. Pero no pasa nada. Me sentará bien el paseo.

—¿Estás segura, Eloise?

Me preocupaba que le pasara algo. No se me había ocurrido invitarla a quedarse, pero me parecía muy buena idea, sobre todo viendo cómo había llegado. Mi madre la miró algo sorprendida.

—¿Eloise? Te pareces muchísimo a tu madre.

—¿La conocías?

—Marion y yo trabajábamos juntas en el colegio. Aunque no fuéramos amigas, solíamos coincidir a menudo en algunos eventos que organizábamos. Si no hubiese sido por tu madre, no se habría llevado a cabo ni una actividad divertida en la escuela.

—Qué casualidad... ¿Era buena?

—Buenísima. Tenía las mejores ideas y se esforzaba muchísimo en hacer cosas divertidas por y para los niños. Le costaba mucho trabajo que la organización del centro le diera permiso para desarrollar esas actividades y, cuando lo conseguía, pocos profesores la ayudaban de verdad. A mí me tenía que arrastrar un poco, es cierto, pero al final terminaba convenciéndome y, cuando quería darme cuenta, había entrado en su torbellino de órdenes, papel charol y purpurina. Los niños la querían a rabiar.

Eloise escuchaba a mi madre con una extraña expresión en el rostro. No supe identificar las verdaderas emociones que se escondían detrás de aquellas pequeñas pecas, pero sus ojos brillaban con emoción y nostalgia.

—Perdona, Eloise. —Mi madre la miró fijamente—. Quizá no debería haber dicho todo eso.

—No te preocupes, es solo que... no sabía nada de ello. Mi padre comentaba a menudo que amaba su trabajo y que los niños la querían muchísimo. Pero tampoco lo vi con mis propios ojos porque nunca estudié aquí. Mi madre quiso que aprendiera más francés, así que me mandó a una escuela en otro pueblo. Tenía allí a todos mis amigos.

—Y eras muy pequeña entonces, seguro que no recuerdas mucho.

—No, la verdad.

—Pero, si te consuela, tu madre amaba su trabajo. —Mi madre se relajó un poco, aunque tardó unos segundos más de lo debido en continuar hablando—. Debería haber más profesores vocacionales como ella, o al menos que sepan esforzarse por los niños. Y por los adultos, porque también era una compañera agradable. Aunque también podía ser dura cuando nos tenía que llamar la atención por algo.

Eloise la miró con una leve sonrisa.

—Un día te llevó al colegio con tu hermano para que los conociéramos. Tú debías de tener un añito y él, tres o cuatro. Estaban muy graciosos con sus pelitos anaranjados. Ella hablaba de ustedes siempre con orgullo.

—Gracias, Victoria.

Mi madre tomó su mano y le dio un ligero apretón, al que Eloise respondió con una verdadera sonrisa de agradecimiento. Por cómo se miraron ambas, entendí que mi madre no había dicho aquello porque fuera algo que Eloise quisiera escuchar, sino algo que necesitaba y que hacía tiempo que nadie le daba. Y mi amiga no pareció dudar de que todas esas palabras eran pronunciadas con sinceridad.

***

Al final, por mucho que insistimos, Eloise decidió volver a casa. Recuperó el color y estaba algo más relajada cuando me dijo que debía volver y trabajar al día siguiente. Decidí acompañarla con mi bicicleta, para después poder regresar más rápido.

—Ni siquiera he cogido la bici —replicó consternada.

—Te prometo que hablaremos del diario. En cuanto descanses.

Ni siquiera tenía fuerzas para contestar algo más, se despidió y se volvió para entrar en su casa, completamente a oscuras. Cuando una de las ventanas superiores se encendió, decidí montar en mi bicicleta y pedalear calle abajo.

No dormí mucho aquella noche, inquieto por la reacción de Eloise.

Por la tarde fui a buscarla al puerto y a la playa, después a la pastelería y, por último, decidí ir directamente a su casa. Me extrañaba que se hubiera ido directamente, pero no sabía dónde más buscar. Así que, sudando y con la boca seca, llegué por fin. La pintura azul desconchada de la puerta metálica me dio la bienvenida.

Aunque por la noche la casa diera algo de miedo, de día seguía resultando inquietante. No había muchos vecinos por los alrededores, donde ya se divisaba el campo prácticamente desértico que caracterizaba aquella zona. Estaba ubicada en el extremo opuesto a la playa y aun así podía verse un resquicio de mar si me paraba delante de aquella desvencijada puerta.

Llamé al timbre y, después de esperar unos segundos eternos, la verja cedió con un chasquido, aunque tuve que empujarla para poder pasar. Una figura medio oculta en la oscuridad del interior me observaba desde la entrada a la propia casa.

—¿Quién eres?

—Soy Ian, un amigo de Eloise.

El hombre se detuvo unos instantes a observarme y con un gesto me indicó que pasara.

Entré en un recibidor que en algún momento debía de haber sido acogedor. No estaba sucio ni desordenado, pero parecía que nadie se preocupaba realmente por cómo quedaban las cosas. La sensación de dejadez no me abandonó tampoco en el pequeño salón, donde un sofá y dos sillones a juego, de un espantoso tapizado azul, estaban colocados estratégicamente delante de un televisor.

Sin duda era la persona que había visto con Eloise hacía unas semanas, cuando fueron a la casa de Gael. Nos quedamos los dos de pie, aunque intenté mantener una distancia prudente de forma inconsciente.

—Perdone que me haya presentado sin avisar, había quedado con ella —improvisé con torpeza.

—No te preocupes. Está arriba, durmiendo. —Me fijé en su camiseta, bastante arrugada. Captó la atención de mi mirada e intentó disimular, estirándola suavemente.

—¿Y eso? ¿Se encuentra bien?

—Ayer vino tarde y hoy tenía que trabajar. Ha llegado de la pastelería y se ha metido en su cuarto.

—Ya la veré en otro momento.

Asintió, dubitativo.

—Puedes esperar aquí si quieres. Si te apetece tomar algo…

—Es muy amable, pero no quiero molestar. Ha sido un placer.

Se acercó a mí con la mano extendida.

—Soy Zacarías.

—Ian. —La estreché y me sorprendió notar un pulso firme, que ejercía la presión exacta en el saludo.

Imaginé que ante mí tenía una versión desmejorada de un Zacarías que, no hacía mucho, debía de haber sido un hombre con una personalidad igual de firme que aquel apretón de manos.

Iba a despedirme, abatido por la presencia de ese hombre, cuando una voz me sobresaltó desde lo alto de la escalera.

—Ian.

Eloise estaba descalza, con la melena despeinada y enredada en algunas partes y unos cuantos mechones disparados en varias direcciones. Llevaba una camiseta ancha de publicidad vieja, descolorida, y sus vaqueros gastados, que eran cortos y un poco anchos a la vez. Sonreí.

—Puedes subir si quieres. Perdona por no haberte avisado.

Miré a Zacarías, como pidiendo permiso. Al no ver ningún tipo de oposición por su parte, comencé a subir los escalones.

—Si quieren que prepare algo de cenar…

—Papá, déjalo. No hace falta, de verdad. —Los miré a ambos, quieto en mitad de la escalera—. Vamos, Ian.

Eloise se dio la vuelta. La seguí hasta su acogedor cuarto, cuyas paredes estaban pintadas en un suave color amarillo. Una ventana enmarcada por visillos blancos de algodón estaba orientada hacia la calle principal. Tenía la cama deshecha y daba la sensación de que hubiera dormido encima de la colcha directamente. A los pies, un pequeño mueble metálico de poca altura sostenía un sencillo tocadiscos, algo anticuado, y decenas de vinilos se agolpaban en el espacio que había debajo. Tenía un armario pequeño, una cómoda y un escritorio lleno hasta los topes de papeles y mil cosas.

—Perdona por el desorden —dijo mientras se sentaba en la cama.

—No te preocupes, deberías ver mi habitación. —Sacudí la cabeza con una sonrisa y me situé a su lado. Antes de sentarme, dudé y me volví hacia ella, quien me indicó con un gesto rápido que me sentara—. ¿Estás más descansada?

—No mucho, pero la siesta me ha sentado bastante bien. —Resopló y frunció el entrecejo—. Conrado también me ha dejado salir antes, así que al final le debo una jornada completa de trabajo, entre las horas de ayer y las de hoy. Se lo piensa cobrar el sábado.

—Sinceramente, has tenido suerte.

—Yo no estaría tan segura. No va a dejar de vigilarme en los próximos días. —Puso los ojos en blanco y después su atención se desvió hacia la libreta que había entre los dos.

—Paciencia entonces. —Sonreí. Aunque para todos Conrado era como un viejo demonio, parecía preocuparse mucho por Eloise—. Y bien, ¿qué has encontrado?

Eloise me miró un momento, frunciendo los labios y meditando sobre lo que fuera que quisiera contarme. Imaginé sus ideas y palabras, agolpándose en su mente, reflejadas en su semblante turbado.

—De todo y nada. —La miré extrañado—. Como nos dijo Gael, mi hermano estaba obsesionado con ese maldito trabajo.

—¿Pero?

—Pero no da detalles sobre nada.

Aquello me dejó totalmente descolocado.

—¿Cómo no iba a dejar anotaciones o decir absolutamente nada sobre el tema? Debería tener algunos apuntes o algo; es un trabajo para la universidad.

—Puede que los tuviera, pero no en el diario. Lo que sí resulta evidente es cómo se distanció de todos sus amigos, incluido Gael, y que en casa disimulaba, como si no hubiera nada que le preocupase…

—Cuando estaba solo, se desahogaba en ese cuaderno. —Eloise asintió despacio, sin dejar de mirar el diario. No parecía afligida, más bien tenía la sensación de que algo se estaba cociendo en esa cabeza suya. No me equivocaba.

—Lo que sí dejó es un pequeño «rastro» de sus investigaciones. No paró quieto en todos esos meses. Estaba decidido a acabarlas y hacer un reportaje brillante, tanto que incluso le pidió a su profesor que le dejara entregarlo el curso siguiente.

—¿Y le dejó?

—Sí. Al parecer le entregó un artículo sencillo, que redactó en unos pocos días, para que no le bajara la media. —Iba a abrir la boca para añadir algo, cuando levantó la mano para que la dejara continuar—. Al profesor le pareció interesante, e incluso le dijo que con eso era suficiente, pero mi hermano insistió en que le entregaría algo mejor. Pero no le dejaron hacerlo. —Acabó con un suspiro que supe que contenía demasiadas emociones.

—¿Por qué piensas eso?

Eloise me miró un momento, como si fuera un niño pequeño que no entendiera nada. Después suavizó el gesto, echándose una mano a la cabeza, entre sus mechones ondulados y despeinados. No pareció darse cuenta de ello.

—No tuvimos más remedio que aceptar las explicaciones de la policía. Con todo lo que había sucedido durante la tormenta, parecía lógico pensar que había sido un accidente. Antoine solía moverse en bici por el pueblo, como yo. ¿Quién podía decir que no hubiera resbalado o perdido el control del manillar ese día? ¿Que los frenos no le hubieran funcionado? Cualquier cosa valía. —Calló durante unos segundos—. Pero, después de haber leído sus últimas entradas en el diario, no creo que mi hermano tuviera un accidente.

—Sigo sin comprender por qué dices eso, Eloise. Ni adónde quieres llegar.

—Un par de días antes de la tormenta, recibió una llamada telefónica para citarse en ese mismo día con alguien. ¿De veras crees que hay tanta casualidad?

Comprendí lo que insinuaba y no acerté a decir ni una palabra.

CAPÍTULO 3
ELOISE

Cuanto más pensaba en el tema, más convencida estaba de que mi teoría era correcta. O, al menos, no debía de alejarse mucho de la realidad. Pero, cuando observé la expresión de Ian al expresarla en voz alta, pensé que había cometido un error. Debería haberme callado.

—Mira, sé que no crees que pueda ser así, aunque no has leído ni una palabra del diario. Pero no te voy a pedir que me creas sin más, ni que me acompañes. Olvídate de ello.

—No, no. Eloise... —Me miró suplicante, deteniéndome a medio camino cuando intentaba levantarme de la cama, dispuesta a concluir la conversación. Había pensado, y seguía haciéndolo, que podría confiar en Ian para cualquier cosa, pero tenía la sensación de que aquellas oscuras ideas que me rondaban fueran demasiado para él—. Tiene sentido lo que dices, aunque me suena descabellado y un poco novelesco.

Demasiado novelesco, pensaba yo.

—¿Y a qué te refieres con acompañarte?

—Había pensado en seguir los pasos de Antoine. Continuar su línea de investigación y quizá conocer así qué era lo que le obsesionaba. Averiguar si realmente tuvo un accidente.

Me miró atentamente, supongo que intentando descubrir si estaba bromeando, pero pareció darse cuenta enseguida de que hablaba muy en serio.

—Ni siquiera sabemos si vamos a encontrar algo…

—Pero quiero intentarlo. —Ya no había calma en sus ojos oscuros, sino una agitación y un nerviosismo que no habría imaginado nunca en Ian—. Entiendo que es cosa mía, que ni siquiera conocías a Antoine, y por eso no tienes que acompañarme. —Lo miré algo sobresaltada, esperaba que no estuviera pensando en nada raro—. Y no, tampoco es ningún tipo de chantaje. Te lo digo totalmente en serio.

—Ya, pero da la casualidad, me sienta chantajeado o no (opinión que, por cierto, me voy a guardar por el momento), de que quiero acompañarte.

Los dos nos quedamos igual de sorprendidos por sus palabras. Un súbito sentimiento de agradecimiento me recorrió la columna, como un calambre cálido y acogedor. Sonreí sin dejar de observarlo. Su mirada se iluminó y su expresión se relajó.

—Ian…

—Creo que es lo mínimo que puedes hacer, como has dicho: intentar descubrir la verdad. —Tomó el diario entre sus manos y lo agitó en el aire—. ¿Y bien? ¿Cuál crees que sería el primer paso que tenemos que dar?

Sonreí más abiertamente esta vez con el pequeño cambio en su actitud.

—Como no tengo ni idea del tema de ese dichoso trabajo, que es lo principal, había pensado en ir a la facultad de Antoine y buscar a su profesor.

—¿En serio? Pues va a ser un poco complicado… Las universidades cierran en agosto. —Él pareció acordarse de algo—. Excepto la primera semana, que suelen estar abiertas. Sobre todo, para temas de administración. Podríamos intentarlo. Aunque… —Me miró bastante serio—. Lo mejor es que fuéramos por la mañana y no puedes faltar al trabajo.

—No lo había pensado… Quizá si hablo con Conrado, podríamos llegar a un acuerdo.

Ian me miró severamente. No añadió nada, pero supe que no aprobaba del todo mi comportamiento de aquellos días. Yo tampoco estaba orgullosa de mí misma, pero haría lo que fuera por mi hermano. Ian tenía una expresión perpleja que me resultó divertida en él. Lo dejé sentado en la cama y bajé deprisa las escaleras hasta el destartalado salón. Cogí el auricular del teléfono y empecé a girar la ruedecilla para marcar el número, aunque no se movía todo lo rápido que necesitaba. Cuando escuché la voz de Conrado, un poco ronca, me puse nerviosa.

—¿Diga?

—Conrado, soy Eloise.

—Anda, ¿esa ayudante responsable que solía tener? ¿Cómo le va? —Su risa inundó mis oídos.

—Es complicado de decir. Necesito el día libre mañana… Bueno, no quiero un día libre, puedo compensar esas horas quedándome más tiempo otros días o trabajando más sábados, me da igual. Pero lo necesito de verdad.

—Te recuerdo que soy tu jefe, jovencita. —Suspiré y puse los ojos en blanco; no necesitaba un sermón—. Y no sé qué te pasará estos días, pero estás muy alterada.

—Lo sé… De verdad que no lo pediría si no fuera importante, y más después de lo mal que me he comportado estos días. —Noté movimiento detrás de mí, pero al girarme mientras hablaba no vi a nadie. Ian debía de haber bajado y regresado a mi cuarto—. Es… Es sobre Antoine, sobre mi hermano.

Conrado se quedó callado al otro lado de la línea. Cuando respondió, tras unos pocos segundos que parecieron alargarse demasiado, su voz sonó más ronca de lo habitual.

—Te doy el día, pero quiero verte a primera hora este sábado y el que viene. ¿Entendido?

—¿En serio? ¡Gracias!

—Y ánimo, Eloise.

Le di las gracias y colgué sin esperar ningún tipo de respuesta. Al subir a mi habitación, Ian estaba recostado contra la pared, sentado con las piernas estiradas sobre la cama. Tenía el diario abierto y en su rostro se dibujaba un atisbo de culpabilidad.

—Perdona, quería echar un vistazo… No he leído nada.

—Tranquilo. Lo podemos ir leyendo los dos. —Le di un golpe suave en los pies que sobresalían de la cama—. ¿Tienes planes para mañana por la mañana?

—¿Por qué?

—Nos vamos de excursión.

***

No reconocía esa emoción nueva que me embargaba. Sentía la expectación y el anhelo de descubrir lo que hubiera averiguado Antoine, aunque no olvidaba que estaba en aquella situación porque había perdido precisamente a mi único hermano. De alguna forma, creía que era esa emoción la que lo había acompañado durante su trabajo de investigación.

Tuvimos que tomar dos guaguas hasta llegar a Las Palmas e Ian estuvo todo el trayecto bastante tranquilo, leyendo algunas partes del diario de mi hermano que le había señalado.

—¿Quién es Mujica?

—Su profesor, el que estamos buscando. ¿De verdad que no lo has podido deducir?

—No, no conozco a la mitad de las personas que nombra en el diario y me pierdo.

—Y te duermes. Que te he visto echar una cabezadita hace media hora. —Sonreí con malicia. Se puso como un tomate en cuestión de segundos y no volvió a preguntarme nada más.

Una vez que llegamos a Las Palmas, tuvimos que tomar otra guagua hasta la universidad, que no era más que un montón de edificios dispersos en los que se veían pintadas y pancartas de la última manifestación que se había producido ese mismo mes de mayo (y creí también haber visto algunas más antiguas). Los estudiantes querían una nueva universidad independiente de La Laguna, en Tenerife, así que habían salido a la calle e inundado las facultades de pancartas con sus peticiones.

Después de una caminata que nos resultó agotadora, dando vueltas de un lado a otro y con una sed y un hambre de campeonato, conseguimos encontrar el edificio que buscábamos.

La ventanilla de la administración estaba abierta y en su interior, parapetadas tras varios ventiladores un poco desvencijados, había dos mujeres vestidas con camisas de hombreras exageradamente llamativas.

—Buenos días, perdonen ustedes. —Intenté poner la voz más amable y calmada que pude, aunque bullía de expectación. Una de ellas, la más cercana a la ventanilla, me miró por encima de sus gafas de montura gruesa—. ¿Podrían ayudarnos?

—Claro. —Intuí que estaba haciendo grandes esfuerzos por no poner los ojos en blanco—. Pero la solicitud de plazas para el curso que viene ya finalizó. Si quieren probar suerte otra vez, deben venir en septiembre.

—No, no —me apresuré a decir—. Queríamos hablar con un profesor de esta facultad.

—Me temo que eso no es posible. —La otra mujer dejó de revolver unos papeles dentro de un enorme archivador, que cerró con estruendo. Su voz sonó forzada y estridente al salir de unos labios pintados de un rojo intenso, mientras mascaba descaradamente un chicle—. Si no sois estudiantes universitarios…

—Yo sí lo soy. —Ian se acercó sin que me diera tiempo a replicar, al tiempo que extendía un cartoncito con una foto de carnet grapada y un escudo de un cisne—. Soy estudiante en Madrid y tengo que preparar cierta documentación sobre historia contemporánea. Mis profesores me recomendaron que, siendo yo de aquí, pasara a visitar al doctor Mujica.

Lo miré estupefacta. No esperaba que se atreviera a mentir de esa forma. Me miró con el rabillo del ojo y deduje que él también estaba algo sorprendido.

—Oh, entiendo. —La primera mujer nos observó con interés, aunque la segunda entrecerró los ojos, a la vez que una pompa rosa explotaba en su boca—. Dejadme que llame a su despacho, porque es de los profesores que se van tarde de aquí siempre.

Después de que marcara e intercambiara unas palabras con el profesor, nos miró extrañada.

—No recuerda haberse citado contigo…, I-a-n. —Mi amigo asintió—. Pero pueden subir a su despacho.

Nos dio la referencia y salimos corriendo. Nos perdimos en una intricada red de pasillos anchos y algo resbaladizos hasta dar con su despacho. Antes de llamar a la puerta, que estaba entornada, una voz surgió de su interior.

—Pase, pase.

Un hombre, no mayor de cuarenta años, con el pelo oscuro y una barba espesa nos miraba desde un escritorio atestado de papeles en el lado izquierdo de la estancia. Un cigarrillo se consumía a su lado.

—¿Ian? ¿Y tú eres…?

—Eloise Betancort.

Su mirada se endureció y me contempló con un nuevo interés.

—¿Antoine? —Asentí en silencio. Con un gesto, nos indicó que nos sentáramos delante de su escritorio. Tomó el cigarrillo sin prisa—. ¿Qué quiere saber?

Ian y yo nos miramos.

—¿Cómo…?

—Es evidente que me han mentido. Y me has dicho que te apellidas Betancort. No es un apellido raro aquí, pero tus rasgos son inconfundibles. —Dio una calada a su cigarro—. Espero que se diferencien un poco en el carácter al menos.

—¿A qué se refiere? —repliqué, notando la indignación creciendo dentro de mí.

—Tu hermano era demasiado perseverante, aunque eso lo honraba y dejaba en muy buen lugar con respecto a otros alumnos.

—No he venido a que me hable de Antoine, sino de un trabajo que pidió a sus alumnos el año pasado. —Le miré intentando contener mis emociones. Mujica me observaba con cierto desdén. Al principio no dio señales de entender de qué le estaba hablando, pero, al caer en la cuenta de a qué me refería, una sonrisa de suficiencia se dibujó en su rostro.

—A eso me refería exactamente. Se obsesionó con un trabajo que no era más que un ejercicio de clase. Como te decía, era una virtud poco frecuente entre mis estudiantes, pero, en su caso, llegó a un extremo preocupante.

Me crucé de brazos y me recliné sobre la incómoda silla en la que me había sentado. De refilón, vi a un Ian tenso, que extendió la mano hacia mí con cautela.

—Veo que eres un poco cabezota también. —Aquel hombre me estaba poniendo de los nervios—. Solo quería que aprendieran a redactar bien de cara a los exámenes y que se preparasen ante cualquier otra situación a la que tuvieran que enfrentarse en el futuro. Así que les pedí que hicieran un reportaje no muy extenso de algún tipo de acontecimiento que hubiera ocurrido en un marco histórico contemporáneo. Podían elegir lo que quisieran, siempre que su relato fuera realmente curioso o, al menos, resultara interesante. Del tipo de historia por la que cualquiera se pudiera sentir interesado.

—Antoine era perfeccionista y cabezota, como bien ha dicho, así que quería escribir una historia muy buena. ¿Me equivoco? —Entrecerró los ojos—. Algo que diera una vuelta de tuerca a otras parecidas.

—Así es. Estaba documentándose e implicándose muchísimo, más de lo que hubiera esperado. —Un rastro de admiración pareció encenderse en esos ojos casi negros—. Incluso me pidió entregarlo más tarde para que fuera realmente bueno. Pero jamás llegó a hacerlo…

—Y supongo que sabe de qué tema trataba su trabajo. —Quería que mi mirada fuera ciertamente intimidatoria, pero no sé si lo conseguí con ese esfuerzo o porque realmente estaba enfadada.

—Lo cierto es que no. —Ian se movió a mi lado, pues, por lo visto, tampoco esperaba aquello—. Fue muy celoso con lo que estaba descubriendo. Terminó por confesarme que no quería que nadie se enterara de ello para evitar «copias». Tenía muchas ganas de destacar.

—Mi hermano no era vanidoso.

—Puede que en casa se comportara de otro modo, pero aquí nadie lo consideraba como alguien con pocas ambiciones precisamente. Antoine era conocido por su pelo anaranjado y su orgullo —dijo. Me pregunté si era diversión lo que reflejaba ese cambio en su gesto. ¿Por qué aquel hombre resultaba tan prepotente?

—No sé cómo consiguió que Antoine lo admirara. —Me levanté y me dirigí hacia la puerta, e Ian me siguió estupefacto, sin decir nada—. Pero a mí me ha dejado muy defraudada. Gracias por su tiempo.

Cuando iba a girar el apagado pomo metálico, Mujica se levantó de su silla de cuero.

—Como ves, todos mostramos una cara según las circunstancias, Eloise. Si te quedas más tranquila así, te diré que lo único que sabía de esa investigación era que tu hermano buscaba a alguien que había escapado de una guerra. De cuál de ellas, ni idea. Pero si sigues esa línea, tendrás que pensar en que le vas a dedicar bastante tiempo. Suerte con ello, señorita.

Pensé en soltarle cuatro cosas, pero Ian me tomó del brazo mientras me miraba con cierta alerta en sus ojos, evitando así que pudiera arrepentirme de ello más tarde. Salí del edificio como una exhalación, ignorando la pregunta de una de las mujeres de la administración, que después debió de girarse hacia su compañera indignada.

—¡Eloise, espera!

—No aguantaba más a ese hombre, qué horrible es. ¿Cómo podía admirarle mi hermano? —Miré a Ian, cuyos ojos me devolvieron el reflejo de una versión muy enojada de mí misma—. ¿No le importa lo que le ha pasado a uno de sus alumnos por un maldito trabajo de investigación?

—Pero él no tiene la culpa, simplemente creería que era un buen ejercicio y no esperaría que Antoine se lo tomara como lo hizo. Nos ha dicho lo que ha podido. —Cuando se acercó a mí, me cogió una de mis manos entre las suyas, que estaban cálidas.

—Eso es lo que me desespera… —Su pelo estaba revuelto y no pude evitar sonreír ligeramente, aunque después volví a lo que me preocupaba—. Creía que él podría decirnos más cosas, la verdad.

—Yo también. Pensaba que en realidad con esto se aclararía todo. —Ian sonrió suavemente, intentando calmarme—. Pero hemos hecho lo que podíamos. Deberíamos volver y pensar cómo seguir a partir de aquí. Al menos, tenemos una pista.

—Menuda pista. Eres un optimista. ¿Cuántas guerras ha habido o hay en los últimos dos siglos? Nos podemos hacer viejos buscando y no habríamos encontrado nada.

—No exageres, listilla.

—Entonces, ¿qué idea tienes?

—Que volvamos a casa y sigamos indagando, como te he dicho. —Tiró de mi mano en dirección a la parada de guaguas—. Podríamos intentar buscar los apuntes de tu hermano, alguna anotación… Cualquier cosa que dé más información.

Me dejé arrastrar por su paso firme y su mano suave en torno a la mía. Las observé un momento, pensando en lo afortunada que era por contar con su ayuda, mientras el enfado del encuentro con Mujica comenzaba a diluirse.

—Gracias, Ian —dije de pronto, en cuanto llegamos a la parada.

—¿Por qué?

—Por acompañarme en esto y ayudarme.

—Para eso están los amigos, ¿no?

Sentí el calor burbujeando en mis mejillas.

—Sí, aunque seas un poco metomentodo —repliqué burlona, intentando disimular el rubor que estaba segura que había sustituido mis pecas por un momento.

—No puedes hablar mucho, listilla.

—Un día deberíamos hacer un pícnic en la playa.

—¿A qué viene eso?

—No lo sé. —Me encogí de hombros, había sido una imagen fugaz en mi mente—. Podríamos probar a hacerlo un día. Incluso debería intentar hacer unas cuantas magdalenas para llevar en la pastelería…

Eso consiguió sacarle una sonrisa amplia y sincera, que arrugó su rostro en una expresión muy dulce.

CAPÍTULO 4
IAN

No me había gustado nada la respuesta que nos había dado el profesor de Antoine. Me dio la impresión de que era una de esas personas a las que les cuesta expresar sus sentimientos y por eso creí que no había dado señales de preocuparse en absoluto por él. Pero la forma en la que trató a Eloise distaba mucho de lo que se esperaba de un adulto acostumbrado a hablar con estudiantes.

En el camino de vuelta casi no hablamos. La emoción de mi amiga se había reducido a un ligero mohín en su boca torcida. En algún momento hasta se puso sus auriculares, dándome a entender que no quería hablar. Pero a veces me miraba como pidiéndome disculpas.

Estaba ya medio dormido en el último tramo del viaje, cuando noté a Eloise saltar a mi lado.

—Ian, deberíamos habernos quedado en la biblioteca. —Parecía un poco irritada.

—¿Para qué? —pregunté abriendo los ojos.

—Si él encontró toda la documentación allí, quizá nosotros también podríamos hacerlo.

Medité sobre sus palabras, que poco a poco fueron cobrando sentido en mi mente.

—Podemos volver otro día, incluso un fin de semana si abren los sábados, para que no tengas que negociar más con Conrado.

—Sonreí inseguro, intentando calmarla—. De hecho, creo que deberíamos volver y buscar los apuntes de tu hermano. Si no encontramos nada, entonces regresamos a la biblioteca, ¿te parece bien?

—Tienes razón… —Se volvió a sentar, apoyando la espalda en el respaldo del incómodo asiento.

—No te desanimes, Eloise, descubriremos la verdad.

No se giró para mirarme, pero supe que quería creerme.

Cuando llegamos a la parada de guaguas del pueblo, continuamos un rato juntos hasta que nuestros caminos se separaron. Bajé andando a mi casa, aunque sentí la necesidad de desviarme antes hacia el puerto. Había gente que andaba de un lado para otro, incluso me crucé con algún compañero de mi padre que volvía de trabajar, pero no dejaba de pensar en Antoine. En que lo que pudiera haber descubierto fuera tan importante como para condenarlo de esa forma.

Al llegar al muelle 41, observé con cautela la cueva, que vigilaba la playa desde el otro extremo de aquella bahía que era mi hogar. Siempre me había resultado aterradora y fascinante, pero en ese instante la vi como la había mirado Eloise alguna vez. Como un pozo de misterio y tristeza.

Una imagen perfecta que dibujar.

***

Ya en casa, salí al patio de atrás, donde mis padres me esperaban con la comida casi preparada. Naira se arrojó a mis brazos.

—¿Dónde has estado? Llevo todo el día buscándote porque quería que me ayudases con un dibujo.

—Lo siento, renacuaja —le dije revolviéndole el pelo—. Pero he ido de excursión con Eloise.

—¿Han descubierto algo? —me preguntó mi madre, al tiempo que daba un golpecito en la mano de mi padre, extendida hacia el cuenco de la ensalada.

—Nada en realidad, pero seguiremos con ello.

—¿En qué andan metidos? —preguntó mi padre.

Todos nos sentamos a la mesa en ese momento y, aprovechando que nos despistamos mientras cogíamos nuestros platos y nos servíamos, ignoré su pregunta.

—Mamá, papá… ¿Qué hacía la gente cuando escapaba de las guerras?

Me miraron como si acabara de anunciar que existía la vida en Marte.

—Creo que es fácil de deducir —dijo mi madre, bastante seria—. Los refugiados son civiles que se ven obligados a marcharse, pero también hay personas que, bien por su cargo político, militar o público, deben huir por temas ideológicos y para evitar ser juzgados y condenados. También hay gente que simplemente lo pierde todo y decide empezar de nuevo en otro lugar. Supongo que hay historias de todo tipo.

—Entiendo…

—¿Para qué quieres saber eso? —preguntó mi padre de nuevo.

—Es posible que tenga relación con la muerte de Antoine.

Tanto Naira como mis padres se quedaron quietos de nuevo, mirándome atentamente y sin saber qué contestar a eso.

—Hijo, lo que le sucedió al hermano de tu amiga fue un accidente. No creo que haga falta que se pongan a investigar. —La voz de mi madre se había suavizado notablemente.

—Pero es importante para Eloise. Es posible que no tenga nada que ver, pero quiero ayudarla a comprenderlo. —Empezaba a sentirme un poco tenso.

En ese momento Naira empezó a parlotear y pronto todos nos unimos a su alegría y terminamos riendo.

Cuando subí a mi cuarto un rato después, me puse a hojear algunos de mis libros de historia del instituto, intentando centrarme en todas las guerras de los últimos dos siglos. Había demasiadas. No se me ocurría por dónde empezar, porque podría no tener ningún tipo de relación con lo que fuera que quisiéramos averiguar.

No obstante, se me ocurrió la idea de comenzar por aquellos conflictos que hubieran tenido más impacto en Europa, por cercanía, y después ir desechando opciones. A no ser que encontráramos los apuntes de Antoine o alguna pista concreta...

Aun así, no dejaba de preguntarme si, en realidad, todo eso tendría algún sentido.

Estaba pensando en esas cosas cuando me fijé en la caracola que me había regalado Eloise. La había olvidado durante aquellos días y entonces recordé sus palabras, su intento de animarme. Sentía que al menos debía intentarlo.

Las acuarelas no servirían para colorearla, pero tenía unos pocos colores en acrílico que podía usar. Hice una pequeña mezcla de agua y alcohol en un vaso y tomé las cantidades que quería usar de cada tono, con cuidado. Me sorprendí a mí mismo, a pesar de estar desentrenado, obteniendo las combinaciones adecuadas. Deslicé el pincel con cuidado, siguiendo los surcos y la superficie desigual de aquel objeto tan preciado. Quería esforzarme por Eloise, así que intenté ignorar la primera sensación de incomodidad que me acompañó al tomar el pincel por primera vez en un año. Poco a poco fue cambiando y, al poco rato, se había convertido en una extensión de mi mano, en una sensación que ya me resultaba familiar. No estaba dibujando barcos, como había hecho antes, pero un cosquilleo de emoción me recorrió la columna.

***

Aquella tarde, Eloise y yo nos encontramos de nuevo en la playa. Llevaba el cabello recogido en una coleta medio deshecha y caminaba con una marcada determinación, aunque ligeramente indignada.

Cuando llegó a mi lado, sabía que estaba a punto de explotar.

—Maldito Conrado. Hoy me ha tenido pegada al horno la mitad del día. Ha llegado un momento en que no sabía si estaba elaborando pastelitos o quería hacer como en *Hansel y Gretel*. —Puso los ojos en blanco, pero no había acabado—. Y la otra mitad del día he tenido que atender a los clientes.

—¿Y qué tiene de malo atender a los clientes? A mí no me pusiste mala cara…

—No me gusta especialmente, pero hoy parece que todos los pesados se han puesto de acuerdo en venir.

Se cruzó de brazos y echó a andar hacia la cueva. No pude aguantar más y rompí a reír.

—¿Qué te hace tanta gracia? —La forma en la que se giró hacia mí, con el ceño fruncido, fue más que una amenaza. Reí todavía más.

—Tú. Cómo te enfadas. —Resopló y siguió andando, y yo me puse en marcha también—. Vamos, bastante bien se ha portado dejándote faltar al trabajo.

—No es excusa, ya quedamos en que trabajaría todo el fin de semana.

—¿Puedo ir a verte?

—Cuando acabe la jornada, debemos continuar investigando —dijo seriamente.

—¿Has encontrado algún apunte?

—No... —Suspiró mientras se aupaba y se sentaba en su roca, con seguridad y sin prestar mucha atención a lo que hacía, como si hubiera automatizado cada gesto—. No me atrevía a volver a entrar en su cuarto ayer. Siento que estoy entrometiéndome demasiado en su privacidad. Pero lo buscaré.

Su indecisión y el choque de todos esos sentimientos me llegó con la brisa costera.

—No te preocupes, Eloise. Tómate tu tiempo, yo voy a seguir ayudándote —dije y ella sonrió—. Vamos a ver qué encontramos y después buscamos en la biblioteca, ¿de acuerdo?

Asintió despacio.

—¿De verdad crees también que pudieron hacerle algo?

—Podría ser posible, por lo que escribió en el diario.

—Sí, y estoy segura de que algo tuvo que ver. Pero ¿y si me equivoco? ¿Y si también caigo en lo mismo y me obsesiono con todo esto? —Me miró preocupada.

—Tu obsesión la provocarían otras motivaciones, como comprender a tu hermano o lo que sucedió. Aunque no te sirva para solucionar nada, al menos sabrás la verdad, como dijiste.

Pasamos un par de horas allí, como acostumbrábamos a hacer aquel verano. Aunque hablábamos, había ratos que pasábamos en completo silencio, cada uno sumido en nuestros propios pensamientos.

Cuando decidimos volver al paseo, nos encontramos con Gael, que parecía bastante ajetreado.

—Anda, ustedes dos. Hace días que no los veo, ¿qué andan haciendo? —nos saludó.

—Habla el que menos debe, ¿dónde estás tú? —Eloise le dirigió un gesto burlón.

—Pues hoy estoy harto, la verdad. Mi padre me ha tenido de un lado para otro todo el día, estoy agotado. Creo que me merezco unas cañas. —Chocó las palmas, como si se le hubiera ocurrido una buena idea—. ¿Vienen? He quedado con Yaiza.

Eloise me miró y debió de pensar lo mismo que yo. Gael nos miró atento.

—Sí, claro.

Cuando llegamos a la terraza donde habían quedado, nos sorprendió encontrarnos a una chica pequeña y menuda, con los labios pintados de un rojo intenso, que contrastaba con su tez bronceada.

—Yaiza, te presento a Eloise. Y ese enano de ahí es mi amigo Ian.

—¡Encantada, Eloise! —La chica debía de ser al menos una cabeza más baja que mi amiga, pero la saludó con confianza y alegría, como si la conociera de siempre. Eloise se quedó quieta, mientras Yaiza se acercaba para darle dos besos—. Antoine me hablaba mucho de ti.

—En cambio, yo no sabía casi nada de ti. —Miré a Eloise con estupefacción. ¿Qué le pasaba?

Una sombra oscureció la mirada de Yaiza. Nadie habría pasado por alto el ligero temblor que sacudió su voz cuando había pronunciado el nombre de Antoine, pero había algo que enturbiaba los pensamientos de mi amiga.

Las dos chicas se miraron atentamente unos segundos. Una desafiante, la otra confusa.

—¡Bueno! Vamos a sentarnos y pedir algo, que no aguanto más —exclamó Gael, con quizá demasiado entusiasmo, mientras se sentaba en una de las sillas—. Ustedes dos —se dirigió a Eloise y a mí—, ni se les ocurra pedir una copa.

Empezamos a hablar de cosas sin mucha importancia, pero notaba a Eloise algo tensa a mi lado. Observaba a Yaiza, y sabía que estaba deseando preguntarle algunas cosas. La joven conseguía esquivar su hostilidad, e incluso ignorarla, mostrando una actitud risueña y despreocupada. Me fascinó la facilidad con la que se reía. En cierto momento, Gael y ella empezaron a hablar de unos trabajos de la universidad, y Eloise aprovechó la ocasión.

—Espero que no sean trabajos como el que tuvo que hacer Antoine.

Los dos se quedaron callados, mirándola con precaución.

—Eloise…

—Tranquilo, Gael. Lo sé más o menos todo. He leído su diario.

—¿Que has hecho qué? ¡Estás loca!

—Necesito comprender qué le sucedió a mi hermano y por qué era tan sumamente importante todo eso para él. —Su rostro impasible no aceptaba réplica, aunque sus ojos se fijaron en Yaiza—. Y, aunque no tengo ni idea aún de lo que estaba investigando, lo que he conseguido deducir es que, a pesar de lo que parecías importarle, le diste la espalda cuando ocurrió el accidente.

Quise añadir algo, pero Yaiza, para mi sorpresa, no me dejó abrir la boca.

—Si realmente has leído su diario, y ojalá hubiera escrito sobre todo lo que ocurrió el año pasado, sabrás que nosotros dos —movió la mano entre Gael y ella— fuimos los únicos que nos quedamos a su lado a pesar de que nos apartara sin dudarlo.

—¿Y después?

—Después fue demasiado duro como para enfrentarme a su familia —dijo con un aplomo y una sinceridad aplastantes, mirando a Eloise sin apenas parpadear—. No fue fácil para ninguno de nosotros asumir que había fallecido.

—¿Y tampoco pudieron pararle los pies o acompañarlo? Se quedó solo, investigando lo que fuera que lo mantenía tan ocupado. —Las pupilas de Eloise brillaban peligrosamente, fijas en Yaiza.

—Al empezar todo, yo estaba enferma. No sé cómo me contagié con una gripe muy fuerte que me tuvo prácticamente en la cama durante varias semanas. Cuando sentí que tenía fuerzas para algo más, Antoine ya estaba sumergido en ese jodido trabajo, ¿vale? —Sus labios temblaron ligeramente, pero su pequeña figura pareció agrandarse.

La miré con sorpresa. Esa chica había sufrido tanto como Gael, o incluso como la propia Eloise. Habría mil motivos que la hubieron obligado a estar separada de la familia de Antoine, pero intuía que el principal era que ella misma no lo habría soportado.

Gael las miraba alternativamente, entre enfadado y triste. Por una vez, se había quedado sin habla.

—Lo siento mucho, Yaiza. No imagino por lo que tuvieron que pasar, ninguno de los tres. —Dirigí mi mirada a todos ellos, aunque me detuve unos segundos más en Eloise—. Pero gracias por aclararlo.

La chica pareció ablandarse un poco y me miró con cariño.

—Gracias, Ian.

—En realidad, aunque nos apetecían estas cañas —intenté sonreír y sonar un poco más despreocupado—, Eloise y yo también queríamos preguntarte si sabías qué estaba investigando Antoine.

—Entiendo tus dudas... Pero él no le contaba nada a nadie.

—¿Nada de nada?

—De verdad que no. Ni siquiera nosotros lo comprendíamos —contestó Gael.

—Aunque, ahora que recuerdo —Yaiza lo miró frunciendo el ceño—, me suena que comentaba algo de una guerra. De un refugiado o algo así que había venido a España. Pero es algo más bien que interpreté yo, por comentarios que había ido soltando en algunas ocasiones, así que puede que me confundiera.

—¿Y no sabes de qué guerra se trataba? —pregunté con suavidad.

—¿La Segunda Guerra Mundial? —Yaiza abrió mucho los ojos, y Gael y ella intercambiaron una mirada de reconocimiento—. ¡Sí! ¡Eso es! —Se giró hacia nosotros, parecía que había recuperado la energía de antes—. Cuando empezamos a buscar información, acudimos un día a la biblioteca. El caso es que cada uno se fue por un lado y, unos minutos antes del cierre, decidí buscarlo. Me di cuenta de que habían pasado unas cuantas horas y no sabía dónde estaba. Lo encontré en la hemeroteca, buscando entre artículos de periódico. Aunque no me mostró nada de lo que leía, llegué a ver escrita la palabra «nazi».

—Sí, y también le mencionó algo a Carlos un día —recordó Gael, asintiendo.

Eloise me miró, el fuego resplandeciendo en sus ojos.

—¿Estuvieron en la biblioteca de la facultad?

—No, qué va —dijo Yaiza—. No había nada interesante allí. Fuimos a la Biblioteca Pública de Las Palmas.

—¡Muchísimas gracias, Yaiza! —exclamé. Eloise permaneció callada a mi lado, pero sentí su emoción—. Supongo que deberíamos empezar por ahí.

—De nada, espero que eso les sirva. Y si les digo la verdad, yo también quiero conocer en qué andaba metido Antoine. Así que si pueden ir contándome… —Miró a mi amiga, como si le pidiera permiso, pero esta no varió su expresión ni un ápice. Yaiza suspiró despacio—. Y si necesitan cualquier tipo de ayuda, llámenme, por favor.

Escribió su número de teléfono en una servilleta de papel con un bolígrafo que sacó de un enorme bolso y nos la tendió. Eloise tomó el papel con cierta brusquedad.

—Ojalá pudiera cambiar todo lo que sucedió, Eloise. Querría haberle ayudado más, pero no nos dejó —confesó Yaiza, después de levantarnos de nuestros asientos, cuando estábamos a punto de separarnos—. Pero si necesitas algo, aunque no tenga que ver con la investigación, también puedes llamarme y no dudaré en ayudarte.

Por cómo lo dijo, no me cupo la menor duda de que lo haría. Sé que a Eloise tampoco. Volvió a mantenerse en silencio, sin saber qué decir, observando cómo Yaiza y Gael se alejaban de nosotros, después de despedirse.

CAPÍTULO 5
ELOISE

No podía negar que Yaiza había producido en mí una impresión que no esperaba. Era pequeña, pero con unas ideas firmes, y yo tenía la certeza de que había sido esa seguridad la causa de que Antoine se hubiera fijado en ella. Porque no tenía dudas de que entre ellos había habido algo.

Aquella noche, cuando llegué a casa, dudé en seguir preguntando a mi padre. Deseché rápidamente la idea, ya que no quería preocuparlo. Así que pronto comencé a debatirme sobre si ponerme a mirar de nuevo entre las cosas de mi hermano, todavía con cierta reticencia.

Al día siguiente volví a casa deprisa después del trabajo. Suponía que Ian se preguntaría dónde podría estar, pero no podía llamarlo porque no tenía su número. En su lugar, marqué el de Gael.

—¡Francesita!

—Hola, Gael. ¿Me puedes dar el teléfono de Ian?

—Pero cómo pueden ser tan parados ustedes dos... ¿Se dan cuenta de que llevan un mes haciendo el tonto y no se han intercambiado sus teléfonos?

—Y tú, ¿quieres callarte y darme el número? —No pude evitar reírme.

—Lo haría encantado, pero antes tienes que decirme por qué quieres hablar con él.

Una sonrisa socarrona pareció acompañar sus palabras.

—Solo quiero decirle que hoy no iré a la playa.

—¡Qué romántico! Pues se lo diré en cuanto vuelva, que lo he visto salir hace un rato.

—¡Pero dame su número!

—Déjame hacer de Celestina un poco más, anda. Es divertido. —Puse los ojos en blanco—. ¿De verdad van a intentar averiguar qué hacía Antoine?

—Sí —dije—. Siento que no conocía muchas cosas de mi hermano, Gael. Necesito entenderlas.

—Lo comprendo.

—¿Pero?

—Pero no entiendo por qué ahora. ¿No lo hemos pasado ya bastante mal?

—Te dije que había leído su diario.

Lo escuché suspirar al otro lado de la línea.

—Solo las últimas entradas. Y algunas por encima.

—Y has comprobado que estaba obsesionado con el trabajo. —Gael parecía un poco irritado—. ¿O hay algo más que no nos dijiste?

Me quedé callada unos segundos, meditando sobre si debía contarle más cosas o no. No había dado muchos más detalles, puesto que Yaiza no me inspiraba confianza. Sabía cómo era por los comentarios de mi hermano o Gael, pero en realidad no la conocía en absoluto. Sin embargo, no tenía motivos para no decírselo a mi amigo.

—Sí, hay más. —Él dejó que continuara y yo bajé la voz para que mi padre no me escuchara—. Creemos que Antoine no tuvo un accidente.

—¿Perdona?

—Te prometo que te lo contaré en otro momento.

—No me hagas esto, Eloise. Es importante. —Su tono había perdido todo matiz—. ¿Y por qué no nos lo contaste a Yaiza y a mí? Éramos sus amigos.

—Lo sé... Pero aún no, ¿de acuerdo? —Me giré y tapé el auricular con la mano, creyendo haber escuchado un ruido detrás de mí. Callé un rato, amortiguando la voz de Gael. Cuando percibí los movimientos de mi padre, que estaba en la planta baja, volví a hablar—. No quiero que mi padre me escuche. Pero prometo que te lo contaré pronto.

Gael resopló, indignado y dolido a partes iguales.

—Está bien. Llámame si necesitas algo mientras tanto.

—Gracias, Gael.

—Espero que no te metas en ningún lío.

Sonreí y me despedí rápidamente. Quería aprovechar que mi padre seguía entretenido en lo que fuera que estuviera haciendo. Parecía que estaba moviendo papeles y revolviendo cajones. Me había decidido a entrar de nuevo en el cuarto de Antoine. A pesar de ello, supuso un nuevo esfuerzo y sentí que el pomo de la puerta me escocía al tocarlo. No quise pensar que estaba traicionando a mi hermano, sino que realmente le hubiera gustado que siguiera sus pasos.

Fue más fácil que la última vez.

Pensé que debería haber hecho este tipo de cosas antes, y que quizá cada vez fueran menos complicadas. Era posible que de ese modo pudiera asimilar mejor que mi hermano ya no estaba. Y, aun así, ¿podría significar que lo olvidaría?

Sentí un nudo en el estómago, el cual amenazó con crecer y devorar mis entrañas. Pero me esforcé por abandonar esos pensamientos, al menos por el momento; debía concentrarme.

Al pisar en el interior de la habitación, me descubrí pensando que el color verde de sus paredes era un poco más brillante.

Decidí empezar por el caos de su escritorio, revolviendo entre sus carpetas y papeles. Pero estaba tan concentrada que no escuché el crujido de la puerta al abrirse.

—¿Qué estás haciendo?

La voz de mi padre, más grave de lo normal, me sobresaltó y varios papeles se escurrieron de mis dedos al levantar la cabeza de golpe. No esperaba encontrarme con aquella expresión claramente enfadada en su rostro.

—Estás revolviendo entre las cosas de tu hermano…

—Solo estoy buscando información, papá. Lo dejaré todo como estaba.

—¿Y aquel cuaderno del otro día? ¿Lo has vuelto a dejar?

—¿Cómo sabes…?

—Te vi con él.

Agaché la cabeza, algo avergonzada.

—¿Qué estás buscando exactamente, Eloise?

Dudé un momento. No sabía si debía contarle algo a mi padre, o si realmente entendería por qué necesitaba hacer aquello. Lo miré cohibida, sin encontrar la solución a aquella encrucijada.

—¿Crees que te serviría para conocer mejor a Antoine?

Me sentí sorprendida, pensando en lo curioso que era que precisamente mi padre, del que me había distanciado desde la muerte de Antoine, siguiera comprendiéndome mejor que nadie. ¿Cuántas cosas habría percibido en mí durante ese tiempo sin que yo me percatara?

Suspiró y se sentó en el suelo a mi lado.

—A veces pienso que no lo conocíamos lo suficiente. Como padre, eso resulta… imperdonable. —Sentí que se encogía más sobre sí mismo, y su voz era tan baja y amarga que tuve que hacer verdaderos esfuerzos por escucharlo bien—. No puedo quitarme la sensación de que no compartía ni la mitad de lo que le sucedía.

No sé si lo hacía para que no nos metiéramos en sus asuntos, o porque no quería preocuparnos.

—Quizá fuera un poco de ambas cosas.

Era incapaz de salir de mi asombro, pero allí estábamos mi padre y yo hablando de Antoine como no lo habíamos hecho en mucho tiempo.

—¿Sabes si algo le preocupaba antes del accidente?

—Puede ser. —La tristeza impregnaba cada uno de sus movimientos. Había días en los que estaba más tenso. Chocábamos.

—Pero yo lo veía como siempre.

—A ti te trataba como siempre.

Su respuesta había sido rápida como un acto reflejo. Agaché la cabeza, de nuevo avergonzada.

—No es justo…

—Claro que lo es. Él te quería más que a nadie.

Se levantó despacio y se quedó mirándome. Como otras tantas veces, tuve la sensación de que quería añadir algo más. Y aunque no obtuve lo que esperaba, su intento de sonrisa me cogió también por sorpresa.

Cuando se marchó volví a concentrarme en lo que estaba buscando, pero no dejé de pensar en mi padre, ni en el abrazo que había echado en falta tras nuestra conversación, ni un solo momento.

Después de casi una hora revolviendo papeles, mirando cuadernos y abriendo carpetas, empecé a sospechar que no encontraría nada. Dejé caer los brazos, frustrada, para levantarme a los pocos segundos, dispuesta a colocar un poco todo aquel desastre.

Cuando acabé de apilar todos los folios, me quedé de pie y me crucé de brazos sin dejar de observar a mi alrededor.

De nuevo, volví a mirar curiosa todos sus libros y sus discos de música, apilados en las estanterías de la pared. La máquina de escribir estaba sobre el escritorio. Recordé lo mucho que me había enfadado de pequeña cuando vi que había recibido aquel maravilloso regalo de cumpleaños. Me encantaba el taco de sus teclas, el sonido de la palanca al cambiar de línea. Sonreí y pulsé una tecla. La máquina se tambaleó ligeramente, como si estuviera coja.

La miré extrañada. Sabía que mi hermano cuidaba bien de sus cosas. La tomé en mis brazos y, al levantarla, encontré el causante de aquel desequilibrio: una libreta fina, de pastas de color rojo y muy gastada, estaba debajo.

Dejé la máquina a un lado y tomé la libreta, calibrándola. ¿Estaba escondida? Un torrente de emociones me sacudió y sentí cómo el vello de los brazos se me erizaba. La abrí por una página al azar y me sorprendió encontrar un caos de notas, como si hubiera ido apuntando las ideas según le llegaban a la cabeza. Lo único que parecía ponerles un poco de orden eran las fechas. Suponía que hasta alguien como Antoine necesitaba algún tipo de referencia si luego quería encontrar esas notas.

Caí en la cuenta de que eso también podía ayudarme a mí, así que corrí a mi habitación, cogí el diario y decidí empezar a buscar alguna relación.

Intentando hacer coincidir las fechas de sus apuntes con las del diario, di con algo que podía ser interesante. Aunque no tuviera ningún tipo de sentido a simple vista.

Un galimatías de ideas, siglas y palabras se mezclaban y repetían. Las que más veces aparecían eran las letras «KR», «SZ» y la palabra «ladrón». También había dibujado algo similar a un mapa, pero sin nada que lo describiera o diera una pista de dónde se encontraba lo que fuera que quería haber representado.

Las siguientes páginas estaban prácticamente vacías, a excepción de algunos números y anotaciones que no parecían tener nada que ver.

Me pregunté dónde estarían las fotocopias de las noticias que mencionaba en su diario. Con lo que le importaba aquella investigación, dudaba que las hubiera destruido o se hubiera deshecho de ellas. ¿Dónde las habría guardado?

Abrí su armario y algunos de sus cajones, pero no encontré nada que me indicara que pudiera guardar más papeles.

Cuando tuve que encender la luz para poder distinguir dónde buscaba, caí en la cuenta de que había pasado toda la tarde en aquel cuarto. Decidí continuar mi búsqueda en otro momento, así que guardé todos los documentos e intenté dejarlos como los había encontrado. A excepción de aquel cuaderno gastado y lleno de anotaciones.

Salí al pasillo y el contraste de la habitación iluminada con la oscuridad que empezaba a inundar la casa me hizo parpadear.

Nadie se había molestado en encender esas luces, como tampoco lo había hecho en que aquello pareciera un hogar en esos últimos meses. No podía ni imaginar cómo se habría sentido Ian al entrar en casa esos días.

Al bajar al salón, encontré a mi padre sentado en la mesa grande, guardando unos papeles en un archivador enorme y viejo que jamás había visto. Había encendido una lámpara de pie cercana, aunque el resto de la sala permanecía en la misma penumbra que la casa.

—¿Papá?

Iba a cerrar el archivador cuando levantó la cabeza, sobresaltado.

—Dime.

—¿Qué quieres para cenar?

Sonrió, nos dirigimos a la cocina y le dejé hacer.

—Vamos a hacer ensalada —dijo con tranquilidad.

—¿Solo?

—Ya buscaremos algo para comer después.

Nos sincronizamos para coger los ingredientes que necesitábamos, intentando no entorpecernos.

—Veo que trabajar en la pastelería te está sentando bien —comentó mientras me ponía un delantal. Había sido un gesto casi automático, no le había prestado mucha atención.

—No lo sabes bien.

—Me hago una idea.

Tenía unos tomates en la mano y me miraba con un cariño que creía que no podría volver a demostrar. Tomé uno de ellos, agitándolo delante de su nariz.

—Pero, antes de tocar la comida, hay que lavarse las manos.

Rio ligeramente, provocando un pequeño cosquilleo en mi piel y una caricia en mis oídos.

Era lo más bonito que había escuchado en mucho tiempo.

***

El domingo estaba agotada. El cansancio de los días anteriores cayó de golpe sobre mí, como una pesada losa. Había descansado poco, ocupada en leer el diario, para después pasarme las horas pensando y dándole vueltas a las anotaciones que había encontrado. Conrado no fue especialmente amable en el trabajo y estaba segura de que me encargó ciertas tareas solo por castigarme. Y es que era imposible que vendiéramos tantas pastas y magdalenas en tan poco tiempo, aunque él se empeñara en decirme que sí.

Decidí visitar a Ian. En todos aquellos días no había ido a verme a la pastelería y por las tardes me iba directamente a casa, porque me sentía terriblemente cansada. Pero lo había echado de menos, así que después de un pequeño paseo me encontré parada delante de la entrada de su casa.

Una figura pequeña me abrió la puerta.

—¡Hola! —El pelo corto y alborotado de Naira se movió ligeramente, en cuanto dio un saltito de felicidad.

—Hola, Naira. —Sonreí—. ¿Está tu hermano?

—¡Claro! Pasa. —Me tomó la mano y me arrastró hacia dentro de la casa—. Está en su cuarto, creo. ¡Ian!

Escuché una puerta abrirse en la planta superior, seguida de unos pasos apresurados. Ian apareció bajando las escaleras.

—Eloise. Ven, sube.

Asentí y lo seguí. Naira nos dirigió una sonrisa maliciosa y se fue.

La habitación de Ian no estaba más ordenada que la mía, pero era acogedora. Se llevó la mano a la nuca, rascándose con cierto nerviosismo.

—Siento que no haya ido a verte estos días… Pensé que con todo lo que tenías que trabajar..., y que, además, necesitarías tiempo para buscar esos apuntes… —Una disculpa sincera inundaba su mirada—. No quería agobiarte.

—No te preocupes. Te lo agradezco. —Sonreí y me senté en la silla que había delante de su escritorio. Le tendí el cuaderno de pastas rojas gastadas—. Esto es lo único que he encontrado. Lo había escondido.

Lo cogió cautelosamente y comenzó a hojearlo.

—Al final del todo, en las últimas páginas. —Siguió mis indicaciones y lo leyó atentamente—. No tengo ni idea de qué quiere decir.

—¿Y ya está? —Sonaba realmente decepcionado—. ¿Dónde está todo lo que encontró en la biblioteca?

—No lo sé. Busqué por todos lados, pero… no había nada más.

Se sentó en la cama, meditabundo, sin dejar de arañarse la nuca.

Algo llamó la atención de mi mirada. En el fondo del cuarto, en un hueco entre el armario y la pared, había un montón de libretas con hojas de papel grueso arrugadas. Y, a mi lado, sobre la cómoda descansaban numerosos pinceles y acuarelas.

Cuando volví a mirar a mi amigo, noté que mi escrutinio no le había pasado desapercibido.

—¿Cómo vas?

—No he tenido mucho tiempo de pensar en ello. —Elevó un poco el cuaderno y lo señaló.

—¿Puedo ver alguno de tus dibujos?

Titubeó, abrió la boca para decir algo, pero al final se levantó con un suspiro resignado. Sin prisa se dirigió al rincón de la habitación y empezó a descolocar el montón de libretas. Cuando hubo encontrado lo que buscaba, se acercó a mí, con un bloc de dibujo bastante nuevo.

—Son dibujos del verano pasado.

Sonreí y me percaté de que había un ligero tono rosáceo tiñendo sus mejillas.

Abrí el cuaderno despacio, como si fuera un ritual que requiriese todo mi cuidado, pero no estaba preparada para lo que encontré. Una explosión de colores teñía imágenes hechas con trazos seguros y firmes de algún lápiz. Algunos estaban delimitados por líneas negras, que parecían confinar y poner límites a aquellas pinceladas que querían contener el verano en ellas.

Reconocí la playa, la cueva, el puerto… Gente paseando, personas disfrutando del sol. Unos hombres sentados en la cubierta de un pequeño barco de colores vibrantes.

No me dejó ver todas las imágenes, pero me percaté de que no estaba completo.

—¿No hay más?

—No pude terminarlo, me fui a Madrid. —Yo miré alternativamente al cuaderno y a Ian, que estaba sentado en el suelo delante de mí—. Trae, no tendría que habértelo enseñado.

—¡No! —Atraje aquellos dibujos hacia mí. Ian me miraba nervioso, con las mejillas encendidas y un gesto grave en el rostro—. ¿Por qué no? Son…

—Horribles.

—Preciosos.

Nos miramos fijamente a los ojos.

—Nunca había visto unos dibujos tan bonitos. —Abrí de nuevo el cuaderno—. Estos colores… ¿Cómo los haces? ¿Realmente elaboras la mezcla tú? —Asintió azorado—. Es increíble.

—¿De verdad lo crees?

—Ahora entiendo por qué Gael está tan enfadado contigo. Tiene razón: eres un artista.

—Pero no se puede ser artista y vivir del aire. —Me arrebató los dibujos de las manos rápidamente.

—¿No ves lo que eres capaz de hacer? —Abrió mucho los ojos, como si le hubiera dado una patada en el estómago—. ¿De verdad piensas pasarte la vida sin dibujar? No te voy a dejar. No, al menos después de haber visto esto.

—Ya he tomado la decisión, Eloise.

—¿Y crees que vas a ser feliz si no vuelves a coger un pincel? —Creí ver en él una pizca de esa derrota que estaba tan harta de apreciar en mi padre—. ¿Piensas que es imposible compaginar tu carrera con esto?

Eso no se lo esperaba. Se sobresaltó con mis últimas palabras, parecía asustado y confuso. Volvió a ponerse nervioso, su mano se desplazó hacia la nuca. Me senté en el suelo de rodillas, delante de él, y le aparté la mano con un pequeño tirón que no pretendía ser brusco.

—Inténtalo de nuevo. ¿Recuerdas lo que te dije en la playa? —Asintió—. Prueba a mezclar colores y ver qué pasa con la caracola. Y cuando creas que tienes los colores, intenta regresar al papel. —Su mirada se intensificó, sus ojos brillaban—. Si no sientes nada cuando hagas eso, entonces es que quizá tomaste la decisión correcta.

No me había dado cuenta, pero había hablado con un ímpetu que no creía tener, y poco a poco me había ido acercando más a él. Nuestros ojos estaban a la misma altura y unos pocos centímetros separaban nuestros rostros. Sin darme cuenta de lo que hacía, me fijé en sus labios.

Nos quedamos quietos unos segundos, hasta que ambos parecimos darnos cuenta de esa cercanía.

Una vocecilla desde la puerta sonó como una alarma que nos separó rápidamente.

—¿Te quieres quedar a cenar, Eloise? —Naira nos miraba con un brillo malicioso en los ojos.

—Eh..., sí. —Miré a Ian, que asintió mientras se encogía de hombros, y contemplé sus mejillas incendiadas de rubor.

—Avisaré a mamá y a papá.

Cuando Naira desapareció, bajando los escalones de dos en dos, volvimos a mirarnos, aunque observé con tristeza que la distancia que nos separaba era mayor que la que teníamos hacía unos instantes.

—¿Lo intentarás? —Ian asintió.

Los dos volvimos a hablar de Antoine y sus notas, intentando ignorar lo que acababa de ocurrir. Pero él no dejó de llevarse la mano a la nuca, más nervioso que nunca.

CAPÍTULO 6
IAN

Aquella semana parecía no acabarse nunca. Y a pesar de todos mis esfuerzos por mantenerme entretenido con otras cosas, no dejaba de volver a aquel instante.

A aquel domingo.

A la intensidad que impregnaba las palabras de Eloise, alentándome de nuevo, sus pupilas brillantes y aquellos labios finos que parecían increíblemente suaves. Seguramente estaba pensando en cómo quitarme de encima cuando llegó Naira. Y fue una suerte que mi querida y oportuna hermanita irrumpiera de aquella forma, porque si no tenía la sensación de que me hubiera arrepentido siempre de lo que había estado a punto de hacer.

Y si bien ambos intentamos actuar como si nada hubiera ocurrido, la expresión de Eloise había mudado a una más severa. No paraba de fruncir el ceño, aunque se esforzó en seguir siendo amable conmigo.

Cuando aparecí en la parada de guaguas aquel sábado tan temprano, pareció genuinamente sorprendida de verme.

—Has venido... —No me pasó desapercibido el alivio que impregnó sus palabras, ni la tímida sonrisa que asomó a sus labios en ese instante, mientras se retiraba los auriculares de las orejas y apagaba su walkman.

—Claro, en eso habíamos quedado. —Yo temblaba como un flan y sentía cómo el calor incendiaba mis mejillas.

—Cierto. Pero no nos hemos visto en toda la semana. —Parecía estar recuperando su aplomo poco a poco—. Así que pensé que no podrías o que lo habrías olvidado.

—Para nada. He estado un poco ocupado.

Ni ella ni yo nos creímos esa mentira tan descarada. Y como dos tontos que no se conocieran de nada, nos quedamos en silencio hasta que apareció la guagua, pagamos nuestros billetes y nos sentamos al fondo del vehículo.

Durante todo el camino, ambos guardamos silencio.

Cuando llegamos a Las Palmas, fuimos caminando hasta la biblioteca pública. La ciudad bullía de actividad, llena de turistas y vecinos que salían para aprovechar sus días libres. Tuvimos que abrirnos paso a codazos en algún momento, pero conseguimos llegar hasta el edificio que albergaba la biblioteca.

No era lo que esperábamos.

La biblioteca propiamente dicha no resultaba imponente, de hecho no nos causó gran impresión, ya que se extendía únicamente por la planta baja de un edificio. No estaba muy seguro de que allí pudiéramos encontrar información suficiente y, por la mirada que me dedicó Eloise, deduje que ella tampoco las tenía todas consigo.

Entramos en aquel espacio de calma y silencio, y pronto el olor del papel nos dio la bienvenida.

La bibliotecaria de la entrada era una mujer joven, con el pelo cardado y voluminoso, y que llevaba una blusa algo anticuada. Una cinta colgada en su cuello sostenía una tarjeta identificativa.

—¿Puedo ayudarlos? —nos dijo con una sonrisa amable, enmarcada por unos labios pintados de un rosa intenso. Su voz sonaba dulce y tenía cierta cadencia que no supe identificar, como los últimos retazos de un acento que hubiera perdido hacía tiempo.

—Estábamos buscando la hemeroteca —se adelantó Eloise—. Queremos buscar alguna noticia que ocurriera durante la Segunda Guerra Mundial.

—Lo siento mucho. —Parecía realmente afligida—. No tenemos hemeroteca.

Debió de ver nuestra preocupación, porque se apresuró a añadir:

—Oh, no me miren así. No tenemos una sección de hemeroteca como tal, pero sí tenemos una pequeña colección de periódicos y noticias del archipiélago que quizá les pueda servir. ¿Quieren que se los muestre?

Eloise y yo asentimos al unísono, pero seguía dudando de que allí realmente pudiéramos encontrar algo.

La mujer nos guio por la biblioteca, abarrotada de libros y de estudiantes que, supuse, esperaban contar con algún tipo de milagro en septiembre, a juzgar por sus caras y los garabatos que adornaban sus apuntes ignorados.

La «hemeroteca» consistía en un pequeño rincón, con cientos de periódicos dispuestos en las enclenques estanterías.

—Siento mucho este desorden… —Suspiró—. Llevamos ya varios años esperando que trasladen la biblioteca a un espacio más adecuado. Esto no deja de crecer y ya es insostenible. Pero espero que encuentren algo interesante.

—No se preocupe, ha sido muy amable —le dije con suavidad. Realmente se la veía azorada, parecía que aquello le importaba de verdad.

—¡No es nada! —Sonrió cálidamente—. Si necesitan cualquier cosa, ya saben dónde buscarme. A veces encontrar algo entre todo este caos de papeles puede ser agotador. Pero si están buscando referencias relativas a la Segunda Guerra Mundial, aquella pared debe de tener algo que les sirva —explicó y luego señaló, con una mano fina y pálida, unas estanterías del fondo.

Volvimos a darle las gracias y en cuanto desapareció, con sus tacones haciendo eco por el pasillo, Eloise y yo nos quedamos observando detenidamente las atestadas estanterías. No sabía si esperaba que me dieran alguna pista o que todo aquel papel nos sepultara.

—Manos a la obra —dijo Eloise y, con una seguridad que parecía no sentir, se acercó al primer estante.

***

Un par de horas más tarde, nuestra cabeza zumbaba, confusa y mareada con tanta información.

—¿De verdad crees que vamos a encontrar algo aquí? —Eloise abarcó todos los periódicos delante de ella con un gesto, exasperada—. Esto es horrible. No entiendo cómo a Antoine le gustaba hacer estas cosas. Voy a buscar un café.

No tardó ni un segundo en levantarse.

—¿Dónde vas?

—A por un café. He visto una cafetería con unos cruasanes increíbles cerca, ¿vienes?

Seguí a Eloise fuera de la biblioteca y, cuando regresamos con los cruasanes, nos quedamos en la entrada de la biblioteca. Me divirtió ver el cambio en su expresión, que parecía haberse suavizado.

—Mira que te gustan los dulces —dije, mientras mordisqueaba un borde caliente de aquella masa deliciosa—. ¿Has pensado en dedicarte a la repostería?

—Lo cierto es que sí —contestó con un suspiro y su atención distante, mientras se apoyaba en la pared—. Me encanta trabajar en la pastelería de Conrado.

—¿Y por qué no lo intentas?

Se quedó quieta sin volverse hacia mí. Dio un par de bocados a su cruasán, masticando despacio.

—Se han pasado un poco con la mantequilla, pero por lo demás es perfecto. —Cerró los ojos aspirando el aroma que salía de su bolsita de papel—. Me gustaría intentarlo, pero no sé si ahora, tal y como están las cosas… —Me miró de reojo—. Y además tenemos que ocuparnos también de ese maldito reportaje.

No sé cómo pudo comerse lo que le quedaba tan rápido, pero cuando quise darme cuenta ya había arrugado el envoltorio y se volvía hacia la entrada. Casi me atraganté con el cruasán, pero la seguí.

Unos minutos después, habíamos vuelto a sumergirnos en nuestras indagaciones.

A ratos me llegaban las voces que susurraban los otros estudiantes, el sonido de pasos amortiguados por los pasillos y el roce del papel al mover los periódicos o pasar sus páginas. El murmullo de la música que escuchaba Eloise era un arrullo constante que, unido al calor agradable del centro y lo bien que me había sentado aquel riquísimo cruasán, estaban empezando a sumergirme en un cálido sopor.

Observaba de vez en cuando a Eloise. Se había recogido el pelo en lo alto de la nuca de forma improvisada y varios mechones se le escapaban del peinado. Estaba completamente inmersa en la lectura de los periódicos, con el walkman en la mesa, a su lado. Movía la cabeza de un lado a otro, arriba y abajo, o haciendo círculos, al compás de una música que no podía escuchar. De vez en cuando movía los labios, como si cantara alguna de aquellas letras que debía de saberse de memoria incluso cuando dormía.

Pocas veces la había visto con esa pose tan relajada y, al mismo tiempo, atenta y concentrada con lo que hacía. Me parecía hasta más guapa que de costumbre.

Turbado, confuso y con las mejillas encendidas, agaché la cabeza, intentando que no se diera cuenta de que la miraba.

Intenté relajarme concentrándome en la lectura de la noticia que tenía delante de mí y poco a poco sentí que conseguía tranquilizarme. Pero al cabo de unos minutos la desesperación por no encontrar nada volvió a inquietarme.

No había noticias interesantes de aquellos años relacionadas con el conflicto, al menos no había información publicada por periódicos de las islas. Solo hablaban de asuntos políticos e informaban de los avances en cada uno de los frentes y cómo se movían los aliados en el combate. Y también, por supuesto, de la grandeza de nuestro país.

Puse los ojos en blanco frente a la enésima noticia que encontré parecida.

—Eloise, aquí no hay nada en absoluto. Y ya hemos acabado con todos los periódicos de la época. —Ella me miró agotada—. Llevamos media mañana aquí…

—Lo sé, pero no se me ocurre qué más hacer, sinceramente. —De repente pareció caer en la cuenta de algo—. Espera un momento. ¿Y si la noticia que encontró mi hermano no fuera tan vieja?

—¿Qué quieres decir?

—Quiero decir que Antoine investigaba a alguien que se había escapado de la guerra por aquellos años, sí, pero dudo mucho que se publicara una noticia con su nombre y apellidos. —Fui consciente de cómo me llevé la mano a la nuca e intenté bajarla cuando Eloise me escrutó con dureza—. No me mires así y déjate la nuca. —Suspiró y frunció el ceño más pronunciadamente—. Lo que quiero decir es que parece improbable, con todo lo que sucedía en el mundo en aquellos años, que se diera importancia a una sola persona huyendo a las islas Canarias.

—¿Y cómo encontró tu hermano esa noticia tan impactante?

—Es posible que fuera más moderna de lo que pensamos. —Abrió mucho los ojos, que parecieron hacerse más claros—. ¡Eso es! Puede que el nombre de esa persona saliera a la luz por algún otro motivo más tarde.

—Entonces deberíamos mirar periódicos más recientes… —Empecé a colocar los últimos que había revisado—. ¿Crees que hemos perdido el tiempo?

—No del todo, al menos hemos podido comprobar que los nazis eran unos auténticos hijos de…

—Eloise —dije y ella se encogió de hombros—, voy a mirar los registros de los últimos diez años, ¿compruebas tú los de los años setenta?

—Qué remedio.

Puso los ojos en blanco otra vez y se volvió a colocar los auriculares. ¿Se había enfadado?

Decidí ponerme manos a la obra cuanto antes. Así que coloqué los periódicos como los había encontrado y me dirigí a los ejemplares de la década de los ochenta. Con una torre considerable de papel, volví a sentarme en mi lado de la mesa, resignado.

A los pocos minutos, la voz de Eloise me sobresaltó.

—¡Mira! —Se quitó los auriculares con fuerza y los dejó sobre la mesa. Me acerqué a su lado y me enseñó una noticia de mayo de 1978.

LA JUSTICIA PERSIGUE A LOS NAZIS HASTA GRAN CANARIA

Aunque desde hace años Gran Canaria ha acogido cálidamente a todos aquellos residentes extranjeros que decidieron hacer de la isla su nuevo hogar, no se puede ignorar el hecho de que, entre civiles inocentes que solo buscaban tranquilidad y un clima agradable, se infiltraron personas de dudosa procedencia.

Prueba de ello es K. R., nacido en Markdorf, Alemania (1924), quien llegó a Gran Canaria hace casi veinticinco años, aunque ahora se le conozca por otras iniciales. Si bien en todo este tiempo ha conseguido ganarse el afecto de sus vecinos, viviendo en una atmósfera idílica y sin preocupaciones, fuentes fiables confirman que su pasado dista mucho de ser tan ideal.

K. R. habría sido acusado del robo de varias pertenencias de valor, entre otras, de la familia de S. Z., de origen judío y nacido en la misma localidad alemana en 1929. Con el fin de condenar los delitos de esta índole ocurridos durante el mayor conflicto de nuestro siglo, será llevado a juicio como otros tantos alemanes en su situación, con la esperanza de que se responsabilice de sus deplorables actos ocurridos entre 1939 y 1945.

—Son personas. Las letras que anotó. —Releí varias veces la noticia, junto con Eloise, que estaba quieta como una estatua a mi lado.

—Y K. R., el ladrón, vive aquí. —Me miró seriamente, con sus ojos brillando intensamente. Acerté a distinguir la rabia que destilaban—. Puede vivir en cualquier pueblo, o estar a dos pasos de nosotros ahora mismo. Puede que sea el responsable de lo que le ocurrió a Antoine.

—¿Por haber encontrado esta noticia?

—Por haber descubierto su verdadera identidad. Es obvio que debe de haberse cambiado el nombre, por lo que dice el artículo.

—Deberíamos buscar algo más. Seguramente tu hermano tuviera más referencias.

—Es posible…

Eloise me miró contrayendo el rostro, sus pecas arrugadas y su entrecejo fruncido hacían resaltar su frustración. Intentó rehacer su moño, que estaba completamente echado a perder.

—El juicio no debió de celebrarse mucho después. Podríamos buscar si hay noticias a partir de 1978 que lo nombren.

—¿Crees que nos dará tiempo? —Miré preocupado mi reloj de muñeca; faltaba media hora para que la biblioteca cerrara, ya que por la mañana tenían jornada reducida.

—Tendremos que darnos prisa.

No pude contradecirla.

Buscamos con más energía, filtrando con asombrosa velocidad las noticias que no nos interesaban.

—Ian, ¿y si buscamos más noticias de Markdorf?

—Deberíamos centrarnos solo en las que tengan datos sobre K. R. o S. Z. —respondí sin dejar de mirar en mi periódico.

—Ya, pero… —Eloise siguió pasando páginas lentamente.

—Es posible que no encontremos nada más en estas fechas.

Mi amiga asintió, no muy convencida, hasta que, en una edición de octubre de 1980 del mismo periódico, encontramos un pequeño párrafo.

LA JUSTICIA NO ES IGUAL
PARA TODOS

K. R. ha conseguido burlar a la justicia. A pesar de las pruebas presentadas a P&Z y Gesetz International por S. Z., todos los cargos contra K. R. habrían sido retirados tras su testimonio y el acuerdo pactado por el acusado y las partes afectadas. Aunque por petición personal de la familia de S. Z. los detalles relativos a este caso no puedan publicarse, sigue resultando sorprendente la resolución de los acontecimientos.

Y por supuesto nadie podrá dudar que, si bien K. R. habría vuelto a su residencia habitual en Gran Canaria, no podrá des-

prenderse nunca del lastre que supone en su currículo la implicación en un delito de estas características.

—Así que después de todo lo ocurrido, ¿quedó libre? —Yo no salía de mi asombro.

—No puede ser.

—No lo creo. Debía de haber algo más.

—¿Algo relacionado con Markdorf? —Empezó a escribir rápidamente en una página en blanco en el cuaderno de Antoine, aunque sus anotaciones parecían tener un orden más lógico.

—Mira que insistes, no creo que un pueblo perdido de Alemania tenga algo interesante.

—No perdemos nada por intentarlo —repitió Eloise, obstinada.

Estaba a punto de ceder, cuando escuchamos una voz cerca de las estanterías.

—Perdonen, chicos. Llevamos llamándolos un rato. La biblioteca va a cerrar ya. —La bibliotecaria de la entrada juntó las manos, disculpándose, sin perder esa sonrisa amable.

Perplejo, miré mi reloj: las dos y cinco minutos. Eloise me dirigió una mirada iracunda, pero asintió y entre los dos cerramos los periódicos y nos dispusimos a colocarlos.

La joven se acercó y empezó a colocar algunos papeles que había encima de la mesa.

—Gracias por preocuparse por ordenar, casi nadie lo hace.

Me apresuré a esconder las noticias importantes que habíamos descubierto. Ella me miró con cierta sospecha, pero siguió a lo suyo. Cuando se acercó a mí, para terminar de devolver a las estanterías los ejemplares que quedaban, me fijé en el nombre que había escrito con bolígrafo en su tarjeta: Enriqueta. ¿A quién se le ocurría poner un nombre así a una chica?

CAPÍTULO 7
ELOISE

Salí poco convencida de la biblioteca. Si bien habíamos conseguido pasar por uno de los puntos que Antoine había estudiado, no estaba del todo convencida de que hubiéramos avanzado algo.

—En cierto modo es lógico que la noticia se publicara hace relativamente poco tiempo —dije a media voz, mientras esperábamos una guagua que nos llevara de vuelta a casa—. Entiendo que Antoine buscaría primero en periódicos más recientes.

—Ahora solo falta descubrir qué tenía de interesante toda la historia para que decidiera seguirle el hilo —contestó Ian, medio absorto en sus pensamientos.

—Gracias otra vez por ayudarme. No tienes por qué hacerlo, aunque seamos amigos… —Las palabras flotaron entre nosotros, confusas y trémulas. Me aclaré la garganta—. Ya sabes.

—Pero yo quiero hacerlo, no hay más vueltas que darle.

Sonrió ligeramente, con aquella expresión de calma que ya me había acostumbrado a ver en él.

—¿Mañana tienes algo que hacer? Además de investigar el paradero desconocido de algún ladrón nazi, quiero decir. —A veces me recordaba a Gael con ese tipo de ocurrencias.

—No, ¿por qué?

—Pensé que podríamos hacer ese pícnic que me comentaste. Si te apetece.

—Me apetece mucho.

Su sonrisa se ensanchó.

***

Mi padre había empezado a preocuparse de verdad.

Cuando entré en el recibidor, salió corriendo del salón, seguido de Luis, y ambos me miraron con evidente pavor. Me quedé quieta, alternando mi atención entre uno y otro.

—Eloise, ¿dónde estabas? —Luis se acercó y me pasó un brazo por los hombros. Mi padre seguía observándome con los ojos muy abiertos, temblando ligeramente—. Vamos al salón los tres.

Me dejé guiar, pero, al pasar al lado de mi padre, este se acercó y me abrazó más fuerte de lo que pensaba que haría nunca.

—Papá…, solo he salido por la mañana. —Conseguí librarme de su abrazo a duras penas—. Sabes que suelo pasar fuera de casa la mayor parte del día.

—Pero siempre te quedas en el pueblo. —La tristeza iba desbancando al miedo y yo notaba sus manos más firmes sobre mis brazos.

—No le habías avisado de que te ibas a Las Palmas —me dijo Luis con suavidad, mientras me giraba sorprendida—. Gael no te había visto, no tenía ni idea de dónde podrías estar. Así que fue a la pastelería, a la playa, al puerto… Decidió ir a buscar a Ian y preguntarle, como ahora pasan más tiempo juntos, pero él tampoco estaba en casa.

—¿Sus padres también están preocupados?

—Un poco, no sabían lo de su excursión.

Miré a mi padre, que mantenía sus manos sobre mis brazos, como si realmente hubiera llegado a pensar que no volvería a casa al irme sin decir nada. Entonces comprendí que había sentido exactamente eso mismo.

—Pero la semana pasada fuimos y no te preocupaste tanto. —Lo miré extrañada.

—Creí que estarías trabajando.

—No, no... Por eso tuve que ir a la pastelería el fin de semana también. —Mi padre intentaba encajar toda la información, hasta que finalmente sus brazos cayeron a ambos lados de su cuerpo, despacio.

—Vaya... No quiero meterme donde no me llaman, pero creo que hace mucho que no se sientan a hablar. —La expresión de Luis, triste y decepcionada, fue demasiado para mí y de pronto me sentí avergonzada. No parecía que los sentimientos de mi padre se diferenciaran mucho de los míos—. Me alegro de que ya hayas llegado, Eloise. —Se dirigió a la puerta—. Me vuelvo a casa para avisar a Gael de que todo está bien. Aunque ya habrá hablado con Ian si lo ha visto llegar.

—Sí, claro. Muchas gracias por todo, amigo. —Ambos estrecharon sus manos y, cuando Luis desapareció calle abajo, me quedé a solas con mi padre.

Estuvimos un rato en silencio, fingiendo que nuestra atención estaba puesta en la puerta, aunque a ninguno nos interesaba lo más mínimo.

—Supongo que tiene razón. —La voz grave y tenue de mi padre me sobresaltó—. Ya no hablamos.

—Lo sé, papá.

—¿Crees que podremos cambiar eso?

Lo miré enternecida.

—Claro, pero ahora no puedo...

—Tranquila. Cuando creas que es mejor. —Tomó mi mano suavemente—. Pero, al menos, avísame si piensas estar fuera tanto tiempo.

—Sí.

Nos seguía envolviendo una atmósfera deteriorada y gastada, que se había ido densificando en aquellos meses de ausencias y miradas esquivas, en los que ninguno había sido sincero con el otro. Sin embargo, sentí que el aire se aligeraba un poco con aquellas palabras.

Habíamos estado marcados por una herida que se había ido haciendo más dolorosa y profunda con el paso del tiempo. Pero quizá había llegado el momento de probar a descubrir cómo podría curarse, sin que dejara demasiada cicatriz.

Cuando me tumbé en mi cama aquella noche, miré al techo pensativa. Por primera vez en mucho tiempo no quise evadirme a través de los acordes de mi música. No había melodía que tuviera cabida con mis pensamientos en aquel momento. El silencio era la única opción.

***

Debí de quedarme dormida, porque de repente sentí mi cuerpo pesado y me encontraba desubicada. La luz que entraba por la ventana se había atenuado y una manta ligera cubría mi cuerpo. No recordaba haberme arropado.

Me desentumecí, estirando mis brazos y piernas. No tenía mucha intención de mirarme en el espejo: sabía que mi pelo ya no tendría remedio, así que lo recogí en un moño improvisado.

La tripa me rugía furiosa y recordé que habían pasado horas desde que comí aquel cruasán con Ian por la mañana.

Descalza y con cuidado, bajé las escaleras. El suave rumor de la televisión me llegó desde el salón, pero lo ignoré y fui directa a la cocina. Había un extraño olor en el ambiente, aunque no supe identificarlo. Lo que no esperaba era encontrarme a mi padre en la cocina, con dos platos puestos encima de la mesa y de pie frente al fuego. Debió de sentirme o escucharme, o ambas cosas, porque se volvió azorado, como si fuera un niño pequeño al que descubren haciendo alguna travesura.

—Pensaba que estabas dormida.

—Me he despertado —dije y él parpadeó—. Habíamos dicho...

—Lo sé. Tú te encargarías de las comidas... —Suspiró profundamente, intentando elegir las palabras que iba a decir a continuación—. No debería ser así.

—Dado que resultas un poco peligroso con la cocina de gas encendida y una sartén, creo que fue la decisión más lógica.

—Pero soy tu padre.

Lo miré enarcando las cejas.

—¿Ahora te vas a poner una máscara y retarme con una espada láser?

Mi padre emitió una carcajada.

—¿Cenamos juntos hoy? He preparado pasta.

Eso captó mi atención. Sabía que me encantaba.

—¿Con tomate y tu sofrito de pimientos verdes?

—El mismo.

—¿Piensas ganarme con comida? ¿Qué hay de la espada láser? Quiero una.

—Eloise, por favor. —Intentaba aparentar seriedad, pero la curvatura de su sonrisa lo delataba—. Solo quiero que nos sentemos juntos a cenar. Hoy me he asustado de verdad. Aunque no hayas estado fuera muchas horas, no sabía dónde te habías metido, y yo...

Lo miré con suavidad y me acerqué despacio, sentándome en una de las sillas que había dispuesto para los dos. Empezó a repartir la comida, evidentemente más relajado. Cuando se sentó enfrente, tomé el tenedor entre mis manos, pero era incapaz de comer.

—Sé lo que has pensado, papá. No voy a irme a ninguna parte. —Noté de refilón que se movía inquieto al otro lado de la mesa.

—Puedes ir donde quieras, Eloise. Solo te pido que me avises la próxima vez, o que, si puedes, me llames desde alguna cabina cuando veas que vas a tardar en llegar. —Bajó más la voz—. Al menos así sabré que estás bien.

—Lo siento mucho.

—Yo también lo siento. Y también siento el espectáculo del otro día.

—Te dije que no debías disculparte. No era tu culpa. Ojalá hubiera estado contigo.

Posé una mano en su brazo. La miró confuso, ausente, y finalmente, cuando sus ojos comenzaron a humedecerse, puso una de las suyas justo encima.

—Vamos a comer, antes de que se enfríe —dije, apretando suavemente—. Gracias por la cena, papá.

Volvimos a cenar en silencio por enésima vez en un año. Aunque por una vez en todo ese tiempo sentía que era porque realmente no teníamos nada más que decirnos. Ya tendríamos tiempo de continuar aquella conversación que habíamos tardado tanto en iniciar.

***

Al día siguiente me encontré de pie sola en el paseo, con una mochila que contenía varios sándwiches y un bizcocho. Aislada por la música, que inundaba mis oídos, no escuché a Ian llegar y me dio un susto tal que por poco nos quedamos sin comida para el pícnic. Él iba cargado también, llevaba bebidas, frutas y una tortilla de patatas que su madre había insistido en que trajera.

—¿De verdad crees que vamos a poder con todo esto? —le pregunté.

—Bueno, quizá deberíamos haber invitado a Gael para que se comiera algunas sobras.

—O la mitad de la comida, más bien.

Ambos nos echamos a reír, luego nos quitamos las sandalias y comenzamos a andar hasta nuestras rocas habituales, que estaban bastante concurridas con un montón de niños que saltaban por ellas, mientras un grupo de madres jugaba a las cartas cerca.

Nos alejamos un poco y extendimos el mantel de cuadros verdes, dispusimos toda la comida y nos sentamos relajados, aunque yo me sentía enormemente culpable.

—Me siento un poco mal estando aquí mientras falta tanto por saber...

—Te mereces un poco de descanso también —dijo Ian, mirándome fijamente.

—¿Crees que descubriremos todo?

—¡Por supuesto!

Lo miré divertida. Era consciente de lo bien que me hacía su compañía. Su carácter amable y algo dulce y su mera presencia bastaban para calmar mis nervios y olvidarme de mis propias preocupaciones la mayor parte del tiempo. Recordaba la impresión que me había causado al conocernos, un mes atrás. Con el paso de los días, me había demostrado que mis primeros juicios eran ciertos, y que, de alguna forma, seguía siendo el niño de alma cálida y amable con el que jugaba en la playa.

Para su sorpresa, me quité el vestido de un solo gesto, mostrando un bañador lila.

—¿Un baño? —lo reté y mis recuerdos regresaron con intensidad.

Ian se quedó sentado en el sitio, mirándome como si comprendiera lo que sucedía. Un brillo de reconocimiento iluminó sus ojos castaños, que me miraban con intensidad. A los pocos segundos, comprobé que sus mejillas se habían vuelto incandescentes.

—No me digas que no has traído bañador…

Esta vez no tuve que tomarlo de la mano y arrastrarlo al mar conmigo. Torpemente, se levantó y empezó a quitarse la ropa.

—¡Vamos!

No perdí la pista de su mirada, que a menudo se quedaba quieta en mi piel más de lo normal, mientras nos sumergíamos en el agua. A su lado, parecía un espectro pálido. Como yo tampoco podía controlar mucho mi atención, que pasaba desde su piel morena a su pelo revuelto y resplandeciente con la humedad, me tumbé y me dejé mecer por el vaivén del océano.

El rumor de las voces, que inundaban la playa aquel día, quedó amortiguado en cuanto mis oídos estuvieron bajo la superficie del agua. Me sumí en una burbuja de quietud, la cual resplandecía a mi alrededor marcada por los destellos que la luz del sol robaba al mar.

Cerré los ojos. Me dejé acariciar por las suaves olas que me mecían, acunándome, como si fuera el abrazo de una madre. Quise creer que la mía me habría sostenido así alguna vez, con cuidado. Durante unos escasos minutos, todo a mi alrededor desapareció.

Hasta que sentí movimiento a mi lado y una voz que reconocí enseguida, cantando suavemente una melodía que conocía muy bien.

—*Hey Jude, don't make it bad…*

—*Take a sad song, and make it better* —respondí.

—*Remember, to let her under your heart.*

—*Then you can start, to make it better…*

Su voz sonaba cada vez más cerca, susurrándome al oído.

No me moví durante unos segundos, hasta que decidí abrir los ojos, para encontrarme a Ian de pie a mi lado, con una sonrisa maliciosa dibujándose en sus jugosos labios. Cuando quise reaccionar, había hundido mi cabeza en el agua, aunque no muy fuerte, y en cuanto salí para tomar aire, lo salpiqué con todas mis ganas.

Estuvimos un buen rato riendo, persiguiéndonos, echándonos agua, hasta que empezamos a sentir hambre y decidimos regresar al lugar donde habíamos dejado todas nuestras cosas. Nos envolvimos en unas toallas y devoramos la comida y la bebida, que estaba bastante caliente.

Con el estómago lleno y el cansancio de todos aquellos días acuciando, me tumbé en la toalla. Me habría quedado prácticamente dormida, de no ser porque la voz de Ian hizo que diera un respingo.

—Quiero enseñarte algo. —Se movió a mi lado y abrí los ojos—. Ay, perdona, no sabía que estabas dormida.

—No, tranquilo. —Me incorporé y entonces me puse el vestido de nuevo.

Comprobé que revolvía en su mochila, con energía. Sus movimientos sacudieron parte de la arena que se le había acumulado en el pelo. Cuando pareció encontrar lo que buscaba, su rostro se iluminó e iba a sacarlo de la mochila, con cuidado, cuando se volvió hacia mí.

—Cierra los ojos, es una sorpresa. —Pestañeé confusa y por cómo me miró supe que había vuelto a fruncir el ceño. Le hice caso.

A los pocos segundos, noté que cogía mis manos y depositaba en ellas un objeto algo frío, con una textura que no supe identificar.

—Adelante, puedes abrirlos. —Obedecí y mi cara no debió de reflejar ni la mitad del asombro que estaba sintiendo.

—Ian, es preciosa —le dije. Él estaba turbado, nervioso incluso.

—Quería que la tuvieras tú. Tiene tus colores.

Sonreí muy a mi pesar. Había conseguido dar color a la caracola que busqué para él hacía un par de semanas, simulando un atardecer. La parte más estrecha tenía unos intensos colores anaranjados, que se suavizaban hacia tonos amarillos y después mudaban a tonalidades violáceas, rosas intensos, azules y añiles. Si colocaba la caracola mirando fijamente a la parte más estrecha, podía ver que el degradado era perfecto, si bien había cambiado los colores para que resultara más realista. En algunos puntos parecía no haber cogido bien la pintura, pero seguía siendo perfecta.

—No ha quedado como yo quería... Tuve que usar pinturas acrílicas y no estoy muy acostumbrado a ellas. —Su tono de disculpa hizo que me girara rápidamente—. Pero en papel y con acuarelas hubiera quedado muchísimo mejor.

—Ha quedado perfecta. ¿De verdad es para mí?

—Sí. Es un regalo.

—Muchísimas gracias.

Me acerqué para abrazarlo, pero él reaccionó rápidamente, como si no supiera qué iba a hacer, y nuestros rostros volvieron a quedarse muy juntos, uno delante del otro.

Por un instante, me perdí en esos ojos oscuros y profundos. Oía su respiración agitada, mientras algo que no podía describir burbujeaba dentro de mí. Sentí la tranquilidad que emanaba, pese a estar nervioso. Y como si lo hubiéramos ensayado mil veces, los dos nos acercamos al unísono. Nuestros labios se encontraron con el sabor a sal de nuestra piel y el dulce roce del primer beso.

Una suave bocanada de aire circuló entre nosotros, trayendo consigo la humedad del océano y silbando entre las paredes de aquella caracola que aún mantenía en mis manos.

CAPÍTULO 8
IAN

No podía creer nada de lo que había sucedido aquella tarde. Eloise, con su pelo oscurecido por el agua y las curvas suaves de su cuerpo marcadas por el sencillo bañador. Las gotitas húmedas en su rostro acentuaban sus pequeñas pecas y hacían que sus ojos brillaran con una luz nueva y emocionante.

Pero nada me había preparado para aquel beso.

No podía decir que no estuviera deseando que ocurriera, y aun así fue una sorpresa. Dudaba de que ella sintiera parte de esa atracción.

No sabía cómo interpretarla.

La imagen de su rostro pálido y levemente enrojecido por el sol, a pocos centímetros de mi propia cara, se grabó en mi memoria. Solo era capaz de ver sus ojos verdes, enmarcados por una maraña de cabello anaranjado, todavía húmedo y enredado.

Y sus labios finos entreabiertos.

Cuando quise darme cuenta, estaba besándolos, con una súbita emoción recorriendo mi cuerpo. En ese mismo instante supe, con una certeza que jamás había experimentado, que no quería estar en otro lugar más que sentado en aquel ridículo mantel verde, ni haciendo otra cosa que besando a Eloise.

Al llegar a casa, seguía teniendo aquella sonrisa de bobo adherida a los labios, algo que, para mi desgracia, no consiguió pasar desapercibido para mis padres.

—Parece que alguien ha tenido un buen día —dijo mi padre, en un tono socarrón muy elocuente.

—¿Lo han pasado bien? —preguntó mi madre, algo más discreta.

—Ya lo creo que sí. ¡Mira qué cara de bobo!

—Naira, para. —Mi hermana había empezado a revolotear a mi alrededor—. Sí, lo hemos pasado bien.

Mi madre asintió como si entendiese, aunque ni ella fue capaz de disimular la sonrisilla que había aflorado en su rostro.

—Me alegro, cariño.

Al poco rato, nos habíamos sentado alrededor de la mesa en el patio, como siempre, y estuvimos hablando animadamente.

—Por favor, hijo, no vuelvas a hacer lo de ayer —dijo mi madre—. Nos tuviste muy preocupados.

—Sobre todo, cuando apareció Gael buscando también a tu amiga Eloise —prosiguió mi padre—. La próxima vez avísanos, ¿quieres?

—Creo recordar que ya lo hice, ¿de verdad que no sabían nada? ¿Naira? —Los miré extrañado y mi hermana se hundió un poco en su asiento.

—Naira, ¿tú sabías algo?

—Bueno… —empezó a decir con timidez, sin dejar de mirar hacia su plato medio vacío—. Me acordaba a medias.

—¿Y por qué no dijiste nada? —La voz alarmada de mi madre me sorprendió.

—¡No me acordaba bien! Y cuando vino Gael, ya les dije que se había ido con Eloise —refunfuñó realmente indignada.

Recordé entonces que no habíamos vuelto a decirle nada a Gael, así que después de comer decidí ir a su casa.

—¿Por qué no me avisaron de su excursión? —replicó molesto, cuando nos sentamos a hablar en su habitación. Iba a formular una disculpa, cuando me interrumpió—. Da igual. Eloise me explicó que había encontrado algo raro, pero no me dijo qué era.

—Antoine encontró varias noticias interesantes en la biblioteca. Fuimos para saber qué podía haberle causado tanta impresión.

—¿Encontraron algo importante? —preguntó, entornando los ojos.

—Algún dato... Los comparamos con unas anotaciones que Antoine había dejado en otro cuaderno.

—¿Ahora se dedican a revolver en sus cosas? —Empezaba a estar realmente molesto.

—Eloise solo quiere entender a su hermano y saber qué sucedió —contesté, a la defensiva.

Gael se quedó callado unos momentos, como meditando sobre mis palabras.

—Es lo único que queremos todos. —Suspiró por fin—. Entonces, ¿encontraron algo?

—Poco. No hay muchas referencias en la biblioteca, pero no sabemos dónde más buscar, o qué otros pasos pudo haber seguido Antoine... —Lo miré atentamente—. Pero sí descubrimos unas noticias interesantes, algo acerca de unos juicios de un alemán nazi.

—¿Un nazi?

—Sí. Habría robado a alguna humilde familia judía.

—¿Y qué tiene que ver un nazi con Antoine?

—Eso es lo que queremos saber. —Abrió los ojos, completamente atento a lo que le decía—. Pero resulta que ese nazi huido vive en Gran Canaria.

Gael tardó unos segundos en asimilar y reaccionar ante lo que le había dicho.

—Así que se obsesionó con encontrar al nazi. ¿Es eso lo que insinúas?

—No insinúo nada. —Lo miré, molesto por su comentario—. Pero no creo que se quedara solo con ese dato. Debió de investigar más.

—No me gusta ni un pelo por dónde está yendo esto. —Se levantó y comenzó a moverse por la habitación, un poco inquieto—. Buscar información sobre la guerra y hacer un trabajo sobre ello tiene un pase. Lo que no puedo creer es que Antoine se dedicara a perseguir a personas con un pasado turbio. Más aún, si se trata de un jodido nazi.

—¿Y si fue así?

—¿De verdad quieren seguir por ahí si tanta certeza tienen de que sucedió algo más? —Detuvo sus pasos y me miró.

—No solo lo creo yo, también Eloise. Esto es importante para ella.

Gael sonrió tristemente, relajando un poco los hombros.

—Está bien. Si quieren seguir, dejen que los ayude. Pero si todo se complica lo más mínimo, se retiran. ¿Está claro?

—Está claro. —Sonreí y le apreté la mano en un gesto amistoso.

Durante un rato, estuve explicándole con más detalle acerca de las notas que habíamos encontrado, el cuaderno y las noticias.

—Pero no sabemos qué más buscar —dije despacio—. Eloise cree que podríamos indagar en otras noticias sobre Markdorf.

—¿Sobre qué?

—El pueblo donde viviría esa persona en Alemania. Al parecer, se menciona en otras noticias que vio de pasada. Yo no me fijé.

—Podría ser interesante —respondió Gael—. ¿Y si visitamos otra biblioteca?

—¿Cuál? La de la universidad no tiene medios suficientes.

—Estaba pensando, más bien, en alguna biblioteca de Madrid.

—Solamente podría ir en septiembre, cuando regrese para el segundo curso —repliqué.

Nos quedamos callados unos minutos, en los que la quietud estuvo solo interrumpida por los golpecitos de los pies de Gael en el suelo. De repente caí en la cuenta de que no tenía que esperar tanto para saber qué guardaban las bibliotecas de Madrid.

Rápidamente le expliqué a Gael mi idea y me fui directo a casa, donde me lancé al teléfono con una energía casi desesperada, ansioso por marcar.

Esperé rascándome la nuca, para variar, y pensé en que Eloise me habría apartado la mano de un empujón de haberme visto haciéndolo.

Una voz amortiguada sonó al otro lado de la línea.

—¿Diga?

—¿Víctor? Soy Ian.

—Maldito canario, ¿qué hay de ti? —Sonreí al escuchar su voz, súbitamente animada—. Parece que te hayas ido a otra dimensión: has desaparecido, tío.

—Ya, perdona. Sabes que no soy de los que suelen llamar. Y he estado bastante ocupado con unas cosas.

—Así que me llamas para pedirme un favor.

—Qué bien me conoces.

—Anda, dispara.

—¿Estás en Madrid? —pregunté ansioso.

—¿Dónde iba a estar si no? —Puse los ojos en blanco—. No, no me he ido de vacaciones.

—¿Podrías buscar unas noticias por mí? En periódicos nacionales o, al menos, que cubran más áreas que los de mi isla.

—Tu condenada isla podría estar más cerca, te oigo fatal. —Le oí refunfuñar y hablar con alguien que estaría con él—. Perdona. ¿Unas noticias? ¿Cuáles?

—Algo relacionado con nazis, robos y un pueblo llamado Markdorf en Alemania. Donde aparezcan las iniciales K. R. y S. Z. fundamentalmente, y que se publicaran entre 1978 y 1980.

—Tío, pareces Hacienda, pidiendo tanto.

—Por favor —inquirí, fingiendo un tono inocente.

—Vale, he tomado nota de todo. Déjame un par de días y te llamo. Has tenido suerte de que esté tan jodidamente aburrido en esta ciudad, ¡todo el mundo ha desaparecido! Aunque ya te vale. No he sabido nada de ti en todo el verano y solo me llamas para aprovecharte de mí.

—¿Te recuerdo que tampoco he recibido una llamada tuya? —Se quedó callado al otro lado—. Te prometo que te compensaré cuando vuelva.

—Tomo nota de eso también, porque pienso arrastrarte todos los jueves de cañas este curso.

Reí con ganas y, después de despedirnos, colgué emocionado, esperando que realmente me llamara con alguna buena noticia y un hilo más del que poder tirar. Si era así, podría ayudar a Eloise.

Eloise... Recordé nuevamente sus labios y me encontré de pronto deseando volver a verla. Pero también evoqué la estupefacción de su rostro, sus cejas alzadas y sus ojos bien abiertos, cuando vio la caracola adornada que había dejado entre sus dedos finos.

Sabía que la pintura no se podría adherir bien a la superficie de la caracola, pero había hecho un gran esfuerzo para que durara al menos todo lo posible. Aunque el color se fuera a los pocos días, el gesto y la reacción de Eloise habían merecido la pena.

Tampoco olvidaba la genuina sorpresa con la que me había mirado después de haber echado un vistazo a mis antiguos dibujos. No lograba comprender qué le había impresionado tanto, pero sabía que la emoción con la que había reaccionado era real.

Había sido esa emoción, precisamente, parte de la motivación que necesitaba para volver a coger, al menos de momento, los lápices. Así que aquella noche, mientras escuchaba a mis padres ir de un lado a otro de la casa preparándose para dormir, decidí rescatar aquella libreta que le había enseñado y cogí algunos lapiceros, gomas de borrar, reglas y afiladores, que introduje en un viejo estuche que llevaba siempre conmigo de pequeño.

Supongo que no solo quería sorprender a Eloise.

CAPÍTULO 9
ELOISE

Aquel lunes, Conrado estaba especialmente disgustado. Aunque era un hombre bastante profesional, y a pesar de tener un mal día, como a veces nos confesaba con la boca pequeña y sin dar muchos detalles, nos trataba como siempre, haciendo las mismas bromas. Pero ese día fue distinto. Estaba irascible y nada de lo que hiciéramos le parecía bien. Incluso algunos clientes, de esos que llevan literalmente toda la vida acudiendo al local, lo regañaron un poco.

—Espero que hayan dejado todo colocado para mañana —nos espetó cuando acabamos nuestra jornada. Martín y yo nos miramos, disgustados.

—Todo como ordenó, Conrado —respondió Martín—. Hasta mañana.

Se giró bruscamente y se fue. Iba a seguirle cuando me fijé en la actitud del hombre. Era extraño verlo ahí sentado, en una silla en el obrador, acariciándose las sienes.

—¿Estás bien? —Se sobresaltó al escuchar mi voz.

—Creía que se habían ido ya.

—Lo siento. Hasta mañana.

Sabía que no habría modo de hablar con él. Conrado me miró con una expresión triste y ausente. Salí del obrador sin decir nada más, aunque me partía el alma ver a aquel hombre, que se estaba convirtiendo en un mentor para mí, así de abrumado.

Al salir al local, me sorprendió encontrar a una persona mirando hacia la calle a través del cristal.

—Buenas tardes —saludé por inercia—. Ahora mismo saldrá alguien a atenderla…

La chica se giró y me miró con cautela.

—Hola, Eloise. —La voz de Yaiza sonaba clara y firme.

—He acabado mi jornada. Voy a avisar a Conrado para que te atienda. —Me giré para volver al obrador, pero me detuvo tomándome del brazo. Sus manos pequeñas estaban frías.

—No quiero dulces o pan. Quiero hablar contigo. —Me miró intensamente con unos ojos oscuros que contrastaban con sus labios rojos—. ¿Damos un paseo?

Asentí y salimos de la pastelería.

Yaiza iba a mi lado, andaba dando saltitos, como si aquellos pequeños zapatos contuvieran una diminuta playa con la arena ardiendo al sol.

—Siento haber venido sin avisar. Sabía que no me llamarías. —No había reproche en su voz, solo contrastaba con sinceridad un hecho.

—No te andas con rodeos.

—Son innecesarios. Ambas sabemos lo que hay, ¿para qué irse por las ramas? —Admiré su actitud.

—Entonces sigamos haciéndolo directamente. ¿Por qué quieres hablar conmigo?

Habíamos llegado al puerto, donde unas cuantas personas iban de un lado a otro, riendo y charlando, mientras preparaban sus pequeños barcos. Yaiza siguió andando. Cuando se detuvo, en el extremo del muelle más alejado del pueblo, me miró muy seria.

—Quería disculparme contigo. —Eso sí que no lo esperaba—. Tenías razón en lo que dijiste el otro día. No tuve el valor de enfrentarme a todo lo que sucedió y fallé a Antoine.

Me quedé callada. Su sinceridad, recogida en esas palabras sencillas y cargadas de tanto significado a la vez, me había desarmado.

—Sé que estaban muy unidos. He hablado muchísimo con Gael de esto y sabía que tendría que llegar un día en el que me sentara a hablar contigo de Antoine. También sé lo que sentía Gael.

—¿Te lo había contado?

—Intuía algo, pero sí. Me lo confesó hace poco. —Suspiró con tristeza—. No sé en qué momento todo se complicó tanto, la verdad. Los tres estábamos muy unidos, éramos amigos, y Antoine y yo también éramos compañeros de clase y pasábamos mucho tiempo juntos, como habrás leído.

—No tienes que contarme nada de eso. No leí el diario para cotillear sobre su vida, sino por entender lo que había sucedido los últimos meses —contesté, algo irritada.

—Lo sé, no te preocupes. El caso es que supongo que ninguno tenía muy claro qué era aquello que manteníamos... Pero tampoco llegamos a aclararlo.

Agachó la cabeza, mirando las puntas de sus zapatos. Su vestido de algodón, de color melocotón, se agitó suavemente con la brisa.

—Solo quería que supieras que quería ir a verlos a tu padre y a ti. —Levantó la cabeza tan rápidamente que me sobresalté—. Quise ir al entierro y también quería estar con ustedes. Pero simplemente no podía... Yo lo quería tanto. Lo siento muchísimo.

Sus ojos estaban húmedos, pero no dejaría caer ni una sola lágrima, comprendí. Estaba segura de que aquella chica, que parecía demasiado pequeña para toda la energía que contenía, había derramado muchas más lágrimas que yo.

—No te preocupes. Gracias por haber venido. —Sentí mis ojos húmedos también.

Yaiza se acercó titubeante, pero finalmente me rodeó con sus brazos. Debíamos de ser una imagen curiosa, su figura, un palmo más pequeña que la mía, abrazándome para consolarme.

—Antoine era muy especial. No era perfecto, pero tenía algo que pocos poseen —me dijo cuando se separó de mí, totalmente recompuesta de nuevo. Sonrió con dulzura, posiblemente con algún recuerdo en mente.

—No hay nada perfecto.

—También tienes razón. —Su sonrisa se hizo más amplia—. Y bien, ¿cómo llevan la investigación?

—En ello estamos… Fuimos a la biblioteca.

—¿Para qué?

—Para buscar las noticias que él encontró primero —dije confundida.

—Pero Antoine hizo fotocopias, no necesitaban ir hasta allí. —Debió de ver mi expresión totalmente confusa—. ¿No las tienen?

—No. Ni apuntes ni nada. Solo encontré una libreta con anotaciones sin orden ni sentido, aunque nos ayudó a encontrar las palabras claves.

Yaiza hizo un gesto de extrañeza, contrayendo el rostro, y se cruzó de brazos.

—Me parece muy raro. Antoine tenía una carpeta con todas esas fotocopias, esquemas y borradores del reportaje escritos a mano.

—No he visto nada de eso.

—Quizá los guardara en otro lugar. —Meditó, pero su expresión me dio a entender que lo decía por tranquilizarme—. ¿Y qué han encontrado?

Le conté lo que habíamos descubierto hasta ese momento.

—No entiendo qué vio Antoine que le obsesionara tanto en todo eso.

—Tiene que haber detalles que se les escapan —me confirmó—. Aunque de por sí es del tipo de historias que más le gustaban, debe de haber algo más. Estoy segura.

—Yo también.

—Y has dicho que las noticias mencionaban otras cosas, ¿qué era exactamente?

—P&Z y Gesetz, o algo así. No sabemos qué pueden significar. —Me encogí de hombros y la miré atentamente. No había variado un ápice su expresión seria y meditabunda.

—¿Pueden ser bufetes de abogados? —Abrí los ojos—. Tendría sentido pensar que, en casos como estos, los clientes buscaran los mejores representantes legales que pudieran.

¿Cómo no se nos había ocurrido? Era una buena línea por donde empezar a buscar, aunque después resultara ser algo totalmente distinto. Me miró radiante cuando le agradecí la idea. De pronto, dio un pequeño respingo y miró su reloj de pulsera.

—Oh, lo siento mucho. Se me ha hecho tarde. —Empezó a caminar de regreso al pueblo—. Tengo que coger la próxima guagua hasta Las Palmas.

—¿Vives allí?

—Sí. Cerca de la biblioteca, además. Si necesitas cualquier cosa, llámame. —Me miró desconfiada—. Pero hazlo.

—Sí, sí. Te he escuchado.

—Y sé que te acordarás. —Sonrió con suficiencia, para volver a mirar al frente—. Intentaré buscar algo de P&Z.

Cuando llegamos a la altura de la panadería, vi a través del cristal que Conrado atendía a algunos clientes. Un hombre mayor tomaba café en una de las mesas de fuera, mientras leía un libro tranquilamente.

—Gracias por estar dispuesta a hablar hoy, Eloise. —Asió su bolso.

—Gracias a ti por venir hasta aquí solo para hablar, Yaiza.

Volvió a abrazarme, esta vez con más seguridad, y le devolví el gesto con menor reticencia.

Observé cómo avanzaba calle arriba, sus pies levantándose del suelo de forma despreocupada, mientras la suave tela de su vestido se balanceaba. Admiré por un instante cómo alguien apenas unos años mayor que yo había conseguido reponerse de lo sucedido. Aunque entendí que una persona con el carácter de Yaiza simplemente no podía dejarse ahogar por el abatimiento.

Me volví hacia mi bicicleta, que había dejado aparcada en el sitio de siempre. Estaba a punto de conectar mi música cuando noté movimiento a través del cristal de la pastelería. Conrado estaba limpiando, levantó la cabeza y movió la mano a modo de saludo. Le devolví el gesto, encendí el walkman y comencé a pedalear.

Cuando llegué a casa, cansada y empapada de sudor por el esfuerzo, mi padre me recibió con una sonrisa algo tímida.

—¿Preparamos la cena hoy también?

—Claro, papá.

Lo acompañé a la cocina y nos pusimos manos a la obra. Era un pequeño ritual que habíamos repetido aquellos días. Aunque pasáramos prácticamente toda la jornada sin vernos, por la noche cocinábamos y nos sentábamos juntos en la mesa para cenar. Habíamos conseguido eliminar esos silencios incómodos y tensos solo en parte, pero agradecía los esfuerzos que estaba haciendo mi padre por hablar y relajar la presión a la que nos habíamos acostumbrado.

Cuando terminamos de comer y lo dejamos todo limpio, se quedó leyendo en el salón y subí a mi cuarto. Pero al pasar por delante del de Antoine me detuve dubitativa. No había dejado de pensar en él ni un minuto desde su muerte, pero aquellos días mi mente zumbaba y trabajaba a toda velocidad, con muchos y confusos datos. Mis pensamientos iban desde K. R. y S. Z. hasta Yaiza y las palabras de Mujica. De alguna forma, todos configuraban una imagen de Antoine que no terminaba de cuadrar con la que yo tenía de mi hermano.

Decidí entrar de nuevo en su habitación, esta vez sintiéndome menos culpable. No creía que hubiera más lugares donde buscar sus apuntes o alguna otra pista del caso; simplemente, quería inspeccionar un poco en su mundo.

El conjunto formado por su cama, su mesilla y su armario no se salían de lo normal, e incluso daban la sensación de tener un matiz carente de personalidad, como si no fueran importantes. Si no fuera por los pósteres que adornaban las paredes, y en los que apenas me había fijado al entrar la otra vez, no parecería el cuarto de un chico joven.

Su escritorio y sus estanterías decían todo lo contrario.

Sin duda, allí es donde pasaba la mayor parte de su tiempo. Yo misma lo había visto numerosas veces sentado, con la luz de su lámpara encendida a las tantas de la noche, leyendo o estudiando.

Mis ojos se desplazaron hasta su desgastado ejemplar de *Fahrenheit 451* y decidí cogerlo. Quizá había llegado el momento de hacer caso a mi hermano y seguir su recomendación. Empecé a hojearlo, cuando observé que tenía puesto un marcador entre sus páginas. Seguramente habría estado leyéndolo de nuevo. Abrí el libro por ese punto y me di cuenta de que efectivamente había hecho numerosas marcas y estaban subrayados algunos pasajes con diferentes bolígrafos y lapiceros, como resultado de cada lectura. Habría pasado por alto el marcador, un rectángulo que parecía haber sido arrancado de un cuaderno, si no fuera porque unas letras me llamaron la atención.

Las iniciales P&Z estaban escritas en gran tamaño.

Reconocí la caligrafía de mi hermano. Justo debajo de las letras había escrito «Pérez & Zambrana Abogados. Expertos en casos internacionales», además de una dirección postal en Madrid y un número de teléfono, rodeados por un círculo.

¿Cómo no había caído antes en ello? Sentí que tenía todo el sentido del mundo. Debía de tratarse del bufete que habría llevado la defensa de K. R., si dicha persona llevaba años residiendo en España. Guardé el trozo de papel de nuevo dentro del libro y salí de la habitación.

CAPÍTULO 10
IAN

Estaba de pie delante de la puerta de la pastelería de Conrado, más nervioso que nunca. Miraba a un lado y a otro de la calle y me movía inquieto. Entre las risas del grupo de amigos que estaba tomando café y pastas en las mesas del exterior, escuché las campanillas de la puerta. Eloise salía radiante, con su cabello iluminado por el sol.

Me acerqué a ella, aunque de pronto me detuve. ¿Cómo se suponía que debía saludarla?

Como siempre, ella fue más ágil.

—Hola, Ian. —Sonrió, aunque se mantuvo cerca de mí.

—Ayer vi…, vine a buscarte —tartamudeé—. Pero Conrado me dijo que te habías ido con una chica.

—Sí. Yaiza vino a hablar conmigo.

—¿Y fue bien?

—Perfectamente. —Sonrió de nuevo, esta vez de forma más enigmática. La miré sin comprender—. De hecho, se ofreció a ayudarme a buscar qué era P&Z. Pero ya no hace falta. —Echó un vistazo a los jóvenes que estaban a su espalda, completamente ajenos a nuestra conversación—. Ven, vamos. Te lo contaré. Pero necesito un teléfono.

Fuimos hasta una de las cabinas más alejadas del centro del pueblo, al final del puerto. Eloise, decidida, introdujo unas cuantas pesetas y marcó con energía. Antes de pulsar el último número, la vi dudar.

—¿Llamo yo?

Ante su silencio, presioné la tecla y tomé el auricular. Una voz femenina me indicó que esperara a ser atendido, mientras una suave música de jazz sonaba de fondo. Después de unos segundos, mientras el dinero de la llamada se consumía, respondió una mujer joven.

—Pérez y Zambrana, buenas tardes. ¿En qué puedo ayudarle?

—Hola, buenas tardes… —Eloise me miraba ansiosa—. Mire, soy estudiante de Derecho y estoy buscando información para un trabajo de Internacional. Quería saber si podría ayudarme con un caso que llevaron en su bufete entre 1978 y 1982, por favor.

—Lo siento, señor…

—Ian.

—Lo siento, Ian. No podemos facilitarle ese tipo de información por confidencialidad. Debería considerar fuentes alternativas para su documentación.

—Sí, soy consciente de ello —intenté suavizar la voz, mientras me rascaba el cuello de nuevo—. Es que he encontrado unas noticias relativas al robo de un tal K. R., el cual huyó de Alemania después de la guerra y que había cometido una serie de delitos.

—Le reitero lo anterior. En cualquier caso, no recuerdo ningún caso similar en el cual este bufete haya estado involucrado.

Comprobé que se nos acababa el dinero y revolví en mis bolsillos, inquieto. Unas cuantas monedas aparecieron al fondo de uno de ellos y las introduje en la ranura.

—Me extrañaría mucho. Fue un caso bastante sonado, como le digo. Su bufete aparecía mencionado en las noticias. ¿De verdad que no puede decirme nada más?

—Sé que contactó con nosotros hace un año también con la misma excusa, aunque se hiciera llamar de otra forma. —No era esa la respuesta que esperaba—. Si quiere gastar algún tipo de broma telefónica para pasar el verano, búsquese a otro. Le recuerdo que está bromeando con un bufete de abogados y no tendremos problema en iniciar un nuevo proceso por acoso con usted. No vuelva a llamar.

Sin añadir nada más, y dejándome con la boca abierta a punto de replicar, colgó. La máquina escupió las monedas que no había gastado.

—¿Qué te han dicho? —preguntó Eloise, nada más salir de la cabina—. Nada, ¿verdad?

—Era de esperar. —Negué con la cabeza—. Pero me han confirmado que tu hermano llamó también. En cualquier caso, pensaron que se trataba de una broma telefónica.

—Así que no hay duda de que es el bufete que aparecía nombrado en la noticia —contestó Eloise, con tono ausente—. No se me ocurre qué hacer ahora.

—De momento, podemos esperar. —Me miró confundida—. El otro día llamé a mi amigo Víctor, de la universidad. Está en Madrid y se supone que me va a hacer el favor de buscar en la hemeroteca de la universidad sobre este tema. Espero que encuentre algo.

—Seguro que hay muchos más periódicos que aquí.

—Sí. Aunque me resulta raro que solo encontráramos ejemplares locales.

—¿Por qué lo dices? —inquirió, aunque por su tono deduje que ella también había pensado algo similar.

—Según me contaron mis padres, ese tipo de noticias solían ser muy sonadas y se publicaban en los periódicos nacionales. Pero no encontramos ninguno en la biblioteca. No sé, entiendo que no tengan un registro tan amplio como seguramente puedan tener las bibliotecas de Madrid, ¿pero ni un solo ejemplar nacional?

Se cruzó de brazos mientras comenzábamos a andar hacia el interior del puerto, en dirección a la playa.

—Eso mismo me preguntaba yo. ¿Quieres que volvamos a la biblioteca?

—¿Cuándo?

—Mañana mismo, en cuanto salga de la pastelería. Cogemos la primera guagua y volvemos en cuanto cierren. —Su voz sonaba decidida.

—¿Estás segura? Tú tienes que trabajar y todo…

—Sí. Estoy segura. —En sus ojos volvió a encenderse esa chispa tan característica—. Lo bueno es que ya sabemos qué buscar y podemos filtrar mejor la información. Incluso puede que encontremos algo que pasamos por alto el otro día.

—De acuerdo, me parece bien. Voy a esperar a ver si esta noche me llama Víctor con alguna noticia y en función de eso decidimos. ¿Qué opinas?

Me sonrió, entre agradecida y enigmática.

Cuando llegamos a la playa, repetimos nuestro ritual de quitarnos los zapatos y empezar a andar por la cálida arena. Era un gesto sencillo, que habría repetido mil veces a lo largo de mi vida en esa misma bahía, pero sentía que todo había cambiado con aquel verano.

Observé a Eloise a mi lado, que andaba decidida y de puntillas, inmersa en su propia danza. Podía apostar lo que fuera a que en ese instante alguna melodía inundaba su mente, sin que ella se diera cuenta, la única fuerza capaz de hacerle olvidar sus preocupaciones.

Jamás habría imaginado la cantidad de cosas que podrían haber truncado ese verano, ni era capaz de identificar el momento exacto en el que hubiera ocurrido. Ya no sería capaz de recorrer sin Eloise esos senderos imaginarios que abríamos a nuestro paso, esquivando a los veraneantes relajados y repantigados al sol, encima de sus toallas de mil colores. O, al menos, no podría hacerlo sin la certeza de que antes o después me encontraría con ella, o con el aroma a lavanda que relacionaba con sus preciosos e intensos ojos verdes.

Estaba tan sumido en mis pensamientos que no me había dado cuenta de que Eloise, justo delante de mí, me hablaba. Nos habíamos parado.

—Gracias por el detalle de la caracola.

—¿Otra vez?

—Otra vez. —Sus pecas se movieron cuando sus labios enmarcaron esa sonrisa que tanto me gustaba—. No lo esperaba.

—De nada, otra vez. —Me acerqué un poco más a ella—. Aunque el que debería darte las gracias soy yo.

—¿Por qué?

—Porque me has dado el empujón que necesitaba para plantearme mi problema con el dibujo.

—¿Has tomado alguna decisión?

—En realidad, no. —Notaba que volvía a ponerme nervioso y, de nuevo, intenté llevar mi mano a la nuca, aunque Eloise me detuvo con un gesto—. Bueno, estoy en ello. Pero creo que lo empiezo a ver con otros ojos.

Entonces hizo algo que me pilló desprevenido. Se acercó de nuevo a mí, rozó sus dedos con los míos y cerró los ojos. Sus labios acariciaron mi boca. Dulce y suave, su beso aleteó en mis propios labios, haciéndome sentir un ligero cosquilleo que recorrió mi columna. Cerré ligeramente los ojos con su contacto, el cual terminó demasiado pronto.

Sin embargo, su mano siguió sosteniendo la mía con cierta firmeza.

—Creo que hay más cosas que veo con otros ojos ahora también —acerté a decir.

—Todo está cambiando este verano. —Agachó la cabeza, sin perder la pista de nuestras manos entrelazadas—. Pensaba que no habría salida para nada…

—Siempre hay una salida para cada problema, Eloise. Y no soy el más indicado para decir esto, porque me ahogo en un vaso de agua. —Aparté uno de aquellos rebeldes mechones de su rostro con la mano que me quedaba libre—. Quizá es una cuestión de paciencia, aunque también tenemos que hacer un gran esfuerzo para encontrarla. Y tú lo has pasado especialmente mal.

—Pensé que tenía que seguir adelante, por mi familia. O lo que queda de ella. —Giró la cabeza, alejando mi mano de su mejilla—. Pero no sé en qué momento todo dejó de tener sentido.

Tomó aire, sin dejar de mirar aquel horizonte inalcanzable.

—De pronto, me vi volviendo cada día a una casa en la que no quedaba nada. Ni mi hermano, ni nuestra rutina, ni su música a todo volumen… Ni siquiera mi padre.

—Los dos han sufrido. Y me temo que no lo han hablado mucho.

—No. —Su amargura me atravesó—. Me volví insensible y comencé a echarle la culpa de todo inconscientemente. Cuanto más hundido lo veía, más me machacaba y lo arrastraba conmigo. Me odiaba, pero la situación podía conmigo.

—Eloise, no puedes culparte de todo. —Me miró directamente a los ojos.

Apenas era capaz de soportar aquella profundidad, en la que se atisbaba un rastro de oscuridad y determinación. Ese fuego que había observado desde el primer día que la conocí. Hacían una mezcla curiosa y explosiva pero única.

—Ambos han llevado el duelo a su manera —seguí diciendo—. Estoy seguro de que su padre se ha cargado todo ese peso a su espalda también.

—Lo dudaba. Durante un tiempo creí que yo era la única que se esforzaba en realidad, pero lleva unos días… Está más despierto, menos ausente. Quiere cambiar y trabajar en todo aquello que hemos perdido. —Su mirada se dulcificó, el fuego prendió como si una chispa de esperanza lo hubiera avivado—. Y ahora no sé cómo actuar.

—Déjale hacer, entonces. Déjale tiempo para que pueda ir ordenando sus pensamientos y haciendo pequeños avances. Quizá él tiene un carácter distinto y necesita sus propios tiempos.

—Yo solo quiero recuperar a mi familia. —Una lágrima solitaria humedeció sus pecas y su mejilla sonrosada—. Y no soy tonta. Sé que, por mucho que lo desee, ni Antoine ni mi madre volverán. Pero no quiero perder a mi padre tampoco.

—A tu padre nunca lo perderás. —Intercepté esa lágrima antes de que acabara su recorrido—. Puedes estar segura de ello.

—¿Y a ti?

Su respuesta me dejó desarmado y la miré con cierta alarma.

—¿Qué quieres decir?

—Cuando vuelvas a Madrid a finales de septiembre. ¿Te perderé?

—¿Por qué piensas que me vas a perder? No me voy para siempre.

—Pero es posible que hagas tu vida allí, vas a pasar en esa ciudad algunos de los años más importantes de tu vida y todo eso —dijo con hastío.

—Eloise, tú siempre podrás contar conmigo para lo que necesites. —Acaricié suavemente su mano con mis dedos.

—Siento que todo volverá a estar patas arriba en cuanto te marches…

You're waiting for someone to perform with…

No podía creer que alguien como Eloise me estuviera diciendo aquello. Eloise, que derrochaba personalidad y determinación por cada poro de su piel.

And don't you know that it's just you, hey Jude, you'll do.

Que contenía en su mirada tan solo una pista de todo aquel sufrimiento que había tenido que soportar siendo tan joven, y aun así era capaz de mantener vivo ese fuego que estaba dentro de sí misma.

—*The movement you need is on your shoulder.*

Había sorpresa en su rostro cuando intenté entonar aquel verso de aquella canción, que parecía hecha a su medida.

—Tengo que regresar y continuar la carrera. Será así durante los próximos cuatro años, hasta que acabe. —Aunque sus ojos seguían fijos en los míos, sentí su agarre más liviano, como si hubiera dejado la mano relajada entre mis dedos. Como si hubiera perdido la fuente de energía que le permitiera sostenerla así. No la dejé ir—. Pero no me perderás. Seguiré volviendo cada vez que pueda a esta isla durante ese tiempo. Yo tampoco podría perderte, Eloise.

Fui testigo de cómo su mirada se humedeció, al tiempo que sentía que la mía también lo hacía. Un suave calor me recorrió las mejillas, me dejé guiar por el aroma de Eloise y volvimos a fundirnos en un nuevo beso.

Aunque, en aquella ocasión, el cosquilleo que se inició en nuestros labios unidos al besarnos recorrió cada parte de mi ser.

CAPÍTULO 11
ELOISE

Saboreé la promesa de Ian y me aferré a ella con intensidad. Siempre me había creído una persona independiente, capaz de hacer cualquier cosa por mí misma, y que no necesitaba a nadie. Pero la muerte de Antoine, tan repentina, había sacudido cada uno de los pilares de mi realidad. Quise continuar adelante. Sola. Creyendo que podría hacerlo, culpando a mi padre en el proceso y distanciándome de él. Alejándonos el uno del otro. Y poco a poco esa independencia que había formado parte de mí desde que tenía uso de razón se había ido desmoronando, al tiempo que también lo hacía mi vida.

Mi mundo se había tambaleado con la fuerza del terremoto que el accidente de mi hermano había provocado.

O, más bien, su asesinato.

Pero, mientras nos besábamos, esas preocupaciones pasaron a un segundo plano, aunque supiera que nunca desaparecerían. Simplemente quería estar ahí, en ese momento, y disfrutar del aroma de Ian. Observar sus mejillas encendidas al separarnos. Dejarme llevar por la calma que me transmitían sus ojos oscuros y sus brazos alrededor de mi cuerpo.

—Toma mi número. —Le tendí un papel rasgado de una de mis libretas cuando nos íbamos a separar—. Llámame, por favor.

—En cuanto sepa algo de Víctor.

Había atrapado con suavidad la mano que le tendía. Nos miramos unos instantes y de pronto sentí sus labios de nuevo sobre los míos.

Su dulce sonrisa de medio lado me reconfortó, aparté mi mano despacio y comencé a pedalear.

***

Aquella noche, Víctor no llamó a Ian. Por tanto, atendiendo al plan que habíamos ideado antes, iríamos de nuevo a la biblioteca.

Concentrarme en la pastelería fue casi imposible. La mirada escrutadora de Conrado no me concedió ni un minuto de descanso y, debido a esa presión, unida a la emoción por volver a la biblioteca y comprobar qué se nos había pasado por alto entre aquellos viejos periódicos, fue suficiente para que no diera una en todo el día.

Cuando llegó la hora de salir, me quité el delantal a toda prisa y lo dejé de cualquier manera.

—Eh, señorita. —La voz de Conrado me sobresaltó—. Entiendo que tengas mucha prisa por ver a tu novio, pero aquí hay unas normas. —Señaló el revoltijo en el suelo en el que se había convertido el delantal.

—Perdona, no me había dado cuenta… —Volví sobre mis pasos y lo colgué en la percha correspondiente. Lancé una mirada y una sonrisa inocentes a Conrado, que no parecieron surtir efecto.

—Últimamente no pareces tú, Eloise. —Suspiró con resignación—. Entre tú y yo, eres la más atenta y dedicada aquí, pero llevas unos días que no pareces estar muy centrada.

—Lo siento de verdad, Conrado, pero tengo mucha prisa y debo tomar una guagua.

—Hay algo que te preocupa, ¿verdad?

No me pasó por alto el tono seco y cortante que empleó, aunque su gesto cansado me hizo pensar en que, en realidad, para él era como si regañara a una hija.

—Llevas unos días sin parar, completamente dispersa, con la mente en otro lado. —Como siempre, pareció leerme el pensamiento y respondió a una pregunta que no llegué ni a formular en mi interior—. ¿Ha sucedido algo?

Dudé en responderle con una mentira, pero sabía que no la creería. Conrado siempre nos había profesado mucho cariño a mi hermano y a mí. No quería que nadie más participara en aquella locura, pero era posible que, al menos, entendiera que no se trataba de una tontería.

—Estoy siguiendo unas pistas que parecen aclarar por qué pudo morir mi hermano.

—¿Por qué pudo morir? —Advertí la preocupación en su cara.

—No lo sé. Es posible que no fuera un accidente. —La consternación en sus ojos azules me conmovió, realmente le apenaba lo que había sucedido—. En cualquier caso, necesito saberlo. Por eso tengo que irme tan rápido en cuanto acaba mi turno…

Conrado me hizo un gesto con la mano, un aspaviento que no supe bien cómo interpretar.

—Vale, vale. Está bien. Vete antes de que pierdas esa guagua. —Sonreí, pero antes de que pudiera salir del obrador su voz me retuvo unos segundos—. Y si necesitas ayuda, no dudes en decírmelo. Pero las horas que estés aquí trabajando, quiero que estés al máximo.

—Lo haré. Gracias, Conrado.

Lo vi asentir despacio, aunque el gesto serio de su rostro no había desaparecido. Volví a sonreír con algo de reparo y me fui corriendo.

***

Ian ya me esperaba en la parada cuando llegué. Lo noté algo agitado y tomé su mano entre las mías. Nos acercamos para darnos un ligero beso en los labios.

—Qué raro se me hace esto —comentó riéndose.

—Y a mí. —Sentí una sonrisa creciendo por mi rostro, que al instante obtuvo una réplica en el suyo—. Pero es agradable.

—Mucho.

Besó mi mano suavemente, apenas rozando sus labios sobre mi piel.

A los pocos segundos escuchamos el motor de un coche acercándose, el cual paró delante de nosotros.

—¿Necesitan un taxi?

Nos separamos bruscamente al ver a Gael, quien nos miraba radiante desde su interior.

—¿Qué haces aquí? —Estaba atónita.

—Pues ayudarlos, por supuesto. —Se giró hacia Ian, con la sonrisa temblando en sus labios—. ¿No?

—Había olvidado mencionarte que le conté lo que habíamos descubierto. —Ian se llevó la mano a la nuca.

—¿Qué?

—Tranquila, francesita. Les dije que quería echarles una mano, así que... *voilà!*

—Lo siento, Eloise. —La sensación de culpabilidad de Ian era muy palpable.

—Prometo que me quedaré en un rincón y no los molestaré. —Gael aprovechó para poner cara de lástima—. Por favor.

Puse los ojos en blanco y me senté en el asiento del copiloto.

—Vámonos, anda, antes de que se haga tarde.

—¡Bien! —El grito de Gael vino acompañado del rugido del motor al ponerse en marcha.

El viaje se hizo eterno. Me sentía muy agradecida por contar con la ayuda de Gael también. Lo miré mientras tarareaba una canción, dando golpes al volante con los dedos, mientras el viento que entraba por las ventanillas bajadas nos revolvía el cabello. No obstante, no dejé de pensar en las ganas que tenía de llegar, ya que sentía que podríamos habernos dejado algo importante. Algún dato que se nos hubiera pasado sin querer.

En cuanto el vehículo se detuvo a un par de calles de la biblioteca, entramos rápidamente, esquivando a estudiantes, opositores y algún que otro lector, hasta llegar al rincón de la hemeroteca. Disponíamos de solo unas pocas horas antes de que cerrara, así que debíamos empezar cuanto antes. Cuando nos acercamos, la joven bibliotecaria que nos había recibido la ocasión anterior salió de entre las estanterías tan airada y abstraída que por poco choqué con ella.

—Ah, perdonen. —Su expresión se suavizó en cuanto nos reconoció—. Son ustedes otra vez, ¿no encontraron lo que buscaban?

—Más o menos, venimos a comprobarlo —respondí.

—Si necesitan ayuda, pueden avisarme. —Miró a Gael, atentamente, quien la respondió alzando la ceja—. ¿Sobre qué se estaban documentando?

—Sobre la Segunda Guerra Mundial —contesté rápidamente, mirando a Ian—. Es para un trabajo que nos queda por entregar en septiembre.

—¿Siempre dejando todo para última hora? —Puso las manos sobre sus caderas, como si fuera una madre regañando a unos niños—. Pues espero de verdad que encuentren algo hoy. Por si ya fuera poco con el desastre que hay normalmente, llevamos unos días con muchos visitantes en esta sección.

—¿Y eso es raro? —Por su tono, había percibido que algo le extrañaba.

—Pues sí, es bastante raro. Casi nadie viene a consultar en la hemeroteca, solo a ocupar las mesas para estudiar en épocas de exámenes. —Puso los ojos en blanco—. Pero desde que vinieron el otro día han pasado por aquí muchas personas que no dejan de revolver entre los periódicos, dejando todo por medio…

Fui consciente de cómo sus palabras llegaron hasta nosotros, tensándonos, mientras que la bibliotecaria hablaba despreocupadamente.

—Bueno, ¡espero que tengan suerte!

Se alejó a paso ligero, pasillo abajo. Nos quedamos quietos, mirando en la dirección en que se marchaba, aún procesando y sacando conclusiones de lo que habíamos escuchado.

—Qué gente más rara tienen empleada aquí —comentó Gael, pero lo ignoramos.

—¿Crees que…? —Ian se volvió hacia mí, en cuanto la bibliotecaria se giró al alcanzar una estantería y desapareció.

—Espero que solo haya sido una casualidad.

No esperé su respuesta y me dirigí a las baldas que contenían todos aquellos periódicos que habíamos encontrado la otra vez. Los solté sobre la mesa, con gran estrépito, al tiempo que descolgaba mi vieja mochila y la dejaba en el suelo de cualquier manera. Sentí a Ian sentándose a mi lado, casi sin hacer ruido. Gael nos miraba, atento.

—Bien, ustedes mandan. ¿Por dónde empezamos?

—He cogido solo los periódicos de la otra vez que vinimos, desde 1978 hasta 1982. Voy a mirar de nuevo todas las referencias a Markdorf. Hay varias.

—¿Pero no nos interesan solo las que hablen de K. R. y S. Z.? —preguntó Ian.

—Puede que tengan alguna referencia. Pero me extrañó ver el pueblo mencionado en más noticias… —Lo miré—. ¿Y si aprovecharan todo lo ocurrido con K. R. para publicar más trapos sucios del pueblo? ¿Algo que estuviera relacionado con el robo quizá?

—No te preocupes, francesita. Vamos a comprobar todos y cada uno de los periódicos.

—¿Y si no hay nada? —preguntó Ian.

—Si no hay nada, pues esperamos a que llame Víctor de todas formas —replicó Gael—. Pero, como no busquemos esto…, creo que aquí hay alguien que no se va a quedar a gusto.

Me señaló con el pulgar, que retiré de un golpe amistoso.

—¡Jamás!

Reímos y nos pusimos manos a la obra. Sentía de nuevo esa emoción del otro día, una expectación que recorría mi columna, ansiosa por descubrir más cosas.

Reiniciamos el proceso, como habíamos hecho, dispuestos a que no se nos pasara nada por alto, mientras Gael nos escuchaba y preguntaba continuamente. Al poco rato, estaba tan enfrascada en la lectura de los titulares, poniendo especial atención a cualquier mención que pudiera estar relacionada, que había olvidado dónde nos encontrábamos. Observé con el rabillo del ojo que Ian se levantaba de su asiento.

Cuando vi su expresión de confusión, mirando alternativamente varios periódicos que tenía delante, entendí que algo no cuadraba.

—¿Qué pasa?

—No entiendo… —Se quedó callado unos segundos, revolviendo entre sus periódicos y los míos, y volviéndose de nuevo hacia la estantería. Empecé a ponerme realmente nerviosa. Gael nos miró alternativamente.

—¿Ian?

—Es que no encuentro el ejemplar donde se anunciaba el juicio. ¿Te acuerdas?

Se encogió de hombros ante mi cambio de expresión.

—No me estás tomando el pelo... —No era una pregunta—. Volvamos a mirar.

Gael y yo nos levantamos como un resorte y los tres extrajimos todos los periódicos de las estanterías, balda por balda. Pronto encontramos la coreografía perfecta: Gael tomaba varios periódicos que yo misma revisaba e Ian los volvía a colocar en el orden exacto, después de haber comprobado otra vez las fechas. Efectivamente, faltaba el ejemplar de mayo de 1978 y el de octubre de 1980.

—¿Y si están descolocados o alguien los ha cambiado de sitio? —pregunté desesperada al acabar, no quería subirme al tren de pensamientos que atravesaba mi mente en ese momento. Simplemente, no quería ni imaginarlo—. La bibliotecaria dijo que había venido bastante gente, quizá…

—Sí, seguramente lo hayan descolocado todo —iba a replicar, pero Ian se adelantó a mi suposición—. Seguro que lo ha pasado por alto.

—¿La bibliotecaria es la chica esa con nombre de vieja? —dijo Gael.

—¿Cómo sabes su nombre? —le pregunté medio riendo.

—Su plaquita. Se llama Enriqueta.

—Qué horror.

—Eso mismo pensé yo. —La risa cristalina de Ian se extendió por el pasillo, inundando cada hueco de aquellas estanterías abarrotadas de papel. Un par de voces chistaron desde el fondo para que nos calláramos—. Uy, perdona. —Volvió a bajar la voz, sonriendo con picardía.

En ese momento apareció Enriqueta, asomando sus oscuros rizos detrás de una estantería.

—¿Podrían hablar más bajo o trabajar en silencio? Están molestando al resto de usuarios.

Aunque intentaba aparentar seriedad, no nos estaba regañando, hasta que vio la sonrisa incontrolada en el rostro de Ian. Entornó los ojos.

—Perdone, tendremos más cuidado —respondí en voz baja.

Nos observó unos segundos más y después se volvió por el mismo pasillo paralelo por donde había venido. Sus tacones bajos repiquetearon en el suelo, hasta que su sonido se desvaneció por completo. Miré a Ian y le di un suave golpecito en el brazo.

—No se te puede sacar de casa.

—Menos mal que me tienen con ustedes y puedo regañarlos como si fuera un padre —dijo Gael.

Volvimos a sumergirnos en la rutina de recorrer todas las estanterías, revisando los periódicos. Notaba las rápidas miradas que Gael nos dirigía, mientras Ian y yo nos sonreíamos como dos bobos.

Habíamos recorrido hasta el último resquicio, cuando nos sentamos en el suelo, agotados, con nuestras espaldas apoyadas en las estanterías, uno frente al otro.

No había ni rastro de los periódicos desaparecidos.

La voz de Ian dio forma a un pensamiento que no quería reconocer.

—Parece como si…, como si alguien se los hubiese llevado. —Sus ojos me observaron inquietos.

—¿Por qué? ¿Por qué precisamente esos periódicos? —dije, incrédula—. Es posible que no tengan muchos datos más, pero ¿por qué justo se han llevado o han desaparecido esos? —Hice un gesto con una mano, que después dejé caer bruscamente sobre mi regazo—. Hay cientos...

—Tienen las noticias que buscamos.

Sus palabras cayeron como un peso sobre el suelo, entre nosotros. No quería pensarlo, pero la conclusión estaba ahí. Esa idea que me daba tanto miedo. Gael estaba cabizbajo también.

—Alguien sabe qué estamos buscando. —Levanté la cabeza a su tiempo—. Alguien relacionado con el caso.

—Ni lo insinúes, Eloise —replicó Gael.

—Es un poco raro…

—No podemos saberlo, Ian. —La mirada de Gael se volvió más dura—. ¿Por qué siguen insistiendo y pensando que todo esto es más serio de lo que parece?

—Porque creo que mi hermano no tuvo un accidente.

—¿Porque quería hacer un reportaje sobre un nazi?

—Porque seguramente descubrió algo que no debía, Gael. —Suspiré resignada—. En su diario menciona que recibió una llamada para citarse con alguien.

—¿Y qué?

—La cita era el mismo día en el que desapareció —añadió Ian.

Gael nos miró alternativamente, incrédulo y realmente enfadado.

—No puedo creer que quieras seguir los pasos por una idea así. Es de locos.

—A mí no me parece tan descabellado.

Varias personas nos instaron a callarnos de nuevo. Ian nos hizo un gesto para que nos calmáramos, porque todos estábamos preocupados.

—Aquí no se puede discutir, chicos —dijo, intentando apaciguarnos.

—No hay nada que discutir —contestó Gael.

—Yo creo que sí. Han desaparecido los periódicos que buscábamos, los que mencionaban los datos que mi hermano estaba investigando. Datos por los que, posiblemente, murió.

Mis palabras habían sonado cortantes y firmes, pero eso no fue suficiente para que hicieran mella en la determinación de Gael.

—Mira, es cierto que me parece mucha casualidad, pero no creo que haya nadie detrás de ustedes. ¿Y si ha sido algún estudiante, como Antoine, quien se los ha llevado y no los ha devuelto? Le parecieron interesantes y los guardó en la mochila para que no lo viera la bibliotecaria.

—Lo siento, pero no puedo creer algo así. Como dices, es mucha casualidad. Así que, implicado o no —me levanté pesadamente, de repente estaba muy cansada—, creo que realmente se los ha llevado alguien que conoce este caso.

—Estás loca, Eloise —dijo Gael, desde el suelo.

—¿Volvemos a casa? —Ian me imitó y se acercó, acariciando mi brazo con una mano—. Esperemos a ver qué nos dice Víctor; seguro que hay cosas más interesantes en Madrid.

Un nuevo siseo nos instó a callarnos, con más energía.

Negué con la cabeza. No podía irme sin comprobar de todas formas los números que sí teníamos disponibles. Me acerqué a la mesa, donde habíamos dejado los primeros ejemplares dispersos. Ian suspiró resignado y se sentó a mi lado; a los pocos segundos, vimos cómo Gael se levantaba.

—Dejen de buscar, por favor —nos dijo, en voz muy baja—. Creo que se están complicando demasiado.

—Al menos, vamos a ver qué averiguamos —contesté.

—De acuerdo. —Suspiró—. Los espero fuera. No soporto más este aire cargado.

Se dio la vuelta, caminando despacio y arrastrando los pies. Ian fue a levantarse, dispuesto a seguirlo, cuando lo retuve por el brazo.

—Déjalo, necesita estar solo.

Ian asintió en silencio y ambos retomamos la lectura, conscientes de que la biblioteca cerraría en poco tiempo.

Al cabo de unos minutos, encontré una referencia a Markdorf, del mes de junio de 1978. En ella se mencionaba a K. R. sin nombrarlo, hablaban del pueblo y de su apacible vida, aunque no daban datos más relevantes. Un ejemplar de enero de 1979 destacaba, en un reportaje gastronómico, diferentes platos salados típicos de varios puntos de Europa en un conocido restaurante del centro de Las Palmas. En él se resaltaba un plato de *Bratwurst Pfanne* (salchichas alemanas) que habría preparado K. R., al que nombraban como «el alemán originario de Markdorf», y que terminó causando el furor entre los vecinos con su receta, a pesar del inicial reparo de estos. Durante un par de años no hubo más referencias, hasta unos ejemplares después de la resolución judicial.

—¡Ian, mira! Esto es interesante y no se lo han llevado. —Bajé mucho la voz, esperando no escuchar a ninguna persona mandándonos callar. Ian se acercó a mi lado y observó por encima del hombro. El artículo parecía firmado por el mismo periodista que había cubierto las noticias anteriores, aunque no teníamos forma de comprobarlo.

PUEBLO DE DELITOS:
MARKDORF

No dejan de sorprender la cantidad de noticias y desgracias caídas sobre esta pequeña localidad del sur de Alemania. En un pueblo curiosamente poco castigado por la guerra, donde sus vecinos consiguieron sentirse relativamente a salvo, habitaban numerosos delincuentes. Las investigaciones relativas al robo de la familia de S. Z., que ya se había reportado en este periódico hace unos meses, han permitido que salieran a la luz otros muchos delitos que, a pesar de su escaso o nulo efecto en ámbitos más internacionales, no dejan de sorprendernos.

Uno de esos casos, el de las hermanas Goldberg, mantuvo en vilo a sus vecinos durante años. Las niñas, de siete y once años, desaparecieron una noche sin dejar rastro. Los padres mantuvieron hasta el último momento que sus hijas habían sido raptadas, pero un par de denuncias anónimas los enviaron al poco tiempo a un campo de concentración. Se debatió mucho acerca de la procedencia de aquellas denuncias y muchos coincidieron en que, lejos de una rencilla particular, había sido un atentado de odio contra la familia, que comenzara con el rapto de las niñas. Aunque otros muchos mantuvieron que las dos habrían salido a jugar y se perderían, o que realmente sus padres las mandaron con algunos familiares para ocultarse. Jamás se aclaró lo sucedido, pero sus cuerpos se encontraron unos meses más tarde en el bosque y habrían sido claramente asesinadas.

Si bien Markdorf no se encuentra entre uno de los pueblos con más denuncias entre sus vecinos, se produjeron unos pocos casos en las últimas etapas del conflicto que condenaron a varias familias inocentes, como los Goldberg.

Otro de esos casos tiene como protagonista a Helmuth Niehaus (Markdorf, 1918), un declarado simpatizante nazi que no pudo participar en el conflicto por motivos de salud. Su desaparición no dejaba dudas ni divagaciones: no era un niño pequeño que podría haberse desubicado y perdido en el bosque. Su familia denunció que se dirigía al negocio de S. Z. Y cuando su cuerpo apareció en las inmediaciones del pueblo, todo encajó: alguien lo había asesinado. ¿Podría haber sido S. Z.? No, porque era un niño entonces. ¿Algún familiar? Imposible, sus hermanas no tendrían la fuerza suficiente para causar la muerte a una persona corpulenta como lo describieron los Niehaus. La sospecha enton-

ces recayó sobre algún vecino, familiar o amigo de la familia de S. Z., aunque jamás se aclararon los hechos.

Hay miles de familias como los Goldberg o los Niehaus, delitos similares cometidos bajo el amparo de la guerra que, para muchos, supuso la excusa perfecta para cobrarse aquello que consideraran justicia por su propia mano. Y poco importaba quién resultara afectado: judíos o alemanes, lo crucial es que el juicio se ejecutara.

CAPÍTULO 12
IAN

Eloise había leído la noticia con intensidad, sus ojos se desplazaron a una velocidad de vértigo por las líneas. Después, se llevó una mano a los labios.

—Esto. —Señaló algún punto hacia el final del texto—. Antoine descubrió al asesino.

—Eloise, no podemos saberlo. Quizá Gael tenga razón y no deberíamos complicarnos más.

—¿Cómo que no podemos saber que algún implicado se llevó el resto de periódicos? —Exasperada, hizo un gesto con ambas manos—. Yo lo veo todo muy claro.

—Pues yo no. Y no quiero ir por ahí pensando en lo peor. —Su ceño fruncido comenzó a inquietarme—. Si fuera alguien relacionado con todo esto, si hubiera realmente alguien que intentara boicotearnos, ¿no crees que también se habría llevado este periódico? —Lo levanté y agité.

—Puede que no. Puede que lo olvidara. O que no supiera que existía.

Percibí la duda en sus palabras, un ligero temblor en sus labios la delataba, pero en el fondo yo sabía que lo que decía era razonable. No obstante, esa confusión duró poco. Enseguida se repuso y la determinación que la caracterizaba volvió a encenderse en sus ojos y crispar sus mejillas.

—O puede que la pasara por alto porque hubiera una noticia más incriminatoria.

—¿En un periódico de Gran Canaria? —Me miró fijamente, dolida—. Mira, creo que la redacción estaba escasa de noticias y necesitaban rellenar de vez en cuando, así que tiraron de este caso y lo extendieron, buscando algo donde no había nada. No estoy muy seguro de que vayamos a encontrar más artículos.

—Porque se los han llevado —replicó, tozudamente.

—O porque no los hay, Eloise.

—¿Ahora piensas como Gael?

—No es eso —dudé—. Es solo que esta noticia parece algo sensacionalista, sin más.

No me había escuchado, o no quería hacerlo, porque sin decirme nada tomó el periódico y se alejó por el pasillo. La seguí hasta las máquinas fotocopiadoras que se encontraban al lado del mostrador de recepción. Enriqueta nos miró con inquietud.

—¿Necesitan ayuda?

—Solo quiero hacer una fotocopia, gracias. —Eloise empezó a preparar la máquina y sacó unas monedas de su bolsillo, sin volverse a mirar a la bibliotecaria.

Enriqueta se apartó discretamente y se volvió a sumergir en las páginas del libro que estaba leyendo.

Cuando Eloise acabó de hacer las fotocopias, se dirigió de nuevo a nuestro rincón lleno de periódicos, sin apenas mirarme.

—Eloise, por favor, no estoy en tu contra, es solo que…

—Lo sé, no te preocupes. —Se había convertido en pura determinación—. Pero necesito seguir con esto.

Asentí. ¿Qué otra cosa podía hacer? Entendía perfectamente lo importante que era todo eso para ella. Aunque mis explicaciones me parecían más razonables que sus teorías conspiratorias, comprendí que quizá, de esa forma, todo fuera más fácil para

Eloise. Porque así tendría un nuevo objetivo donde focalizar esa rabia que sentía. Se había pasado casi un año soportando todos esos sentimientos contradictorios: miedo, tristeza, soledad, nostalgia, rabia... Intentando superar lo sucedido cada día, incapaz de no culpar de ello a su padre, o incluso a Antoine, como sospechaba.

Y, de todas formas, tampoco podía negar la posibilidad de que sus divagaciones fueran ciertas. Así que, de cualquier manera, merecía que siguiéramos investigando.

Continuamos buscando rápidamente hasta los periódicos de 1982, pero no encontramos nada más referente a Markdorf y descubrimos, con cierto desasosiego, que faltaban más ejemplares de los que creíamos.

—Chicos, cerraremos en cinco minutos. —La voz de Enriqueta nos sobresaltó a los dos, lo que le sacó una sonrisa llena de ternura—. Pueden volver siempre que quieran.

Se lo agradecimos y empezamos a recoger todos los periódicos con su ayuda.

—¿Todo bien? Están muy serios. —Nos miró algo preocupada.

—Sí —respondí bajito—. Es solo que tenemos que preparar un trabajo de clase para septiembre y se nos ha complicado un poco.

—¿Cómo es eso?

—Buscábamos algunos periódicos concretos. —La miré atentamente—. Y han desaparecido.

—Es posible que no dispongamos de esos ejemplares. Como ven, nuestra «hemeroteca» es bastante reducida y tenemos graves limitaciones de espacio. Pero siempre se pueden pedir a las redacciones.

—No se trata de eso. —La voz de Eloise no aceptaba réplica y Enriqueta la miró con sorpresa—. El otro día sí estaban. Nosotros no nos los hemos llevado. Es más, volvimos precisamente para leerlos de nuevo.

—¿Insinúan que alguien los ha robado? —Enriqueta abrió mucho los ojos, se cruzó de brazos y se llevó una mano a la barbilla, en un gesto reflexivo—. Aunque no me extrañaría. Como les dije, han pasado muchas personas por aquí últimamente.

—¿Y no se ha dado cuenta de lo que faltaba? —preguntó Eloise con cierta amenaza velada.

—Somos pocos trabajando aquí —la bibliotecaria respondió desafiante— y ya les dije que tenemos bastantes problemas en el centro. Necesitamos con urgencia un nuevo edificio. Cada día tengo que controlar que la gente sabe comportarse, que no molesta a otros usuarios, y debo estar además disponible por si alguien viene a devolver libros. No puedo moverme mucho de la recepción.

—A pesar de eso, cuando recogió los periódicos, ¿no pudo comprobar que no faltara ninguno? —pregunté despacio.

—Intentamos hacer inventario con bastante frecuencia, pero no conozco absolutamente todos los ejemplares de los que disponemos. Necesito comprobarlo con nuestro registro. —Realmente estaba molesta, su postura se había tornado tensa y alerta, esperando una nueva réplica por nuestra parte—. Así que les agradezco que me hayan transmitido la queja, porque será lo primero que haga mañana cuando llegue.

—De acuerdo, muchas gracias —susurró Eloise, consciente de su actitud—. Y perdone que le hayamos ocasionado molestias.

Habíamos llegado a la recepción, por donde estaban pasando todos aquellos usuarios que abandonaban la biblioteca. Enriqueta los saludaba al pasar.

—No es nada. —Sus rizos se movieron con su cabeza, al girarse de nuevo hacia nosotros, que éramos los últimos—. Pueden volver para cualquier cosa que necesiten. Y si precisan ayuda para buscar alguna referencia, también pueden llamarme.

—Gracias. —Sonreí y Eloise pareció relajarse, porque tomó mi mano entre las suyas.

Encontramos a Gael sentado sobre el capó del coche, con las manos metidas en los bolsillos. Eloise se separó de mí, rompiendo el contacto, aunque nuestro amigo había visto suficiente.

—Lo siento, Ian —dijo de pronto Eloise, tan bajito que casi no podía escucharla a través del ruido del motor. La interrumpí antes de que añadiera nada más.

—Tranquila. Te entiendo —susurré también—. Ahora vamos a descansar un poco.

***

Estaba terminando de cenar cuando el estrépito del teléfono me levantó rápidamente de la mesa. Mis padres observaron atónitos cómo, con las prisas, golpeé la mesa y parte de la vajilla tintineó peligrosamente. Les sonreí a modo de disculpa, pero me alejé corriendo hasta el aparato.

—¿Diga?

—Eh, cabroncete. En menudo lío me has metido.

—Buenas noches a ti también, Víctor.

—Te lo digo en serio —dijo bruscamente—. Encontrar lo que me has pedido ha sido como buscar una jodida aguja en un pajar.

—Pues en Las Palmas lo encontramos fácilmente.

—¿Quiénes?

—Una amiga y yo. Es a quien estoy ayudando con esto. —Una risotada al otro lado del teléfono me hizo entornar los ojos—. ¿De qué te ríes?

—No me habías contado que tuvieras novia.

—No tengo novia. —Mi madre pasó por la puerta del salón, se detuvo unos segundos a observarme—. ¿Puedes decirme ya lo que has encontrado?

—Lo que tú digas... —Víctor rio con más ganas—. Pues mucho y poco a la vez.

Estaba consiguiendo desesperarme.

—No te entiendo.

—Para empezar, localizar un caso tan concreto y sin que hubiera un robo de grandes obras de arte de por medio es bastante complicado. Así que empecé a buscar reportajes y artículos especiales que hablaban del saqueo de los nazis durante la guerra, así en general. Fliparías con la de cosas que he descubierto y todos los chanchullos que esos cabrones tenían. Ha sido interesante.

—¿Y sobre lo que te pregunté?

—Tío, relájate, te va a dar algo. No he terminado.

—Pues sigue contando.

—Si me dejas. —Suspiró nervioso—. En serio, tío, ¿qué tiene el agua de tu isla?

—Víctor, por favor. Es un tema importante. Y si has descubierto algo, necesito saberlo ya.

—Que sí, joder. —Escuché cómo debía de cambiar el auricular de un oído al otro y cómo revolvía entre varios papeles—. Todo eso no fue difícil de encontrar, son reportajes jugosos. El caso es que seguí tirando del hilo, buscando a partir de él en trabajos similares que hablaban de delitos «menores», y de ahí fui filtrando hasta dar con esos delitos que salpicaran a España de alguna forma. No hay pocos alemanes nazis fugados durante y después de la guerra; aquí el régimen franquista los acogió sin problema.

—Lamentable.

—Y que lo digas. Te repito que he visto asuntos muy turbios que a saber cómo habrán acabado... Pues bien, entre esos casos españoles, vi varias referencias a Gran Canaria y seguí por ahí. Al final di con las noticias de K. R. y S. Z., y he descubierto cosas interesantes.

—¿Qué?

—Según las acusaciones, K. R. había robado unas reliquias familiares a S. Z., entre ellas unos documentos importantes del negocio de S. Z. Para qué, ni idea. No se dan muchos detalles y ningún periódico proporciona su nombre completo. Entiendo que es una cuestión de confidencialidad, pero es frustrante.

—Qué me vas a decir… —resoplé, resignado—. Pero todo eso ya lo hemos descubierto en las noticias de aquí.

—Genial. Fue un caso muy sonado en esos días, entiendo que le dieran cierto bombo en los periódicos canarios. El tal K. R. recibió varios avisos para ir a juicio. P&Z fue el gabinete que lo defendió y Gesetz International, el que llevó la defensa de S. Z. Pero no fue solo llamado a un único juicio, sino a varios. Le acusaron de varios delitos.

—¿Cómo?

—El del robo se resolvió pronto, porque tanto los denunciantes como el acusado llegaron a una especie de acuerdo.

—¿Y cuáles fueron los otros delitos? —No entendía nada.

—Solo había un delito más. —Víctor calló unos segundos y lo imaginé revisando los papeles que tendría dispersos por toda la cama, en una masa descolocada y desorganizada, como solía hacer siempre—. Asesinato.

—No puede ser.

—Sí. Mira, se cometieron muchas injusticias esos años, se producían peleas personales entre vecinos que terminaron en denuncias, con el judío de turno, si es que lo había, calcinado en un jodido campo de concentración. Hubo un tal Helmuth (a ese sí lo nombran directamente) que murió en el pueblo donde vivían K. R. y S. Z.

—Pero eso no significa nada —contesté algo exaltado—. Quiero decir, tú mismo lo has mencionado hace un segundo: había mil casos similares. ¿Por qué acusar a K. R. de un delito así también?

—No lo sé, tío, me limito a repetirte lo que he leído. Créeme: me salen los alemanes por las orejas ya. Llevo una puñetera semana buscando todo esto. No ha sido fácil.

—Lo sé, gracias, de verdad.

—De nada, si en el fondo me has hecho un favor; me aburría como una jodida ostra. No sé por qué acusarían a K. R., pero hablan de pruebas, testigos, etc. —Casi lo vi encogerse de hombros, con el auricular apoyado en uno de ellos—. Todos coincidían en que tanto K. R. como Helmuth fueron al negocio de S. Z. aquella tarde. Después de eso, Helmuth desapareció. Lo que tampoco entiendo es por qué salió a la luz después de tantos años. Pero lo hizo y lo juzgaron, aunque resultó que las supuestas pruebas no fueron concluyentes, las acusaciones de los testigos eran vagas, y decidieron que no podían condenarlo por asesinato. Sin embargo…, hay algo más.

Volvió a quedarse en silencio unos segundos. Al hablar, descubrí que lo que me decía no me sorprendió en absoluto.

—El jodido K. R. vive en tu pueblo. —Me quedé quieto, mirando el gotelé de la pared—. Tío, es tu vecino. Lo dicen en varias noticias.

—Ahora entiendo mejor todo —susurré.

—¿Qué dices? Joder, no te oigo.

—Que ahora lo entiendo todo, lo de Antoine…

—¿Quién? ¿Anto qué?

Decidí hablarle de Antoine y Eloise, por qué había querido ayudarla, y le resumí nuestra investigación hasta el momento.

—Joder. Esto es muy turbio, Ian. En serio, no me suena nada bien… —Notaba su confusión y preocupación a través de la línea—. Aunque comprendo que, en vuestros periódicos, incluso los nacionales, no mencionen la verdadera residencia de K. R., ¿sabes? Solo los ejemplares de Madrid. No querrían preocupar a los vecinos.

—Pero no tiene sentido, ¿no sería mejor avisarlos?

—No sé. Es todo muy raro y las noticias, tanto nacionales como regionales, inciden en que hay muchas incógnitas en el caso. No se mencionan nombres explícitamente, falta información… También hay detalles que no se han expuesto por confidencialidad del caso, pero aun así no dejan de mencionar esas faltas.

Esa vez fui yo el que se quedó callado, reflexionando sobre lo que había dicho. Víctor debió de notar que algo no iba bien.

—¿Sabes lo que creo? —Naira pasó al salón y se sentó en el sillón, con su nuevo estuche de pinturas y unos cuantos papeles. Me sonrió con inocencia—. Creo que K. R. era un jodido loco, que mató a Helmuth por el motivo que fuera e intentó que pareciera que había sido S. Z. o su familia. Así que, aprovechando que el Pisuerga pasa por Valladolid, S. Z. decidió cobrarse la justicia y denunció a K. R., fuera o no culpable. K. R. huyó para que no pudieran relacionarlo o juzgarlo en su país y se vino a España, donde intentaría pasar desapercibido. Seguro que hasta cambió de nombre.

—La verdad es que ya no lo dudo —dije, consternado, y le expliqué la aparente desaparición de los periódicos.

—Ánimo, tío —me consoló con suavidad—. Entiendo que el Antonio ese se obsesionara con esto. Es perturbador. Pero yo le diría a Eloise que se quedara con esta versión de la historia. ¿Y si K. R. va detrás de vosotros?

—No sé si será suficiente para ella, la verdad. —Sonreí con tristeza—. Es tan cabezota como su hermano.

—Esa chica tiene que ser una pieza. Me la tienes que presentar.

—¿Sabías ya que eres imbécil?

—Estoy de broma. —Rio con ganas—. Pero me alegro de que la hayas conocido.

—Yo también.

—¿Ves como es tu novia? —Dio una palmada en el aire—. Me meo contigo, de verdad. Pero todo lo que te he dicho va en serio. Yo me olvidaría ya de este asunto y no le daría más vueltas.

—¿Crees que K. R. mató a Antoine porque descubrió todo? —dije en voz muy baja, para que Naira, que canturreaba ladeando la cabeza de un lado a otro mientras pintaba, no me escuchara.

—Estoy casi seguro, Ian. Por eso, dejadlo todo ya. Creo que Eloise tiene la respuesta que buscaba y que no podrán demostrar que su hermano fue asesinado también.

No tenía respuesta para todo eso. Colgué unos segundos después, con una rara sensación en el cuerpo.

—¿Qué pasa, Ian?

—Nada, enana. Cosas mías.

—¿Es por Eloise? ¿De verdad es tu novia? —Me miró con ilusión—. Me parece superguapa. ¿Habla francés?

—Imagino que sí. —Reí ante su entusiasmo—. Aunque reconozco que jamás la he escuchado hacerlo.

—Pero su madre era francesa, así que debe de saber muchísimo. ¿Puedes decirle que me enseñe?

—Lo haré, enana. —Le revolví el pelo y ella se agachó, intentando librarse de mí—. Veo que te gustan las pinturas.

—¡Mucho! Quiero aprender a dibujar tan bien como tú. Pero voy a empezar con los lápices y luego ya probaré otras pinturas.

—Me parece una idea genial. Hay que ir poco a poco. —Su sonrisa me llenó de calidez—. Si quieres, puedo ayudarte algún día.

Naira saltó entusiasmada, me dio un abrazo muy fuerte, mientras no paraba de repetir que sí. Cuando se separó de mí, me miró con severidad.

—Pero antes habla con Eloise y cuéntale todo lo que te hayan dicho por teléfono ahora.

—¿Has estado escuchando?

—No lo he hecho adrede… —Se puso como un tomate en un microsegundo—. Pero parece importante.

La miré algo sorprendido. Mi hermana estaba creciendo más rápido de lo que pensaba.

En cuanto volvió a sus pinturas, descolgué de nuevo el teléfono y marqué el número de Eloise.

***

Aquella noche, la luna era apenas un foco de luz clara en el cielo, difuminado por las nubes que lo cubrían por entero. Su tonalidad, que parecía marrón en contraste con la oscuridad del cielo, presagiaba una tormenta de verano.

La brisa del día se había convertido en unos vientos suaves que soplaban con cierta intensidad hacia el mar. Era un aire más frío, que provocaba escalofríos al contacto con mi piel.

No había casi nadie por la calle, ni por el paseo, así que me quité las zapatillas y comencé a caminar por la arena, ahora helada, hasta las rocas que había al lado de la cueva. Allí encontré una figura, de pie, con los brazos cruzados.

Eloise se encogía dentro de una cazadora vaquera, que era varias tallas más grande. Se había recogido el pelo a la altura de las orejas. Se giró en cuanto me oyó llegar.

—Eloise...

—¿Qué te ha dicho?

Le conté toda nuestra conversación.

—K. R. vive en nuestro pueblo.

Sus ojos emitieron un brillo amenazador, que refulgió en las sombras de su rostro.

—Por eso Antoine se obsesionó tanto.

—Pero ¿cómo lo supo?

—Ató cabos, escuchó algo... Es posible que viera alguna noticia más que han robado. —Su voz tenía una dureza devastadora.

—¿Crees que K. R. realmente es un asesino?

—Sí. Y mató a Antoine para que no hablara.

—Pero no tiene sentido. Ya se habían publicado varias noticias donde se comentaba el asesinato de Helmuth —contesté, pues estaba cada vez más confuso.

—Entonces comprendió, descubrió o llegó a la conclusión de que el único que podría haberlo matado era K. R., por algún motivo. —Su rostro contraído estaba lleno de preguntas, de dolor y de impotencia—. ¿Y si Antoine descubrió quién era él antes?

—Si lo hubiera hecho, y sabiendo cómo era tu hermano, seguramente fue a hablar con él.

—Bueno, estamos suponiendo que K. R. es un hombre todo el tiempo. ¿Y si, además, fuera una mujer?

—Estamos suponiendo demasiadas cosas, Eloise. —Puse mis manos sobre sus brazos, noté cómo temblaba bajo la cazadora—. Porque no tenemos modo de saber qué ocurrió realmente.

Un par de gotas diminutas, muy frías, cayeron sobre mi rostro. Ambos miramos hacia arriba y observamos por un momento aquellos nubarrones, que se movían y arremolinaban con suavidad, contrayéndose. El cielo iba transformándose con ellas, volviéndose más opaco y denso a cada segundo.

Más gotitas cayeron sobre nosotros. Eloise volvió a bajar la mirada. La imité y me perdí en sus ojos verdes, que resaltaban en la oscuridad de la noche. El mar rugía con fuerza a nuestro alrededor; parecía inundarlo todo. Encima, debajo, a nuestro lado, entre nosotros.

En nuestro interior.

Un lejano trueno se unió al sonido del agua y el fuego de Eloise se encendió de nuevo en su mirada.

Comprendí qué era lo que pasaba por su cabeza.

—A no ser que encontremos nosotros también a K. R. Entonces sabremos qué sucedió.

Quise decirle que no. Que no podríamos hacer eso y que, en cierto modo, sospechaba que nos pondríamos en peligro, como nos advertía Gael. Si realmente K. R. era un (o una) nazi despiadado, no dudaría tampoco en hacernos desaparecer como habría hecho con Antoine. Aunque entonces se dispararían las alarmas. Había personas que estaban al tanto de nuestra investigación.

Eloise volvió a cruzarse de brazos, en un vago intento de protegerse de la tormenta que se cernía sobre nosotros. Miró al mar, sin verlo.

La lluvia comenzó a ganar intensidad.

Me situé delante de ella. Tenía el rostro húmedo, la mirada ausente y cristalina. Entendí que el agua de sus mejillas, que diluía sus pequeñas pecas, no era solo lluvia.

—Tendremos que ir con cuidado. Seguramente ya sabe que hemos estado investigando.

Siguió sin mirarme, como si no estuviera allí.

—Mató a Antoine…

Hizo un puchero con la boca, noté su cuerpo sacudirse y, como sincronizada con otro trueno que se hizo notar más cerca, rompió a llorar. Las lágrimas se mezclaban con las gotas de lluvia, que en ese momento habían perdido toda contención. Su cabello se pegaba a su cara, empapado.

La abracé.

Tembló bajo mis brazos, con más intensidad que aquel lejano día en la roca. La sostuve con más fuerza, su cabeza en el hueco entre mi cuello y mi hombro.

Notaba el agua empapando mi ropa y mi pelo y circulando entre nosotros, como ríos que diluían la tensión y la rabia que habían contenido el cuerpo y el alma de Eloise durante tanto tiempo.

Estaba cerca de conocer lo que había ocurrido realmente con su hermano. Pero tenía miedo.

Los temblores de su cuerpo se hicieron menos intensos y los sollozos, más espaciados. Aproveché entonces para separar su rostro de mi cuerpo con suavidad. Lo sostuve entre mis manos, con una seguridad y firmeza que no sabía que tenía. Fijé mis pupilas en las suyas. Incluso en un momento de tanta vulnerabilidad, me di cuenta de que Eloise demostraba más entereza que cualquiera que hubiera conocido. El llanto solo había sido para ella una forma de limpiarse, de dejar ir toda aquella ansiedad que había conocido desde la muerte de Antoine. Pero no demostraba debilidad, sino todo lo contrario. Sabía que soportaría cualquier peso, sin dejar apagar las hogueras que había en esa mirada desafiante.

Yo solo quería aliviar la carga. Ayudarla a entender que no tendría que aguantar todo ella sola.

Finalmente me miró, sorbiendo un poco con la nariz, ligeramente avergonzada.

—Aunque nos metamos en un problema grave, lo haremos juntos, ¿vale? —Asintió, rozando sus mejillas contra las palmas de mis manos—. Sé que lo necesitas. Sé que sientes que se lo debes a

Antoine. No pretendo quitarte nada de eso. Pero no quiero que te pongas en peligro.

Nos quedamos así unos minutos, mirándonos como si no existiera nada a nuestro alrededor. Empezaba a acostumbrarme a esa sensación cuando estaba con ella.

No dije nada, pero me miró con los ojos muy abiertos, sin moverse del sitio. Sus pupilas me dedicaron una intensidad renovada, distinta, que me desarmó y respondió a mi confesión velada. Una sonrisa bañada en sal y lluvia me lo confirmó.

Quería recordar esa sonrisa siempre. Atesorar ese instante en mi memoria, un cuadro que repetiría en varias ocasiones y que incluso pudiera plasmar en un papel.

Me di cuenta de que todos mis recuerdos más importantes tenían el mismo fondo. Una playa sin nombre en un pueblo olvidado por muchos, donde incluso las tormentas de verano tenían un olor distinto. Donde el mar hablaba con otra voz y la brisa nos devolvía la calma que, sin quererlo, buscábamos en nuestro interior.

No había nada como eso en Madrid.

«Para mí significa todo», había dicho Eloise. «Esta playa, este océano… Me lo han dado y quitado todo. Es mi vida».

Había tardado en darme cuenta, pero sentía que también era la mía.

***

Un rato después, la tormenta había ganado gran intensidad de forma repentina y, cuando quisimos darnos cuenta, ya estábamos empapados y tiritábamos de frío. Estábamos caminando hacia el paseo, cuando vimos a dos siluetas acercándose hacia nosotros en sentido contrario. Protegidos con dos impermeables y la capucha calada hasta los ojos, caminaban luchando contra el viento y la lluvia. Al detenerse, a pocos pasos de nosotros, reconocí la figura de Gael.

—¿Están locos o qué? —gruñó por encima del ruido del mar y los truenos.

—Vamos, los dos... —Su acompañante era el propio Luis—. Tienen a sus padres preocupados.

Nos dieron dos chubasqueros, que nos pusimos rápidamente. A pesar de que ya estábamos empapados, el material de aquellos abrigos nos ayudó relativamente a mantener el calor. Nos cubrieron con sus brazos y nos escoltaron fuera de la playa hasta el coche que había conducido Gael aquel día. Nos metieron precipitadamente en los asientos traseros y, cuando Luis y Gael entraron, se quitaron los chubasqueros.

—Chicos, tienen que dejar de hacer estas cosas. —Luis se giró desde el asiento del conductor—. Llevan unas semanas asustando a todo el mundo, sin decir adónde van ni nada.

Lo miramos en silencio.

—Y hoy ha sido… Eloise, tu padre está bastante nervioso. Más aún que el otro día. Con la tormenta y todo…

—No es para tanto, esta tormenta no nos va a dejar incomunicados.

—Claro que no, y durará poco. Pero tu padre se ha temido lo peor. Los truenos han despertado todos sus miedos. —La miró fijamente y noté a Eloise encogerse en su asiento. No de frío, precisamente.

—Vamos a llevarlos a casa, papá, que están congelados. —Gael cortó el silencio intentando sonar despreocupado, pero comprendí que estaba más enfadado que nunca.

Luis se giró, arrancó el motor y encendió los limpiaparabrisas. Con un rugido, el coche se puso en marcha subiendo la calle.

Se dirigió primero a la casa de Eloise. Las luces de la planta baja estaban encendidas y la puerta se abrió en cuanto el coche se detuvo justo enfrente. Salimos los cuatro, con Luis detrás de nosotros, y entramos en la casa.

Zacarías estaba deshecho, con el rostro desencajado y los ojos rojos e hinchados. Abrazó a Eloise, llorando.

—Lo siento, papá.

Él negó con la cabeza, aliviado.

CAPÍTULO 13
ELOISE

Los días siguientes fueron realmente duros. Estaba agotada, sentía como si cada movimiento que hiciera con mi cuerpo me clavara cuchillos afilados en las articulaciones y la espalda. Pero no solo era una cuestión física, incluso pensar en Antoine me provocaba malestar.

No falté al acuerdo que había hecho con Conrado y me esforcé con gran esmero en la pastelería. El hombre me observaba con ojo crítico, evaluando sutilmente cada actividad que realizaba. Mis ojeras no le pasaron desapercibidas, pero no comentó nada al respecto. Lo único que hizo el viernes anterior fue darme unas palmaditas en un brazo.

—Sé que ahora no lo crees y que tienes una situación complicada en casa, Eloise. —Me miró con tristeza y sabiduría, y sus ojos azules se clavaron en mí con firmeza—. Pero estoy seguro de que tu futuro es prometedor. Eres trabajadora e inteligente. Más tarde o más temprano te darás cuenta de ello.

No supe por qué me lo dijo en aquel momento y tampoco contesté. Supuse que comprendía que sentía que no sabía qué hacer con mi futuro.

—Todos perdemos a personas que lo significan todo para nosotros —siguió hablando después de unos segundos de silencio—. Pero no querrían que nos quedáramos estancados, ni que dejáramos de avanzar nunca.

—Conrado, no se trata de eso. No sabes nada —repliqué.

—Hablé con tu padre el otro día. —Observó mi expresión atónita—. No sé qué pasa exactamente, pero sé que se trata de tu hermano. Entendí que no aceptaste trabajar aquí solo por gusto.

—Me gusta la repostería.

—No digo que no sea así. Pero necesitabas distraerte y estar ocupada.

—Y dinero. Si hablaste con mi padre, sabrás que las cosas no iban bien. —Sentía que me ponía cada vez más tensa, mis mejillas se encendieron inevitablemente—. No deja de revisar las facturas y de hacer cuentas.

—¿Y ahora cómo te sientes?

—¿Sobre qué?

—Sobre todo.

Se cruzó de brazos esperando realmente a que hablara.

—¿Por qué quieres saber todo esto? No soy más que una empleada.

—Eres más que eso, te conozco desde que naciste. —Una chispa de ternura pareció brillar en sus ojos por un momento—. Por eso te ofrecí a ti el trabajo. Así que dime, ¿cómo te sientes con ello?

—Aunque al principio viniera algo obligada por las circunstancias —confesé—, reconozco que me empezó a gustar. Siempre me ha interesado la repostería, así que trabajar aquí me ha permitido plantearme qué quiero hacer realmente.

Su sonrisa iluminó el obrador. Se le hinchó el pecho con algo parecido al orgullo.

—Tranquila, no pensaba despedirte si me respondías otra cosa —bromeó, aunque ambos sabíamos que no lo habría hecho de cualquier manera—. ¿Y sobre lo de tu hermano?

—Me preocupa que se hubiera metido en algún lío antes del accidente.

—¿Y por eso te estás metiendo en problemas también? —Lo miré sin comprender—. Ya te dije que te veía desubicada últimamente, así que lo hablé con tu padre, que está destrozado, por cierto. Me comentó que a veces te ibas y que él no sabía adónde. Ya le has pegado un par de sustos grandes... Ayer por la noche me llamó, por si sabía algo de ti o te había visto. Estaba bastante agitado.

—Pero acordamos que con que viniera a trabajar y me concentrara estaría bien, ¿no? —respondí enfurruñada.

—Únicamente quiero hacerte ver que tus acciones tienen consecuencias, Eloise —me regañó—. Y no solo para ti, sino para todos los que te rodean y que se preocupan por ti. Te conozco y sé cómo eres, pero te advierto de que, si trabajaras para otra persona, esta no habría dudado en despedirte en un abrir y cerrar de ojos.

Sabía, por supuesto, que tenía razón. Pero me dije a mí misma que todo acabaría en cuanto descubriera a K. R. y denunciara su secreto y el asesinato de Antoine.

—Lo tendré en cuenta —repliqué secamente.

—Mira que eres cabezota. —Muy a su pesar, volvió a dedicarme una de sus sonrisas características. Sabía que lo había escuchado, pero también comprendía que tenía que hacer algunas cosas a mi manera—. Recarga pilas este fin de semana. El lunes quiero verte a primera hora.

***

Aquellos días, mi padre me cuidó como cuando era pequeña. Se encargó de preparar todas las comidas, me llamaba por las mañanas e incluso limpió un poco la casa. Debía de tener una pinta horrible, más que de costumbre, para que lo hubiera hecho reaccionar. O quizá eran solo esas ganas de mejorar que parecían guiar sus pasos. En cualquier caso, lo agradecí profundamente.

No vi a Ian, aunque hablamos por teléfono. No es que no quisiera verlo, pero necesitaba estar a solas y pensar. Aproveché para disfrutar de toda esa música que no podía haber escuchado antes y para retomar mis cuadernos, de los que me había olvidado por completo.

Gael vino a verme aquel domingo. Y no estaba precisamente contento.

—¿Se puede saber en qué andan pensando el imbécil de Ian y tú? —me espetó nada más abrir la puerta de mi casa.

—Yo también me alegro de verte.

—No, joder, Eloise. Hablo en serio. —Entró en el recibidor y se fue al patio de atrás, mientras yo lo seguí poniendo los ojos en blanco—. Están tontos.

—Al parecer, K. R. vive en nuestro pueblo.

—Me lo ha contado Ian hace un rato. —Suspiró irritado—. Y me parece que todo esto se les ha ido de las manos. Se están metiendo en líos innecesarios.

—Si estoy en este lío, como dices, es por Antoine. —Él apreció el desafío en mi gesto, retándole a que me dijera algo en contra—. ¿Tú no quieres saber si fue asesinado?

—Pero ¿te estás oyendo? —Parpadeó con fuerza, se echó ligeramente hacia atrás y después se agachó hacia mí, poniendo sus manos en mis hombros—. Te estás obsesionando tanto como él. O algo peor.

Incliné mis hombros para que me soltara, dando un paso hacia atrás. Descubrí con tristeza que su enfado se había convertido en una profunda decepción.

—No creo que Antoine quisiera que te pusieras en peligro como lo estás haciendo.

En ese momento noté movimiento en la entrada del patio. Me giré bruscamente, deseando que no fuera mi padre, que no nos hubiera escuchado hablar. Pero respiré aliviada cuando vi a Ian, mirándonos con preocupación.

—Queremos descubrir a K. R. y denunciarlo. —Ian me tomó de la mano al colocarse a mi lado.

—¿Saben qué? Están locos. Los dos. —Gael nos señaló con el dedo—. Si de verdad me aprecian lo más mínimo, me dirán ahora mismo que van a parar.

—No podemos, Gael. ¿No querrías tú buscar justicia para Antoine?

—Sí, pero se entán metiendo con un jodido nazi. No sabemos de qué habrá sido capaz ese degenerado.

—O degenerada —puntualicé.

—Lo que sea, me da igual. Sigo pensando que no es buena idea. Si quieren denunciarlo, háganlo ya y olvídense del tema. —Volvió a señalarme—. Tú ya tienes las respuestas que buscabas.

Los tres nos quedamos así un rato, mirándonos como si nos viéramos por primera vez. Jamás había visto a Gael sacar ese carácter y creía que a él también le había sorprendido mi actitud. Quizá consideraba que era una persona más sensata que Antoine, pero, a pesar de que mi hermano vivía las cosas con otra intensidad, yo no era menos cabezota que él.

—Hagan lo que quieran. —La resignación y la decepción de Gael me dolieron más que cualquier golpe, pero no di muestras de ello—. Pero no esperen que vuelva a buscarlos en mitad de una noche de tormenta.

—Estábamos bien —repliqué.

—Pero sus familias no —dijo, furibundo, y abrió mucho los brazos—. Por si no se dan cuenta, su actitud está afectando a todos los que los rodean.

Era lo mismo que me había dicho Conrado. ¿De verdad que todos lo veían así? Ian y yo nos miramos de soslayo, compartiendo los mismos pensamientos.

—Veo que no van a entrar en razón. Así que paso ya, los dejo.

—Espera, Gael…

Intenté tomar su mano antes de que se fuera, pero rechazó el contacto con un movimiento de su brazo, alejándose de mí. Se volvió y entró en la casa. Al segundo escuchamos la puerta de la entrada, dando un portazo.

—¿Crees que se le pasará?

—Imagino que sí. No es de las personas que pasen mucho tiempo enfadadas. —Ian intentó consolarme, sin mucho éxito. Debió de darse cuenta—. Aunque también es cierto que jamás lo había visto así.

—Yo tampoco —respondí con pesar—. Pero pasó mucho tiempo enfadado consigo mismo por lo de Antoine.

Ian asintió en silencio. Pensé que Gael, aunque quisiera descubrir la verdad tanto como nosotros, no podría permitirse el lujo de echar de menos a dos amigos más.

—Espero que consiga perdonarnos pronto. —Ian suspiró a mi lado—. ¿Y bien? ¿Se te ha ocurrido cómo buscar a K. R.?

—Estos días he estado bastante atascada. —Me senté en la mesa de hierro desconchado—. ¿Tienes alguna idea?

—Ninguna.

—No hay tanta gente en el pueblo, ¿de verdad que nunca nos hemos fijado en ningún detalle, o no hay nadie que sepamos que es extranjero?

Por un momento, Ian se quedó meditabundo, con su mano en la nuca, aunque quieta.

—No tengo ni idea —reflexioné.

—Podríamos preguntar un poco por el pueblo. A la gente le encanta hablar.

—Sí, pero suelen confundir las cosas, y con tal de chismorrear...

Ian asintió, de acuerdo con lo que decía, pero pareció caer en la cuenta de algo por un momento.

—¿Y en algún tipo de documento oficial? Es posible que, aunque se haya cambiado el nombre, siga recibiendo las facturas con su nombre original.

—¡Tienes razón! —exclamé, de pronto emocionada.

—Aunque parece complicado hallar algo así.

—¿Y si vamos a la oficina de correos? Quizá encontremos algo.

—De acuerdo, esta semana nos pasamos sin falta. —Al segundo, pareció preocupado—. Pero ¿y si ya no vive en el pueblo?

Sentía gran expectación y estaba muy emocionada. Sin embargo, no dejaba de preocuparme la idea de que no sabíamos cómo sería K. R., y era evidente que, como había dicho Gael, deberíamos tener cuidado. No obstante, mi objetivo principal en ese momento era conocer su identidad, descubrir quién era el asesino que se escondía y pasaba desapercibido entre todos los habitantes del pueblo.

A decir verdad, me extrañaba que nadie hubiera comentado nada nunca de K. R. Si fue un caso tan sonado como había dicho Víctor, ¿por qué seguía viviendo allí? Porque podría haberse ido a vivir a otro lado. Huir, como hizo al escapar de Alemania, con sus secretos cargados a la espalda. Pero, conociendo la obsesión que mi hermano había tenido con el trabajo, sabía que no podría haber sido así. Antoine estuvo en todo momento en el pueblo, no se había alejado de él más que para ir a la universidad o a la biblioteca. De algún modo supo que K. R. seguía aquí, entre nosotros. Y nadie se había mudado en todo aquel año.

No. Estaba claro que no podría haberse ido en todo aquel tiempo.

K. R. podría ser cualquiera.

CAPÍTULO 14
IAN

Esa semana vivimos en una especie de tensión constante.

Eloise y yo nos veíamos por las tardes, cuando acababa su jornada de trabajo y, tal como habíamos hecho al comienzo del verano, paseábamos por el puerto y la playa.

Pero todo había cambiado mucho.

Ya no caminábamos como dos extraños, con cierta distancia entre nosotros. Esos días, nuestras manos entrelazadas descansaban entre ambos, balanceándose con el ritmo de nuestros pasos acompasados, iluminadas por el sol de la tarde.

Los días se habían hecho ligeramente más cortos. La brisa, cuando bajaba el sol, era un poco más fresca. Algunos veraneantes, aquellos que venían a pasar solo unos días a su pueblo natal, para volver después a sus vidas reales, esas que transcurrían en oficinas y en grandes ciudades, muchas de ellas lejos de la isla, fueron vaciando la playa. Incluso yo notaba que el verano se escapaba lenta e inexorablemente. Sabía que aún me quedaban unas semanas antes de tomar de nuevo un avión a la Península, y, aunque no sabía rezar, hacía algo parecido, intentando que las horas se alargasen. Que aquellos días de sol y Eloise no acabaran nunca.

Decidimos esperar al jueves, el único día de la semana en que la oficina de correos abría por las tardes, de manera que pudiéramos ir juntos. Así que la espera en aquellos tres días nos provocó una gran tensión.

Caminábamos por el pueblo mirando a unos y otros. Buscamos en todos los rostros, como si nos fueran a decir quiénes eran en realidad, qué había detrás de esos ojos cansados o esos andares risueños.

La noche del miércoles, mientras cenábamos, intenté preguntar a mis padres sobre el tema de los extranjeros en la isla.

—La gente está continuamente moviéndose por el globo, Ian. Dependiendo de sus posibilidades, claro, pero si han vivido situaciones de guerra o similares, es más probable que, llegado el momento, decidan abandonar su lugar natal —dijo mi madre, mientras ponía en el centro de la mesa una enorme fuente llena de ensalada.

—Ya, pero yo quiero saber qué hay de los extranjeros de esta isla —contesté—. O de este pueblo.

—¿De este pueblo? —respondió mi padre—. Aquí no querría venir nadie, cariño. No hay grandes oportunidades ni nada interesante.

—¿Y la madre de Eloise?

—Marion tenía familia residiendo aquí. Unos abuelos que fallecieron hace ya mucho tiempo. —La voz de mi madre se suavizó—. Ella continuó viniendo desde entonces, todos los veranos. Ya había conocido a Zacarías, el padre de Eloise.

—No sabía que eran amigas.

—No exactamente, pero nos tratábamos. Después, como le conté a Eloise, trabajamos juntas en el colegio.

—Bueno, pero ahí tienes a una extranjera que finalmente decidió quedarse en el pueblo. —Miré a mi padre—. ¿No tenías compañeros de otros países?

—Claro que hay casos, pero no muchos. —Se encogió de hombros—. Sorin y Dragos, sí. Vinieron de Rumanía hace casi veinte años. Todavía no les ha desaparecido el acento, es increíble.

—Ahora que recuerdo… —dijo mi madre de pronto—. La abuela de Luis era francesa también.

—¿En serio? —Estaba atónito—. Gael jamás me ha comentado nada.

—Oh, y los señores esos que viven al lado de Andrea —contestó Naira, orgullosa de participar en la conversación—. Creo que son de Alemania.

Me giré tan bruscamente hacia ella que retrocedió un poco, asustada. Recordé el recelo de las miradas de los vecinos de Gael, con los que no me había cruzado mucho aquel verano, para mi tranquilidad. Me inquietaban sus miradas y sus silencios, a pesar de que mi amigo siempre los hubiera defendido como personas amables y educadas. Un escalofrío me recorrió la columna y miré hacia el salón, como si sintiera su presencia a través de las paredes de la casa.

—¿Son alemanes? ¿Cómo lo sabes?

—Sí… —Naira puso ojos de cervatillo, pensando quizá que iba a regañarla—. Un día que fui a la pastelería de Conrado con mamá.

—Oh, cierto —respondió la aludida—. Bárbara comentó algo de los dulces. Dijo que solo compraba los de Conrado porque eran los más parecidos a los que encontraba en Alemania. Aunque no se pudieran comparar.

—¿Cuántos años llevan viviendo aquí? —pregunté, algo nervioso.

—Unos cuantos… ¿Quince? —dijo mi madre—. No lo sé bien, la verdad. De vez en cuando van y vienen a visitar a su familia, que sigue allí. ¿Por qué quieres saberlo?

Me fijé en que mis padres y Naira me observaban con curiosidad e interés, incluso con gravedad. Intenté relajarme en la silla, reclinarme un poco en una actitud que fingía ser desinteresada y que no convenció a nadie.

—No, nada. Curiosidad. —Cogí el tenedor y comencé a cortar el filete que había preparado mi madre—. El otro día estuvimos hablando de los turistas y de los que al final decidían quedarse a vivir aquí.

Intenté tomar también unas pocas patatas que acompañaban el plato principal, una receta de mi madre que preparaba con una salsa especial, también disimulando. Mi madre me miró de reojo, y noté que quería preguntarme algo más.

—Mamá, ¡esto está riquísimo! —exclamó Naira, cambiando rotundamente de tema—. ¿Te vas a presentar al concurso culinario?

—¿Qué concurso?

—Este año están organizando un concurso culinario en Las Palmas, para celebrar el final del verano —contestó mi padre y después se giró hacia mi madre, engullendo las patatas con entusiasmo—. ¡Cierto! ¿Has pensado en participar, Vicky?

—¡Claro que no! Son solo patatas —respondió mi madre, riendo.

—Yo creo que deberías inscribirte —replicó Naira.

—¡Sí! Nosotros te ayudamos a prepararlo todo —dije.

—Nada, no tengo nada que hacer contra otras recetas más elaboradas. —Suspiró mi madre—. Y menos como se presente Conrado.

—¿También permiten participar con dulces?

—No, qué va. Solo platos principales, nada de postres. Además, Conrado hace recetas de todo tipo.

—Cierto. —Mi padre habló con la boca llena de comida, que tragó de golpe cuando mi hermana lo fulminó con la mirada. A veces tenía ella más claras las normas de casa—. Hace unos años se celebró el mismo concurso y participó con un plato rarísimo. Al parecer, dejó a todo el mundo con la boca abierta.

—Y salió hasta en el periódico.

Había oído, o más bien leído, algo así.

—Lo mejor fue cuando la gente se le acercó al día siguiente, para preguntar a ese viejo demonio por la receta. —Rio mi padre.

—Conrado no confesaría algo así a nadie —concedió mi madre.

—¿Qué cocinó para el concurso?

Mi pregunta había roto la alegría con la que hablaban los dos. Mantuve mi atención fija en el plato, intentando no expresar con mucha claridad el torbellino de pensamientos que recorrían cada rincón de mi mente en esos momentos.

—Era una especie de salchichas, pero tenían un nombre muy raro. —Mi madre contestó al cabo de unos segundos, cogiendo una porción de tomate con su tenedor.

—En cualquier caso, estaban exquisitas. —Rio mi padre—. Nunca había probado algo así.

Una noticia sobre un concurso, sobre una persona bien acogida entre sus vecinos, que no sospechaban nada de su pasado. A los que había conseguido ganarse a pesar de todo.

Bratwurst. Conrado cocinó *Bratwurst*.

CAPÍTULO 15
ELOISE

—Ian llamó anoche.

Mi padre llevaba toda la semana despertándose conmigo, a pesar de que tuviera que madrugar mucho. Todos los días, sin falta, me preparaba el desayuno y se quedaba unos minutos hablando a mi lado. Estábamos mejorando los dos, pero aún no tenía fuerzas para explicarle todo lo que había descubierto sobre Antoine porque sabía que volvería a preocuparse. Cuando encontráramos a K. R., entonces le contaría absolutamente todo. Desde el principio.

—¿Cuándo? No escuché el teléfono —contesté, mientras tomaba las tostadas que acababa de preparar.

—No, te habías encerrado en tu cuarto y pensé que estarías dormida. —Sonrió como disculpándose—. Serían las once y media o algo así… Sonaba preocupado.

—¿Y eso? ¿Te dijo algo? —Sentí una pequeña alarma encenderse en mi mente.

—No, no me dijo nada. Pero me pidió que te dijera que lo llamaras en cuanto pudieras. Que era urgente.

No creía que Ian se hubiera puesto así por nada y las palabras de mi padre consiguieron inquietarme bastante. Sin darme cuenta, había agachado la cabeza, pensando en ello, ignorando el desayuno. El contacto de mi padre, que empezó a acariciarme el brazo, me devolvió al presente.

—Seguro que no es nada, mi niña. —Sonrió, intentando calmarme. Últimamente lo hacía más—. ¿Te gusta?

—¿El qué?

—Ian. Parece un buen chico.

—Lo es. —Noté cómo me ponía un poco más roja que de costumbre.

—Me alegro de que lo hayas conocido este verano.

—Yo también —sonreí—. Su madre, Victoria, era compañera de trabajo de mamá.

—La recuerdo.

—Cada vez me cuesta más acordarme de algunos detalles de mamá —confesé, bajando la voz, como si temiera que mi madre pudiera escucharme.

—Eras muy pequeña, Eloise. Es normal. —Mi padre me dio un pequeño apretón en el brazo, un gesto reconfortante que me resultó muy agradable—. Aunque gracias a ella aprendiste francés mejor que nadie.

Los dos reímos ante eso. Pasamos el desayuno hablando de mi madre, disfrutando de las tostadas y la mermelada, aunque después tuve que pedalear más rápido que nunca porque había salido tarde de casa. La energía y las letras pegadizas de Bon Jovi repiqueteaban en mis oídos.

***

Cuando llegué a la pastelería, el cierre estaba medio echado. Conrado enarcó una ceja cuando me vio entrar con las mejillas enrojecidas del esfuerzo y el pelo revuelto por el aire. Martín me miró unos segundos e hizo un gesto con la mano que, en su idioma, debía de ser algo así como un saludo.

—Me extrañaba que no estuvieras en la puerta —me dijo Conrado, burlón.

A pesar de aquellos días en los que encontré el diario y fuimos a la biblioteca, siempre era la primera en llegar. Era cierto lo que le había dicho hacía unos días. El trabajo me gustaba y me había ayudado a focalizar lo que quería ser en el futuro. Solo que ahora no tenía tiempo de pensar en ello. Mi prioridad, me obligué a recordarme, era encontrar al asesino de mi hermano. Después podría sentarme y ser sincera conmigo misma.

—Me entretuve en el desayuno con mi padre.

—Me alegra saber que están mejor. —Conrado me sonrió con una amabilidad sincera, se echó el trapo de cocina al hombro y dio una palmada con sus fuertes y estropeadas manos, acostumbradas a trabajar a diario. Sus ojos azules brillaron con energía—. Y me alegra saber que mis dos empleados vienen de tan buen humor hoy. ¡A trabajar!

En dos minutos, nos había organizado la jornada. Como siempre, había elaborado una lista de tareas que dejó bien a la vista, en un tablón de corcho.

La mañana se me pasó en un suspiro. No paramos ni un momento. Llegaron numerosos clientes a comprar mil versiones distintas de pan, dulces y tartas. Algunos se quedaron en las pocas mesas que había en el local, tomando algo para desayunar. El teléfono sonó un par de veces, pero no tuvimos ocasión de descolgar y atender las llamadas, de la cantidad de trabajo que teníamos.

Estaba tan enfrascada en mis tareas que olvidé por completo pedir permiso para llamar a Ian.

Por la tarde me tocó atender a los clientes en el mostrador con Conrado, mientras Martín terminaba de hacer los últimos preparativos para el día siguiente, así como recoger el obrador.

Entre los dos preparábamos los pedidos, escuchábamos a los clientes e, incluso, Conrado les daba un poco de conversación, con su tono burlón pero respetuoso que todos conocíamos ya.

Cuando le llegó el turno a Rosa, una mujer parlanchina y dispuesta a meterse en todos los cotilleos posibles, respiré hondo. A veces conseguía sacarme un poco de mis casillas.

—Bueno, bueno. Hoy tiene aquí a la jovencita ayudándole —saludó, con su voz estridente. Sus rizos elaborados no se movieron del sitio. Comencé a hacer cálculos de la cantidad de dinero en laca que gastaría al mes—. Muy bien, muy bien.

—Sí, hoy le ha tocado a ella. —Sonrió Conrado de medio lado—. ¿Qué le pongo, Rosa?

—Quiero media bandejita de esas magdalenas de cacao que tanto me gustan, una barra de pan normal y… —Paseó la mirada por el local.

Había que reconocerle que, a pesar de ser una mujer agotadora, amaba aquella pastelería como la que más. Al menos una vez por semana se llevaba alguna de sus combinaciones de bollería y pan, y probaba alguna cosa nueva. Me volví para empezar a preparar todo lo que había pedido en las bandejas de cartón.

—Un par de bollitos de crema. —Seguí su dedo con la mirada—. Sí, esos, niña.

—¿Solo quiere dos? —respondí con mi mejor sonrisa.

—Bueno… Tengo a los demonios de mis nietos en casa. Ponme cuatro mejor, sí.

—¡Hecho! —Me giré de nuevo y empecé a coger los dulces con energía.

—Ay, Conrado. —Suspiró Rosa a mis espaldas—. No sé qué haría yo sin su pastelería. ¡Este lugar me da la vida!

—No hace falta que lo jure, Rosa. —Sentí su sonrisa pícara y reí para mí—. Pero me alegra saber que este lugar da tantas alegrías a otras personas como me las da a mí.

—Ni lo dudes. Desde el momento en que llegó a este pueblo, nos llenó de alegría a todos.

Agudicé el oído. Conrado se quedó callado unos instantes.

—No sabe cómo le agradezco que me tenga en tanta estima —respondió después de unos segundos de silencio. Seguí cogiendo los pastelitos y me giré triunfante, con las bandejas de cartón llenas de los dulces para Rosa.

—Nada, nada —respondió, con esa energía suya—. Lo único que echo de menos es ese acento suyo... Una lástima que lo perdiera.

Conrado la miró en silencio. Empezó a envolver y anudar los paquetes, mientras yo atendía a otro cliente que acababa de entrar en el local. Era un hombrecillo mayor, muy amable, que no dejó de parlotear al tiempo que lo hacía Rosa. Me contó que vivía en el pueblo de al lado, pero que a veces venía a la pastelería. Me habló de sus nietos, que volvían a su hogar después de haber pasado el verano en la isla. Se le veía emocionado y me sentí fatal por no prestarle más atención, pero había algo en la conversación entre Rosa y Conrado que hizo que estuviera más tensa de lo normal.

—Menos mal que tenía a Clara para que le ayudase con todo lo que no entendía.

Terminé de coger todas las pastas que había pedido el hombre. Al parecer, tenía una nieta de mi edad.

—Sí, me ayudó mucho entonces. —Le tendió los paquetes envueltos en papel amarillo limón, con el icono de la pastelería estampado como motivo por toda la superficie—. Aquí tiene, Rosa.

Envolví el paquete con el llamativo papel, sin fijarme mucho en lo que hacía.

—Imagino que debió de ser duro dejar toda la familia atrás, después de la guerra y todo... —Rosa negó con la cabeza, consternada.

Terminé de cobrar al hombre, que se despidió con una sonrisa amable.

—¿Cuánto le debo? —La voz de Rosa sonó estridente, irrumpiendo en mis pensamientos.

Conrado respondió con la cantidad exacta, que Rosa le tendió alegremente, contando las monedas.

Escuchaba sus voces lejanas. Mis manos empezaron a temblar, fingí estar entretenida, colocando unas magdalenas que había en la cristalera al lado del mostrador.

Aunque ya estaban perfectamente alineadas.

—Hasta luego, Eloise —se despidió la mujer, moviendo sus rizos con altanería—. Hasta luego, Conrado. No pierda nunca esa galantería europea.

Conrado le dedicó una de sus sonrisas burlonas de medio lado.

O al menos eso creía, porque no lo estaba mirando.

Mis ojos estaban fijos en el papel amarillo limón que envolvía los pedidos de Rosa. Hasta ese momento, no había prestado atención al emblemático icono de la pastelería, que también adornaba nuestros delantales. Un pequeño detalle que, de pronto, había adquirido el tamaño y la consistencia de un golpe en pleno estómago. Diminutas «k» de color verde oscuro se repetían sobre el fondo amarillo.

CAPÍTULO 16
IAN

Eloise no me había llamado en toda la mañana y nadie había respondido al teléfono en la pastelería.

Media hora antes de que saliera ya estaba subiendo la calle hacia el local, cuya fachada verde parecía reírse de mí. Era la misma, estaba como siempre.

Y, sin embargo, todo había cambiado.

Al llegar a la puerta, un hombrecillo pequeño salió sonriente. Unos segundos después, Rosa salió resuelta, pisando energéticamente con sus andares decididos.

—¡Ian! Querido, ¿cómo están tus abuelos y tus padres?

—Bien, Rosa, gracias por preguntar —respondí, caminando deprisa para que entendiera que no podía pararme.

—Me alegro, mi niño. ¿Les mandas saludos de mi parte?

—Claro, lo haré.

Dejé a la mujer con la boca abierta, dispuesta a añadir algo más. Con el rabillo del ojo vi cómo hacía algún aspaviento, posiblemente acompañado de algún comentario despectivo dedicado a todos los jóvenes del mundo.

El interior del local se veía oscuro, aunque notaba algunas figuras moverse. Entré temblando como un flan y aquel agradable sonido de campanitas metálicas me dio la bienvenida.

Solo que, por primera vez en toda mi vida, su repiqueteo sonó estridente en mis oídos.

Conrado estaba atendiendo a una pareja joven, mientras que Eloise estaba cogiendo en ese momento una bandeja llena de pastas que le daba Martín. Cuando se volvió sobre sus talones, antes de que me viera, me di cuenta de que algo no iba bien.

Levantó la cabeza y sus ojos se agrandaron, y vi la preocupación inundándolos. Discretamente, movió sus pupilas hacia Conrado.

Lo sabía.

—Buenas tardes, Ian —saludó el hombre, risueño, como si no fuera consciente de que había dos personas en aquella sala que supieran sus secretos—. ¿Vas a querer algo?

No contesté, parado en el sitio como estaba. Unas gotitas de sudor frío me recorrían la espalda cuando lo miré directamente a sus ojos azules.

—Oh, perdona. —Se giró hacia Eloise, sonriendo como de costumbre. Ella se incorporó, con movimientos rígidos—. Puedes salir ya, si quieres. Avisa a Martín también.

Eloise asintió y desapareció precipitadamente en el obrador. Conrado le dirigió una mirada de extrañeza, se encogió de hombros y siguió hablando con la pareja, a la que casi había terminado de atender.

A los pocos segundos, Eloise salió del obrador, seguida de Martín. Me tomó del brazo y casi me empujó fuera del local, calle abajo.

Noté cómo Conrado se quedaba quieto, justo detrás de nosotros, cuando salimos rápidamente de la pastelería sin despedirnos siquiera.

—Ian…

—Eloise, lo sé. Lo sé todo.

Me miró con una expresión entre triste y enfadada. Más enfadada que nunca, de hecho. Noté que estaba tensa y la chispa de sus ojos se había multiplicado en cientos de ellas, todas brillando con ferocidad. Sentí miles de palabras arremolinándose en su boca, chocando contra sus dientes sin saber cómo transformarlas en algo que pudiera entender.

—¿Cómo?

—El concurso de cocina de Las Palmas. —Tomé sus manos—. ¿Y tú?

—Rosa.

Nos pusimos al día, contándonos atropelladamente todo lo que habíamos descubierto por casualidad.

—He estado trabajando para el asesino de mi hermano, Ian. —Resopló con las mejillas coloradas—. No me lo puedo creer.

—Pero tampoco te ha hecho nada —repliqué—. Seguramente ni sepa que hemos estado investigando un poco.

—¿Cómo que no? —respondió enfurecida, mientras las chispas se convirtieron en llamas—. Me estuvo preguntando. Ya se habría mosqueado por algo y decidió seguirnos. Recuerda que faltaban los periódicos.

—¿Y cuándo pudo ir? Se pasa el día trabajando en la pastelería.

—No lo sé, Ian. Quizá fue alguien en su lugar. —Me miró, consternada—. No tengo ni idea de qué ha podido pasar. Y no sé qué hacer ahora.

—Lo que habíamos hablado: denunciarle —repliqué con más dureza de la que me creía capaz—. Al menos, la policía lo investigará.

Eloise dudó.

—Lo sé, pero es Conrado…

Eloise se sentó en el bordillo de la acera, con las piernas dobladas y las rodillas rozando su pecho. Apoyó la cabeza en ellas y las rodeó con sus brazos. Estaba tremendamente agotada.

—De verdad que sigo sin creerlo. Estaba delante de mí. Todo el tiempo.

Me senté a su lado, con las manos apoyadas en la acera. Miré hacia arriba, sin saber muy bien qué hacer o en qué pensar.

—Deberíamos irnos de aquí... —dije con suavidad, mientras Eloise asentía un poco—. Y pensar bien qué vamos a hacer ahora.

La acompañé hasta su bicicleta que, como siempre, tenía encadenada enfrente de la pastelería. Eloise se dio prisa en abrir el candado y liberarla, mientras que, recelosos, observamos hacia el interior del local. No intercambiamos ni una sola palabra. Conrado había encendido las luces, pero no se le veía por ningún lado; debía de estar en el obrador.

—Ian, debemos denunciarlo —dijo finalmente Eloise—. Lo sé. Pero Conrado...

Miró de reojo a la pastelería. Comprendía que aquel lugar había sido para ella un refugio, tanto como lo había sido la playa.

—Conrado ha sido otro padre para mí. Nos conocía desde que nacimos, tanto a Antoine como a mí. —Sacudió la cabeza, algunos mechones finos de cabello cayeron sobre su rostro, los cuales apartó bruscamente—. Me cuesta pensar que es su asesino.

—Podríamos intentar hablar con él. Quizá es lo que hizo Antoine antes de...

—¿Hablar con quién?

Nos quedamos paralizados. Habíamos estado tan absortos en nuestra conversación que no habíamos escuchado abrirse la puerta de la pastelería. El eco de las campanitas seguía escuchándose cuando nos volvimos hacia la voz y vi el terror dibujado en los rasgos de Eloise.

Conrado tenía los brazos en jarras, aunque los cruzó ante nuestras atemorizadas miradas.

Bastó un breve vistazo por su parte para darse cuenta de lo que sucedía. Lo comprendí en cuanto su mirada se endureció, suspiró pesadamente y las arrugas de su rostro parecieron hacerse más profundas. Como si le hubieran caído todos aquellos años de golpe.

—Creo que sí debemos hablar —dijo con voz severa, mirando a Eloise atentamente, con gravedad—. Pueden venir a cenar esta noche; Clara prepara comida para un regimiento. Le gustará tener visita.

Apesadumbrado, como si quisiera añadir algo más sin encontrar las palabras para ello, volvió al interior de la pastelería.

***

Dudaba de que aquello hubiera sido una buena idea.

Por más que lo pensara, seguía sin tener muy claro por qué estábamos ahí, de pie. Delante de una casita muy parecida a la de Eloise, en el extremo opuesto del pueblo. Habíamos caminado pasando el puerto y nos encontrábamos en el que debía de ser uno de los puntos más elevados de la bahía, prácticamente encima del acantilado del extremo más occidental de la playa.

Casi podíamos escuchar el mar rugir contra la pared rocosa, con furia. Se había levantado un viento un poco más fuerte y fresco del que estábamos acostumbrados a tener en la isla, que arañaba nuestras mejillas con diminutos granos de arena y sal.

Sentí a Eloise estremecerse.

Había caminado, a mi lado, sin decir ni una palabra. Como siempre, no tenía idea de qué se le pasaba por la cabeza en esos momentos, pero intuía que ni ella misma lo sabía. Debía de sentir las emociones bullendo con fuerza y desesperación, buscando un canal por donde pudiera dejarlas pasar, sin romperse en el proceso.

Sus mejillas estaban pálidas. Sus manos, frías.

Llamamos al timbre, que emitió un suave sonido de campanas, similar al de la pastelería. El color de la puerta y las contraventanas era un amarillo intenso. Brillaba con cierta alegría, parecía haber atrapado los últimos rayos de sol que empezaban a desaparecer por la costa.

Después de unos segundos que se hicieron eternos, la puerta se abrió, dejando un rectángulo de luz cálida. La silueta de una mujer un poco rechoncha, con una melena corta y gafas de montura gruesa, se recortó frente a la luz.

—Hola, chicos, pasen —nos dijo en un tono amable, sonriendo con calidez, mientras abría la puerta lo suficiente para dejarnos entrar.

La casa era sorprendentemente acogedora, con paredes pintadas en tonos claros y algunas estaban empapeladas con buen gusto. Los muebles, un poco anticuados, parecían cuidadosamente escogidos para cada rincón. Un delicioso olor a comida recién hecha inundó nuestros sentidos.

En algunas baldas se acumulaban marcos llenos de fotografías, la mayor parte en blanco y negro. Eran pequeñas ventanas a otros años, algunos muy lejanos. Unas cuantas de esas fotografías mostraban un color desvaído, en ellas aparecía un Conrado mucho más joven con los que debían de ser sus dos hijos. Los miraba con devoción en cada imagen, al igual que a Clara. Un retrato de su boda era el claro ejemplo de aquel amor que se dejaba traslucir. En él, los recién casados iban vestidos adecuadamente, aunque de forma humilde y sencilla. Sin embargo, se miraban sonriendo y ninguno atendía a la cámara o al fotógrafo.

Me acerqué con curiosidad a uno de los retratos que había en el borde de aquel mueble. Era una foto pequeña y muy gastada, en la que dos adolescentes dirigían su atención al objetivo, intentando aparentar una seriedad que, seguramente, no sentían.

—¿Les gustan las patatas asadas? —preguntó la voz de Conrado, a nuestras espaldas.

Me giré como un resorte. Eloise se había quedado quieta a mi lado, observando las fotografías desde más distancia, pero no hizo ningún movimiento.

—Sí, gracias.

—Aún es pronto para cenar, de todas formas. —Hizo un gesto con la mano, invitándonos a sentarnos en los sillones—. ¿Les apetece que hablemos un poco?

No dejó de mirar a Eloise ni un momento. Esta asintió y los dos nos sentamos enfrente de Conrado. Clara se acercó con una bandeja con té, leche, Cola Cao y unas pastitas de la pastelería.

—No sabía qué podría gustarles más, así que he traído un poco de todo. —Nos sonrió con ternura, como si fuera nuestra madre, y se sentó al lado de Conrado, quien le dio un pequeño apretón cariñoso en la mano—. Pueden servirse lo que quieran.

—Muchas gracias, es muy amable —respondí con sinceridad. Pero ni Eloise ni yo hicimos amago de tomar nada.

Conrado suspiró, cansado. Se agachó hacia la mesa de café, para servirse una taza de té en agua hirviendo.

—Imagino que me estaban buscando por lo de tu hermano, ¿verdad? —Miró a Eloise fijamente, mientras daba un sorbo a su bebida.

—Sí. —La voz de Eloise era apenas un susurro.

—Supongo que tendrán muchas cosas que decirme. —Enarcó la ceja, como en un acto reflejo, aunque su expresión de tristeza lo delataba. Aquel no era el Conrado que conocíamos—. Aunque antes déjenme que les pregunte algo. ¿Cómo han llegado hasta aquí?

—Antoine escribió algunas entradas en su diario, hablando de un trabajo para la universidad. Indagamos en la biblioteca y la universidad, como hizo él —respondí.

—Entiendo, ¿y qué más?

—Sabemos que robaste a una familia de judíos —dije, incapaz de retener aquel torbellino de pensamientos—. Sabemos que Antoine lo descubrió, porque estaba haciendo un trabajo. Te encontró y después perdió la vida.

Clara se estremeció, nos miró consternada y después se giró hacia Conrado.

—No quería que descubriese todo eso de aquella forma…

—¿Y por eso lo mataste? —preguntó Eloise, desafiante. Conrado la miró realmente enfadado y triste a la vez. Sus arrugas se hicieron más profundas cuando frunció el ceño.

—Yo no maté a Antoine.

Eloise se sentó más recta, con todo aquel fuego extendiéndose por su cuerpo. A punto de estallar.

Conrado endureció su expresión y una sombra cubrió su mirada.

De repente sentí verdadero pánico. Estábamos sentados en el salón de alguien que podría ser muy peligroso. Alguien cruel y sin escrúpulos, que no dudaría en eliminarnos como hizo con Antoine. Desde luego, no había sido buena idea ir.

—Jamás haría algo así. —Se quedó callado unos segundos—. Antoine descubrió todos esos detalles, es cierto. Cuando ató cabos y entendió que yo era el famoso K. R. de esas noticias que encontró, vino a verme. Buscaba una buena historia, algo llamativo, así que cuando se topó con que había un nazi del pasado viviendo en su pueblo ni se lo pensó. Lo que no tuvo en cuenta es que la realidad puede ser muy distinta. —Hizo un gesto sarcástico—. Porque desde luego que ustedes también piensan que soy un nazi loco, ¿verdad?

No hizo falta que respondiéramos.

—Y, aun así, han venido. Como hizo Antoine. —Sacudió la cabeza—. Creía que los Betancort eran más sensatos que los Mercier.

—Antoine y yo somos tanto Betancort como Mercier —respondió Eloise secamente, pronunciando con exquisitez y un claro acento francés.

—Pero los dos han demostrado tener el arrojo de su madre. Y la cabezonería de su padre.

—Quiero conocer la verdad.

—*Genau*. Y la verdad será lo único que les cuente —respondió Conrado.

De nuevo percibí aquel tono triste en su voz y su gesto, algo que volvió a preocuparme porque me llevó a pensar que no nos iba a contar la historia que esperábamos.

—Antoine vino buscando la confesión de un viejo nazi, como les he dicho. Un viejo que le contara que escapó de la Alemania de la posguerra para evitar la justicia. La misma que lo persiguió a través de dos continentes hasta una isla que, para muchos, no es más que un rincón de vacaciones. —Hizo una pausa para apurar el té de su taza y después miró a Clara con calidez, quien se relajó un poco más—: Lamento decirles que, para él, esta isla se convirtió en su verdadero hogar.

Clara tomó su mano, dándole ánimos, y le acarició suavemente la mejilla. Conrado cerró los ojos unas décimas de segundo, agradecido.

—Pero tu hermano se encontró con otra cosa.

Nos observó durante unos segundos y después suspiró profundamente. Su mirada se empañó mientras retrocedía atrás en el tiempo, a una Europa lejana que no habíamos conocido, pero de la que aún veíamos sus consecuencias.

—Mi nombre verdadero es Konrad Rosenberg. Soy K. R. y esta es la historia que le conté a Antoine.

CAPÍTULO 17
LA HISTORIA DE K. R.

—Nací un 24 de noviembre de 1924 en un pueblo del sur de Alemania que poco a poco fue convirtiéndose en una pequeña ciudad. Crecí allí con mis hermanos y mis padres, que cada vez parecían más preocupados por el estado del país que era su hogar. Durante toda mi infancia y parte de mi adolescencia, me crie al margen de esas preocupaciones de adultos, hasta que la Segunda Guerra Mundial estalló y desvió el rumbo que habría de llevar mi vida.

La voz de Conrado había cambiado por completo, adquiriendo nuevos matices que me sorprendieron. Me moví incómoda en mi asiento, incapaz de dejar de escuchar.

—No es fácil vivir en tiempos de guerra, donde intentábamos buscar cualquier resquicio de tranquilidad, al que nos aferrábamos con todas nuestras fuerzas. Las esperanzas mermaban, las pesadillas inundaban nuestras noches. —Paró unos segundos el relato—. El miedo era una sombra que acechaba en cada esquina y el cual dejaba heridas profundas que, incluso después de todos estos años, no han curado del todo.

Clara aprovechó el momento para tomar su mano con suavidad. Conrado, ausente, la acarició despacio.

—Esta historia en realidad comienza con Isaías, mi mejor amigo. Nos habíamos criado juntos, e incluso las diferencias que deberían habernos separado nos llevaron a apreciarnos y respetarnos más aún. Una complicidad que se marchitó con el tiempo ya que, según se sucedían los años, fue desarrollando una inquietud ambiciosa, que terminaría rayando en lo insano. Así que, cuando ambos tuvimos que ponernos a trabajar en los negocios familiares, nuestra amistad acabó para siempre. Perdí a un amigo, a un hermano, para ganarme un despiadado competidor.

—¿Qué negocios? —pregunté.

—Mi familia y la de Isaías, los Zuckerman, eran los dueños de las dos pastelerías que había en Markdorf. Nuestros padres habían implantado una especie de código, de manera que competían limpiamente. Se pusieron de acuerdo en establecer unos precios similares, aunque cada uno elaborara sus propias especialidades. De forma que los vecinos solo tuvieran que elegir por los productos, y no por los precios.

—¿Zuckerman? —Ian me miró.

—En las noticias aparecía también un tal S. Z., ¿es algún Zuckerman?

—Más adelante, déjenme continuar —respondió Conrado, bajando la voz.

Ian y yo asentimos al unísono, mientras Clara daba un sorbo a su bebida.

—Como estaba diciendo, durante la guerra debimos ponernos un poco a la cabeza de nuestros negocios. Él, porque era el mayor, y yo, porque mis hermanas eran pequeñas y mis hermanos mayores estaban en Berlín. No quería quedarme ahí, pero no tenía otra opción, y con el paso del tiempo olvidé mis verdaderos sueños. Es lo que tiene la guerra: te quita todo. —Bajó la mirada, para después volver a dirigirla directamente hacia nosotros—. Y, aun así, no puedo quejarme, ya que tuvimos relativa suerte.

»Se cometían muchos delitos a pequeña escala, vecinos que se denunciaban por absurdas rencillas del pasado, robos falsos… Y, por supuesto, la presión sobre los judíos, sobre familias que solo querían vivir tranquilamente, como los Zuckerman. Después de que se les impusiera llevar una estrella amarilla identificativa, en 1941, Isaías se volvió más taciturno, huraño, y se dedicó a sus tareas en la pastelería con mayor ahínco. Perdió peso, estaba pálido y sus ojeras resultaban preocupantes. Así que intenté verlo, cuidarlo o ayudarle con lo que necesitase. Lo visitaba a menudo, si bien él siempre me rechazaba. Pero en aquel tiempo empecé a entablar más amistad con Rebeca, su hermana.

El tiempo pareció detenerse y una extraña quietud inundó la habitación mientras Conrado estuvo hablando de Rebeca. De su complicidad, de aquel noviazgo peligroso que se desarrolló entre besos robados en la oscuridad y miradas discretas. De la sonrisa de Rebeca, su sinceridad o su capacidad de amar sin reservas. La mirada del hombre se había enturbiado con el recuerdo, mientras que Clara lo apoyaba, cogiéndole la mano.

—Podría haber sobrevivido mil guerras más gracias a ella. —Sonrió tristemente y se volvió hacia su mujer—. Aunque luego te conocí a ti.

Clara sonrió a su vez, asintió despacio y se enjugó una lágrima que luchaba por salir de sus ojos castaños.

—Pero todo siguió complicándose. Comenzaron a acudir los furgones que se llevaban a vecinos y amigos, sin que pudiéramos evitarlo. El verano de 1942 se llevaron a los padres de Rebeca e Isaías y la policía cerró su negocio. Al estado de nervios e inquietud que esto le causó a Isaías se añadió cierta preocupación al enterarse de la relación que Rebeca y yo manteníamos, y le prohibió verme. Aunque ella no le hizo mucho caso. Conscientes de que era cuestión de tiempo que la policía llegara un día a buscarlos, se esforzaron por esconder a sus hermanos pequeños, Samuel, Arnold y Esther, e idearon un plan para escapar ellos después.

—¿Samuel es…? —interrumpí la narración. Casi noté cómo la burbuja en la que nos había envuelto el murmullo de Conrado explotaba.

—Eloise… —Ian me miró consternado. Vi sus ojos húmedos, pugnando contra el llanto. Acarició suavemente mi mano, en un gesto tímido.

—Más adelante —respondió Conrado—. Sé que necesitan conocer más cosas, pero es importante que escuchen esta historia.

Asentí en silencio. No estaba segura de querer conocer cómo acababa todo.

—Una noche, Rebeca llegó a nuestro lugar de encuentro, a las afueras del pueblo, con una caja de madera tallada. En su interior había guardado unas cuantas reliquias familiares, un par de cuadernos y una llave. Me entregó aquel tesoro llorando, confesándome sus planes de huida. «Cuando vuelva, lo primero que haré será buscarte para poder huir lejos de aquí juntos», me dijo. No pude reaccionar, pero desde ese momento no dejé de pensar si no debía ser yo el que los ayudara a huir y escapar con ellos. No podía abandonar a mi familia, pero tampoco era capaz de dejarla ir.

»Una vez más, la decisión nos la arrebataron de las manos. Al día siguiente, un furgón se llevó a Isaías y a Rebeca, quien entró con la cabeza alta y aparentando una determinación que nunca supe si llegó a sentir. Aquella madrugada del fatídico 20 de septiembre de 1942, Rebeca se dejó arrastrar por los guardias, sonriéndome como había hecho de niña y como hacía entonces, siendo mujer. Supe que nunca perdería esas ganas de vivir, esa dulzura e inteligencia que la caracterizaban.

»El tiempo pasó, la guerra acabó y no recibí ninguna noticia de Rebeca o su familia. Me dije que debía mantenerme firme, sacar adelante el negocio otra vez y no alejarme mucho de Markdorf, para que Rebeca pudiera encontrarme. También investigué, hice llamadas, envié cartas y telegramas, busqué en todos los periódicos y los listados de los hospitales, sin encontrar rastro de los Zuckerman.

Conrado se quedó en silencio unos segundos, masticando las amargas palabras que se arremolinaban en su boca, intoxicando su lengua. Parpadeé fuertemente, intentando que las lágrimas no escaparan de mis ojos.

—¿Todos habían...?

—Sí. Marlene, una amable trabajadora de la estafeta de correos, me entregó unas cartas dirigidas a los Zuckerman de un familiar lejano que vivía en Berlín. Tenían fechas distintas y estaban llenas de sellos y matasellos, puesto que habían ido recorriendo el país durante todo aquel tiempo. Arnold había muerto por unas fiebres, mientras que Esther y Samuel habían desaparecido. El viaje hasta Mauthausen había acabado con todas las fuerzas que le quedaban a Isaías y falleció pocos días después de llegar. Rebeca fue asesinada allí.

Sentí a Ian temblar a mi lado.

—Muchos años después, en el verano de 1975, recibí una llamada telefónica de un representante de un bufete de abogados de Madrid. Me notificaban que un bufete alemán, Gesetz International, había puesto una denuncia a mi nombre. Se encargaban de hurtos y delitos menores ocurridos durante la guerra y llevaban el caso de un robo a una familia judía: los Zuckerman. No pueden imaginar la impresión que me causó escuchar ese apellido tantos años después. Pensé que habían sido los familiares de Berlín, pero los clientes resultaron ser Esther y Samuel. Supusieron que había engañado a su hermana para que me confiara las recetas de su familia, que eran el contenido de las libretas que ella me entregó aquella noche, antes de su arresto.

—¿Así que eso fue todo? ¿Por eso fuiste enviado a juicio? —pregunté, intentando esconder el temblor en mi voz, causado por la tristeza que aquellas revelaciones habían provocado en mí y por la tensión de conocer los detalles del caso.

—Sí, aunque no llegó a celebrarse. —Conrado nos miró despacio y continuó—: Nos reunimos con los abogados que nos representaban y llegamos a un acuerdo. Fue en realidad un reencuentro, casi familiar, y tanto Samuel como Esther se deshicieron en lágrimas cuando me vieron. Confesé mi relación con Rebeca y todo lo que había ocurrido, y les devolví todas sus pertenencias, aunque pedí quedarme con la llave de su hermana mayor.

»Los dos se emocionaron con el reencuentro. Con todas las cuestiones ya resueltas, y un día antes de que regresara a Gran Canaria, decidieron regalarme las recetas de su familia. Querían que honrase la memoria de los Zuckerman, ya que ellos tenían otros proyectos: querían empezar de nuevo. Desde entonces, hemos mantenido el contacto, nos hemos visitado e incluso nuestro hijo José tiene ahora una relación con la hija de Esther.

—Y si todo acabó bien, ¿por qué hubo tanto revuelo? ¿Qué le causó tanta impresión a Antoine? —preguntó Ian.

—Fue la oportunidad perfecta para algunos periódicos sensacionalistas. Mi abogado peleó bien para mantener cierto anonimato en esos artículos, los cuales encontró Antoine.

—Pero habló con él, ¿verdad? —Me acerqué un poco más, ansiosa por que me explicara todo.

—En vista de que no iba a cejar en su empeño, decidí contarle la verdad. Me llamó un día, ansioso, pero le pedí que no se precipitase y escuchara mi historia. Después, podría juzgarme todo lo que quisiera. Vino a vernos, como están haciendo ustedes ahora, y le narré exactamente la misma historia, la de mis recuerdos. Él quedó encantado, porque era mejor de lo que esperaba. Me dijo que sabía cómo darle un toque más interesante y se fue. —Me miró apesadumbrado, con la emoción vibrando bajo su piel y sus ojos enrojecidos—. A los pocos días se desató aquella horrible tormenta y, cuando me enteré de la desaparición de Antoine, me quedé destrozado. De alguna forma, me sentía culpable, aunque no sé muy bien por qué.

Nos quedamos en silencio, mirando a Conrado, que parecía mostrarnos su interior sin ningún tipo de filtro.

—No dejo de pensar que, de alguna forma, muchas de mis acciones han provocado la muerte o la desaparición de cuantos me rodeaban. Que mi historia está marcada por la muerte o la desesperanza. —Me miró con intensidad, luciendo una expresión que no logré reconocer—. Ojalá pudiera devolvértelo, Eloise. No hay nada que desee más en este momento. Lo siento mucho.

CAPÍTULO 18
IAN

Los ojos me escocían. Varias lágrimas silenciosas caían por mi rostro. En algún punto, el relato se había interrumpido mientras nos sentábamos a la mesa y cuando respondíamos a Clara sobre cómo preferíamos la comida. Pero no pudimos llegar al postre. Una deliciosa tarta de limón nos miraba desde su bandeja en el centro de la mesa. Intacta.

Nos habíamos quedado en silencio, mientras las últimas palabras de Conrado flotaban aún entre nosotros, enmascaradas con el olor de la cena.

Habíamos escuchado el relato de alguien que no huía de la justicia, o que no había cometido más delito que el de amar a ciertas personas, quizá en el momento equivocado. Que no huía de nada más que del recuerdo, la tristeza y la incapacidad de vivir en lo que había sido su país natal sin aquellos a los que más quería. Que nunca tuvo intención de hacer ningún daño a nadie, sino de protegerlos y cuidarlos a través del tiempo y el espacio.

El rostro desencajado de Clara, que abrazó a su marido instantáneamente después de que acabara de hablar, me confirmó que ni una palabra había sido mentira.

Eloise también había derramado algunas lágrimas y parecía haberse hundido en el asiento.

Conrado se levantó de la mesa con pesadez y salió de la habitación. Un par de minutos después, volvió con una caja pequeña de madera entre sus manos. Nos la tendió.

Dudosa, Eloise abrió la caja y escrutó su interior. Metió la mano, extrayendo una llave de metal. Era evidente que era de una cerradura antigua. Estaba cuidadosamente labrada, adornada con florituras y un cordel sencillo.

—¿La llave de Rebeca? —El hombre asintió despacio.

Nos dejó observarla un momento, para después enseñarnos una vieja fotografía enmarcada. En ella aparecían tres jóvenes sonrientes: uno rubio con los ojos claros, una chica con el pelo suelto y ondulado, enmarcando un rostro suave, y en el centro, apoyado en sus hombros, un chico desgarbado, con el cabello muy oscuro. Isaías.

Conrado quitó el marco y extrajo la endeble cartulina; en el dorso aparecía escrito: «*Markdorf, 1938. Die "Zuckerman-Rosenberg" Gruppe*».

—El equipo Zuckerman-Rosenberg —tradujo Conrado.

Nos quedamos en silencio unos segundos. Había tenido más que suficiente con todo aquello de lo que nos habíamos enterado.

Sin embargo, no fue así para Eloise. No era lo que ella quería. Todavía faltaba algo más. Tenía otras dudas.

Lo noté cuando la tristeza de su expresión mudó de nuevo a ese desafío perenne en su mirada. Sus ojos verdes brillaban con más intensidad, resaltando en su rostro enrojecido por el llanto, que enmascaraba sus pequeñas pecas.

Se echó hacia delante en la silla, pero la voz de Conrado la detuvo.

—Antoine quedó encantado. Me dijo que era mejor historia que la que esperaba encontrar, que tenía el giro que necesitaba. —Miró las migas de su plato vacío—. Supongo que es fácil señalar con el dedo cuando se percibe una verdad a medias o una verdad sesgada. Le sorprendió chocar contra sus propios razonamientos y entender que la realidad, a veces, es bastante distinta de todas esas ideas preconcebidas que nos inculcan. Nunca vi a los judíos como el enemigo, porque en mi realidad siempre habían sido nuestros aliados, amigos, vecinos, amantes... Tampoco simpaticé con la corriente nazi, aunque no me opusiera abiertamente. Por miedo. Siempre había miedo. Formaba parte de nosotros.

Miró a Eloise.

—Esto es todo lo que puedo contarte. No hay más verdad que esta.

Pero Eloise explotó.

—No te creo.

—¿Perdona? —Conrado parpadeó, confuso.

—Faltan cosas en ese relato.

Por supuesto. No había mencionado todo lo relacionado con el caso de Helmuth.

—¿Como qué?

—Helmuth Niehaus. También se te acusó de asesinato.

—Paren ya, por favor. —La voz de Clara nos sobresaltó. Apenas había dicho nada en todo el relato, aunque mostraba sus reacciones a través de los gestos y miradas que dedicaba a Conrado—. Mi marido no es un asesino.

—¿Entonces por qué se menciona en los mismos periódicos? ¿Por qué parecen buscar algún tipo de relación entre Conrado y Helmuth? —Eloise se levantó del asiento, prácticamente empujando la silla. Tomé su mano, que estaba ardiendo. Seguía a su lado. Me miró de refilón y volvió a sentarse.

El hombre negó con la cabeza, que apoyó en sus manos, sobre la mesa.

—Esta pesadilla no va a acabar nunca.

Apenas se escuchaba su voz, ahogada entre sus enormes manos. Se restregó los ojos, levantó la cabeza y nos miró.

—¿Qué pasó con Helmuth, Conrado? —preguntó Eloise, con sus ojos entornados, que eran dos finas líneas—. Porque ¿sabes qué pienso?, pienso sinceramente que Antoine creyó lo mismo que yo ahora veo con claridad.

—No fue así…

—Que descubrió lo del robo y lo del asesinato.

—Te estás equivocando, Eloise.

—Supo que lo habías cometido y al entender que usaría todo eso en su trabajo, aireando tus trapos sucios, lo mataste y lo tiraste al mar.

—¡No! —exclamó Conrado, dando un golpe en la mesa, en un tono tan fuerte y desesperado que todos, incluso Clara, nos quedamos quietos en el sitio, observándolo atónitos—. Lo de Helmuth es un secreto que no me pertenece.

—Pero que conoces —lo desafió Eloise.

—Sí. Y daría lo que fuera por no hacerlo.

—Te escuchamos. —Mi amiga se cruzó de brazos y se recostó en la silla. Pero no estaba ni de lejos tan relajada como quería aparentar. Al contrario, se mostraba tensa y preocupada, dispuesta a saltar y salir corriendo a la mínima. Ni siquiera me prestó atención cuando me volví hacia ella, realmente inquieto.

—Helmuth murió durante la guerra. Asesinado. Pero no por mí, sino por Samuel Zuckerman.

Creo que tanto Eloise como yo contuvimos el aliento al mismo tiempo. Eso no lo esperábamos.

—Helmuth era un hombre bastante grande, un declarado simpatizante nazi. Se moría por participar en la guerra, pero no tenía preparación de ningún tipo y tampoco daba el perfil. Cojeaba un poco, lo que le impedía correr con soltura, y era más miope que mi abuelo, cuyos cristales eran de casi un dedo de ancho. —Suspiró—. Cuando comenzaron los racionamientos y la gente empezó a ponerse realmente nerviosa, acudía en tropel a los puestos de suministros, ultramarinos y similares. Por eso los negocios tanto de mi familia como de los Zuckerman se mantuvieron, al menos por un tiempo, como les he contado. Helmuth esperó a que todos se hubieran ido y entró en su pastelería. Rebeca estaba limpiando el local cuando entró. Lo atendió amablemente, como siempre hacía, y Helmuth, al ver que estaba sola, quiso abusar de ella. Rebeca se defendió y, ante sus gritos, aparecieron Isaías y Samuel. Samuel se quedó detrás del mostrador, paralizado. Isaías se encaró con Helmuth, aun sabiendo que sería juzgado por aquello en cuanto el otro lo denunciara. Sin embargo, mi amigo era bastante más débil que Helmuth, su malnutrición y su amargura lo tenían muy debilitado, así que no pudo hacer nada cuando lo empujó contra el suelo y comenzó a darle puñetazos, insultándolo.

Calló un momento, reflexionando sobre todo ello y preparándose para lo que venía a continuación.

—Rebeca y yo habíamos comenzado a salir ya, así que en cuanto tuve un momento de relativa calma, antes del toque de queda, fui a buscarla. Todo estaba bastante tranquilo, pero cuando llegué a la entrada de su pastelería supe que algo no iba bien. Abrí la puerta y me encontré a aquel hombre golpeando a Isaías y no vi nada más. Me enfurecí, y eso que todavía no sabía todo lo que había ocurrido. Me estaba acercando a Helmuth, sin ser consciente de lo que sucedía a mi alrededor, cuando lo vi caer al suelo, con la sorpresa pintada en la cara, abriendo los ojos e intentando girarse para ver qué había sucedido. —Tragó saliva con dificultad—. Había mucha sangre por todos lados. Todo parecía haberse detenido en ese instante... Y me fijé en que Samuel estaba de rodillas sobre el mostrador. Con un enorme rodillo de madera entre las manos.

—¿Un rodillo? —pregunté, atónito.

—Sí. La altura y la adrenalina le dieron la fuerza necesaria para darle un golpe mortal. Helmuth cayó a plomo. Nos quedamos todos quietos, menos Isaías, que estaba algo aturdido. Cerramos las persianas y las cortinas rápidamente, y mi amigo y yo envolvimos a Helmuth en unas sábanas. Cuando cayó la noche, escapamos como pudimos con el cadáver al bosque. Quisimos creer que, en la locura de aquellos días, nadie sospecharía de nosotros porque simplemente podría haber sido cualquiera. Incluso habría quien pensara que Helmuth se fue por su propio pie, a pesar de que quienes lo conocían sabían que eso era absolutamente imposible.

La expresión de Eloise se había relajado un poco. Había recibido sus respuestas, la verdad sincera que había escapado de los labios de Conrado, quien en ese momento parecía destrozado y deshecho. Ya no había conseguido retener más las lágrimas, que empapaban sus mejillas y surcaban las hendiduras de su piel.

—Cuando viajé a Alemania para reunirme con Samuel y los abogados, estuvimos hablando del tema a solas. La prensa lo sacó a la luz porque parecía perfecto y muy sincronizado con la noticia del supuesto robo. ¿Dos noticias del mismo pueblo perdido de Alemania que parecían tener al misterioso denunciante, S. Z., como protagonista? Era el sueño de cualquier lector asiduo de la prensa sensacionalista, con un toque de intriga increíble. ¿De verdad creen que nadie se hubiera interesado por eso?

—Desde luego a nosotros nos ha causado impresión —comenté, todavía aturdido—. Aunque buscáramos la noticia por otros motivos.

—*Genau* —asintió Conrado—. No hay más secreto que este. Samuel se movió casi en defensa propia, aunque tengo la sensación de que se encontraba más bien en trance. Tardó unas horas en reaccionar con normalidad. De hecho, creo que hasta que no se hizo adulto no fue consciente de sus actos. Por otro lado, Helmuth era lo que llamamos un abusón. Y, de todas formas, en aquellos días donde la tensión podía cortar el aire, ¿en serio esperaban que alguien en la situación de los Zuckerman reaccionara de otro modo? Quisieron guardar el secreto por Samuel. Y yo le prometí que lo haría.

—Pero mi hermano no.

Conrado miró a Eloise seriamente, un momento. Las lágrimas habían desaparecido de su rostro.

—No. Él había atado cabos de una manera que me sorprendió —confesó el hombre—. Cuando le conté mi historia, omitiendo todo lo relativo a Helmuth, fue él quien sacó el tema y concluyó que habían sido los Zuckerman. No tenía claro si era cosa de Isaías o de Samuel, pero después de escuchar mis recuerdos, y teniendo en mente las noticias que trajo fotocopiadas, dedujo casi perfectamente lo que había sucedido.

—¿No se lo contaste? —preguntó Eloise, extrañada.

—No. Le dejé hacer conjeturas. Simplemente le dije que ese secreto no me pertenecía.

—Pero a nosotros nos lo has confesado.

—Porque no quiero que les suceda lo mismo, Eloise, maldita sea. —Estaba molesto con ella, como un padre que no lograba hacerse entender con su hija—. Has venido buscando respuestas y te las he dado todas. Para que no saques conclusiones que no son reales.

—¿Y la llamada?

—¿Qué llamada?

—Mi hermano escribió en su última entrada que había recibido una llamada. Que iba a reunirse con alguien. —Eloise tembló de pronto—. ¿No eras tú?

Conrado y Clara se miraron, preocupados.

—No. No fue conmigo con quien habló.

—¿Entonces?

—No tengo ni idea.

CAPÍTULO 19
ELOISE

No mentía. Conocía demasiado bien a Conrado. No había dejado de decir la verdad desde que entramos por la puerta.

Entendía que hubiera suprimido todo lo relacionado con Helmuth en su relato, pero estaba engañando al confesar la historia. Un relato que me había dejado descolocada, para qué mentir. No esperaba que Conrado hubiera tenido que vivir todo aquello. Jamás lo habría imaginado de él, que siempre estaba dispuesto a hacer una broma, que era responsable y metódico con el trabajo, exigente pero no severo. Que se había preocupado genuinamente por mí, especialmente en los últimos días, aunque ya sospechara que tarde o temprano iríamos a hablar con él. Porque, de alguna forma, dentro de mí sabía que él ya se habría imaginado que andábamos investigando. Quizá Antoine sí le habría cogido por sorpresa, pero nosotros no, porque simplemente habíamos seguido sus pasos y yo no le había ocultado la preocupación por mi hermano.

Empecé a temblar. De repente me sentía confusa y desorientada, como si estuviera dando golpes al aire, sin ver.

—Mi hermano fue a reunirse con alguien y días después apareció muerto entre las rocas. ¿No resulta llamativo?

—Estás insinuando que… —Clara abrió los ojos y se llevó las manos a la boca, en cuanto comprendió completamente lo que quería decir—. No, no puede ser.

—Es una acusación muy grave, Eloise —replicó Conrado—. Las autoridades dijeron que había caído al mar durante la tormenta, y que se ahogó y golpeó contra las rocas.

Ahogué un grito. De repente, la garganta se me había cerrado y me resultaba complicado respirar. La rabia y la impotencia volvieron a empujar unas lágrimas amargas, que cayeron sin contención.

—Ya sé lo que dijo la policía. Estoy harta de oírlo —exclamé—. Pero Antoine no tuvo un accidente. No del todo…

—¿Y quién creías que podría haberlo matado? —Conrado hizo aspavientos con sus manos—. Yo era tu principal sospechoso, pero ya sabes la verdad.

—Nos has dicho que había un secreto que no te pertenecía.

La voz de Ian era apenas un susurro. Me giré y me percaté de que su rostro mostraba verdadero cansancio. Una mirada suya bastó para que entendiera lo que quería decir.

—Por tanto, hay alguien que tiene más interés en que sus delitos no se conozcan —continuó.

Los tres nos quedamos callados, mientras sus palabras calaban poco a poco. Aunque yo había comprendido desde el principio.

—Aunque fuera en defensa propia, no creo que, después de una vida siendo la víctima, Samuel quisiera que se descubriera todo el pastel.

—Eso es imposible. —Conrado negó con la cabeza repetidas veces—. Samuel lleva todo este tiempo viviendo en Alemania. Hubiera tardado en enterarse, si es que lo hacía, de que Antoine estaba investigando. No creo que tuviera tiempo suficiente de coger un avión hasta Gran Canaria solo para eliminar a un chico joven. Él únicamente quiere vivir en paz, intentando superar todo lo que sucedió, y mantener la poca felicidad que ha conseguido.

—¿Y si envió a alguien a cometer el asesinato en su lugar? —Creo que a todos nos sorprendió la insinuación de Clara—. ¿Alguien que, por ejemplo, ya viviera en España?

Conrado la miró, como si comprendiese lo que escondían sus palabras, pero volvió a negar con la cabeza.

—Mañana haré una llamada a P&Z para ponerles al tanto de todo y que me confirmen si saben algo del tema o pudieran tener alguna sospecha. —Se levantó de la mesa y todos lo imitamos, menos Clara, que se quedó meditabunda—. Es tarde, chicos, deberían irse y descansar.

No quería irme, quería desentrañar la última pregunta que rondaba mi mente, la única que en realidad me importaba en esos momentos. Pero tenía razón. Estaba física y emocionalmente agotada, la cabeza me dolía con intensidad y sentía mis articulaciones entumecidas, los músculos en tensión.

Ian tomó mi mano y, al ver que casi no podía ni moverme, pasó uno de sus brazos por mis hombros, en un abrazo reconfortante.

—Mañana no vengas a trabajar, Eloise. —Conrado me miró con intensidad—. Por la tarde hablaremos.

Asentí sin mucho convencimiento y me dejé llevar por Ian, bajando la calle, dejando atrás la casa de ventanas amarillas y el intenso rugido del mar.

***

A la mañana siguiente, sentía como si un camión me hubiese pasado por encima. Miré el reloj de mi mesilla: era mediodía. Con un quejido ahogado, me levanté de la cama, cogí algo de ropa limpia y me metí en el baño para darme una ducha templada. Cuando me repuse un poco, bajé a la cocina para comer algo.

Me sorprendió encontrarme a Ian, con unas ojeras del tamaño de África, mirándome mientras masticaba una tostada embadurnada de mantequilla y mermelada de melocotón.

—Buenos días —dijo con la boca llena, intentando sonreír.

Le devolví el gesto, agradecida.

—Buenas tardes, más bien.

Mi padre apareció por la puerta, me puso delante un par de tostadas y una taza enorme con un café que alimentaba solo con inspirar su aroma.

—Tenemos que hablar.

Fue lo único que dijo, pero no hizo falta más. Animada por la presencia de Ian, que corroboraba lo que contaba y me ayudaba a completar los datos que faltaban o pasaba por alto, decidí sincerarme con mi padre sobre todo lo que habíamos descubierto de Antoine, hasta llegar a la visita a Conrado del día anterior. Resumí su historia, puesto que no consideraba que tuviera el derecho a hablar en su nombre, mencionando ligeramente el asesinato de Helmuth.

—¿Antoine y tú han seguido toda esa historia? —Mi padre estaba atónito—. No puedo creer nada...

—Papá, estamos convencidos de que Antoine murió por culpa de esto.

Mi padre dio un respingo, pero enseguida se ensombreció su mirada, volvió a hundirse en el asiento y sentí que volvía a perderlo. Me acerqué a él y lo abracé.

—Pero con ayuda de Conrado vamos a buscar al responsable y denunciarlo.

Noté que asentía entre mis brazos. Los ojos se me humedecieron.

—Ha llamado hace una hora —dijo Ian—. Hemos quedado con él esta tarde.

Y así fue. Aquella tarde fuimos a la pastelería, que, para asombro de cuantos caminaban por delante, tenía el cierre medio echado. Dimos unos golpes en la malla metálica al llegar y a los pocos segundos Conrado nos abrió para que pasáramos. Nos reunimos en el obrador.

—¿No has abierto?

—No tenía fuerzas —respondió el hombre—. He hablado con los abogados.

—Nosotros llamamos hace unos días, desde una cabina —respondí.

—Sí, me lo han confirmado. Hace un año llamó Antoine también. —Asentí—. Pero no saben absolutamente nada. Ninguno de sus abogados ha viajado a Canarias, ni ha hecho nada sospechoso.

—¿Crees que aceptarían estar involucrados? ¿Un gabinete de abogados? —pregunté, escéptica.

—Era el gabinete que me representó, aún conservo buena relación con ellos y me ayudan con ciertas cuestiones legales que tienen que ver con esto. —Hizo un gesto con la mano, abarcando todo el obrador—. Creo que ellos serían los primeros interesados en investigar si alguno de sus trabajadores está causando problemas a sus clientes.

—Entonces seguimos como estábamos. —Ian estaba molesto.

—Sí. Pero se me ocurre que podemos esperar.

—¿A qué? —repliqué muy alto—. Llevo un año pensando que mi hermano tuvo un accidente cuando es obvio que no fue así. No puedo esperar más.

Ian me miró preocupado, me acarició suavemente la mano y se retiró. No hacía falta más. Era consciente de que estaba ahí, conmigo.

—Si alguien llamó a Antoine es porque de alguna forma se enteró de su investigación —reflexionó Conrado, ignorando mi excitación—. Seguramente también esté al tanto de que han seguido sus pasos…

—Y es posible que también decida llamarnos —contestamos Ian y yo al unísono.

—Puede que no, porque entonces llamaría mucho la atención. —Conrado se llevó una mano a la barbilla, en un gesto pensativo—. Pero no perdemos nada por esperar. Mientras tanto, acudiremos a la policía.

—No nos harán caso —dije—. Pensarán que estoy obsesionada con el tema y echarán por tierra nuestro razonamiento.

—Aun así, deben tener conocimiento de lo ocurrido. Por si se complican las cosas.

Asentimos en silencio. ¿Qué otra cosa podíamos hacer? No teníamos nada ni a nadie. No podíamos demostrar que nuestras teorías eran ciertas.

Conrado me dedicó una mirada que intentaba ser conciliadora. Sonreí poco convencida.

CAPÍTULO 20
IAN

El fin de semana pareció eternizarse. El tiempo transcurría despacio y yo sentía el aire cargado de una extraña electricidad.

Estábamos en tensión. No lo mencionamos, pero esperábamos la llamada en cualquier momento, como había sugerido Conrado.

Preocupé a mis padres y a Naira, que no se separó de mí ni un momento. No sé si estaba temerosa de que pudiera pasar algo realmente malo. Agradecía su presencia, pero a ratos me agobiaba. Ninguno sabía nada de todo lo que habíamos pasado esos últimos días, aunque imaginaban que las cosas no iban como debían.

Gael no me dirigió la palabra. Nos cruzamos varias veces e intenté acercarme a él para disculparme, pero solo recibía a cambio una mirada de indiferencia. Se giraba o seguía andando. No se lo tuve en cuenta: sabía que Gael no era rencoroso, pero necesitaría tiempo para poner en orden lo que sentía. Imaginaba que todo lo que tenía que ver con Antoine seguía levantando heridas que no habían terminado de curar.

El lunes, Luis vino a casa. Le abrí la puerta en el momento en el que vi a Eloise acercarse también. No había vuelto a la pastelería.

—Hola, Ian —saludó Luis en cuanto me vio—. Qué cara… Gael está muy apagado también últimamente. ¿Va todo bien?

—Discutimos el otro día, pero no te preocupes.

—Claro que lo hago —replicó—. Gael es muy sensible y puede tardar un tiempo en calmarse y pensar con cierta claridad, pero no es malo. ¿Puedo saber por qué han discutido?

Eloise llegó hasta nosotros en ese momento, con el pelo recogido hacia atrás.

—Estuvimos hablando de Antoine… —Luis siguió la dirección de mis ojos.

—Oh, hola, francesita. —Sonrió un poco y, después, se volvió hacia mí de nuevo—. Lo entiendo, Ian. Denle tiempo, ¿de acuerdo?

Asentí con pesar. Luis puso su mano sobre mi hombro y entró en mi casa, buscando a mi padre. Unos segundos después, Eloise y yo nos alejamos y caminamos hacia la playa.

Hacía mucho calor, pero el pueblo empezaba a estar tan vacío como solía ser característico durante el invierno. Nos quedábamos siempre los mismos, imaginando cómo sería la vida si tuviera algo más de emoción. Pensé que quizá, por ese motivo, había insistido tanto a mis padres en irme a estudiar fuera.

Eloise caminaba en silencio, con el repiqueteo típico del plástico de sus auriculares contra sus clavículas. Se quitó las sandalias haciendo su curioso ritual, antes de pisar la arena y, sin mirar atrás, se dirigió hacia la cueva.

La seguí de cerca. Llevaba una mochila a mi espalda, cuya presencia noté más que nunca. Me detuve.

Dejé que Eloise se adelantara unos pasos y la abrí, sacando un cuaderno de dibujo y unos lapiceros. Con unos trazos rápidos, empecé a elaborar un boceto. Una figura alta y delgada caminando por una playa.

Cuando mi amiga se percató de que no estaba a su lado, se giró para buscarme. Atesoré ese instante en mi mente, en cuanto la luz iluminó su cara y destelló en su pelo, arrancando esas chispas anaranjadas tan características. Su mirada se hizo menos dura cuando comprendió lo que hacía. Se acercó despacio.

—¿Has vuelto a dibujar?

—Estoy en ello —respondí, intentando guardar el dibujo que había hecho con mi cuerpo, para que Eloise no lo viera. Giré sobre mis talones, mientras ella daba vueltas a mi alrededor.

—Quiero verlo… —Estiró el cuello—. Ian, te estás comportando como un crío.

—No te lo voy a enseñar.

—¿Por qué?

—Porque no quiero.

—Menuda respuesta es esa. —Sonreí y me relajé, lo que ella aprovechó para intentar coger el cuaderno—. Alto ahí, listilla.

Los dos nos reímos. Sentí cómo la tensión abandonaba el cuerpo de mi amiga por unos instantes y me deleité con esa sensación agradable que acompañaba a la idea de que algo estaba haciendo bien. Guardé el cuaderno en la mochila y Eloise me dio un beso en la mejilla. Seguimos caminando de la mano.

—Te mostraré el dibujo cuando lo acabe. Te lo prometo. —Me miró ilusionada—. Quizá más de uno, de hecho.

—¿Has dibujado mucho estos días?

—No realmente… He estado tan metido en todo lo de Conrado y Antoine que no tenía muchas energías. —Me encogí de hombros—. Pero necesitaba relajarme, así que he hecho unos pequeños bocetos.

—No me habías dicho nada. —Suspiró con tristeza.

—Eh, no te preocupes. —Nos detuvimos unos pasos antes de llegar a la cueva. Nunca habíamos pasado el límite de nuestras rocas—. Teníamos algo más importante de lo que ocuparnos.

La brisa movía su cabello, liberándolo poco a poco de las horquillas con las que Eloise había intentado mantenerlo sujeto.

—Gracias por haberme ayudado tanto, Ian.

—Lo que necesites.

—Te necesito a ti.

—¿No escuchaste cuando te canté *Hey Jude*? —pregunté, con cierto aire de burla—. No necesitas a nadie, Eloise. Lo has hecho todo tú misma.

—Pero, si no fuera por ti, jamás me habría animado a leer su diario, nunca habría conseguido sentirme feliz después de pasar meses en ese pozo… —Me miró con intensidad, una chispa brilló con fuerza en sus pupilas y desapareció—. Y tampoco habría sentido lo que siento ahora.

Nuestras cabezas se acercaron la una a la otra y, cuando quisimos darnos cuenta, nos habíamos fundido de nuevo en un beso que comenzó a saberme salado. Estaba llorando.

—¿Ian? ¿Estás bien?

—Sí… —Me sequé el rostro con el dorso de la mano—. Perdona.

No le había comentado nada por no añadir ninguna preocupación más a su estado. Aunque quería regresar a Madrid, me inquietaba ver con qué rapidez pasaba el tiempo ese verano. Parecía que nos lo estaban robando, se nos escapaba entre los dedos, burlándose de nosotros. Eran pocos los besos que podríamos regalarnos hasta que me fuera, y me preocupaba pensar que la distancia enfriara lo que fuera que estuviéramos sintiendo. Pero había sido sincero con ella, porque sabía que, pasara lo que pasara, nunca podría olvidar ni ignorar aquellos sentimientos.

—No hay nada que perdonar. —Sonrió mientras me acariciaba la mejilla, como si comprendiera lo que pensaba en ese momento. Se giró hacia la cueva, su mirada volvió a endurecerse.

—Así que lo encontraron aquí. —Asintió—. Nunca nos habíamos acercado tanto.

—No era capaz.

—Pero aquí estamos. —Tomé su rostro entre mis manos—. Vas a superarlo todo y a sanar. Lo sabes de sobra.

—En cuanto descubramos al asesino.

Las palabras de Eloise resonaron en mi interior aquella noche. Quise hacerlas desaparecer, diluirlas y olvidarme de ellas. ¿Y si realmente no había un asesino?

La duda, el miedo y la incertidumbre me carcomían, aunque me hubiera esforzado en no mostrarlo abiertamente para no preocupar más a Eloise.

Sin embargo, necesitaba liberar aquella tensión que recorría mi espalda y que me dolía en las articulaciones. Así que después de cenar me senté en mi escritorio, pintado de azul, con la luz del flexo iluminando una lámina a medio dibujar. Terminé los trazos, sintiendo que era el lápiz el que guiaba mis manos y no al revés. Después, como en trance, completamente concentrado en lo que estaba haciendo, comencé a mezclar las acuarelas, aquellos colores que me habían hecho soñar tantas veces. Por primera vez en tanto tiempo disfruté con cada pincelada, con cada trazo y con cada color azul y naranja. Dando vida a aquel mar, haciendo brillar el cabello de Eloise y, especialmente, haciendo a mi corazón saltar de emoción mientras recordaba cada atardecer vivido aquel verano.

Era como si el mar hubiera cobrado vida entre mis dedos, intentando escapar del papel en que lo estaba confinando. De pronto, lo sentía a mi alrededor, empapándome los pies y el pelo.

Pero la magia del momento se rompió con una llamada telefónica. Era Eloise.

Conrado tenía razón en todo lo que había dicho.

El supuesto asesino llamó aquella noche.

CAPÍTULO 21
ELOISE

El lunes por la noche regresé a casa después de un día extraño y agotador. No había vuelto a trabajar en la pastelería y tenía la mente en mil lugares a la vez, dándole vueltas a todo lo sucedido. Pensé y divagué sobre los motivos que tuvo Conrado para contratarme aquel verano. ¿Fue la culpabilidad que sentía por la muerte de Antoine, o porque había querido redimirse conmigo de alguna forma? Puede que solo sintiera lástima por mí, o que realmente me apreciara. Pero me inquietaba pensar que, en realidad, lo hacía para tenerme más controlada.

Me había dejado llevar por la sensatez de las reflexiones de Conrado y sabía que había ido a hablar con la policía, aunque no hubiesen intentado contactar conmigo. Seguramente no le habrían creído. En cuanto a la llamada que nos había dicho que podríamos recibir… Sencillamente, no dejaba de pensar en ello.

Cuando no pude soportarlo más, salí de casa por la tarde, dispuesta a hablar con Conrado. Lo encontré apoyado en el mostrador, solo, mientras repasaba unas cuentas. A través del cristal observé su actitud abatida y su mirada ausente, que distaban mucho de la figura fuerte que siempre había representado.

Entré y el móvil de la entrada anunció mi llegada. Conrado se irguió, intentando adoptar una actitud despreocupada, listo para servir a un nuevo cliente. La sonrisa se le congeló en el rostro.

—Siempre odié el color amarillo. —Sus ojos se deslizaron hasta mi blusa, que era de ese color—. Me recordaba al brazalete que Isaías, Rebeca o su familia tenían que llevar. Así que decidí que tenía que darle la vuelta a todo si quería seguir adelante.

Asentí comprendiendo por qué su casa estaba pintada en esos tonos, o por qué el papel de los pedidos de la pastelería era tan llamativo.

—Nadie tuvo la culpa de nada de lo que sucedió. Solamente nos cogió desprevenidos. Era el color favorito de Rebeca.

No separó sus ojos de los míos ni un instante. Mantuve su mirada, firme, sin saber muy bien qué estaría expresando mi cara. Cuando con un gesto me indicó que hablara, no supe responderle.

—Conrado… Konrad. —Intenté imitar la entonación alemana con la que había pronunciado su nombre—. Quiero preguntarte algo.

—Puedes llamarme Conrado. —Sonrió de medio lado—. Dime.

—¿Cómo es que no sabíamos nada de que eras alemán?

—Llegué hace muchos años a este pueblo. La gente que lo recuerda simplemente ha dejado de hablar de ello; ahora tienen cotilleos más actuales. —Se rio socarrón—. Aunque ya escuchaste a Rosa el otro día. Ahí es cuando te diste cuenta de todo, ¿verdad?

—¿Cómo…?

—Ay, Eloise. Parece mentira. —Se dispuso a mover una mezcla para bizcocho—. Te quedaste más rígida que una estatua, parecías bastante preocupada al ver entrar a Ian. Cuando se miraron, supe que algo no andaba bien.

—Ya habías atado cabos tú también.

—Sí. Sabía que te inquietaba algo relacionado con tu hermano, tú misma me confesaste algunas cosas. También escuché que Luis y su hijo estuvieron buscándolos por el pueblo en varias ocasiones. Hice suposiciones.

Lo miré con un interés renovado. Conrado era bastante más listo de lo que parecía a simple vista, eso estaba claro. Se preocupaba por los demás mucho más de lo que hubiera imaginado.

—No nos contaste cómo fue tu llegada a Gran Canaria. —Cogí una de las sillas dispuestas al lado de la ventana y la acerqué al mostrador—. ¿Qué sucedió?

La tristeza y la nostalgia volvieron a enturbiar sus ojos azules.

—Cuando supe lo que le sucedió a Rebeca, quise dejar todo. Mi hermana Kerstin ya tenía edad para encargarse del negocio, algo que sigue haciendo hoy día y me consta que lo hace de maravilla. —Sonrió orgulloso—. En 1950 llegué a Madrid, sin ningún tipo de esperanza. Durante unos años trabajé como camarero, haciendo mil turnos extras que pagaban con miserias. En ese periodo conocí a Clara, que también había perdido mucho tras la Guerra Civil. Fue ella quien me ayudó con el español.

—¿Y cómo llegaron a Gran Canaria?

—Cuando reunimos algunos ahorros, decidimos ir a un lugar más tranquilo. Llegamos aquí y montamos esta pastelería. Fueron años de esfuerzo y sacrificios, aunque las recetas de mi familia hicieron las cosas mucho más fáciles. —Me guiñó el ojo—. Más tarde, nos casamos y tuvimos dos hijos, Carlos y José, que ahora viven en Madrid y Berlín, respectivamente.

Lo miré meditabunda, perdida en aquellos recuerdos que me resultaban tan ajenos, pero que me causaban una tremenda impresión.

—Yo también he sido joven, Eloise. —Suspiró con pesadez—. Y he perdido a demasiadas personas importantes para mí.

—Lo siento mucho.

—Sobreviviré. —Me guiñó el ojo de nuevo y se volvió para entrar en el obrador.

—¿Y qué me dices de tu acento alemán? ¿Por qué nunca sueltas palabras en alemán como hiciste el otro día? —insistí.

—Aprendí español rápidamente y me fui adaptando al acento canario. —Se encogió de hombros, como si no fuera algo importante—. No me gusta soltar palabras, como dices, para que la gente no me pregunte continuamente qué significan, o se ponga a indagar en asuntos personales que no le incumben.

—¿Nadie supo nunca que eras K. R.?

—¿Qué tipo de interrogatorio es este?

—Tengo muchas dudas y quiero respuestas —le dije, un poco desafiante.

—Arrojo y cabezonería, lo que te digo… Algunas personas lo dedujeron, pero no me juzgaron. Exceptuando un par de clientes a los que pareció molestarlos y que ni siquiera vivían aquí, todos continuaron viéndome como el dueño de la mejor pastelería de toda Gran Canaria.

Me tranquilicé cuando rio con esa voz profunda, contagiándome un poco de esa genuina alegría.

—A veces me arrepentía de todo lo que había hecho o dicho en el pasado, Eloise. Pero aprendí a no ser duro conmigo mismo; ya se encargaría la vida de ello. Solo quería seguir con mi negocio, hacer feliz a quien quisiera probar mis recetas y vivir una vida tranquila con todo lo que me había sido otorgado. Mi mujer, mis hijos, este pueblo, el olor del mar… No necesito nada más ahora.

—¿No echas de menos a Rebeca? ¿O a Isaías y tu familia?

—Cada día. Pero ellos no habrían querido que me ahogara en la desesperación. —Me miró con seriedad, cerciorándose de que lo escuchaba—. Porque sencillamente yo no lo habría deseado tampoco para ellos de haber sucedido todo al revés.

Asentí en silencio. Su sonrisa picarona apareció lentamente de nuevo, dio una palmada en el aire y retomó sus tareas.

***

Cuando volví de la playa, sentía que había recuperado algo de fuerza. Estar con Ian había sido suficiente para que me olvidara, aunque fuera por poco tiempo, de todo lo que había ocurrido.

Llegué con una sonrisa en los labios a casa, mientras The Bangles sonaban en mis oídos.

Mi padre estaba ocupado en la cocina, con su propia música resonando por los altavoces del tocadiscos de Antoine, que había bajado al salón. Sonreí ante su atrevimiento. Habíamos conservado su cuarto intacto, como un mausoleo, y solo conseguimos mantenerlo más alejado de nosotros incluso. Si queríamos perdonarnos, reconciliarnos con lo que había sucedido, no podíamos tener miedo de empaparnos de la esencia de Antoine. La misma que vivía en sus libros o en su música.

Cuando se dio cuenta de cómo lo miraba, se apresuró a disculparse.

—No te preocupes, papá. —Sonreí sinceramente—. Me parece muy buena idea lo que has hecho.

Sus ojos se humedecieron, me estrechó entre sus brazos y se apresuró a cambiar el disco por algo con más fuerza. Los primeros acordes de *Sweet Child O' Mine* rugieron entre nosotros.

Bailoteando por la cocina, seguimos preparando la cena, nos sentamos a la mesa y comimos hablando de mil cosas.

Cuando la música se había acabado hacía ya un rato, decidimos recogerlo todo. Intenté ayudarlo, pero me apartó suavemente.

—Vete a descansar, Eloise. Yo me encargo.

Se lo agradecí y empecé a subir la escalera cuando escuché el estruendo que producía el teléfono cada vez que llamaban. Descolgué, despreocupada.

—¿Diga?

—¿Betancort? —Era una voz distorsionada, que no reconocí.

—Sí, aquí es. ¿Quién llama?

—La llamamos del gabinete P&Z. —Contuve la respiración—. Nos ha llegado un aviso de que usted y un amigo están indagando sobre asuntos privados que conciernen a alguno de nuestros clientes. Querríamos hablar con ustedes.

—De acuerdo. —Estaba temblando, no sabía qué decir.

—Los esperamos el próximo viernes en la cafetería La Graciosa, a las seis de la tarde. —Sentí una sonrisa al otro lado de la línea—. No se retrasen.

Tardé unos cuantos segundos en reaccionar después de que la comunicación se cortara. En cuanto me libré de mi estupor, salí de casa corriendo.

***

Cuando ya había recorrido la mitad del camino en mi bicicleta, caí en la cuenta de que podría haber llamado a Ian por teléfono. Posiblemente le asustaría más si me presentaba en persona en la puerta de su casa a las once de la noche. No obstante, seguí pedaleando con fuerza, sintiendo una exaltación que me daba la energía que, de haber sido un día normal, no habría tenido a esas horas.

En cuanto llegué a su casa, me bajé rápido de la bicicleta, que dejé precipitadamente en el suelo. Un movimiento detrás de mí hizo que me volviera, para encontrar a Gael parado delante de su propia casa. Llevaba una bolsa de basura en la mano y me observaba frunciendo el ceño ligeramente.

—¿Todo bien? —me preguntó con cierta frialdad.

Me sorprendió su tono, pero recordé que seguía enfadado con nosotros.

—Gael… —Me acerqué a él—. Casi lo tenemos. Al asesino de Antoine.

—Eloise, para. —Esquivó mis manos, que pretendían tomarlo del brazo—. Ya les dije que dejaran el tema. No quiero estar preocupado por ustedes todo el tiempo.

—Eres un egoísta, ¿lo sabes? Te alejaste de Antoine y ahora te apartas de nosotros, cuando lo único que queremos es justicia.

—Piensa bien en lo que has dicho, francesita. Creo que aquí la única egoísta eres tú.

Me quedé helada con sus palabras, porque en el fondo sabía que tenía razón.

Si habíamos llegado a ese punto, había sido solo por mi culpa. Y si Ian continuaba a mi lado era solo porque creía que debía ayudarme. Había presionado a un hombre que ya sufrió demasiado en su vida y quizá incluso le habría hecho recordar detalles dolorosos de su pasado, sin pararme a pensar en si realmente podría pasar por ello de nuevo. Me había obsesionado como Antoine con el tema, aunque nuestras motivaciones fueran distintas. Ninguno habíamos pensado en qué sucedía a nuestro alrededor, mientras nos empeñábamos en tirar del hilo para descubrir la verdad.

Pero había llegado a un punto en el que, simplemente, no podía detenerme.

Retrocedí un paso, mientras Gael me miraba con tristeza y cierto arrepentimiento. Iba a añadir algo más cuando una voz a nuestras espaldas desvió nuestra atención.

—¿Ves como era Eloise, Ian? —Naira estaba en la puerta de su casa, vestida con un pijama que tenía un pollito amarillo en la camiseta—. *Bonjour, Eloise!* ¡Hola, Gael!

Los dos la saludamos con la mano, Gael sonriendo como solía hacer. Al segundo, salió Ian regañándola.

—Métete en casa, anda —le dijo mientras la empujaba suavemente y cerraba la puerta. Naira se quejó, pero terminó cediendo, e Ian se acercó a nosotros.

—¿Qué haces aquí? —Se dirigió a mí—. Gael.

—Ha llamado, hace unos minutos. —Sus ojos se abrieron.

—¿Quién ha llamado? —preguntó Gael, confuso.

—Era el gabinete P&Z, Ian. Antoine debió de reunirse con ellos también. Nos han citado a los dos el viernes.

—¿Creen que ellos tuvieron algo que ver con la muerte de Antoine?

—Es posible. O quizá simplemente sepan algo —reflexionó Ian—. Iremos a ver qué nos pueden decir.

—Antoine recibió una llamada y después desapareció. Si esa llamada era de P&Z también… —Dejé la pregunta en el aire y ambos se quedaron mirando al suelo.

—No vayan —soltó Gael, rápidamente—. Al menos, no vayan solos.

—¿Piensas acompañarnos? —repliqué, volviéndome hacia él—. No necesitamos una niñera.

—Tiene razón —contestó Ian, intentando calmar la situación—. Pero se lo diremos a Conrado.

—¿Conrado? ¿Qué tiene él que ver con todo esto?

—Cuando pase todo, ¿querrás que te lo expliquemos? —Ian miró a Gael con esos ojos oscuros y cristalinos que tenía, llenos de bondad. Nuestro amigo asintió, parecía algo abatido.

—Se lo explicarás tú, yo paso —solté.

—Eloise, por favor.

—Eres incorregible. —Gael sonrió y, para mi sorpresa, me abrazó—. Es que estoy harto de ver que mis amigos se meten en problemas. Da igual lo que hagan, no voy a dejar de preocuparme de todos modos.

—¿Y qué significa eso?

—Significa que les pido perdón y que los he echado de menos. Aunque siga pensando que están metidos en un buen lío. Llamen a Conrado o a quien quieran, pero no vayan solos.

—Me sorprende que no intentes impedirlo —contesté.

—Ya he visto que, por mucho que me enfade, no me van a hacer ningún caso. —Suspiró—. Estaré atento el viernes por si necesitan algo. Y si en una hora desde que tengan la cita no sé nada de ustedes, llamaré a la policía. Si esa gente es la que se ha cargado a Antoine o tiene algo que ver, puede ser peligrosa.

Lo miré agradecida y lo abracé yo también. Sabía que seguía mosqueado con nosotros, pero que en unos días volvería a ser el de siempre. Sentí su preocupación, palpable a través de aquel gesto de cariño, y supe que escondido detrás de todo ese enfado simplemente había miedo.

CAPÍTULO 22
IAN

Conrado no dudó ni un momento; decidió acompañarnos, aunque no las tenía todas consigo. El viernes cerró la pastelería antes de tiempo y puso un cartel en la entrada en el que aludía a ciertos «asuntos personales». Sabía que sería la comidilla del pueblo, pero no le dio importancia.

Sin embargo, cuando llegué al local, con el cierre medio echado, Conrado nos reunió a los dos.

—Ayer llamé a P&Z de nuevo —nos dijo seriamente—. No tienen registrada ninguna llamada a Gran Canaria el lunes. Y menos a las horas en que la recibiste, Eloise.

—Es cierto que era un poco tarde...

—*Genau.* Si fuera del gabinete, habrían llamado en horario de oficina. —Entornó los ojos—. Hablaste con el asesino directamente.

Nos quedamos callados, intentando digerir sus palabras, que parecían haber condensado el aire a nuestro alrededor.

Era impensable que el propio bufete del cual Conrado era cliente estuviera protegiendo a alguno de sus trabajadores, o que realmente ganara algo mintiendo. Lo que nos acababa de contar el hombre nos había confirmado lo que ya sabíamos que podría suceder: que el propio asesino se pusiera en contacto con nosotros. Al declarar que era un representante del gabinete, habíamos sido tan tontos como para creerlo. Empecé a darle vueltas a esos pensamientos y cada vez tenía más claro que Antoine había caído exactamente en la misma trampa.

—Y hoy lo conoceremos. —El rostro de Eloise permanecía inexpresivo, pero sentí el torrente de emociones recorriéndola por dentro. Estaba convencido de que, si mis pensamientos se arremolinaban unos con otros, a toda velocidad, la cabeza de mi amiga estaba a punto de explotar.

Conrado no añadió nada más. Unos minutos después, los tres salimos de la pastelería y comenzamos a andar calle arriba, hasta la parada de guaguas, enfrente del bar donde nos había citado el desconocido, que resultó ser el último local del pueblo, al final de la calle. La mayor parte de las casas de la zona parecían estar cerradas. Supongo que sus habitantes ocasionales, de esos que solo buscaban sol y playa, habrían regresado a sus verdaderos hogares.

Al llegar al lugar acordado, nos sorprendió encontrar el local también cerrado a cal y canto. Los dueños parecían haber decidido que, desde el día anterior, se tomarían unas pequeñas vacaciones. Se me ocurrió pensar que, al habernos dicho lo de quedar en ese lugar, el asesino no sabía nada de aquello y, por tanto, no debía de vivir en el pueblo.

Eran las seis menos cuarto de aquel caluroso 2 de septiembre y los tres esperamos con angustia. Conrado había introducido sus manos en los bolsillos de sus pantalones, en apariencia sereno, y evitaba mirarnos. Eloise agarraba mi mano con firmeza, la misma que se reflejaba en sus pupilas y coloreaba sus mejillas, aunque notaba cómo temblaba debajo de aquella coraza.

Yo estaba a punto de echar a correr.

El reloj de pulsera de Conrado marcó las seis y diez. No habíamos visto pasar a nadie, excepto a un grupo de chavales que habían tomado la guagua hacia Las Palmas unos minutos antes. Y no veríamos a nadie hasta pasada una hora, cuando volviera el próximo vehículo.

El hombre iba a decirnos algo, cuando escuchamos que alguien se acercaba por la calle desierta. Un taconeo pausado pero contundente, con el ritmo de una marcha macabra que nos puso los pelos de punta.

Eloise fue la primera en girarse.

Conrado fue el primero en reconocer la silueta que se acercaba hacia nosotros con una sonrisa extraña en la cara.

—Henrietta.

—Konrad.

La mujer asintió ligeramente, pronunciando la erre de una forma distinta.

Tardamos un rato en ubicar aquel rostro enmarcado en unos oscuros rizos cardados. Pálida y delgada, vestida con sus típicos tacones bajos y una blusa anticuada, la bibliotecaria nos miraba con un sutil desdén.

—Qué alegría verlos, chicos —dijo en ese tono amable que conocíamos—. Y han traído a un amigo.

—Enriqueta —exclamé, todavía atónito, mientras sentía la piel de Eloise ardiendo contra la palma de mi mano—. ¿Qué...?

—Oh, tuviste el detalle de fijarte en mi nombre. —Rio suavemente—. Eres encantador. —Después se dirigió a Conrado—: *Was machen Sie hier, Konrad?*

—Henrietta, ¿qué significa esto? —Conrado estaba realmente furioso, se adelantó y se puso entre la mujer y nosotros, aunque no parecía nada peligrosa. Me sentía confuso—. Jamás habría imaginado...

—¿Qué? ¿Que no ayudaría a mi familia? —El rostro de la mujer se había transformado por completo—. ¿No es eso lo que nos enseñan desde pequeños, Konrad? Que la familia es lo más importante. No he hecho nada malo.

—Pero eso no justifica que se cometan asesinatos.

Henrietta abrió los ojos como si las palabras del hombre le hubieran hecho realmente daño.

—*Ich bin keine Mörderin.* No sé a qué te refieres.

—Antoine. —Eloise se adelantó y se puso al lado de Conrado. La mujer la miró con desaprobación.

—Tu hermano era un entrometido. Sus padres deberían haberles enseñado que es de mala educación husmear en la vida y el pasado de los demás —replicó con un mohín, apretando con fuerza las manos sobre la cinta del bolso, que cruzaba su cuerpo.

—Dime, Henrietta, ¿qué daño podría haber hecho a tu familia un joven universitario?

—¡Mucho! Tenía intención de publicarlo todo —gruñó—. No tenía derecho a decir esas cosas sobre mi padre.

Eloise y yo nos miramos, sorprendidos.

—¿Tu padre es… Samuel Zuckerman? —preguntó Eloise.

—Y por eso lo mataste —respondió Conrado entre dientes.

—Ya te he dicho que no soy ninguna asesina. Solo vine a advertirlos para que no repitan los pasos de Antoine.

—Tú hiciste desaparecer los periódicos —dije de pronto—. En cuanto te diste cuenta de que estábamos buscando lo mismo.

La mujer se giró hacia mí, condescendiente y altiva. Se acercó unos pasos hacia nosotros.

—Y, a pesar de todo, consiguieron salirse con la suya.

—Como lo hizo mi hermano —replicó Eloise con dureza—. También lo llamaste, ¿verdad?

Observé a Henrietta pararse a escasos metros. Conrado no le quitaba ojo de encima, furibundo, y Eloise no había relajado ni un ápice su postura firme y desafiante.

—También te citaste con él, aunque acudió solo. Y entonces lo mataste.

—No lo maté —repitió la mujer—. Estuvimos hablando, pero no quiso entrar en razón.

—¿Y por eso te cobraste la justicia por tu mano, asesinando a mi hermano? —estalló Eloise, dando un respingo.

Las lágrimas habían comenzado a correr por el rostro de Eloise, distorsionando la forma de sus pequitas, creando regueros entre sus mejillas coloradas de rabia e impotencia.

—¡No lo maté! —Henrietta cerró los ojos, gritando. Sin que pudiéramos prevenirlo, llevó sus manos a su cadera, donde se encontraba su bolso apoyado. Sacó una pistola que sostuvo temblando—. No lo maté... *Scheiße!*

Contuvimos el aliento e instintivamente nos echamos hacia atrás. Ahogué un grito de puro terror, al ver cómo el cañón del arma oscilaba peligrosamente. Conrado nos empujó y se interpuso de nuevo entre Henrietta y nosotros. Eloise se revolvió, pero la sostuve entre mis brazos para que no hiciera ninguna locura.

—Antoine era muy testarudo —dijo medio llorando—. No pretendía hacerle nada, pero quería que entendiera... Que comprendiera que, si decía algo, hundiría más la vida de mi padre. Habíamos quedado en lo alto del acantilado. Estaba nervioso, enfadado, y no estaba dispuesto a ceder. Tropezó y... Había mucha sangre. No sabía qué hacer. Se acercaba una tormenta horrible, así que pensé que tendría una oportunidad de que pensaran que fue un accidente.

—Maldita loca, ¡y lo conseguiste! —Eloise se echó hacia delante con una fuerza que no esperaba. Conseguí retenerla a duras penas por la cintura, mientras se doblaba y retorcía, llena de odio. Gritó con dolor.

—¿También lo amenazaste con la pistola? —La mujer guardó silencio ante la acusación de Conrado, por cuyo rostro cayó una lágrima solitaria—. No creo que Samuel te hubiera educado así, ni que quisiera que su única hija protegiera a su familia amenazando a estudiantes. Menos aún, por algo que sucedió hace más de cuarenta años.

—No hables tan a la ligera. No sabes por todo lo que ha tenido que pasar mi padre, mi familia entera, desde la guerra. Toda la humillación, el dolor, las enfermedades... Estar lejos de tu hogar, sentir que medio mundo te da la espalda. Que no tienes adónde ir. —La voz de la mujer se tiñó de odio y amargura, su boca se torció en una mueca—. Mis padres consiguieron recomponer su vida solo después de muchos años, casi no han recuperado la confianza en su país. Pero allí siguen, con esperanza. ¿Crees que sacar a la luz un secreto así, aun después de tantos años, les hubiera hecho algún bien? Bastante tuvimos con los periódicos y sus acusaciones ciegas y sensacionalistas.

—Samuel se movió en defensa propia, maldita sea —estalló Conrado—. Y era un niño cuando todo sucedió. ¿Crees que alguien lo juzgaría ahora con dureza? Yo podría testificar a su favor si alguien quisiera condenarlo. Estuve allí.

Eso no lo esperaba. La bibliotecaria boqueó confusa.

—*Wusstest du es nicht? Ich habe alles gesehen, Henrietta.* —La voz de Conrado había bajado un poco, mientras daba un paso en su dirección—. Si alguien hubiera acusado a Samuel injustamente, yo habría sido el primero en defenderlo. Pero esto no es lo adecuado.

La mujer abrió los ojos con sorpresa, en una muda expresión de terror y arrepentimiento al darse cuenta de las consecuencias de sus acciones. Entendí que no se había parado ni por un momento a reflexionar sobre ello. Se había movido alentada por una causa que en cierto modo creía que era noble. Pude comprenderla, aunque no tuviera ni la más remota idea de lo que habría sido la vida para su padre. Para aquel joven Samuel que perdió a su familia durante la guerra, que vivió años escondido y que, cuando todo terminó, tuvo que recomponerse como persona en un país destrozado y dividido. Pero, por lo que nos había contado Conrado, incluso las víctimas como Samuel, lejos de alimentar el odio en sus corazones, también eran capaces de perdonar y juzgar con sabiduría las acciones de los otros.

Samuel había comprendido que Conrado jamás los había traicionado. Que nunca habría puesto en peligro a Rebeca o Isaías, y que siempre sería fiel a sus principios, a pesar de que su hermano mayor lo tratara como lo hacía. Fue capaz de ver y discernir, con su conciencia aún infantil, que Conrado no dudaría ni un instante en defenderlos, como cuando intentó separar a Helmuth para que no le diera una paliza a Isaías.

Que unos y otros eran víctimas, a su manera.

Fue el odio lo que había llevado a Samuel a denunciar a Conrado en cuanto comprendió que poseía algunas reliquias familiares. Pero el amor y el perdón lo habían convencido de que nadie tenía la culpa. Lo vio en cuanto Conrado llegó dispuesto a devolverle todo lo que pertenecía a los Zuckerman.

Samuel había aprendido a vivir con el pasado, a extraer lecciones de ello y obrar con sabiduría en el presente. Mientras que Henrietta lo maldecía.

Conrado iba a añadir algo más, cuando escuchamos unas voces y unos pasos acercándose deprisa.

Nos giramos atónitos, para ver a Gael y Yaiza corriendo hacia nosotros. Henrietta siguió la dirección de nuestras miradas, con la pistola aún en alto.

—¡Aléjense! —grité con todas mis fuerzas, haciendo aspavientos con mi único brazo libre, mientras que con el otro sostenía a Eloise.

—¡Pero qué…! —Fue la voz de Yaiza lo último que escuché antes del disparo.

Gael iba por delante, nos miraba a nosotros: a Eloise deshecha y con el pelo revuelto a mi lado, pero en el último momento, y ante mi advertencia, Yaiza se había girado hacia Henrietta. Vi el cambio de su expresión, que pasó al terror más absoluto en cuanto se percató de que tenía un arma entre las manos. En una fracción de segundo, saltó hacia delante, con la mirada fija en la espalda de Gael.

Henrietta apretó el gatillo.

Y todo sucedió muy deprisa.

Conrado saltó hacia Henrietta, quien había retrocedido un paso por la fuerza del arma. Todavía aturdida, no pudo darse cuenta del rápido movimiento de Conrado, quien la empujó al suelo mientras la pistola rodaba por la carretera, al otro lado de la calle.

Gael y Yaiza, más abajo, eran dos cuerpos tirados sobre el asfalto. Durante unos angustiosos segundos, que parecieron ralentizarse y oprimir mi corazón, ninguno de los dos se movió.

Sentí que Eloise perdía las pocas fuerzas que le quedaban. Sus rodillas cedieron al temblor de sus piernas y los dos nos desplomamos sobre la calle. Aturdidos. La mochila de mi amiga cayó al suelo, emitiendo un sonido a roto, del que ni siquiera se dio cuenta.

Henrietta lloraba en el suelo, a nuestro lado, sollozando desesperada palabras sin ningún sentido para nosotros. Tenía la mirada vidriosa y desencajada, como si no entendiera del todo lo que había sucedido.

—*Ich wollte es nicht… Ich kann damit nicht… Tut mir Leid.*

Conrado la acunaba entre sus brazos.

—*Beruhige dich, kleine Henrietta…*

A los pocos segundos, las luces parpadeantes de varios coches de policía nos despertaron de nuestro estupor.

Observé a Eloise, a mi lado, completamente desencajada. La abracé con fuerza.

CAPÍTULO 23
IAN

Cuando la policía se llevó a Henrietta esposada, todos suspiramos aliviados. Después, declaramos y explicamos lo sucedido como pudimos, aturdidos y agotados.

—Esto será un proceso lento —nos avisó el agente que había grabado nuestras declaraciones, tomando notas ocasionalmente en su libreta.

Cuando los coches de policía se alejaron, comprobamos que la bibliotecaria se encontraba en el asiento de atrás de uno de los vehículos. Tenía una mirada completamente desenfocada, el rostro vacío de todo sentimiento y no nos dedicó más de un minuto de atención. Conrado se quedó unos segundos de pie, observando cómo el coche se alejaba por la carretera.

Los vecinos y algunos curiosos no habían tardado en acudir al lugar donde nos encontrábamos, así que las noticias se transmitieron por el pueblo como la pólvora, preocupando a unos y alimentando las mentes más retorcidas de otros. Habíamos dado algo de lo que hablar al pueblo para varios meses, aunque me dolió más pensar que precisamente yo sería el que menos lo sufriría de todos cuantos nos encontrábamos allí.

No era de extrañar que, a pesar de haber estado un poco más de una hora fuera de casa, en cuanto volví, sintiendo cada músculo hecho de plomo, y con un extraño dolor de cabeza, mis padres estuvieran a punto de salir precipitadamente. No obstante, suspiraron aliviados cuando me vieron entrar por mi propio pie, si bien no suficiente como para que me librara de una buena bronca, la cual, por cierto, anunciaba castigos hasta el fin de los tiempos.

Mi padre estaba rojo de ira y tenía los ojos húmedos, mientras que mi madre me dio un abrazo que por poco me deja sin respiración. Después me obligaron a meterme en la ducha y me prepararon una cena caliente y reconfortante.

Aunque Gael no les había dicho nada para no preocuparlos, ya se habían alarmado al ver a mi amigo salir corriendo de su propia casa. Eso, unido a los rumores de los vecinos, les había hecho temer lo peor. Gracias a mis padres, me enteré de que Gael había avisado a Yaiza para contar con más ayuda y no había sido capaz de esperar la hora que nos había prometido. A las seis y media, después de comprobar que la pastelería estaba cerrada, los dos se habían dirigido hacia el lugar donde íbamos a reunirnos, para ver que todo estaba en orden.

—Habíamos acordado entrar en el bar y sentarnos en un extremo, como si fuéramos dos personas tomando algo —me confesó Gael—. Eso si veíamos que todo estaba bien. No nos imaginábamos que pudiéramos encontrarnos con aquello…

—¿Fueron ustedes quienes llamaron a la policía?

—No, qué va. Menos mal que llegó tan rápido —dijo y se encogió de hombros.

—Aun así, gracias. Por estar ahí después de todo —le expresé con sinceridad.

—Ya les cantaré las cuarenta, renacuajo. —Gael sonrió con picardía.

—Antes, escucha la historia completa.

Y eso hizo. Le conté absolutamente todo a mis padres, a Yaiza y a Gael, para que comprendieran por lo que habíamos pasado. Se quedaron totalmente atónitos, especialmente con el papel de Conrado en aquella historia. No quise dar muchos detalles, para no vulnerar su privacidad, pero incluí los datos más importantes. La reacción de mis padres fue la que más me sorprendió. Conocían al hombre de toda la vida y algo sabían de que él era extranjero, pero no lo recordaban con claridad. Para ellos, siempre fue el propietario de la famosa pastelería, un hombre amable e inteligente que siempre los había tratado con educación. Le tenían cariño, como podían profesárselo a la propia Rosa también, aunque a veces los desesperara con su incesante parloteo.

Cuando acabé de hablar, no supe distinguir si mis padres querían darme una buena colleja o se sentían algo orgullosos.

La peor parte del asunto se la llevó Eloise, quien pasó la semana siguiente durmiendo sin descanso, hasta llegar a un punto que nos preocupó. Gael y yo fuimos a visitarla todos los días, para obtener de Zacarías la misma respuesta: seguía sin poder moverse de la cama. Entendía que las emociones de todo lo sucedido, el alivio por el peso del que había conseguido librarse también, fueron demasiado fuertes. Pero eso no fue suficiente como para que no me angustiara más por el paso del tiempo; miraba nervioso cómo transcurrían los días. Inexorablemente, se acercaba la fecha en la que debía coger el avión de vuelta a Madrid y un miedo irracional se apoderó de mí al pensar que llegaría ese día sin haberme despedido de Eloise. Es más, la simple idea de que no me quedaba más remedio que tomar ese avión era suficiente como para cerrarme el estómago. Si de mí hubiera dependido, habría extendido aquel verano infinitamente. Lo habría alargado en el tiempo, en un bucle sin principio ni final, donde no existieran más que los atardeceres, la playa, Eloise y yo.

El sábado siguiente, Eloise parecía encontrarse mejor. Habíamos acordado visitarla, así que aquella tarde Gael, Yaiza y yo subimos la calle hasta su casa. Por el camino, pasamos delante de la pastelería para avisar a Conrado, quien decidió cerrar durante un par de horas. Desde luego, los vecinos estarían estupefactos; Conrado no cerraba prácticamente nunca.

Zacarías nos recibió, sonriente. Era evidente que se sentía aliviado y agradecido con nosotros, aunque algo me decía que aquel hombre estaba empezando a perdonarse a sí mismo. Le sonreí también, pero eso no evitó que entrara algo cohibido, dirigiéndome hacia el patio trasero. Estaba tan abstraído pensando en todo eso que no me di cuenta de que mi amigo se había detenido en la puerta. Choqué contra su espalda, mientras él miraba a su alrededor, estupefacto.

—Vaya, sí que ha cambiado esto, Zacarías. ¿Qué has hecho?

—Una pequeña limpieza de cara. —Sonrió el hombre. Sin duda, parecía más joven que cuando le conocí.

Gael tenía razón: todo estaba más limpio, los hierbajos habían desaparecido y se respiraba mejor. Parecía que incluso entraba más luz en el recinto. Eloise estaba sentada en una de las sillas de metal, pintadas hacía poco y todavía relucientes. Tenía las piernas dobladas sobre el asiento y parecía tremendamente cómoda y recuperada, con sus pantalones cortos *rocky* y una camiseta de algodón bastante grande. Su pelo brillaba con fuerza.

Yaiza se acercó a ella corriendo, adelantándose. La estrechó entre sus pequeños brazos con fuerza y le plantó un sonoro beso en la coronilla.

—Oh, mierda, perdona. Te he manchado de pintalabios. —Miró alarmada a Eloise, como si fuera a regañarla—. Nos tenías muy preocupados.

Eloise nos saludó a todos, pero nos miraba con un extraño brillo en los ojos y aprecié que sus ojeras habían desaparecido. Al poco rato, todos estábamos sentados con sendas tazas de café y unas pastas que había traído Conrado. Zacarías lo miraba con cierta admiración y le agradeció repetidas veces que nos salvara a todos.

—No tenía ni idea de que Henrietta fuera la responsable —nos confesó—. Por supuesto, era consciente de que vivía en Las Palmas, pero no se me ocurrió pensar, ni por un momento, que pudiera hacer algo así.

—¿Por qué tenías tanta fe en ella? —preguntó Yaiza.

—Es la única hija de Samuel. Desde muy pequeña, detestó la vida en Alemania. Se empezó a interesar por el español cuando supo que un conocido de sus padres vivía en España, así que comenzó a dar clases para conocer mejor el idioma y la cultura. Hace seis años, cuando viajé a Alemania y conocí a Henrietta, le propuse que viniera a vivir a Gran Canaria. Se emocionó mucho, y su padre, aunque fuera a echarla de menos, no pudo hacer otra cosa que ceder. Como ya era mayor de edad, no podía estar bajo mi tutela, pero le prometí a Samuel que cuidaría de que no le faltara de nada. Con los ahorros que trajo de Alemania, pudo alquilar un apartamento pequeño que, en comparación con los alquileres de allí, era bastante económico.

—¿No pensaste que pudiera ser ella ni por un instante? —insistió Yaiza—. Quiero decir, eras el único que sabía que tenía relación con Samuel.

—Jamás. Henrietta era una joven amable y sencilla, sabía que Samuel y su mujer la habían educado con esmero. Su única ambición era trabajar y vivir rodeada de libros, aprender idiomas y ser independiente —respondió Conrado, tajante—. Cuando la conocí, tenía veinte años y ya hablaba español con fluidez y muy poco acento. Es una mujer inteligente, por eso no podía ni imaginar que ella...

Se calló de pronto, un poco cohibido.

—Clara, en cambio, sí sospechó. En cuanto mencionaron que algunos periódicos habían desaparecido. —Nos dirigió una mirada que no supe identificar—. No estaba segura, pero tuvo la intuición suficiente para conectar los puntos mejor que yo. Aunque fuera lógico lo que me decía, no encajaba con la imagen que tenía de Henrietta. Y por eso, como no pude quitarme de encima esa horrible sensación de duda y contrariedad con mis propios pensamientos, decidí llamar al bufete.

—Así que ya estabas prácticamente convencido de que la veríamos esa tarde. —Todos nos giramos hacia Eloise.

—Sí. Pero deseaba estar equivocado.

—¿Y qué va a pasar ahora? —pregunté.

—Las autoridades tendrán que decidir; ahora está en sus manos —contestó Zacarías, para nuestra sorpresa—. Al menos nosotros tenemos las respuestas que buscábamos.

Tomó la mano de Eloise entre las suyas y le sonrió con ternura. Eloise le devolvió el gesto, sus ojos brillaron con agradecimiento y su padre la atrajo hacia sí, en un ligero abrazo.

—Han logrado hacer justicia para Antoine. Como dijeron... —Gael nos miró alternativamente y sonrió, burlón—. Son más duros de roer de lo que imaginaba de una francesita y un renacuajo.

—Déjelos en paz, pesado. —Yaiza le dio un pequeño golpe en el brazo—. Bastante han tenido que pasar. Nosotros nos habríamos acojonado a la primera.

—No lo dudes. —Las carcajadas de nuestro amigo inundaron el aire, los demás nos contagiamos de su risa y comenzamos a reír con él.

***

Eloise había preparado una fiesta de despedida, me había dicho.

Zacarías y ella llevaban toda la semana esforzándose al máximo. Eloise me contó entusiasmada que su padre había vuelto a buscar trabajo, aunque todavía estuviera esperando que lo llamaran para hacer alguna entrevista. El hombre había recuperado parte de la energía que había perdido, aunque a veces sus ojos volvieran a apagarse. Había reaccionado así al sentir que podría perder a Eloise si no se esforzaba lo suficiente. Aquel día de tormenta, especialmente, le había hecho abrir los ojos y reaccionar ante el miedo y el recuerdo. Se sintió como hacía un año, la misma noche del día en que Antoine desapareció.

Con la relativa tranquilidad que conocer la verdad les había dado, ambos estaban encontrando el punto de equilibrio que necesitaban para recomponer sus vidas poco a poco. Así que empezaron por lo más sencillo: recuperar su hogar. Durante esa última semana que pasé en la isla, acudí a su casa para ayudarlos a pintar las ventanas, arreglar pequeños desperfectos a causa de la dejadez, o quitar malas hierbas que habían crecido entre los baldosines del patio delantero. Incluso, con ayuda de mi madre, plantamos un pequeño jardín y llenamos las macetas de las ventanas de coloridas flores.

Jamás podría olvidar la cara de Eloise cuando llegó ese día, después de trabajar en la pastelería. Ni el beso que me dio después.

Fui testigo de cómo padre e hija se esforzaban por sonreírse más, o cómo intentaban dedicarse palabras cariñosas y amables. Perdonándose a sí mismos. Perdonándose entre ellos.

Era consciente de que sería un proceso más lento y complejo de lo que aparentaba ser. En algunos momentos, observaba a Eloise cuando ella no se daba cuenta. Como cuando estaba tan absorta, brocha en mano, recubriendo de azul eléctrico las contraventanas de la cocina. En esos instantes veía cómo una sombra cruzaba su mirada, o un ligero mohín contraía las pecas de su rostro, obligándola a fruncir el ceño. Entonces le sonreía, le contaba algún chiste malo que me había dicho Gael, o le acariciaba el dorso de la mano. Y entonces sus ojos brillaban de nuevo, reía o empezaba a meterse conmigo.

Tanto ella como su padre tardarían un tiempo en curar sus heridas. Es posible que nunca lo hicieran del todo, pero al menos deseaba, con toda mi alma, que encontraran la paz suficiente como para dejar de sentirse culpables.

Así pues, después del esfuerzo de aquella semana, llegué el sábado a casa de Eloise, custodiado por mis padres y una Naira tan emocionada que no paró de hablar en todo el camino. Sonreí al ver las dos bicicletas, la naranja y la morada, apoyadas en la fachada blanca. Sostuve el pequeño paquete envuelto entre mis manos con más firmeza.

Habían decorado el patio de atrás con globos, banderines y manteles de cuadros llenos de colores.

Gael y Yaiza estaban discutiendo en un rincón, gesticulando con unos globos en la mano.

—Te he dicho que tengas cuidado al atarlos —le regañaba Yaiza.

—Mira, yo no tengo la culpa de que sean tan delicados.

—¡Pero es que has roto media bolsa! ¿No crees que la culpa es tuya, manazas?

Eloise los miraba, negando con la cabeza.

—Llevan así toda la tarde. —Puso los ojos en blanco.

—*Bonjour, Eloise!*

—*Bonjour, Naira! Comment se fait-il que tu parles français?*

Naira la miró, entornando los ojos. Después se giró hacia mí.

—¿Qué ha dicho? —Eloise y yo nos echamos a reír, Naira se cruzó de brazos, enfurruñada—. Jopé, que estoy aprendiendo.

—¡Y vas genial! —Eloise le guiñó un ojo—. Si quieres, hoy te enseño algunas palabras.

—¿Lo harás? —Mi amiga asintió, sonriendo—. ¡Qué bien!

Naira se alejó corriendo para reunirse con Gael y Yaiza.

—Gracias por la fiesta —le dije a Eloise.

—Es lo de menos —me respondió. Ambos sonreímos, perdidos en la mirada del otro.

—Toma, tengo un regalo para ti. —Le entregué el paquete rectangular, ante un gesto de extrañeza por su parte—. Espero que te guste.

Sentí cómo me ponía rojo de nuevo. Contuve las ganas de llevarme una mano a la nuca, mientras miraba impaciente cómo rompía el papel brillante. Pero no estaba preparado para su reacción en cuanto comprendió qué contenía.

—Ian… Es precioso.

Se quedó mirando el dibujo, con los ojos muy abiertos. Me hubiese gustado regalarle una imagen nuestra, como aquella noche en la playa, mientras llovía, ella con su cazadora vaquera y los dos con el pelo pegado al rostro. O un retrato suyo, caminando por la arena con el recogido de su pelo deshecho, dejando huellas a su paso por el suelo húmedo. Esos podían esperar a otro momento. Había decidido, sin embargo, que Eloise no necesitaría más recuerdos de esos meses que habíamos compartido con tanta intensidad. Así que le regalé un atardecer en la playa, cerca de la cueva, con dos personas caminando por el paseo, ambas con sus bicicletas a cada lado: una naranja y otra morada. El cabello de ambos refulgía como el fuego. Era el dibujo que había encontrado al principio del verano y que ella merecía tener.

—Me hubiese gustado conocerlo.

Eloise levantó la cabeza hacia mí, con la emoción reluciendo en su rostro. La abracé fuerte y ella me devolvió el gesto, envolviéndonos con su aroma.

—¡Eh, tortolitos! —Gael nos separó con suavidad. Se quedó quieto al reconocer el dibujo, pero sonrió de medio lado—. ¡Vamos a comer!

Miré alrededor, contento de ver a tanta gente a la que quería reunida. Conrado y Clara, sentados en un extremo, no nos quitaban ojo a Eloise y a mí. Gael discutía ahora con sus hermanos pequeños, mientras sus padres intentaban ignorarlos. Yaiza se reía de alguna ocurrencia de Naira y mis padres traían los últimos platos a la mesa. Y justo cuando Eloise y yo íbamos a sentarnos, Zacarías se asomó por una ventana de la planta baja, dejando un pesado objeto en el borde. Eloise abrió mucho los ojos e iba a replicar, pero su padre le guiñó el ojo y sonrió. Todos nos callamos cuando *Here comes the sun* empezó a sonar, lo que pareció ser el pistoletazo de salida para devorar la comida que habíamos preparado y los dulces que trajo Conrado.

Eloise y yo nos cogimos de la mano, por debajo de la mesa.

Aquella no era una fiesta de despedida.

EPÍLOGO

Daba pequeñas pataditas a los guijarros con mis pies, cansada de ascender por las calles y el campo.

Pequeños escalofríos recorrían mi piel, aunque no estaba segura de si era a causa del viento frío o de los nervios que sentía. No entendía el porqué de esa angustiosa emoción y no me gustaba pensar que aquello realmente me estuviera costando un esfuerzo de grandes dimensiones, así que le eché la culpa al tiempo. A aquellos nubarrones grises que se movían con parsimonia sobre nuestras cabezas, arremolinándose y amenazándonos. Quizá ellos fueron testigos de todo lo que sucedió sobre el acantilado hace un año y por eso estaban ahí, intentando disculparse conmigo por haber causado la tormenta que me quitó a mi hermano. Por todas las tormentas que desolaron mi hogar.

Me estremecí dentro de esa cazadora vaquera que le había robado a Antoine el verano anterior.

El chirrido de las zapatillas de Ian a mi lado me reconfortó ligeramente. A tientas, busqué su mano, tan cálida al contacto, que me dio un apretón silencioso, para transmitirme fuerzas.

Levanté la vista solo un poco para comprobar que Gael y Yaiza seguían delante de nosotros, abriendo la marcha. Habían dejado de discutir por una vez. Gael caminaba cabizbajo, con las manos en los bolsillos de sus vaqueros. Yaiza parecía no sentir el frío ni el viento dentro de su cazadora de falso cuero, y con su pelo recogido en una coleta elevada daba la sensación de que llevaba la barbilla mucho más alta. También observaba los nubarrones y los desafiaba con esa gracia desenfadada que la caracterizaba.

Conrado resopló detrás de nosotros.

La vista en lo alto del acantilado era increíble, no había duda. Se veía la línea de costa, recortada por la playa, el puerto a nuestros pies y la cueva al final de la bahía. El pueblo se extendía a lo largo del paseo y hacia el interior. No había mucha altura, pero era la suficiente como para regalarnos un precioso cuadro de ese diminuto universo que era nuestro hogar.

Me crucé de brazos, intentando protegerme de un frío que no podía traerme el viento, que estaba dentro de mí. Sentí varios pasos a mi alrededor y la tranquila y cálida presencia de Ian a mi lado, rozándome el brazo.

Volvíamos a estar ahí, otro 23 de octubre, un año después de la muerte de Antoine.

—¿Por qué aquí? —pregunté.

El viento hizo tambalear a Yaiza, mientras se sentaba con la vista puesta en el mar. Escuché su rugido contra las rocas, a nuestros pies, al tiempo que esperaba la respuesta de Conrado.

—Henrietta me dijo que estuvieron dando un paseo. Admiraba el entusiasmo de tu hermano. Lo escuchó hablar. Llegaron aquí de casualidad.

No dije nada. Varios mechones de pelo golpearon con fuerza mi cara, así que los intenté colocar detrás de mi oreja.

—¿Qué vas a hacer, Eloise? —Miré a Gael—. Quiero decir, ¿vas a probar a hacer la Selectividad para entrar en alguna carrera?

—Había pensado estudiar algo de formación profesional —respondí, volviéndome hacia Conrado—. Quiero quedarme aquí. Aunque este año me vendría bien seguir trabajando y ayudar un poco a mi padre.

—Tengo una propuesta para ti, Eloise.

Me inquietó el tono serio de Conrado, pero me esforcé en ocultarlo.

—¿De qué se trata?

—Quería saber si te gustaría ocuparte de la pastelería cuando acabes de estudiar. —Abrí mucho los ojos—. O cuando te sientas con ganas para ello, si es que te gusta de verdad. Quiero que el negocio, cuando me retire, esté en buenas manos. Por supuesto, te cederé todas las recetas, los secretos... Hasta las de los Zuckerman.

No respondí, aunque todos debieron de entender qué pasaba por mi mente. Ian frotó mi espalda con entusiasmo, Gael empezó a reírse y Yaiza, que se había sentado en el suelo como los niños pequeños, me dio unas palmaditas en la zapatilla. Conrado me dedicó una de sus características sonrisas.

Nos quedamos unos minutos callados, cada uno sumido en sus propios pensamientos. Me imaginé a Antoine, corriendo por las calles del pueblo, o en ese mismo acantilado, hacía un año, sin saber qué ocurriría después. Lo quise recordar con su pelo alborotado, su risa fácil y su cabezonería sin fin, intentando sacarme una sonrisa a cada rato. Sus pellizcos en mis mejillas o su música a todo volumen, apropiándose de la casa.

Casi podía escuchar su voz coreando sus grupos favoritos, desafinando intencionadamente.

—Toma, Eloise. —Gael me tendió un walkman algo viejo. Era de Antoine—. Como el tuyo se rompió el día que vimos a Henrietta...

Mi mochila había caído con más fuerza de la que creía y el walkman se había roto por completo.

—Gracias, Gael.

—Sé que es de tu hermano, pero tu padre cree que no pueden tener sus cosas como si fueran un mausoleo.

Asentí con la cabeza. Pulsé el botón de encendido y me coloqué los auriculares sobre los oídos. Unos acordes que no reconocí comenzaron a sonar.

—¿Saben cómo se llama esta playa? —preguntó Ian de pronto.

Me aparté los auriculares, pero no apagué la música. Dejé que el murmullo de aquella melodía sonara de fondo.

Conrado se volvió hacia nosotros. No debía de ser muy tarde, pero comenzaba a oscurecer.

—Nadie se atrevería jamás a ponerle nombre.

—¿Por qué no? —Yaiza arrugó la nariz.

—¿Cómo pueden describir lo que sienten? —respondió Gael, para nuestra sorpresa. Conrado asintió—. Claro que hay palabras para dar forma a ciertos sentimientos, pero no se pueden describir.

—Lo mismo ocurre con esta playa —comprendí.

—Si tuviera nombre, pertenecería a los turistas. —Sonrió Conrado—. No, es imposible confinarla de esa manera. Esta playa significa cosas distintas para cada persona y aun así lo es todo.

Los dedos de Ian y los míos se entrecruzaron, despacio. Observamos en silencio el océano, que no brillaba mucho aquel día. Tenía un color oscuro, como opaco. Cada ola generaba un rastro de espuma que bañaba la arena, embargándonos con el olor a salitre y el arrullo del agua y su movimiento.

Quizá al día siguiente esas nubes desaparecieran, arrancando relucientes reflejos a aquellas aguas que se habían llevado una parte importante de mi vida, pero que me devolvían también una nueva versión de mí misma.

No podía culparlas, después de todo; seguían un ciclo independientemente de las tormentas que descargaba el cielo sobre todos nosotros.

Y seguían siendo hermosas.

FIN

AGRADECIMIENTOS

Pasear por esta playa ha sido un proceso largo, en el que he tenido que sortear numerosas rocas que había dispersas en la arena. Pero al igual que Ian o Eloise se tienen el uno al otro para superar sus propios obstáculos, soy muy afortunada de haber contado con muchas personas, las cuales me han brindado su ayuda indispensable.

En primer lugar, quería agradecer a todo el equipo de Penguin Random House, especialmente de Alfaguara, por haberme dejado formar parte de él. Gracias a todos los que han aportado el grado de profesionalidad necesario en cada una de las cuestiones que involucra este libro. He tenido la suerte de contar con unas editoras muy perfeccionistas, que me han echado una mano en todo momento: Laia, Olga y Marta, gracias por vuestro trabajo, disposición y por todo lo que me habéis enseñado.

Quería agradecer también a todos aquellos que me han ayudado en el proceso de documentación, aunque en algunos casos fuera solo para pulir detalles y hacer que la novela fuera un poco más redonda. En primer lugar, a mis padres, fuentes históricas y referentes personales por excelencia. Especialmente a mi madre que, con su licenciatura en Historia, siempre está alerta para corregirme (y confundirme con las líneas sucesorias, títulos y nombres de la realeza). A Sonia, mi canaria favorita, y sus padres, quienes me ayudaron a comprender mejor cómo era la vida universitaria en su tierra en los años ochenta. Y a Lorena, por el asesoramiento en materias de derecho internacional, con el que empezaba a tener problemas.

A mis amigos, especialmente a Nayara y Borja, por vuestro entusiasmo y cariño, no solo con esta novela, también desde que nos conocemos. Me habéis demostrado mucho en muy poco tiempo y le habéis dado un nuevo valor a mi concepto de amistad. Os debo varias quesadillas y tacos.

Por supuesto, siempre puedo contar con el apoyo de Carmen, que es un poco bruja, y de Rubén, mi primer y más especial lector beta. Juntos hemos creado historias más especiales que esta y pocos son los años que hemos compartido. Gracias por vuestra aportación en los dilemas artísticos de Ian y gracias, como siempre, por la confianza que tenéis en mí.

Patri, Inma y Esme, sois la mejor prueba de que leer no es una actividad solitaria. Gracias por esas conversaciones llenas de notas de voz interminables, imágenes de carlinos y vuestra alegría sincera. Esto no habría sido lo mismo de no haber contado con vosotras.

Tampoco me olvido de mis ambientólogos, con los que he tenido la inmensa suerte de compartir mis años de universidad. Os admiro y no podría haber encontrado mejores compañeros de carrera, de viajes y de vida que vosotros. Irene sabe que es complicado escribir unos agradecimientos, especialmente cuando personas como vosotros me dejáis sin palabras.

A mi familia (tías, tíos, abuelos y primos incluidos), que me disteis el mejor regalo posible: vuestro apoyo incondicional. Pero sobre todo a mis padres y mi hermana Rut, por vuestra paciencia ilimitada, incluso cuando no es tan fácil tratar conmigo, o incluso cuando os ponéis a temblar por cada nuevo proyecto que decido comenzar en mi vida. No tengo palabras para expresar de forma racional todo lo que querría agradeceros. Soy muy consciente de la suerte que tengo por teneros y no os cambiaría por nada del mundo.

En estos últimos años tampoco me ha faltado nunca una mano cálida, la cual me devuelve a la realidad cuando olvido que hay suelo bajo mis pies, pero me da el empujón que necesito cuando me bloqueo y no soy capaz de perseguir mis sueños. Daniel, gracias por depositar tanta confianza y creer en mí, incluso cuando yo misma no puedo hacerlo. Gracias también por ser esa mano que me acompaña en este paseo juntos, luchando por que no nos lleve la marea.

Y por supuesto, muchas gracias a ti, que has leído *La playa*. Especialmente si eres una nubecilla, en cuyo caso también quiero agradecerte el apoyo que me has brindado todo este tiempo a través de internet. En cualquier caso, espero que hayas disfrutado de la historia de Eloise, que hayas sentido el sol en tu nuca y la arena húmeda en tus pies. Pero sobre todo deseo que pienses que no hay nada imposible. Que los sueños están para cumplirlos.

Este libro se terminó de imprimir
en el mes de marzo de 2018